셰익스피어 사기극

셰익스피어 사기극

The Great Shakespeare Fraud

퍼트리샤 피어스 지음 | 진영종 · 최명희 옮김

국립중앙도서관 출판시도서목록(CIP)

셰익스피어 사기극 / 지은이: 퍼트리샤 피어스 ; 옮긴이: 진영
종, 최명희. -- 파주 : 한울, 2008
    p. ;   cm

권말부록 수록
원서명: The great Shakespeare fraud
원저자명: Pierce, Patricia
참고문헌 수록
ISBN 978-89-460-3846-2 03840

842-KDC4
822.33-DDC21   CIP2007003589

THE GREAT
SHAKESPEARE
FRAUD

THE STRANGE, TRUE STORY OF
WILLIAM-HENRY IRELAND

PATRICIA PIERCE

SUTTON PUBLISHING

역자 서문

이 책에서 다루고 있는 이야기는 모두 실화이다. 주인공이 위조해낸 H 씨만 제외하고 등장인물도 모두 실존인물이다. 실존인물일 뿐만 아니라, 왕세자를 비롯해 당시 영국사회의 상류층으로 문화계를 주도하던 사람들이다. 하지만 이 이야기의 중심에는 사회적으로 가장 알려지지 않은 셰익스피어 위조범 '윌리엄 헨리 아일랜드'가 있다. 셰익스피어 위조 역사에서 가장 큰 사회적 파장을 일으킨 이 엄청난 위조의 사실을 저자는 소설과 같은 방식으로 기술하고 있다. 셰익스피어 위조에 대한 구체적인 역사적 자료를 하나의 이야기로 다시 엮어내고 있는 것이다. 셰익스피어의 위조를 둘러싼 개인의 욕망과 사회문화적인 희망 등이 얽혀 이 이야기는 그 자체로 하나의 소설처럼 생동감을 가지게 되었다.

위조는 개인의 욕망과 시대의 사회·문화적인 욕구가 함께 만들어내는 산물이다. 개인의 욕망은 반드시 사회적인 욕구와

일치하는 것이 아니라 지극히 개인적일 수도 있다. 위조에 대한 사회적인 욕구는 위조 대상에 대한 적극적이고 열광적인 관심에서 나온다.

이러한 사회적인 위조 욕구의 대표적인 예가 우리가 아는 셰익스피어는 가짜라는 주장이다. 앵글로 색슨계를 대표하는 문호 셰익스피어가 보잘 것 없는 평민 출신이고 극장에서 배우로서 활동했다는 사실이 품위 있고 세련된 사람들에게는 항상 불만이었던 것이다. 그래서 그들은 '우리가 알고 있는' 셰익스피어는 가짜이며, '원래' 셰익스피어는 귀족이었거나 학식이 뛰어난 법률가였다는 '설'을 만들어냈다. 이러한 '설'은 지금까지도 인구에 회자되고 있다.

격동의 시민혁명을 거쳐 왕정복고가 이루어진 후 18세기 영국에는 안정된 시대가 열린다. 문화에 대한 새로운 취향이 자리잡고 셰익스피어에 대한 관심이 높아졌으며 이런 관심은 숭배의 수준으로 발전하게 된다. 하지만 18세기 영국 국민들이 숭배하던 셰익스피어는, 16세기 말에서 17세기 초 런던 극장가에서 활동하던 사회적으로 보잘것없는 연극인 셰익스피어가 아니라 우아한 신사, 세련된 문학인으로서의 셰익스피어였다. 이러한 시대 분위기를 고려해볼 때 실제 셰익스피어에 대한 기록과 유물은 불만스러운 것일 수밖에 없었다. 한편 셰익스피어에 대한 사실적인 기록과 유물이 많지 않았기 때문에 사람들이 원하는 대로 셰익스피어를 만들어내기도 매우 쉬웠다.

당시의 대표적인 불만 중 하나는 셰익스피어의 유언장에 대한 것이었다. 천하의 문호 셰익스피어의 유언장에는 '예술'에 대한 고견이나 자신의 작품에 대한 언급이 전혀 없다. 또 가정적인 자상함을 원했던 18세기 문학동호인들은 셰익스피어가 유언장에서 부인에게 너무나 보잘 것 없는 '침대'만 물려주었다는 사실을 받아들이기 힘들어했다. 이러한 역사적인 사실에 대한 불만으로, 그들은 자신들의 취향에 맞는 새로운 역사적인 사실이 드러나길 기대하게 된다. 이 책의 주인공 윌리엄 헨리 아일랜드가 위조한 셰익스피어의 유언장 역시 당시의 이러한 사회·문화적인 욕구에 부응하는 것이었다.

심지어 18세기에는 셰익스피어의 작품에 대한 불만도 있었다. 이러한 불만은 셰익스피어 시대의 시대정신과 18세기의 시대정신이 너무 달랐기 때문에 생겨난 것이었다. 예를 들어 18세기 세련된 '독자'들은 죄없는 코딜리어가 죽는 것이 너무 안타까웠고, 16~17세기 투박한 '관객'들에게는 지극히 당연했던 장면, 즉 사회적인 하층민들이 귀족과 함께 등장해 상스러운 말을 지껄이는 장면도 불만이었다. 그래서 18세기에는 당시의 취향에 맞춘 셰익스피어 번안극들이 실제로 유행했다.

이 책에서도 주인공은 이러한 시대적 취향에 맞춰 「리어 왕」의 '마음에 들지 않는 대목'을 18세기 식으로 고치는 작업을 감행한다. 그리고 더 나아가 당시의 취향에 맞는 완전히 새로운 작품인 「보티건」을 만들어내기에 이른다. 이 모든 행위는 당시의 사회·문화적 욕구에서 비롯된 것이다.

하지만 이 책의 주인공 윌리엄 헨리 아일랜드를 위조로 이끌었던 주된 욕망은 이러한 18세기의 사회·문화적인 욕구를 충족시키기 위해서가 아니라, 지극히 개인적인 이유로 아버지의 관심을 끌기 위한 것이었다. 그러나 아버지 새뮤얼 아일랜드가 보여준 관심은 아버지로서 아들에 대한 관심이 아니라, 옛 문서와 예술품을 수집하는 직업인으로서의 관심에 불과했다. 한편 자신의 의도와는 달리 주인공의 위조품은 사회에 엄청난 반향을 불러일으키며 주인공의 손을 떠나 완전히 독자적인 경로를 밟고 사회의 문화적인 현상으로 변해버린다. 위조품을 둘러싼 찬반을 떠나 셰익스피어를 사랑했던 왕실 인사에서부터 저명한 학자 에드먼드 말론, 극작가이며 정치가인 셰리든 등을 거쳐, 이것이 위조라는 사실을 알았던 친구 톨벗과 위조용 잉크를 조달해주던 기술자에 이르기까지 전 사회가 이 위조 사건에 연루되어버린 것이다.

이처럼 사회적인 문화현상이 되어버린 주인공의 위조 결과는 이미 주인공이 해결할 수 없는 경지에 이르고 만다. 주인공이 위조라는 사실을 밝혔음에도 불구하고, 사회가 이를 받아들이지 않는 것이다. 그 결과 개인적인 욕망에서 출발한 위조의 결과는 18세기 영국 사회의 사회·문화적인 현상으로 확대되면서 스스로 상승, 하강, 소멸의 길을 걷게 된다.

이 책은 이러한 위조의 결과가 가져온 자체 동력을 잘 보여주고 있다. 실제로 셰익스피어는 400년의 역사가 만들어낸 인물이다. 각 시대는 그 시대의 사회·문화적인 욕구에 맞게 셰익스피어를 해석하고 만들어왔다. 그 과정에는 주인공 윌리엄 헨리 아일랜드의 경우처럼 과감한 위조도 공존해왔던 것이다.

이 책에는 너무 많은 사람이 등장해 수월한 글 읽기를 방해하기도 한다. 하지만 이는 위조작품에 대한 당시의 사회적인 관심이 얼마나 높았는지 보여주는 것이기도 하다. 또 이 책에서 다루는 위조의 드라마가 얼마나 역동적이었고 당시 전체 사회의 문화적인 현상이었는지를 설명해주고 있다.

이 책은 최명희가 1차 번역을 하고 진영종이 1차 번역을 검토했다. 그리고 문장을 다듬는 수고스럽고 귀찮은 일은 도서출판 한울에서 맡아주었다.

2007년 삼각산 자락에서 옮긴이

감사의 말

런던의 영국국립도서관, 런던 시의 길드홀 도서관, 런던의 국립공연예술박물관, 극장박물관, 스트랫퍼드 어폰 에이번의 셰익스피어센터 도서관, 윈저성의 왕실 기록보관소, 요크의 요크 중앙 참고 도서관, 웰시풀 도서관, 매사추세츠 주 케임브리지의 폴저 셰익스피어 박물관, 뉴어크의 델라웨어 대학교 도서관에서 일하시는 분들께 감사 드립니다.

또 베이노어 파크의 윌리엄 코베트 윈드 씨, 우스터 기록 보관소의 휘태커 씨, 매리언 덴트, 샌디 랜스포드, 서턴 출판사의 선임 편집인 재클린 미첼, 편집자 매슈 브라운, 저의 에이전트 사라 맥구크에게도 감사 드립니다.

차례

등장인물

윌리엄 헨리 아일랜드(William-Henry Ireland, 1777~1835) _ 청년 위조범

새뮤얼 아일랜드(Samuel Ireland, 1800년 사망) _ 셰익스피어를 흠모하는 열정적인 공예품 수집가, 위조범의 아버지로 아들이 죄가 있다는 것을 받아들이지 않는다.

안나 마리아 프리먼 부인(Mrs Anna Maria Freeman née de burgh, 1802년 사망) _ 위조범의 어머니

안나 마리아 아일랜드(Anna Maria Ireland) _ 큰딸, 1795년 로버트 메이트랜드 바너드와 결혼

제인 아일랜드(Jane Ireland) _ 작은 딸, 화가

친구들

존 빙 경(The Hon. John Byng, 1811년 사망) _ 새뮤얼과 윌리엄 헨리 모두의 친구

몬태규 톨벗(Montague Talbot, 1774~1837) _ 배우, 윌리엄 헨리의 믿을 만한 친구

알바니 월리스(Albany Wallis) _ 변호사, 아일랜드 가족의 이웃이자 친구로 셰익스피어의 진본 서명 2개를 발견한다.

제임스 보든(James Boaden, 1762~1839) _ ≪오라클≫지 편집인, 처음에는 믿음

제임스 보즈웰(James Boswell, 1740~1795) _ 문필가, 존슨 박사의 전기 작가

클래런스 공작(Clarence, the Duke of, 1765~1837) _ 후에 윌리엄 4세가 됨

허버트 크로프트 경(Sir Herbert Croft, 1751~1816) _ 『사랑과 광기』의 저자

아이작 허드 경(Sir Isaac Heard, 1730~1833) _ 가터 문장관(紋章官)

도로시아 조던 부인(Mrs Dorothea Jordan, 1761~1816) _ 배우, 클래런스 공작의
    정부

새뮤얼 파아 박사(Dr Samuel Parr, 1747~1825) _ 저명한 학자

헨리 제임스 파이(Henry James Pye, 1745~1813) _ 계관시인

리처드 브린즐리 셰리든(Richard Brinsley Sheridan, 1751~1816) _ 극작가, 극장
    주, 정치가, 처음에는 믿음

왕세자(Wales, the Prince of, 1762~1830) _ 후에 조지 4세가 됨

조지프 와턴 박사(Dr Joseph Warton, 1722~1800) _ 성직자, 시인, 비평가

프랜시스 웹 대령(Colonel Francis Webb, 1735~1815) _ 허드 경의 비서

제임스 보든(James Boaden) _ 입장을 바꿈

헨리 베이트 더들리(Henry Bate Dudley, 1745~1824) _ ≪모닝 헤럴드≫ 편집인

에드먼드 말론(Edmond Malone, 1741~1812) _ 선구적인 학자, 아일랜드의 주요 적

조지프 리트슨(Joseph Ritson, 1752~1803) _ 고문서학자, 두려움 없는 비평가

리처드 브린즐리 셰리든(Richard Brinsley Sheridan, 1751~1816) _ 입장을 바꿈

조지 스티븐스(George Steevens, 1736~1800) _ 학자, 무서운 적

헨리 콘델(Henry Condell, ?~1627) _ 배우이자 셰익스피어의 친구로 폴리오판 셰
    익스피어 전집 초판을 편집

리처드 카울리(Richard Cowley) _ 배우, 코미디언

엘리자베스 1세(Queen Elizabeth I , 1533~1603)

앤 해더웨이(Anne Hathaway, 1556~1620?) _ 셰익스피어의 부인

존 헤밍(John Heminge, 1556~1630) _ 배우이자 셰익스피어의 친구로 폴리오판
    셰익스피어 전집 초판을 편집

벤 존슨(Ben Jonson, 1572~1637) _ 극작가, 셰익스피어의 친구이자 라이벌

제1대 레스터 후작 로버트 더들리(Leicester, Robert Dudley, 1st Earl of,
    1532~1588) _ 여왕이 총애하는 신하

존 로윈(John Lowin, 1576~1659) _ 1603년경부터 킹스맨 극단의 배우

윌리엄 셰익스피어(William Shakespeare, 1564~1616)

제3대 사우샘프턴 후작 헨리 리오시슬리(Southampton, Henry Wriothesley, 3rd
    Earl of, 1573~1624) _ 셰익스피어 초기 후견인

토머스 채터턴(Thomas Chatterton, 1752~1770) _ 『로울리 시집』

제임스 맥퍼슨(James Macpherson, 1736~1796) _ '오시안' 원고들

16

열아홉 살 청년 윌리엄 헨리 아일랜드는 셰익스피어 문서를 위조한 전대미문의 죄를 저질렀다. 그는 금전상의 이득을 원한 것이 아니었다. 단지 셰익스피어가 저술했거나 셰익스피어와 관련된 문서들을 '발견'함으로써 자신이 감동시키려 했던 아버지 새뮤얼의 사랑과 관심을 받고 싶었을 뿐이었다.

최초의 위조문서인 셰익스피어 서명이 있는 증서로 아버지는 너무나 기뻐했고 윌리엄 헨리 역시 많은 관심과 사랑을 받게 되었다. 더욱 고무된 그는 더 많은 문서를 위조했다. 최초의 위조문서가 등장한 1794년 12월부터 1796년 3월 말에 이르기까지, 이 짧은 기간 동안 위조범은 믿을 수 없이 빠른 속도로 셰익스피어가 앤 해더웨이에게 보낸 연애편지에서부터 프로테스탄트 신앙고백에 이르기까지 대문호 셰익스피어와 관련된 수많은 '귀중한' 보물들을 위조했다. 그는 다음에 자신이 발견할 것에 대해서까지 정신 나간 주장을 끊임없이 하면서, 아버지와 다른 사람들이 계속 갈망하며 기대하도록 만들었다.

당시는 셰익스피어를 위조하기에 거의 완벽한 조건이 갖추어진 시기였다. 셰익스피어에 대한 경배나 숭배는 잘 정립되었으나 연구 수준은 그렇지 못했다. 셰익스피어 문서 저장고가 언젠가 발견될 것이라는 기대감은 오랫동안 의문시되었으며, 안타깝게도 그때까지 셰익스피어 관련 자료들은 한정되어 있었다. 따라서 런던의 학자들은 '셰익스피어 위조문서들'을 원본으로 믿고 싶어 했다. 윌리엄 헨리가 오래된 재료를 사용했기 때문에 그 문서들은 아주 오래되어 보였고 읽기도 어려웠으며 어차피 극소수의 몇 명만이 원본을 알아볼 수 있었을 것이다. 위조문서들을 믿었던 사람들로는 제11대 서머싯 공작이나 제8대 로더데일 백작과 같은 귀족, 새뮤얼 파아 박사와 조지프 와턴 박사와 같은 학자, 위대한 극작가이자 정치가인 R. B. 셰리든, 에드먼드 버크, 윌리엄 피트 2세 등이 있다. 역사가, 작가, 시인 등 다양한 직업을 가진 저명인사들도 그 문서를 원본이라고 했으며 왕족들까지 관심을 가졌다. 문인인 제임스 보즈웰은 문서를 본 후에 무릎을 꿇고 귀중한 유물에 키스를 했다. 하나의 새로운 문서가 '발견'되고 연이어 다른 문서들이 발견되면서 아버지와 아들은 매일 흥분에 휩싸였으며, 각종 신문들은 이 귀중한 보물을 둘러싼 사건을 매일 보도했다. 그러고 나서 분위기가 반전되자, 언론은 신이 나서 쉬지 않고 논쟁을 부추겼다.

위대한 셰익스피어 연구가인 에드먼드 말론의 폭로에 이어 드루어리 레인Drury Lane 극장에서 '새롭게 발견된 셰익스피어의 완벽한 작품'의 공연이 뒤따르면서 윌리엄 헨리는 위조 사실을 자백했다. 아버지와 대부분의 사람들은 아들이 문서를 위조할 만큼 지적 능력이 뛰어나지 않다고 여겼기에 그를 믿지 않았고, 오히려 죄 없는 아버지가 비난을 받았다.

윌리엄 헨리 아일랜드는 인생의 후반기에 10여 권의 책을 저술했고 빚 때문에 감옥에 갇히기도 했으며, 한때는 프랑스에서 살았고 나폴레옹에게 훈장도 받았다. 그러나 그는 성년이 되어서는 위조범으로서 뛰어났던 청년기의 업적에 걸맞은 일을 결코 이루지 못했다. 아버지의 사랑을 좇는 윌리엄 헨리의 기이하고 감동적인 이야기는 때로는 재미있지만, 궁극적으로는 18세기 후반의 비극적인 이야기이며 아마도 위대한 셰익스피어풍의 비극일 것이다.

1장

'여기 자연이
사랑스런 아들을 양육하도다'
'Here Nature nurs'd her darling boy'

월리엄 헨리 아일랜드는 공포에 사로잡혔다. 들통이 나면 어떻게 하지? 결국 '셰익스피어 문서들'의 위조 사실이 폭로되면 어떻게 하나? 처음에 그는 '셰익스피어' 서명이 있는 간단한 문서를 위조하고는 마치 그것을 '발견'한 것처럼 광적인 수집가인 아버지 새뮤얼 아일랜드에게 보여주었다. 그는 거기서 멈추지 않았다. 곧 비망록, 증서, 심지어 완전한 희곡 대본도 위조하기 시작했다. 그가 저지른 모든 일은 아버지의 사랑을 얻고자 했던 욕망 때문이었다.

월리엄 헨리는 이웃인 알바니 월리스가 막 발견한, 셰익스피어의 동료 존 헤밍이 서명한 원본을 급히 살펴보았다. 그는 그 원본이 자신이 위조했던 문서와 비슷하기를 빌었지만 비슷한 점은 없었다.

왜 이 일은 왕세자가 문서를 보기 위해 새뮤얼 아일랜드를 칼턴 대저택에 불러들인 바로 그날 발생해야 했을까? 런던에 있는 다른 사람들처럼 화려하고 방탕했던 — 1811년에 섭정攝政 왕자였다가 1820년 조지 4세로 즉위한 — '왕세자'는 새뮤얼의 아들인 윌리엄 헨리가 아주 최근에 발견한, 영국이 낳은 불멸의 시인 셰익스피어의 매우 귀중한 문서들을 보고 싶어 했다.

1795년 12월 30일 이른 아침, 새뮤얼이 왕세자를 접견하기 위해 막 출발하려 할 때 월리스가 새뮤얼에게 급하게 만나야겠다고 전갈을 보냈으며 만남을 늦출 수 없다고 했다. 월리스는 1768년 셰익스피어의 블랙프라이어스 게이트 하우스Blackfriars Gate-house 저당 문서 원본을 찾아낸 바로 그 사람이었다. 그는 새뮤얼에게 셰익스피어의 동료이자 배우였던 존 헤밍의 친필 서명이 있는 게이트 하우스 문서와 관련된 양도증서를 자신이 찾았는데 그것은 새뮤얼의 아들 윌리엄 헨리가 '발견'했던 것과는 조금도 비슷하지 않다고 했다.

새뮤얼은 놀랐지만 체면과 냉정으로 단단히 가장한 채, 폴몰Pall Mall에 있는 칼턴 대저택(호러스 월폴이 유럽에서 가장 완벽한 궁전으로 묘사한 곳)으로 갔다. 그는 갈색의 시에나산産 대리석으로 된 이오니아풍의 기둥이 있는 화려한 로비를 통과해 우아한 이중 계단에 이르렀고 이국적으로 장식된 왕세자의 접견실로 올라갔다. 두 시간가량 접견하는 동안 새뮤얼이 셰익스피어의 것으로 추정되는 가장 중요한 위조문서 중 하나인 프로테스탄트 『신앙고백서』를 읽자, 왕세자는 경청했고 그를 칭찬했으나 현명하게 논평을 하지는 않았다.

집에 돌아온 새뮤얼은 윌리엄 헨리가 양도증서 법률 사무실에서 집에 돌아오기를 기다렸다가, 그와 함께 근처에 있는 윌리스의 집으로 달려갔다. 진짜 서명을 보았을 때 젊은 위조범의 마음은 공포로 죄어들었고 그 공포감은 오히려 그를 자극해 믿기 힘든 시도를 하게 만들었다. 그는 진짜 서명의 이미지를 기억 속에 각인시킨 뒤 사무실로 되돌아가 즉시 헤밍의 진짜 서명을 모조한 다른 영수증을 위조했다. 윌리엄 헨리는 이것을 다른 옛 문서들과 섞은 뒤 놀랍게도 75분 만에 윌리스의 집으로 되돌아왔다. 그러고는 셰익스피어 문서들의 출처로 이용했던 미지의 H 씨에게서 막 새로운 문서를 받았다고 주장했다. 물론 최초의 영수증은 여전히 달랐지만, 윌리엄 헨리는 셰익스피어 시대의 런던 극장과 관련해 서로 다른 두 명의 헤밍이 있었다고 이야기를 지어냈다. 당시 그는 채 스무 살도 되지 않은 나이였다. 하지만 거짓은 서서히 밝혀지고 있었다.

1616년에 셰익스피어가 사망한 후 150년이 지난 1700년대 후반은 셰익스피어에 대한 숭배와 경배가 무르익을 대로 무르익은 시기였다. 당시 팽창하고 있던 대영제국은 머지않아 세상에서 가장 거대한 제국이 될 것이었으며, 유럽 해안에서 떨어져 있는 작고 축축한 섬나라 영국이 산업 혁명을 이끌 것이었다. 또 거대한 변화의 결과 18세기 말에는 훨씬 더 많은 사람이 번영을 누리게 될 것이었다. 40년 동안 양심적이었던 국왕 조지 3세는, 비록 지금은 생애 마지막 20년을 병과 광기에 휩싸여 보냈고 재임기간 동안 불운하게 식민지 미국을 잃어버린 것으로 기억되고 있지만, 거대한 변화의 기간 동안에는 탄탄한 권력자였다.

당시 젊은 귀족들은 유럽 여행을 떠났으며 그림들을 가져왔고, 그들의 도시 저택과 시골 장원에 대륙풍의 건물을 재건축했다. 한편으로 영국은 멀리 떨어져 있는 미국의 독립전쟁이 야기한 파문에 적응하고 있었다. 1789년 영국과 가까운 프랑스에서 일어난 혁명은 흥미진진했던 반면 매우 두려운 일이기도 했다. 사람들은 프랑스 혁명이 야기한 불안정의 후유증에 시달렸으며, 공화주의에 대한 연민도 확산되어갔다. 하지만 프랑스 혁명으로 일어난 여러 가지 사건은 프랑스 상류 계층의 경탄할 만한 보석들과 예술품, 조각과 골동품들을 영국 시장에

풀어놓았다. 이러한 물건들이 조지 3세 재위 시절, 고급 가구와 저택을 꾸밀 골동품과 공예품을 수집하고 거래하려는 대부분의 계층 안에 내재된 욕구를 만족시켜주었다. 골동품을 파는 것이 처음으로 돈이 되었으며, 이러한 환경은 조각품과 소장품을 파는 새뮤얼 아일랜드의 사업이 번창할 수 있는 이상적인 풍토를 조성했다.

18세기는 '이성의 시대'로 불린다. 하지만 증폭되는 호기심과 전에 없이 지리적으로 넓어진 세상은 속이기 쉬운 시대가 되었음을 의미하기도 했다. 기억해둘 만한 사례로는 영국 서리 Surrey 지방 고달밍의 메리 토프츠에 관한 이야기가 있다. 1726년 그녀는 살아 있는 토끼를 18마리 낳았다고 주장했다. 심지어 그녀의 거짓 주장을 뒷받침해주는 의사도 있었다. 유명한 의사들의 상당수가 그녀의 이야기를 믿었고 가문이 좋은 아가씨들은 이 같은 일이 자신에게 일어날지도 모른다는 생각으로 두려움에 떨었다.

18세기 후반에는 낭만주의 경향이 강해지면서 엘리자베스 시대와 중세 문학에 대한 관심이 놀라우리만치 되살아났다. 하지만 관심은 열정적이었지만 관련 지식은 거의 없었다. 텍스트 연구도 이제 막 시작되었으며 고문 연구(고대 서체에 대한 연구)는 거의 알려져 있지 않았다. 원래 그렇듯 전문가들은 자칭 전문가였다. 이렇게 문학적 사기와 기만의 시대를 위한 무대가 마련되어갔다.

엘리자베스 시대, 문학에 대한 새로운 관심으로 셰익스피어의 작품도 크게 부상했다. 1769년 9월에는 데이비드 개릭이 스트랫퍼드 어폰 에이번Stratford uppon Avon에서 셰익스피어 기념제를 개최했다. 이 행사로 셰익스피어에 대한 숭배는 최초의 중요한 전기를 마련했다. 개릭은 전성기에 가장 유명한 배우였을 뿐만 아니라 런던 국립극장과 드루어리 레인 극장의 소유주이자 경영자였다. 그는 매 시즌마다 셰익스피어 작품 10여 편을 연출하고 공연했다.

스트랫퍼드 지역의 관료들은 대문호 셰익스피어와 아주 밀접하게 연관된 사람에게 접근하고 싶어 했다. 새로 건축한 시청사에는 숭배를 받기 시작한 자기 지역 출신 대문호의 초상이나 조각을 놓아둘 장소도 마련해두었다. 이제 기부자가 필요했다. 따라서 그들은 셰익스피어 생가인 뉴 플레이스New Place 정원에 있던 유명한 뽕나무로 제작한 상자를 개릭에게 선사하기 위해 1769년 런던으로 향했다. 잘린 뽕나무는 골동품들의 풍성한 재료가 되었다. 개릭을 리어로 묘사하는 문구를 포함해 셰익스피어 작품의 인용문과 장면들을 정교하고 특징 있게 그렸기 때문에 상자 자체를 조각하는 데만 4개월이 소요되었다.

상자 안에는 개릭이 스트랫퍼드의 명예시민이 되었음을 인증하는 인상적인 서류가 들어 있었다. 그들은 완벽한 먹이를 낚았다. 시 청사에 마련해둔 공간을 채울 만한 작품을 의뢰할 만큼 허영심도 있고 부유한 누군가를 낚은 것이다. 그리고 개릭은 셰익스피어 흉상을 제작해 그들의 기대를 채워줄 것이었다 (현재 스트랫퍼드 시 청사 바깥에 있는 흉상이다).

이 일로 개릭은 스트랫퍼드에서 축제를 열 결심을 했으며, 그 축제는 셰익스피어를 숭배하는 다양한 흐름을 엄청나게 증폭시켰다. 셰익스피어 기념제는 셰익스피어의 첫 번째 기념제이기도 했다. 그러나 이 행사는 그의 탄생 200주년(1764년 4월 23일)에서 5년이 지난 후에야 개최되었기 때문에 때늦은 생각이라고 볼 수도 있었다.

의욕에 찬 개릭이 축제의 집사장이었기에 3일간의 행사를 조직하는 책임을 맡았다. 그의 계획은 야심찼다. 작고 외딴 청교도 마을인 스트랫퍼드의 주민 2,287명은 그들이 길러낸 천재의 진가를 제대로 알지 못했으며 기념제가 어떤 것인지도 잘 몰랐다. 주민들은 몰려오는 런던 사람들이 자신들이 살고 있는 곳에서 개최하려고 하는 행사가 가톨릭 행사인지 아니면 이교도 행사인지를 의심했다. 그들은 대부분 개릭에 대해 들어보지 못했고 행사 주인공인 셰익스피어에 대해서도 알지 못했다. 하

:: 데이비드 개릭 David Garrick

데이비드 개릭은 학생 시절 새뮤얼 존슨에게 라틴어와 그리스어를 배우고 법률을 공부했으며 포도주 상인이 되었고 그다음 배우가 되기로 결심했다. 1737년 개릭은 자기보다 나이가 많은 존슨과 함께 런던에 갔으며, 두 사람 모두 성공했다. 개릭은 수중에 3딜론밖에 없었고 존슨도 2딜론밖에 없었다는 그런 류의 성공담이었다. 1741년경 24살이었던 개릭은 <리처드 3세>로 런던을 강타했다. 개릭은 곧 비극, 희극, 소극에 이르기까지 주연 배우를 맡았고 나아가 드루어리 레인 극장의 소유주 겸 경영자가 되었다. 당시 가장 유명한 셰익스피어 제창자였던 개릭은 셰익스피어에 대한 관심을 되살리는 데 상당한 역할을 했으며 사람들의 마음속에 셰익스피어를 심는 데 공헌했다. 개릭은 뽕나무로 만들어진 공예품을 수집했고, 뉴 플레이스에 살았던 크롭턴이 생전에 셰익스피어에 대한 이야기와 전설을 들려주었던 1742년, 자신의 눈으로 셰익스피어 시절에 있던 원래 뽕나무에서 새로운 뽕나무가 살아서 자라는 것을 보았다. 그리고 개릭은 그 나무의 조각 여섯 개로 만든 '셰익스피어 의자'를 얻었다.

개릭은 런던 템스 강 상류 햄프턴에 있는 자기 땅에 브라운이 디자인한 셰익스피어 기념 팔각형 사원을 지었는데, 그 사원은 오늘날에도 남아 있다. 1758년에는 루이스 프랑수아 루비략이 그 안에 (지금은 대영 박물관에 있는) 셰익스피어 동상을 조각했는데, 개릭이 포즈를 잡고 "셰익스피어를 보는 것으로 생각하라"[1]며 자신을 모델로 삼으라고 지시했을 때 조각가는 당황할 수밖에 없었다. 셰익스피어 숭배는 때로는 정상적인 사람들을 현실에 대한 이해로부터 약간 또는 완전히 동떨어지게 하는 이상한 영향을 끼쳤다. 개릭은 열성적이었기에 빈틈없는 극장 경영자이자 아주 인기 있는 배우로 남았으며 마침내 웨스트민스터 사원에 묻히게 되었다.

지만 마을 주민들은 결국 돈을 벌 수 있는 가능성을 깨닫게 되었고, 방문객들이 축제기간 동안 묵을 건물 바닥을 비롯해 모든 장소를 빌려주었다.

행사 장소를 제공하기 위해 축제 조직원들은 당시 런던에서 개장한 레인라프 가든스Ranelagh Gardens의 로턴다와 유사하게 1,000석 규모의 목재로 된 팔각형 또는 원형의 극장을 임시로 지었다. 그 극장은 현재 기념 극장이 서 있는 에이번 강의 바로 옆에 세워졌다. 그 건물은 뮤지컬 공연, 무도회, 가면극을 하는 데 사용될 예정이었다. 위태로울 정도로 에이번 강에서 가까이 세워진 이 건물은 1795년 새뮤얼 아일랜드가 쓴『에이번 강 상류 워릭셔의 아름다운 풍경Picturesque views of the upper, or Warwickshire, Avon』에 묘사되어 있다.

기념제 첫날인 1769년 9월 5일 수요일 새벽 5시, 에이번 강가에 배치된 대포 30개에서 나는 우레 같은 소리와 마을에 있는 모든 교회에서 나는 종소리와 함께 기념행사가 시작되었다. 해가 뜰 무렵 의상을 차려입은 성가대가 방문객들의 침실 창 아래에서 노래를 불렀다. 개릭이 집사장으로 추대되었으며 이후 시 청사에서 공식적인 아침 식사를 했다. 그러고 나서 교회에서 진행되는 행사들이 뒤를 이었는데, 셰익스피어 흉상은 화환으로 장식되었고 드루어리 레인 극단에 소속된 관현악단이 셰익스피어와 전혀 상관없어 보이는 '유디트의 오라토리오'를 연주했다. 그래서 어떤 사람들은 일부러 이 행사에 참석하지 않기도 했다. 그런 다음 개릭을 선두로 한 극단은 원형 극장으로 나아갔으며 개릭은 셰익스피어 생가가 있는 헨리 거리를 지나가는 도중에 이번 행사를 위해 자신이 지은 시를 노래했다.

여기 자연이 길러낸 사랑스러운 소년이 있나니,

모든 근심과 슬픔이 그에게서 사라져버리고,

음악의 여신들은 그의 하프를 연주하도다.

마음과 마음에서 기쁨이 용솟음치게 하니,

자, 지금 우리는 황홀한 땅을 밟고 있나니,

여기에서 셰익스피어가 걸어 다녔고 노래했도다.

그리고 기념제의 첫날로 추정되는 재미있고 생생한 장면이 그림으로 남아 있다. 그림에는 깃발과 장막이 세워져 있고 엉긴 사람들로 뒤덮인 저잣거리가 보이며, 행사의 진행을 구경하는 흥분한 사람들이 배경에 그려져 있다.

원형 극장에서는 노래, 낭독, 무도회를 포함해 첫날보다 훨씬 다양한 행사가 새벽 3시까지 열렸다. 강 맞은편 초원에서는 무지갯빛 폭죽이 터졌다. 셰익스피어의 보편적인 천재성을 상징하는 무지개가 기념제의 가시적인 주제였다. 조끼, 장미꽃 장식품, 장식 띠와 배지들은 무지갯빛 줄무늬로 된 '기념제' 리본으로 만들어졌다. 그중에는 한 면에 셰익스피어의 초상화를 그리고 다른 한 면에 '우리는 그와 같은 사람을 다시 볼 수 없을 것이다'라는 문구를 새긴 기념제 메달도 있었다. 여기서 무지개라는 주제는 비의 끝이 아니라 시작을 선포하는 것이었다.

사람들은 기념제가 열리는 3일 동안 날씨가 잠잠하기를 바랐지만, 자연은 사흘 중 이틀을 심하게 어지럽혔다. 맹렬하게 쏟아진 호우가 둘째 날과 셋째 날을 망쳐놓았고, 그날 열린 행사들은 천상의 홍수로 흠뻑 세례를 받았다. 둘째 날인 목요일, 반갑지 않은 비로 가장 행렬이 연기되었다. 드루어리 레인 극단이 갖고 있는 값비싼 의상의 총 책임을 맡은 개릭의 동업자 제임스 래시는 날씨를 걱정하면서 만일 최악의 사태가 발생한다면 "의상을 걸친 어느 누구도 행렬에 참가시키지 않을 것"이라고 강력히 말했다. 이처럼 셰익스피어 작품 속의 등장인물이 중심이 된 가장행렬이 취소되면서 셰익스피어 연극과의 유일한 연결고리가 없어졌다. 하지만 주최 측은 그것을 최대한 활용했는데, 즉 행사가 취소된 것은 숙녀들이 휴식을 취할 기회라는 것이었다. 개릭은 투명물감으로 그린 셰익스피어 작품의 등장인물들로 장식된 신축 시 청사의 개관식에는 참여할 수 있었다. 자신이 기부한 셰익스피어 흉상을 경애하는 듯 때때로 흘끗 쳐다보면서 '헌정시'를 낭송할 때, 개릭은 황홀한 상태에 빠져 있는 것처럼 보였다. 게인즈버러는 셰익스피어 흉상에 팔을 두르고 있는 개릭을 그렸다. 그 원본 그림은 분실되었으나 발렌타인 그린Valentine Green의 복사본은 남아 있다.

2,000명의 관객은 그날 저녁에 일어난 홍수로 다른 곳으로 갈 수 없었기 때문에 ― 그들 중 절반 정도를 수용할 수 있도록 지어진 ― 원형 극장에 몰려들었다. 흥분 상태로 밀집한 관중들은 소프라노가 노래를 불렀을 때 전율했다. 그다음 개릭이 여러 연으로 구성된 자신의 시를 낭송했을 때 무수한 빗방울이 지붕을 두들겼으며, 6연에서 언급된 것처럼 "부드럽게 흐르는 …… 은빛의 에이번 강"은 점차 위협적으로 변해갔다. 강은 범람하여 훌륭한 그림과 붉은 벨벳 휘장이 안쪽에 걸려 있는 부실한 벽을 철썩철썩 때렸다. 대자연이 만들어낸 이러한 소요도 위대한 연기자 개릭을 위협하지는 못했다. 그는 셰익스피어에 대해 공감을 하든 하지 않든 누구도 말을 하지 못하게 했다. 개릭은 숙녀들을 향해 시적인 맺음말을 읊조린 후 셰익스피어의 것으로 알려진 (개릭의 소장품으로 일찍이 앤 해더웨이의 집을 방문했을 때 얻은 것이며 커프스 위에 금속 자수 장식이 있는 회색 가죽) 장갑을 극적으로 꼈다. 이 경이로운 광경이 굉장한 흥분을 불

러일으켜 의자가 부서지고 문이 떨어져 나갔는데, 이때 칼라일 경은 크게 다치는 것을 가까스로 모면했다. 이어 공식적인 식사(프랑스산 적포도주를 포함해 가격은 10실링 6딜론)가 나왔으며 그 식사에서 불운한 150파운드짜리 거북이가 잡아먹혔다. 마차를 타고 유료 도로를 통해 런던으로 되돌아가지 못한 배짱 좋은 손님들은 그날 밤 늦게 가면극에 참석했다.

이 행사는 축축하고 춥고 질퍽했으며 여러 가지 정황 때문에 함께 갇힌 사람들은 매우 걱정스러워했지만, 여전히 엄청난 생기로 넘쳐났다. 행사에 참석한 저명한 인물 중에는 제임스 보즈웰이 있었는데 그는 이 모든 행사에 참여한 소수의 셰익스피어 비평가 중 한 사람이었다. 보즈웰은 대륙을 여행하면서, 한번은 코르시카의 영웅인 파스퀄 디 파올리를 만났다. 보즈웰은 자주 빚더미에 놓였지만 단도에 찔리는 코르시카의 장군 역으로 직접 분장했을 때에는 비용을 아끼지 않았다. 그는 꼭대기가 에이번의 새 모양으로 장식된 지팡이를 쥐고서, 물이 신발 꼭대기까지 차올랐을 때에도 매력적인 아일랜드 숙녀와 계속 춤을 추었다. 보즈웰은 단호하게 코르시카의 독립과, 일 년 전 출판된 그 주제에 대한 자신의 저서를 큰 소리로 외쳐대고 있었다. 영국의 심장부인 셰익스피어의 고향에서 이런 기억할 만한 추억을 쌓는 것은 그에게 런던에서 받던 성병치료에서 벗어날 수 있는 좋은 구실이 되었다.

셋째날인 금요일, 여전히 기억에 생생할 정도로 최악이었던 날씨가 행사를 망쳤다. 가장행렬은 취소되었지만 특별한 장애물 경주가 쇼터리 목장 근처에서 개최되었다. 장애물 경주에서는 말 다섯 마리가 무릎 깊이까지 물에 잠긴 채 경주 코스를 완주했다. 오후 4시에는 행사의 사회자가 셰익스피어 기념제의 폐회를 선언했으며, 그 신호와 함께 비가 멈췄다. 일련의 행사 가운데 셰익스피어 연극을 한 편쯤 공연하는 것은 어땠을까 하고 생각하는 사람은 아무도 없었다.

이 축제는 인상 깊을 정도로 과도했지만 불행히도 부적절했다. 런던의 배우이며 극작가이자 풍자가인 새뮤얼 푸트는 「악마의 정의」에서 행사를 이렇게 정리했다.

최근 한 기념제가 개최되었다. 이 행사는 작품 덕분에 영원불멸의 작가가 된 위대한 시인을 기념하기 위해 열렸다. 하지만 행사는 시정 없는 송시로, 음정 없는 음악으로, 먹을 것 없는 식사로, 침대도 없는 여인숙으로, 말도 없는 급한 마차여행으로 채워졌으며, 과장된 칭찬이 만들어낸 행사였다. 그리고 절반 이상의 사람이 맨 얼굴로 나타난 가면 무도회였다. 무릎까지 물이 차오른 경마에, 불을 붙이자마자 꺼져 버렸던 불꽃놀이, 카드로 만든

집처럼 완공하자마자 산산이 내려앉은 허울만 좋은 원형 극장이 있었다.[2)]

    비에 젖은 최초의 행사가 끝난 지 불과 한 달 뒤, 개릭은 자신에게 더 친숙한 관리된 무대에서 셰익스피어 가장 행렬을 성공리에 재공연했다. 공연 장소는 런던 한복판에 있는 드루어리 레인 극장이었다. 개릭은 행렬 중에 「셰익스피어에게 바치는 헌정시」를 낭송했으며 그 행렬은 셰익스피어의 주요 희곡작품에 등장하는 멋지게 치장한 주요 등장인물(큐피트들이 부채를 부쳐주고 있는 클레오파트라를 포함해 많은 등장인물)의 특징을 잘 보여주고 있었다. 래시가 스트랫퍼드의 홍수에서 무사히 보존한 의상들은 티없이 깨끗했다. 아흔 가지 행렬로 구성된 이 행사는 인기가 있었다. 당연히 개릭은 1769년 최초의 셰익스피어 기념제에서 잃었던 돈을 일부 보충했다.

    하지만 가장 중요한 것은 셰익스피어에 대한 숭배가 정립되었다는 것이다. 그리고 기념제는 후대에까지 기억되었으며 방문객 수도 계속 증가했다. 24년 후에는 새뮤얼 아일랜드와 그의 아들 윌리엄 헨리가 이곳에 도착했다. 기념제의 영향으로 인간 셰익스피어와 그와 관련된 스트랫퍼드의 건물들에 대한 관심이 높아졌다. 문맹인들도 위대한 셰익스피어에 접근할 수 있도록 하기 위해 뉴 플레이스(셰익스피어의 생가)의 최초 판화, 전기, 만담집이 출판되었다. 지역 사람들은 그들 앞에 놓인 기회에 감사했다. 첫째로 유적과 관련된 부차적인 산업이 호황을 이루었으며 오늘날까지 확장을 멈추지 않고 있다. 게다가 '셰익스피어 마차 개'의 후손이라고 주장하는 개도 나타났다. 나중에 개릭이 우스꽝스러운 목마놀이로 언급했던 것이 어느 날 가장 위대한 셰익스피어 위조가 번성할 토양을 비옥하게 하는 데 일조했다.

데이비드 개릭은 불멸의 대문호를 대중의 의식 속에 확실히 심어놓았으며 1769년의 셰익스피어 기념제 계획이 지나치게 열정적이었다고 나중에 인정했다. 개릭은 스트랫퍼드 어폰 에이번에 결코 되돌아가지 않았으나, 개릭의 '스트랫퍼드 기념제를 위한 헌정 시'의 합창은 이런저런 형식으로 수년에 걸쳐 계속 메아리쳐 내려올 것이었다.

사랑받고 존경받는 영혼 불멸의 이름이여!
셰익스피어! 셰익스피어! 셰익스피어!

존 보이델의 열정은 셰익스피어 찬양이 성황을 이루는 비옥한 혼합토에 또 하나의 양분을 제공한다. 자신도 위대한 인물이면서 셰익스피어 예찬자였던 보이델은 출판업자이자 소박한 작은 풍경과 다리를 새기는 판화가였다. 그는 최초로 영국 판화를 수출하기 시작해 외국 판화를 수입하던 당시의 경향을 완전히 바꾸어놓았다. 보이델은 1789년 런던 시에 그림 몇 점을 선사했고, 그 그림들은 런던 시 길드홀 화랑이 소유한 소장품의 토대가 되었다. 그는 1782년 길드홀이 있는 칩Cheap이라는 구의 구청장이 되었으며 1790년에서 1791년까지 런던 시장을 역임했다.

보이델은 영국 화가들의 작품을 외국인들이 감상하고 높이 평가하길 원했다. 그는 1786년에 셰익스피어 작품의 등장인물을 그려 인쇄물을 만든 후, 공개적인 구독신청을 받았다. 또한 같은 해 폴 몰에 위치한 출판업자 로버트 도드슬리의 저택 안 넓은 정원에 셰익스피어 화랑을 열었다. 조지 단스 2세가 도안한 그 건물은 조슈아 레이놀스, 그의 적수인 조지 롬니, 제임스 노스코트, 벤저민 웨스트, 존 오피, 앙겔리카 카우프만을 비롯해 유명한 예술가 32명이 위탁한 작품들을 소장하고 있었다. 보이델은 전에 없이 관대하게 그 예술가들의 그림 값을 잘 쳐주었다. 셰익스피어 화랑은 1802년의 전성기에 162점이나 되는 작품을 소장했고 그중 84점은 굉장히 컸다. 보이델은 줄곧 셰익스피어 작품에 등장하는 장면과 인물을 그린 인쇄물을 출판해왔다.

　이 작품들은 보이델에게 셰익스피어 작품 전집(1792~1801) 9권과 그림 작품본(1802) 1권을 출판하도록 영감을 주었다. 하지만 완벽을 추구하는 데 든 막대한 비용과 프랑스 혁명으로 인한 저조한 판매는 몰락을 가져왔다. 결국 그는 셰익스피어에 대한 집착의 결과로 파산하기에 이른다. 보이델은 1804년에 죽었고 그림과 인쇄본과 주식은 공개적으로 매각되었다.

　18세기 중엽부터 말엽까지는 널리 알려지고 성공한 위조품들의 시기였다. 윌리엄 로더는 위대한 존 밀턴이 『실낙원』을 쓸 때 다른 작품을 도용했다는 것을 증명하기 위해 1747년에서 1750년까지 위조품들을 만들었다. 예전부터 위조를 하려는 시도는 많이 있었는데, '오시안Ossian'의 일화와 관련된 시도들이 가장 유명하다. 그 사건에서 제임스 맥퍼슨은 수많은 게일어 필사본 시집을 썼다. 그는 「하일랜드 사람들the Highlander」이라는 제목의 시를 가지고 처음으로 위조를 시작했는데, 이때 위조한 영웅시는 앞으로 계속될 위조의 맛보기가 되었다. 그는 게일어 시를 연구했으며 고무되어서 직접 번역을 하기도 했다. 1760년 『하일랜드에서 수집된 게일어와 어스어를 번역한 고대 시 단편Fragments of Ancient Poetry collected in the Highlands and translated from the Gaelic or Erse Language』이 출판되었을 때, 문학계는 이를 매우 우호적으로 받아들였다. 맥퍼슨의 저서로는 『고대 서사시 핀갈Fingal, an Ancient Epic Poem』(전6권, 1762년), 『고대 서사시 테모라Temora, an Ancient Epic Poem』(전10권, 1763년)가 있으며 모두 오시안이라 불리는 게일 시인의 작품으로 추정되었고, 1765년 하나의 전집으로 출판되었다. 위조할 당시 맥퍼슨의 열정은 나중에 윌리엄 헨리가 그랬던 것처럼 비정상적이었다.

위조든 아니든 오시안의 시들은 굉장한 영향을 끼쳤다. 그 것은 낭만주의의 초석을 쌓는 데 일조했으며, 월터 스콧 경의 시 쓰기에도 길잡이가 되어주었다. 그리고 맥퍼슨은 상당히 재능이 있는 사람이었다. 오시안의 시들은 독일에서 특히 아낌없는 찬사 — 분명 시인 괴테도 그 시들에 사로잡혔을 것이다 — 를 받았으며 그 시들은 유럽 주요 국가의 언어로 다시 출판되었다. 나폴레옹은 영감을 얻기 위해 전투 중에도 오시안의 시집을 가지고 다녔다. 그리고 널리 알려진 바로는, 나폴레옹이 잠자리에 들 때 읽는 가장 좋아하는 책도 바로 오시안의 시집이었다. 대중들은 길들여지지 않은 자연의 웅장함과 불행하게 살았던 영웅들의 모험담에 빠져들었다. 이 위조범은 풍부한 이야기에 걸맞게 국회의원이 되었으며, 지방의 토지를 매입했고 웨스트민스터 사원에 묻혔다. 죽고 난 뒤 12년이 넘도록 그의 위조 행위는 발각되지 않았으며, 후에 그의 원고들은 파기되었다. 그 뒤 하일랜드 학회the Highland Society는 적당한 때에 게일어 시 원본들을 이용할 수 있도록 했고, 맥퍼슨이 출판한 역작에는 대응하지 않았다. 새뮤얼 존슨과 몇몇 사람들은 처음부터 회의적이었다. 그리고 셰익스피어 학자인 조지 스티븐스와 에드먼드 말론은 — 그들이 바로 1796년 윌리엄 헨리 아일랜드를 폭로하게 될 사람들이다 — 「켈트족의 호머」를 훑어보았다. 윌리엄 헨리가 1794년 말경 위조를 시작했을 때 맥퍼슨은 여전히 살아 있었다.

문학가인 호러스 월폴(제4대 옥스퍼드 백작이자 로버트 월폴의 막내아들이며, 간혹 최초의 수상으로 언급됨)은 오시안의 최초 원고에 빠져들었다. 이상하게 그 원고들은 월폴이 직접 위조를 하도록 영감을 불러일으키는 것 같았다. 오시안의 『핀갈』이 출판된 지 겨우 2년 뒤인 1765년, 월폴은 초자연적인 사건들을 다룬 책 『오트란토 성The Castle of Otranto』을 출판해 큰 성공을 거두었다. 월폴은 그 책에 번역가의 이름을 가짜로 넣었으며, 1529년 나폴리에서 인쇄된 것으로 꾸몄다. 하지만 두 번째 인쇄에서 월폴은 자신이 위조범임을 밝혔다.

대략 같은 시기에 또 다른 유명한 위조범이 나타났다. 바로 『로울리 시집Rowley Poems』을 쓴 토머스 채터턴이었다. 그는 윌리엄 헨리에게 엄청난 영감을 주었기 때문에(윌리엄 헨리는 채터턴과 자신을 심하게 동일화했다) 이 책에서 중요한 인물로 다뤄진다.

채터턴의 아버지는 브리스톨에서 그가 태어나기 넉 달 전에 사망했다. 궁핍했던 그의 가족은 엘리자베스 1세가 "영국에서 가장 아름답고 멋지고 훌륭한 교구 교회"라고 묘사한 장엄한 고딕 양식의 성 메리 레드클리프 교회의 그늘에서 거의 살다시피 했다. 이 교회가 소년에게는 자궁과 같은 피난처였을 것으로 짐작된다. 이렇게 창의력을 길러주는 환경 속에서 어린 채터턴은 아치형 천장 위에 있는 아름다운 많은 군주들, 12세기 기사의 초상과 교회가 소유한 갑옷 소장품에서 영감을 받았다. 교회는 그가 작품을 생각하고 고안해낼 수 있는 장소였다. 그는 7년 동안 교회에 있는 자선 학교에 다녔는데 그곳에서는 고작 읽기, 쓰기, 셈하기만을 가르쳤으며 학교에서 그는 바보로 여겨졌다. 이러한 점이 윌리엄 헨리로 하여금, 학생으로서 전혀 주목받지 못하는 것도 천재의 징표라고 생각하게 한 것일지도 모른다.

교회를 지키는 그의 친척 아저씨는 채터턴에게 교회의 고문서를 보는 것을 허락했으며, 그곳에서 그는 『요정 여왕The Faerie Queene』, 엘리자베스 시대 서정 시인들의 작품, 초서Chaucer나

존 리드게이트의 작품들, 그리고 초기 영어 사전에 파묻혀 지냈다. 채터턴은 교회 북쪽 복도 위 다락 안의 낡은 궤짝에 보관된 고필서의 아름다운 글자들 때문에 처음에는 읽기에, 그다음에는 쓰기에 매혹되었다. 이 이야기가 윌리엄 헨리의 상상력에 불을 지펴 그의 위조 행위와 관련된 일화에 궤짝이 등장하는지도 모른다.

채터턴은 어려서 위조를 시작했다. 그는 겨우 11살에 오래된 양피지 한 장을 골라 그 위에 시를 썼다. 그는 그것을 중세의 유적이라고 주장하면서 학교 친구에게 주었다. 사람들은 채터턴을 믿었고 그래서 그는 맥퍼슨과 똑같은 일을 시도했으며 다시 성공했다. 어린 나이에 그는 직업이 되어버린 고서적 위조를 시작했고 다락방에서 열을 올리며 그 일을 했다.

채터턴은 15세에 『로울리 시집』 위조에 착수했다. 그는 수도사이자 시인인 토머스 로울리라는 가상 인물을 만들어냈다. 로울리는 브리스톨 시장을 다섯 번 지내고 국회의원을 두 번 지낸 아주 부유한 상인이자 교회의 후원자인 윌리엄 캐닌지스 William Canynges의 고해신부로 설정되었다. 캐닌지스(후원자이자 거의 아버지 같은 존재였던)의 영향을 많이 받았던 채터턴은 상상력으로 15세기의 세상을 불러냈다. 채터턴은 그 지역의 오래된 비석의 비문들을 위조문서의 출처로 사용했기 때문에 브리스톨 시민들은 로울리의 필서에서 자신들의 조상들을 발견하고는 자랑스러움에 득의양양해졌다. 이렇듯 채터턴은 브리스톨과 그곳의 거주자들을 명예롭게 하는 수많은 역사적인 문서를 만들어냈다.

1767년 채터턴은 한 변호사를 위해 일 — 나중에 윌리엄 헨리가 따르게 될 과정이기도 하다 — 을 하기 시작했으며 이 일로 그는 근무 시간 동안 여유 시간을 많이 가지게 되었다. 그는 『로울리 시집』의 복사본들을 런던에 있는 호러스 월폴과 극작가이자 출판업자인 로버트 도드슬리에게 보냈다.

월폴은 친구인 시인 토머스 그레이가 의심할 때까지 스스로를 중세주의자로 생각했으며 재능은 있지만 완전히 잊혀진 채터턴의 『로울리 시집』에 관해 더 배우고 싶은 마음이 간절했다. 채터턴이 돈 때문에 『로울리 시집』을 위조한 것은 아니었는데, 월폴은 채터턴이 오시안 시집을 위조한 뒤 장난으로 로울리 시집도 위조했을지 모른다고 생각했다. 월폴은 답장에서 채터턴을 꾸짖지는 않았지만 — 자신도 위조 장난을 쳤는데 어떻게 그럴 수 있었겠는가? — 다른 전문가들이 시의 고대성에 의심을 품었다고 말했다. 채터턴은 몹시 슬퍼했으며 나중에 런던에서 기회가 있을 때마다 월폴을 조롱했다.

1770년 4월 채터턴은 런던에 가기로 결심했다. 처음에 그는 변호사 도제 계약서를 받았지만, (계약을 해주지 않으면) 자살을 한다고 위협을 하여 취소되어버렸다. 그의 고용주는 그가 미친 데다 사무실에서 죽기를 바라지 않았기에 계약서를 찢기로 결심했다.

채터턴은 곧 런던에서 이류작가의 일로 바빠졌으며, 굉장한 열정으로 일에 몰두했으나 경제적으로 도움이 되지는 않았다. 돈이 없었던 그는 몇달 동안 거의 굶다시피 했는데, 거만하게도 절박한 상황일 때조차 음식을 제공받길 거부했다. 그리고 그는 극적인 결심을 했다. 그는 실패도 동정도 받아들이지 않았다. 1770년 8월 채터턴은 비소 과다 복용으로 죽었으며 극빈자 묘소에 묻혔다. 그의 나이 불과 17살이었다.

채터턴은 '로울리' 문서 12편과 다른 필사본 86편을 위조했다. 성공한 문호인 나이든 월폴은 비록 그들이 접촉한 지 18개월 후에 그런 일이 일어났지만 고군분투하는 어린 천재를 거부했다는 생각이 들기 시작했고 그 소년의 자살로 부당한 비난을 받았다.

채터턴의 어머니와 누이는 "배우는 데 그렇게 더딘"[3) 사람이 위조범이 될 수 있다는 것을 결코 받아들이지 않았으며 그 필사본들이 정말로 오래된 함에서 발견된 것이라고 믿었다. 비록 채터턴의 생은 그렇게 끝났지만 그의 명성은 이제 막 타오르기 시작했다. 7년 뒤에 『로울리 시집』이 출판되었으나 채터턴은 그 시집의 판매로 아무 이득을 얻지 못했다. 윌리엄 헨리역시 그의 시대가 왔을 때 자신의 위조품으로 이득을 취하지못했다. 하지만 『로울리 시집』이 다시 전개되고 있던 낭만주의 운동에 추진력을 더했기 때문에 토머스 채터턴의 재능은 오늘날 더욱 중요하게 평가받는다.

이처럼 18세기에는 셰익스피어에 관한 위조문서가 있었으나, 대부분 즉시 들통이 났다. 더욱이 셰익스피어가 서명한 원본 문서들이 발견되는 것은 여전히 가능한 일이었다. 알바니월리스는 두 차례나 원본 문서를 발견했는데, 한번은 1768년그가 블랙프라이어스 게이트 하우스 담보문서를 찾았을 때이고 또 한번은 1795년 셰익스피어의 친구 존 헤밍이 서명한 양도증서를 발견했을 때이다.

이 모든 사건들은 윌리엄 헨리 아일랜드의 과감한 위조 행위의 배경이 되었다. 그는 모호한 게일어 시들이나 알려지지않은 15세기 시인의 '분실된' 시들은 위조하지 않기로 결심했다. 호감을 주지 못했던 이 젊은이는 상상할 수 있는 한 가장도전적인 일을 향해 나아갔다. 그것은 바로 셰익스피어가 쓴문서, 시, 희곡들을 위조하는 것이었다.

2장

'너무 우둔해서 학교의 망신거리다'

'so stupid as to be a disgrace to his school'

새뮤얼 아일랜드의 가계는 다소 불가사의했는데, 이러한 점은 젊은 위조범 윌리엄 헨리 아일랜드의 행동과도 긴밀하게 연결되었을 것으로 짐작된다. 그러나 마침내 그 젊은이가 셰익스피어 문서 위조범이라는 사실이 폭로되고 나서야 비로소 그가 왜 자신의 능력을 그렇게 감추어야 했는지, 그리고 왜 그런 부정한 방식으로 스스로를 표현하도록 내몰렸는지에 대한 의문들이 제기되었다.

새뮤얼 아일랜드의 가계에 대한 수수께끼 중 하나는 그와 아들 사이의 기이한 관계였고, 다른 하나는 당연히 그와 윌리엄 헨리의 어머니인 (부인이거나 정부인) 프리먼 부인과의 관계였다. 아마 윌리엄 헨리의 불확실한 혈통과 아버지로서 정이 없었던 새뮤얼 때문에, 관심과 명성을 얻고 싶어 했던 이 활기 없는 젊은이가 깜짝 놀랄 만한 시도를 하게 되었는지도 모른다. 아버지는 아들에게 항상 좀 더 나이가 들면 혈통을 설명해주겠다고 약속했지만 결코 설명해주지 않았다. 심지어 새뮤얼은 자기 혈통도 모호한 상태로 간직했다. 이런 의문들은 윌리엄 헨리에게 평생 혼란스러운 문제로 남게 되었다.

설령 윌리엄 헨리가 새뮤얼을 아버지로 받아들였다 할지라도, 그는 자신의 어머니가 누구인지 확실히 알지 못했다. 프리먼 부인 역시 애정이 있어도 거의 내색하지 않았는데, 그렇다면 어머니는 아마도 프리먼 부인이었을 것이다. 어쩌면 새뮤얼이 진짜 아버지고 프리먼 부인은 어머니가 아닐 수도 있었다. 그녀는 적어도 그 소년의 두 누이인 안나 마리아(프리먼 부인의 세례명이 안나 마리아였음)와 제인의 어머니였을 것임에는 틀림없다. 혈통에 대한 이러한 의문은 수년에 걸친 혼선의 결과로 생겨났다. 새뮤얼은 초창기에 세 아이가 오래전 사별한 부인의 자식들이라는 인상을 주었다. 그러나 훗날 새뮤얼은 손님들에게 어윈이라는 어떤 부인이 그 아이들의 어머니라고 말했다. 그렇다면 새뮤얼은 어윈이라는 부인과 어떤 관계였던 것일까? 꼼꼼하지만 악의적인 셰익스피어 학자 에드먼드 말론은 그 소년의 어머니는 남편과 별거한 어윈 또는 어와인이라는 어떤 부인일 것이며 그녀는 한동안 새뮤얼과 함께 살았었다고 말했다.[1] 덧붙여 말론은 1777년 스트랜드 거리에 있는 성 클레멘트 데인즈 교회에서 윌리엄 헨리가 윌리엄 헨리 어와인이라는 이름으로 세례를 받았다고 주장했는데 교구 기록보관소에서 관련 기록을 찾을 수는 없었다. 몇 년 동안 아이들은 어윈이라는 성을 사용했으며 프리먼 부인의 조카로 소개되었다. 그런데 나중에 프리먼 부인이 그들을 자기 자식이라고 말하면서 앞서 했던 말을 정정했다. 독자들에게 이 이야기가 당혹스럽게 들린다면 분명히 아이들도 이 중요한 문제로 아주 혼란스러웠을 것이며, 친부모의 사랑을 받지 못한다는 것을 항상 감지하고 있던 윌리엄 헨리는 특히 더 혼란스러웠을 것이다.

또 다른 가능성도 있다. 젊었을 때 프리먼 부인은 굉장히 방탕한 제4대 샌드위치 후작(게임 탁자에서 음식을 먹을 수 있도록 샌드위치를 고안한 인물)의 정부였다. 이러한 사실은 왜 프리먼 부인이 부유한지와 고위층에 속한 오빠가 그녀와 왜 의절했는지, 새뮤얼이 왜 그녀와 결혼하지 않았는지를 설명해줄 것이다. 그렇다면 샌드위치 후작이 아이들 중 누군가의 아버지였을까? 분명 프리먼 부인은 자산을 1만 2,000파운드(오늘날의 42만 파운드) 정도 소유하고 있었는데 그것은 공작이 준 위자료일지도 모른다. 이 돈은 스피탈필즈의 실패한 직물공이었던 새뮤얼이 스트랜드 거리로 이사해 풍경 판화가이자 골동품 수집가가 되어 세상으로 나아가는 데 일조했을 것이다. 때때로 새뮤얼은 프리먼 부인에게 무례하고 짓궂었으며, 후에 윌리엄 헨리가 새뮤얼에게 보낸 편지에서 회상했던 것처럼 그들이 언쟁하면서 상처를 주었던 말 중에는 아들의 출생에 대한 것도 있었다.

게다가 아버지 새뮤얼은 다른 가족들과 친한 친구들이 그랬던 것처럼 아들을 항상 '샘'이라고 불렀다. 사실 윌리엄 헨리는 쌍둥이였는데, 쌍둥이 형인 새뮤얼이 죽고 말았다. 결국 윌리엄(제이콥 당의 대의에 동조했던 토리 당의 정치인이자 작가인 헨리 성 존 볼링브로크를 기념하여 '헨리'라고 명명한 것이고, '윌리엄'은 아마도 셰익스피어에 대한 경의로 명명했을 것이다) 본인도 때때로 편지에 'S. W. H 아일랜드' 또는 '새뮤얼 아일랜드, 2세'라고 서명했으며 '샘'이라는 이름을 사용했다. 이처럼 소년은 심지어 자기 이름으로도 불리지 않았으며 대신 아버지의 이름을 역사에 남게 했다. 한 개인으로서 윌리엄 헨리의 정체성이 끊임없이 위협받았던 것을 알 수 있다.

자식들 중 누구도 세례를 받았다는 기록은 없다. 심지어 윌리엄 헨리의 출생일조차 의심스럽다. 그의 아버지는 출생년도가 1775년이라고 말했으나 윌리엄 헨리는 1777년이라고 주장했다(위조범은 천재적인 일을 수행했을 당시에 자신이 어렸다는 것을 강조하는 데 늘 관심이 있었다). 이야기가 더 복잡해졌지만 어쨌든 우리는 그 소년이 윌리엄 헨리라고 불렸고 새뮤얼이 아버지이며 프리먼 부인이 어머니이고, 그가 1777년에 태어났다는 것을 추정할 수 있다. 알려지지 않은 '프리먼 씨'와 '아일랜드 부인'이 포함된 가계에 대해서는 관례에 따라 암묵적인 동의가 있었을 것이다. 그러나 윌리엄 헨리는 스스로를 프리먼 부인과 미지의 프리먼 씨의 자식이라고 생각하는 듯 보였는데, 왜냐하면 후반에 그가 종종 사용했던 다양한 서명 중에 (마치 이름에 관한 모든 일을 조롱하듯이) 'W. H. 프리먼'이 있었기 때문이다. 이것은 출생일, 세례명, 그의 성과 부모의 정체에 대해 갖고 있던 혼란에서 비롯된 것이 틀림없다. 윌리엄 헨리는 자신에 대해 어떤 확실성을 남겨두고 있었던 것일까?

새뮤얼 아일랜드는 작고 통통하며 허풍스럽지만 열성적이고 사회적으로도 야심만만한 사람이었다. 그는 모순된 면이 가득했다. 박식한 반면 잘 속았으며 신중하고 꼼꼼하지만 충동적인 데다가 부주의하며, 허영심이 있으나 유명한 예술품을 보았을 때 그것을 수집하는 집착에서 드러나는 순수함은 천진스럽기도 했다. 집착은 점점 광기로 변했다. 그는 유명하고 역사적인 인물들과 관련된 골동품과 고서를 수집하는 데 집착했으며,

그 모든 것을 넘어 자신이 완전히 작품을 이해하지 못했고 줄곧 잘못 인용했던 셰익스피어와 관련된 것들에 집착했다. 이전에 이루어진 한 연구에서 새뮤얼에 관한 버나드 그레바니에의 평가를 보면, 그는 "18세기의 이성주의자라기보다는 동요하는 작은 얼룩 다람쥐 같은 인간"[2]으로 묘사되어 있다.

거만한 새뮤얼은 자신의 출신 배경을 감추려고 했다. 그는 건축 공부를 시작으로 건축학적 수채화 몇 점을 그렸고 심지어 미술학회에서 메달을 받기도 했던 것 같다. 그가 그린 옥스퍼드의 경치 중 하나가 1765년 미술학회 건물 안에 전시되었으며 불과 3년 뒤에 새뮤얼은 국립미술학회의 명예회원이 되었다. 1768년 그는 건축학을 포기했으며 스피탈필즈에 있는 프린스 거리 19번지의 직물공이 되었지만 파산했다. 이곳이 바로 새뮤얼의 가족이 1782년 스트랜드 거리에서 좀 떨어진 아룬델 거리로 이사하기 전, 그가 처음으로 프리먼 부인과 세 아이와 살았던 곳이다.

새뮤얼은 그림을 그리는 법과 동판화 기법, 조각하는 법을 독학했을 것으로 추정된다. 1780년부터 1785년까지 그는 풍경을 동판으로 제작하기 시작했으며 이것으로 성공을 거두었으나, 그의 사업에서 중요했던 부분은 조각한 풍경을 파는 것이었다. 그는 생의 마지막 20여 년 동안 간결하고 유쾌한 느낌의 판화를 많이 제작했다. 비록 상상력이 결여되어 있고 인물들은 항상 먼 거리에 있었지만 오늘날에도 여전히 재생산되고 수집되는 소중한 역사적 기록물들이다.

새뮤얼은 다른 판화나 그림, 예술품들을 거래하면서, 경제적인 상황에 따라 소장품을 늘리거나 줄이곤 했던 귀족들을 더욱더 많이 만났다. 그리고 그는 기회가 주어졌을 때 항상 자신의 소장품을 추가할 준비가 되어 있었다. 새뮤얼은 늘 열망해왔던 사회적 지위를 향해 올라가고 있었다. 새뮤얼의 진정한 천직은 수집가였다. 그레바니에는 이를 "미에 대한 숭배의 산물이라기보다는 대가들에 대한 일종의 하층·중산층 계급의 존경"[3]이라 일컬었다. 새뮤얼의 소장품은 상위 질의 것과 — 그는 영국 내에서 가장 고급스러운 호가스의 작품들을 소장하고 있었으며 루벤스와 반 다이크의 그림들도 소유하고 있었다 — 유명한 사람들이 만졌거나 소유했던 기이한 매력을 지닌 이상한 공예품과 골동품들로 뒤섞여 있었다. 소장품 중에는 로테르담에 있던 미라의 밀랍천과 찰스 1세 소유의 외투 일부도 있었다.

윌리엄 헨리는 갈색의 곱슬머리였으며 중간 키에 마른 몸매였다. 아버지의 억압으로 인한 자신감의 결핍은 그의 성격과도 어울리는 평범한 태도를 낳았다. 윌리엄 헨리가 맨 처음 다닌 학교는 켄싱턴 광장 뒤에 위치한 친절한 하베스트 씨의 학교였다. 윌리엄 헨리가 『고백서Confession』에서 진술한 것처럼 그는 "연구나 응용을 아주 싫어"했다. 윌리엄 헨리는 자신의 신통치 않은 외모와 더불어 나태해지려고 매우 애썼으며 그것은 심지어 저학년에게도 아주 보잘것없는 인상을 주었다. 그는 후에 일링에 위치한 슈리 씨의 학교를 다녔는데 학기 말에 교장 선생님의 편지를 가지고 집으로 돌아왔다. 그 편지에는 "이 소년은 너무 멍청해서 학교의 불명예이며 방학 후에 돌아오지 않는 것이 가장 좋을 것"이라고 쓰여 있었다. 또 그렇지 않으면 윌리엄 헨리의 아버지에게는 수업료를 지불하는 것이 돈을 도난당하는 것과 마찬가지일 것이라고 적혀 있었다.4)

소년은 감상적인 몽상가였으며, 갑옷을 수집했고 골판지로 극장을 만들었다. 새뮤얼이 토머스 린리와 친구였기 때문에 윌리엄 헨리는 어려서부터 드루어리 극장가의 뒷얘기에 익숙해져 있었다. 극장 소유주 중 한 명인 토머스 린리는 또 다른 소유주인 극작가 리처드 브린즐리 셰리든의 장인이었다. 이런 친분으로 브루턴 거리에 있는 셰리든의 저택에 귀족들이 많이 모인 가운데, 소년은 다른 아이들과 함께 <친절한 양치기 The Gentle Shepherd>라는 연극에 출연했다. 그들의 행로는 후에 엇갈리게 되었는데, 왜냐하면 셰리든은 윌리엄 헨리에 대한 이 이상한 이야기의 결말 부분에서 중요한 인물이 될 것이기 때문이다. 그 연극에서 윌리엄 헨리의 역할은 작았지만 그는 "그 행사에 대해 내가 느꼈던 매력을 감소시키지 않았다……. (그리고) 연극에 대한 나의 애정을 더욱 확실하게 해주었다"라고 말했다.5) 윌리엄 헨리는 감동하는 관중 앞에 섰을 때 느꼈던 최초의 전율을 결코 잊지 못했다.

그 후 윌리엄 헨리는 소호 광장에 위치한 바로우 박사의 학교에 다녔는데, 방학 전 그 학교에서 학생들이 공연했던 연극이 바로 <리어 왕>이었다. 어쩌면 이 초기의 사건들이 (몇 년 뒤 싹을 틔우게 될) 위대한 셰익스피어 위조라는 씨를 뿌린 것일지도 모른다. 그러나 이상하리만치 아둔한 이 소년의 교육에 관해서만큼은 모든 노력이 무용지물처럼 보였다.

새뮤얼은 계속 목표를 높이면서 『네덜란드, 브라반트 프랑스 일부 지역에 걸친 그림같이 아름다운 여행A Picturesque Tour through Holland, Brabant, and Part of France』이라는 책을 쓰고 삽화를 그리려고 계획했다. 1789년 가을, 새뮤얼은 아들 윌리엄 헨리를 데리고 유럽 대륙을 여행하면서 매력적인 경치들을 탐사하고 스케치했다. 그리고 여행길을 따라 가면서 극장들을 기록했다. 애석하게도 암스테르담에서 네덜란드 판 <햄릿Hamlet>을 간발의 차로 놓쳤지만 그 대신 인가된 매춘굴 한 곳을 방문했다. 그들은 오래 머물지 않았다. 짙은 담배 연기 사이로 현악

연주자와 하프 연주자가 연주하는 것을 보았으나 '여인들의 추함과 무례함'은 그들을 곧 '서둘러 돌아가도록' 했다. 새뮤얼은 "이런 집의 숫자는 믿을 수 없을 정도였다"라고 회고했다. 당시에는 사회적으로 존경을 받는 사람들이 구경 삼아, 또는 젊은이들이나 도덕성이 결핍된 사람들에게 교훈을 주기 위해 매춘굴을 방문하는 일이 허락되었다. 중산층의 미덕을 과시했던 새뮤얼과 같은 사람이 공적으로 허가를 받아 매춘굴을 방문한 것은 좀 이상하게 보였지만, 새뮤얼의 기존 성격과는 또 다른 대조적인 면이 있는 것으로 보일 뿐이었다. 새뮤얼은 자신이 남들에게 보이려고 애썼던 만큼 엄격하지는 않았다. 오랫동안 그는 런던 극장의 활발하고 불규칙적인 세계에 아주 정통했으며, 결국 결혼하지 않은 여자와 함께 살고 있었다.

앤트워프에서 그들은 루벤스의 집을 방문했으며(새뮤얼의 소장품에는 루벤스가 그린 그림과 도안들도 있었다), 그는 루벤스가 한때 앉았던 (머리 부분이 청동으로 된 못들이 박힌) 붉은색 가죽 의자 때문에 거의 무아의 경지에 이르렀다. 일시적이나마 '신성神性 루벤스'는 '영국 무대의 위대한 아버지'(셰익스피어)6)의 위협적인 경쟁자가 되었다.

그해에 바스티유 습격이 일어났다는 것도 두 사람의 파리 방문을 막지는 못했으며, 새뮤얼은 불과 몇 달 전에 바스티유에서 발생한 유명한 장면들을 조용히 생각했고 '그 전제주의의 비열한 동력'의 잔재들을 그렸다. 그들은 파리에서 발생한 혼란 때문에 일시적으로 국회가 열렸던 베르사유를 방문했다. 그런 다음 집을 향해 북쪽으로 (대략 파리와 칼레의 중간에 있는 솜지역의 피카르디의 수도인 아미앵으로) 여행하기 시작했다.

아미앵에서 새뮤얼은 잠시 동안 귀찮은 아들과 떨어졌다. 새뮤얼은 법률을 공부시키려는 목적으로, 실망하던 그 열두 살 소년을 학교에 맡겼다(새뮤얼에게 이것은 런던의 친구들에게 자랑하기 좋은 일이었지만, 프랑스 법이 영국 내에서 얼마나 유용하겠는가). 윌리엄 헨리는 그곳에서도 문제가 있었던 것 같은데, 다음번에 아미앵의 정 서쪽에 위치한 브리스 강변에서 몇 마일 떨어진 내륙지방의 노르망디에 있는 위 대학으로 보내졌기 때문이다. 이곳에서도 윌리엄 헨리를 거절했지만 아버지는 적어도 아들이 프랑스어는 배울 것이라고 합리적으로 생각했다.

새뮤얼의 접근방식은 옳았다. 소년은 완벽하게 프랑스어를 구사하게 되었으며, 그의 프랑스어 실력은 일생 동안 큰 도움이 되어주었다. 말도 통하지 않고 아는 사람도 없는 이국 땅의 기숙학교에 남겨진 것이 윌리엄 헨리에게 어떤 영향을 미쳤는지는 모르겠지만, 후에 그는 일생에서 가장 행복했던 시절은 프랑스에서 학생으로 지냈던 만 4년이었다고 말했다.

1790년 새뮤얼은 네덜란드와 브라반트, 프랑스 일부 지역을 둘러보았던 가을 여행의 결과물을 두 권의 책으로 출판했다. 로테르담에서 델프트까지, 암스테르담에서 앤트워프까지, 브뤼셀에서 파리까지, 아버지와 아들은 최소한 23개의 마을과 도시를 방문했다. 이 책은 아주 성공적이어서 1791년 새뮤얼의 집안은 아룬델 거리에서(당시 이 거리는 템스 강에서 스트랜드 가에 이르는 곳이었음) 서쪽으로 좀 떨어진 곳에 있는 더 좋은 집으로 이사를 했다. 성 클레멘트 데인즈 교구 안에 있는 노포크 가 8번지 저택은 컸으며, 사회적으로 점차 존경받게 된 새뮤얼의 위치와 절정에 이르고 있는 그의 소장품에도 더 걸맞은 곳이었다. 그의 새로운 이웃들로는 변호사이자 수집가인 알바니 월리스와 오랜 친구이자 극장 소유주인 토머스 린리가 있었다.

1793년 봄, 새뮤얼은 윌리엄 헨리를 영국으로 다시 데려왔다. 같은 해 새뮤얼의 책 『메드웨이 강가의 아름다운 풍경들, 노르에서 서식스의 강 발원지 주변까지Picturesque Views on the River Medway, from the Nore to the Vicinity of Its Source in Sussex』(이하 『메드웨이』)가 출판되었다. 이 책은 1792년 출판된 그의 책 『템스 강의 아름다운 풍경들Picturesque Views on the River Thames』의 연장선이었다. 두 권의 인상적인 장서에는 새뮤얼이 현장에서 그린 도안을 토대로 작업한 동판화들이 삽화로 들어갔다. 그는 책 『메드웨이』를 에일스포드의 도와거 백작부인에게 헌정했는데, 그 책에 들어간 28개의 동판화에는 그녀의 영토 내 경관들도 포함되어 있었다. 새뮤얼은 귀족들에게 하는 아첨의 가치를 늘 알고 있었다.

윌리엄 헨리는 자신이 결코 즐겁게 해줄 수 없었던 권위적인 아버지에게서 몇 년 동안 자유로웠기 때문에, 영국과 집으로 돌아가는 것에 그다지 관심이 없었다. 사실 윌리엄 헨리는 "마치 어떤 불길한 예감이 내 위에 드리워져 있는 것처럼[7] 괴로웠다". 윌리엄 헨리에 따르면, 당시 그의 영어는 거의 이해할 수 없을 정도였고 그는 한동안 자신이 말한 내용을 아무도 이해하지 못했다고 진술했다. 이 젊은이가 바로 2년 뒤에 셰익스피어를 위조하게 될 젊은이였으니, 아마도 노포크가 8번지에서 저녁식사 후 한밤중에 셰익스피어 작품들을 주입한 것이 그의 언어 문제를 해결하는 데 도움이 되었던 것으로 추정된다. 윌리엄 헨리는 후에 "셰익스피어는 모든 신성한 자질을 지니고 있었다. 즉, 에이번 강의 대문호는 인간들 중에서 신이었다"[8]라고 언급했다. 스스로도 의식하지 못한 채 '영국 무대의 위대한 아버지'를 모방하려는 생각이 그의 마음을 사로잡았던 때는 바로 가족과 함께했던 이 문학적인 저녁시간이었다.

그는 갑옷에 대한 흥미를 갖고서 초서와 같은 초기 작가들을 모방하는 시 쓰기와 연극을 계속했다. 어느 누구도 그의 평범한 외모 아래에 흐르는 내면의 창조성과 야망의 물줄기를 의심하지 않았다. 윌리엄 헨리가 글쓰기에 대한 자신의 노력을 보여주려 했을 때, 아버지는 생색을 냈으며 프리먼 부인은 그를 놀렸다.

새뮤얼은 아들을 좋은 조건에 취업시키기 위해 뉴 인New Inn에 있는 윌리엄 빙리 씨에게 편지를 써서, 양도증서 작성인이 되기 위해 법률을 공부할 수 있도록 부탁했다. 빙리 씨는 부동산 양도에 관련된 서류들을 준비하는 변호사였다.

항상 조용하고 침울하며 호감을 주지 못하는 것으로 악명 높았던 이 젊은이는 런던의 학식 있는 집안에서 자라났다. 게다가 새뮤얼과 그의 소장품, 부유하고 영향력 있는 그의 친구들뿐만 아니라 프리먼 부인의 영향도 압도적이었다. 프리먼 부인은 18세기 후반을 비범하게 살았던 여성으로, 교육을 받았고 수많은 시와 대본을 썼으며 아이들은 집에서 그 작품들을 공연했다. 그녀는 적어도 한 권의 책을 출판했다. 그것은 '에스텔의 한 숙녀'가 쓴 『해부된 의사 또는 부엌에 있는 윌리 카도간The Doctor Dissected or Willy Cadogan in the Kitchen』이라는 부제가 붙은 풍자극이었다. 심지어 1800년 이후 제인 오스틴의 첫 번째 소설의 경우에도, 처음에는 익명으로 단지 '어떤 숙녀'가 썼다고만 되어 있었다.

윌리엄 헨리의 누이들도 재능이 있었다. 맏이인 안나 마리아는 예술적인 성향을 지녔으며 유화, 에칭, 판화를 즐겼다. 새뮤얼은 『작가가 소유한 그림들, 도안들 그리고 진귀한 판화에서 본 호가스에 대한 삽화집Graphic Illustrations of Hogarth, from Pictures, Drawings and Scarce Prints in the Author's Possession』(이하 『호가스에 대한 삽화집』) 서문에서 두 딸에 대해 "그들의 상당한 협조와, 호가스 원본의 정신과 특징에 대한 지대한 관심"9)이 있었다고 언급했으며, 에칭 60개가 완성되자 그중 일부를 접어 넣은 페이지에 수록했다. 그리고 제인은 세밀화를 아주 기술적으로 그려서 그녀의 작품은 1792년과 1793년에 국립미술관에 전시되기도 했다. 1795년 제인은 어린 남동생 윌리엄 헨리의 세밀화를 완성했는데 그 시기 윌리엄 헨리는 유명해지고 싶은 충동을 느끼고 있었다. 흥미롭게도 같은 해에 안나 마리아는 그리니치에 있는 동인도 회사의 로버트 메이트랜드 바너드와 결혼했으며 그들은 램버스에서 살았다(공교롭게도 셰익스피어의 마지막 후손인 손녀딸 엘리자베스 내시가 두 번째로 결혼했을 때, 신랑 존 바너드 경이 바로 바너드가家의 한 사람이었다).

때때로 새뮤얼의 예리한 사업 수완에 의혹이 일었다. 이러한 의혹은 훗날 그에게 해가 되어 돌아왔다. 때로는 골동품을 수집하는 방식 때문에 사람들에게 비난을 받았는데, 위조품이 폭로되었을 때 그 방식이 적들에게는 공격의 빌미가 되었다.

새뮤얼의 의심스러운 행동 중에는 호러스 월폴과의 조우도 있었다. 골동품 수집가인 월폴은 명석하고 쾌활한 문필가로도 유명했다. 1753년에서 1776년 사이 그는 고딕 양식을 하나의 유행으로 정립하면서 소위 '작고 귀여운 고딕 성(스트로베리 힐)'을 건축했는데, 그것은 고전적이고 이탈리아적인 양식에 대한 당시의 선호를 뒤집는 데 지대한 영향을 미쳤다. 그 성은 아직도 런던의 남서쪽 테딩턴에 서 있다.

매력적인 구조물을 담은 판화들은 인기가 있었고 월폴은 스트로베리 힐(1787년)의 판화본을 한정판으로 출간하려 했다. 월폴은 서신을 교환하는 주요 인사 중 한 명인 어퍼 오소리의 아일랜드 백작부인에게 보낸 편지에서, 새뮤얼에 대한 의심을 표명했다. 그는 자신이 준비하고 있는 한 책자의 한정판(40본)에 대해 언급하면서, 아일랜드라는 어떤 사람이 권두 그림의 인쇄본을 팔라고 자신의 판화가에게 뇌물을 주고 나서 멋대로 그것을 동판으로 만들었다고 투덜거렸다. 월폴은 새뮤얼이 그 권두 그림을 팔기 위해 다시 인쇄했다고 들었다. 그러나 새뮤얼은 자신의 소장품으로 간직하기 위해 월폴 책의 권두 그림을 시험적으로 인쇄했던 것이었다.

또 다른 일화로, 새뮤얼이 『호가스에 대한 삽화집』(1794)을 출판했을 때 책에 실린 동판화 200개 중 상당수는 호가스가 아니라 새뮤얼 자신이나 그 밖의 누군가가 만들어낸 것이 분명했다. 새뮤얼은 왜 그런 짓을 했을까? 새뮤얼은 호가스의 미망인에게서 대부분 구입한 영국에서 가장 훌륭한 호가스의 작품을 소장하고 있었다. 그리고 호가스를 위조하는 것이 어떤 짓인지도 분명히 알고 있었을 것이다. 그런데도 위조했다면, 그것은 아마도 소장품을 추가하고 싶은 욕망에 이끌린 유치한 부주의함이거나 수집에 대한 거의 광적인 열정 때문이었을 것이다(대체로 금전에 예리한 안목을 지녔던 새뮤얼은 책 첫 장에 자신이 지불한 가격을 기록한 목록을 삽입했다).

부정직한 행동의 냄새가 새뮤얼을 따라 다녔다. 일련의 뇌물, 해적판, 월폴의 일화 등 그것이 무엇이든 새뮤얼이 얻은 것은 아주 작거나 거의 없었다. 이는 미숙하고 어리석은 그의 성격의 일부를 보여준다. 새뮤얼은 여러 가지로 꼼꼼하고 세심했으며 너무 열정적이어서 사람들이 무조건 그를 믿을 것이라는 인상을 주었다. 이런 사건들은 윌리엄 헨리의 불명예스러운 몰락이 있기 얼마 전에 일어났으며 새뮤얼의 적들이 기쁘게 기억할 만한 것이었고, 그들 중 대다수는 아들의 위조 뒤에서 아버지가 핵심 역할을 했다고 영원히 확신했다.

3장

'꿀처럼 달콤한 독약을 재빨리 삼키며'

'swallowing with avidity the honied poison'

아일랜드 집안의 '셰익스피어화'는 가혹했다. 새뮤얼이 셰익스피어 작품에 대한 끝없는 열정을 지녔기에 최소한 일주일에 네 번은 그 '신성한 극작가'의 '미덕들'이 저녁식사 후 대화의 주제가 되었다. 그런 다음 새뮤얼은 희곡을 선택해 가족 구성원에게 역할을 배분하곤 했다. 그는 또한 "셰익스피어의 서명을 한 개라도 갖게 된다면 내가 소유한 서적의 절반을 기꺼이 줄 것"[1]이라고 자주 말했다. 윌리엄 헨리는 항상 조용하게 이를 지켜보면서 "그 꿀처럼 달콤한 독약을 재빨리 삼키며"[2] 새뮤얼이 자신을 자랑스러워할 기회를 기다리고 있었다.

윌리엄 헨리가 20대였을 때 누이 제인이 그린 그의 초창기 초상화를 보면 갈색 머리를 앞이마에 부드럽게 꼬불꼬불 드리운 그는 수줍고 조심스러우며 얌전해 보인다. 그는 당시 시적 천성을 지닌 사람들의 유행에 따라 멜랑콜리한 자세를 취하고 있었다. 다른 사람들이 그랬던 것처럼 새뮤얼도 역시 이 말 없고 내성적인 젊은이(윌리엄 헨리는 가족들의 낭독에 참여하기보다는 항상 듣기를 원했다)를 쉽게 무시했으며, 그를 우둔하다거나 멍청하다고 생각하기도 쉬웠다. 비슷한 시기의 한 동판화는 평범하고 다소 무기력해 보이는 윌리엄 헨리를 그리고 있다. 단지 아버지를 기쁘게 해주기만을 원했던 그 예민한 젊은이에게 사람들이 일부러 불친절하게 대하지는 않았을 것이다. 새뮤얼이 동반자인 프리먼 부인을 매우 불쾌하게 여겼다는 사람들의 말을 상기해보면, 그의 사랑의 저수지는 서적과 골동품 수집에 한정되어 있었던 것처럼 보인다.

새뮤얼 가족의 한밤의 낭독에서는 셰익스피어 작품뿐만 아니라, 허버트 크로프트가 쓴 『너무나 진실한 이야기인 사랑과 광기; 이름이 잘 알려지지 않았거나 후회하지 않는다면 이름을 밝힐 수 있는 사람들 사이의 일련의 편지Love and Madness, a Story too True; In a series of Letters between parites Whose Names Would Perhaps be Mentioned Were They Less Known or Lamented』(이하 『사랑과 광기』)라는 제목이 긴 소설도 다루었다. 그들 가족의 문화생활 가운데 자주 무대에 오른 이 소설을 통해, 윌리엄 헨리는 처음으로 '브리스톨의 셰익스피어'인 토머스 채터턴을 만났다.

당시 굉장히 인기 있었던 『사랑과 광기』는 세상을 놀라게 한 어떤 살인자의 실화를 자세히 기술했던 것으로 추정된다. 책 속에서 사악하고 늙은 샌드위치 경의 정부인 젊고 아름다운 마사 레이는 이미 샌드위치 경과의 사이에서 자식을 몇 명 둔 어머니였으며 자기 인생에 만족하는 것처럼 보였다. 하지만 제임스 해크먼이라는 대위가 그녀와 미치도록 사랑에 빠져, 마사가 수없이 거절했음에도 불구하고 그녀에게 청혼을 하게 되었다. 1779년 4월 어느 날 저녁, 그는 코벤트 가든 극장 밖에서 기다렸다가 그녀를 총으로 쏴 죽인 다음 자살을 시도했으나 애석하게도 치명적이지 않았다. 결국 해크먼은 살인죄로 유죄 판결을 받고 교수형에 처해졌다는 것이 이 책의 내용이었다.

한때 프리먼 부인이 샌드위치 경의 정부였으며 어쩌면 그 집안의 아이들이 샌드위치 경의 자식일지도 모른다는 것을 고려할 때, 그녀와 새뮤얼은 어떻게 매일 밤 연극을 하며 이 소설을 읽고 논의할 수 있었을까? 이러한 생각은 생각만으로도 불온해 보인다. 질투를 느낀 새뮤얼이 그녀를 벌 준 것일까, 그녀가 스스로에게 벌을 준 것일까, 아니면 그녀가 다른 정부 중 한 명의 불행을 폭로했던 것일까? 놀랍게도 새뮤얼은 아일랜드 집안에서 감상적인 대사로 유명했던 이 소설을 셰익스피어 작품 다음으로 존경했다. 새뮤얼의 지적 소양이 그러했다.

『사랑과 광기』의 작가 허버트 크로프트는 개인사가 화려한 에식스주의 목사였다. 그는 위조범들의 일생에 아주 매료되어 전체 이야기와 상관이 없는데도 소설 안에 위조범들의 이야기를 집어넣었다. 특히 그는 소설에서 '오시안'의 위조범인 제임스 맥퍼슨과 『로울리 시집』의 위조범인 토머스 채터턴을 언급한다. 그는 놀랍게도 그 책의 3분의 1에 달하는 100쪽 이상을 자신이 조사한 채터턴의 삶에 할애했으며, 그가 조사한 내용이 채터턴의 삶에 관한 가장 자세한 설명이었다. 채터턴의 『로울리 시집』이 출간된 지 불과 2년 뒤에 크로프트가 쓴 이 소설을 읽고, 윌리엄 헨리가 왜 채터턴의 이야기에 깊이 감동했는지를 알아내는 것은 간단하다. 바로 유사한 점이 너무 많았기 때문이다. 윌리엄 헨리는 채터턴이 자신처럼 인정받지 못한 천재라고 생각했다. 위조범과 위조 행위들에 대한 크로프트의 태도는 윌리엄 헨리의 생각에 크게 영향을 끼쳤다. 크로프트는 만약 위조범의 작품이 칭송받는다면 그 위조범은 비난이 아니라 존경받아야 마땅하다고 말했다. 그리고 만족스럽게도 채터턴은 위조범이 되어 관심을 끌었다. 비록 배운 적은 없었지만 채터턴이 위조 때 사용했던 어설픈 라틴어도 인정을 받은 것이다.

크로프트는 스스로를 천재의 후견인이라 생각하는 브리스톨 사람들에 대해서는 가혹했다. 채터턴은 17살의 나이에 자살해, 사람들이 방치된 천재를 맹목적으로 숭배하도록 만들었다. 윌리엄 헨리에게 이것은 굉장한 소식이었다. 그는 자신이 공감하고 동일시한 채터턴에 매료되었다. 매일 계속되었던 셰익스피어 작품 낭독과 위조에 대한 크로프트의 이야기가 소년의 머릿속에서 연결된 것은 놀랄 일이 아니다.

소설은 또 다른 이유로 윌리엄 헨리의 흥미를 매우 강하게 끌었다. 그는 과거의 어떤 것만이 아버지와 주변 사람들의 중대한 관심을 불러일으킬 만한 가치를 지니고 있었기 때문에 자신의 창조적인 노력들은 무시되곤 한다는 것을 깨달았다. 그래서 그는 실험을 해보기로 결심하고, 채터턴처럼 처음에는 중세 시를 작성했다. 아들은 아버지를 존경했기에 골동품과 셰익스피어에 대한 관심의 측면에서는 아버지를 흉내 내려 했다. 그는 아버지를 위해 희귀본을 찾아내면 칭찬받을 것을 알았고 그것에 아주 능통하게 되었으며 아버지의 귀중한 서가를 위해 수많은 희귀본들을 찾아냈다. "운이 좋거나 조사를 해서 내가 찾아낸 희귀한 문서들로 아일랜드 씨의 놀라움을 불러일으키는 것만큼 내게 만족감을 주는 일은 없었다." 기뻐하는 아버지의 반응이 그를 더 나아가도록 격려했으며 "지칠 줄 모르는 열정으로 내가(윌리엄 헨리가) 흥미를 가졌던 연구에 대해 진정한 취미"3)를 갖게 되었다.

그는 양도증서 변호사인 빙리 씨의 사무실에서 많은 시간 동안 감독받지 않은 채 홀로 셰익스피어의 서명이 그에게 가져다 줄 행운을 꿈꾸며 증서와 서류들을 계속 훑어보았지만, 아무런 행운도 일어나지 않았다. 그러나 그에게는 18세기 런던의 어수선한 거리와 골목길과 시장 안에 있는 수많은 노점의 헌책방과 책방들을 뒤질 수 있는 시간이 있었다. 그가 정말로 셰익스피어가 서명한 자료를 찾을 수도 있다는 생각은 거의 가망이 없었는데 그렇다고 아예 불가능하지도 않았다. 그리고 실제로 훨씬 더 믿을 수 없는 일이 일어났다.

새뮤얼은 아름다운 풍경 연작물의 네 번째 책을 준비하기 위해 여행을 떠나기로 결정했다. 1793년 여름, 새뮤얼은 『에이번 강 상류 워릭셔의 아름다운 풍경들』(1795)에 쓰일 경치를 스케치하기 위해 아들과 함께 초목이 무성한 영국 내륙지방의 고요한 에이번 강을 따라가고 있었다. 새뮤얼은 책자 안에 스트랫퍼드의 풍경을 넣었고, 다른 때와 마찬가지로 그해 여름과 그 이전에 그곳에서 그려둔 스케치를 토대로 한 자신의 판화를 책 속에 삽화로 넣었다.

그들이 겸허한 마음으로 셰익스피어 생가에 이르렀을 때,

마을 사람인 존 조던을 만났다. 이들 부자父子가 자칭 스트랫퍼드 안내자이자 개릭의 셰익스피어 축제에서 결정적인 영향을 받은 이 셰익스피어 '전문가'와의 만남을 피하기란 불가능했을 것이었다.

존 조던은 많이 배우지는 못했지만 자신을 학식 있는 사람이며 시인이라고 생각했다. 그는 마을의 명사로서 더 성공을 거두었다. 검고 침울한 얼굴에 농부의 체구를 한 그는 시인에 대한 자신의 혼잡한 이론을 내세우면서, 셰익스피어와 관련된 마을 이야기 전문가인 시골 농부 역할을 약삭빠르게 수행했다. 심지어 그는 마을에서 '스트랫퍼드의 시인'으로 알려지기도 했다. 그의 활동에는 셰익스피어 서명을 위조하는 일도 포함되었는데, 복사본에서 서명을 모방해 파는 것이 또 다른 부업이었다.

결과적으로 아일랜드 부자에게 가장 무서운 사람이 된 위대한 셰익스피어 학자 에드먼드 말론 역시 스트랫퍼드에 왔다가 존 조던을 만나 야생 사과나무에 대한 새로운 이야기를 들었다. 이 작은 다년생 잡목은 조던 때문에 뽕나무와 경쟁하는 중요한 상대가 되었다(뽕나무는 앞에서도 언급되었듯 셰익스피어 생가에 있었던 나무다. 그 나무로 만든 많은 목제품은 경배의 대상이 되었고, 그 나무에서 생겨난 새로운 뽕나무가 여전히 살아 있다고 경이롭게 여겨졌다. 덧붙여 바로 아래에 나오는 것처럼 셰익스피어가 야생 사과나무 밑에서 잠을 잤는데, 그 나무가 지금도 생존해 있다는 이야기다). 짐작하건대 스트랫퍼드에서 약 7마일 떨어진 에이번 강에 있는 비드포드에서 술을 마시고 집으로 돌아오면서, 셰익스피어와 스트랫퍼드에 사는 그의 친구들은 비드포드에서 그리 떨어져 있지 않은 야생 사과나무 밑에서 잠이 들었을 것이다. 새뮤얼은 자신의 책을 위해 비드포드의 정경뿐만 아니라 나무도 그렸다. 그러나 이 죄 없는 나무는 야생 사과나무가 아니라 성스러운 유물용 조각품의 재료로 쓰이게 될 운명이었다. 그리고 그 목적을 수행하기 위해 나무는 베어졌다.

학자 에드먼드 말론은 1790년 이래로 조던과 서신을 교환해오면서 정보의 한계성을 완전히 인식했다. 하지만 잘 속았던 윌리엄 헨리에게 '시인 조던'은 '아주 정직한 친구'였으며 '정중하고 악의가 없는 사람'[4]이었다. 윌리엄 헨리와 새뮤얼이 '이 상상 속의 장소를 밟았을'[5] 때, 새뮤얼도 똑같이 조던을 정직한 사람이라고 생각했다.

스트랫퍼드에서 새뮤얼은 (그리고 처음에는 꺼려했던 아들도) 셰익스피어가 숨을 쉬던 공기, 그가 걸었던 땅, 그가 보았던 경치와 위대한 인물이 알았던 건물들에 에워싸여 있다는 생각에 황홀해졌다. 조던은 그들을 나이든 목수 토머스 샤프가 운영하는 가게로 데려갔다. 샤프는 자신의 이름으로 먹고살았으며 초기에 셰익스피어 산업에 뛰어든 노련한 스트랫퍼드 주민들 중 한 명이었다. 1756년, 그는 이미 전설적이고 기적적으로 계속 새로워지던 뽕나무의 잔재들을 재빠르게 사들였다. 아일랜드 1세는 이 뽕나무로 만든 것으로 추정되는 술잔과 장신구를 샀으며 아일랜드 2세는 그것들을 "가톨릭 국가에서 볼 수 있는 진짜 십자가의 조각과 같다"[6]라고 비유했다. 이 예리한 언급처럼, 셰익스피어와 그의 작품에 대한 숭배는 새뮤얼과 그 밖의 사람들에게는 거의 하나의 종교가 되었다.

그런 다음 조던은 성 삼위일체 교회Holy Trinity Church로 그들을 데려갔다. 아버지가 셰익스피어 기념비를 그리는 동안 윌리엄 헨리는 젊은 셰익스피어가 사슴을 밀렵한 것으로 추정되는 영지의 주인인 토머스 루시와, 셰익스피어가 땅을 샀던 존 쿠움이라는 사람에 대해 조사했다. 교회에 들어서자마자 윌리엄 헨리는 "그때 내 영혼을 감쌌던 전율을 묘사하기란 불가능할 것"[7]이라고 말했다.

새뮤얼은 셰익스피어 기념비 위에 석고 흉상을 만들길 원했으나 에드먼드 말론이 선수를 쳤다. 불과 일 년 전인 1792년, 말론은 다채로운 색으로 칠해진 흉상을 신고전주의 양식의 '훌륭한 석조 색'으로 희게 칠하도록 목회자를 들볶았다. 새뮤얼은 '흉상을 자연스러운 석조 색깔로 복구시키는 …… 현명한 변형'8)이라고 말했지만 다른 사람들은 그렇게 생각하지 않았다. 1861년 원래의 색깔로 바꾸려는 노력이 다시 있었다. 후에 교회의 방명록에는 누군가가 셰익스피어의 비문을 본떠서, 말론의 파괴 행위를 시구로 남겼다.

이 기념비를 알고 있는 이방인이,

말론에게 시인의 저주를 퍼붓기를 기원하도다.

야만적인 취향이 드러낸 그의 열정적인 간섭이여,

그의 극을 망친 것처럼 그가 그의 묘비를 더럽히도다.9)

그들은 생가에서 셰익스피어가 그의 의복을 남겨주었던 누이 조안 하트의 후손인 푸줏간쟁이 하트를 만났다. 하트의 집안 역시 1769년 기념제 이후로 성행했던 유물 판매 사업을 해왔다. 낡은 생가의 일부는 이제 여인숙이 되었다. 새뮤얼은 거실과 부엌을 그렸다. 나중에 그들은 셰익스피어와 관련된 오크로 만든 또 다른 의자에 대해 들었다. 수년 동안 종교적인 경건함의 대상이었던 그 의자는 아일랜드 부자가 도착하기 불과 3년 전, 20기니(오늘날의 900파운드가량)를 지불하고 의자를 사간 어느 방문객(폴란드-리투아니아의 공주 차르토리스키)이 발견할 때까지 '(기독교에서 성모 마리아의 유물로 유명한) 로레토 부인

Lady of Loretto의 유골10)만큼 많은 숭배자들을 맞이했던' 화롯
가 구석에 놓여 있었다.

윌리엄 헨리는 생가의 천장 벽에서 발견된 물건에 대한 이
야기를 마음속에 새겨두었다. 그 물건은 윌리엄 헨리가 천주교
도라고 진술한 바 있는 (시인의 아버지) 존 셰익스피어가 신앙
고백을 한 책자였다. 윌리엄 헨리는 나중에 위조를 계획할 때
이 책자를 떠올렸다(이 책자는 발견되자마자 곧 사라졌으며, 설령
그것이 실제로 있었을지라도 다시 발견되지 않았다).

그들은 스트랫퍼드의 대화재 동안, 셰익스피어 것으로 추정
되는 일부 서류가 뉴 플레이스에서 크롭턴 하우스(마을에서 약
1마일 떨어진)로 옮겨졌다는 사실을 연로한 마을 사람들에게 들
었다. 그 오래된 저택은 휴 크롭턴이 1660년대에 지었다. 스트
랫퍼드 태생이자 부유한 이 런던 상인은 나중에 런던 시장이
되었다. 셰익스피어의 손녀 엘리자베스 내시는 두 번째로 존
바너드와 결혼해 신흥 귀족에 편입되었으며 크롭턴 하우스에
서 살기 위해 이사했다.

아일랜드 부자가 방문했을 당시에는 윌리엄스 부부가 그 집
에 살고 있었는데, 그들 부부는 집을 둘러보는 것을 허락했다.
윌리엄 헨리는 아주 어두운 방안에서 오랫동안 있었던 오래된
가구들을 기록했다. 새뮤얼은 거기서 뜻밖의 유물을 얻게 되었

다. 그것은 바로 '헨리 7세의 아내인 엘리자베스 왕비가 안치될 때 쓰인 모조 피지 위에 그려진 문장으로 장식된 그림'이었다. 윌리엄스 씨가 모조 피지 위의 그림은 불을 지피려 해도 지펴지지 않기 때문에 아무 쓸모가 없다고 말했을 때, 새뮤얼은 불안해지기 시작했다.

보물찾기를 하는 사람들에게 염증을 느끼던 장난꾸러기 노부부는 순진한 새뮤얼 부자를 놀래주기 위해 그들을 당황스럽게 할 만한 이야기를 꺼냈다. 그들이 도착하기 2주도 채 되기 전에 몇 꾸러미의 편지와 서류, 기록물을 불에 태웠다는 것이었다. 그리고 "글쎄 셰익스피어라면, 그의 이름이 적힌 종이 뭉치가 많이 있었지. 내가 시끌벅적한 불꽃놀이를 했던 곳이 바로 이 화로였지……"라고 덧붙였다. 새뮤얼은 의자에서 벌떡 일어나 "오, 맙소사! 할아버지께서는 세상에 어떤 손실을 입혔는지 알고 계세요? 오, 내가 좀 더 빨리 도착했다면 좋았을 걸!" 하고 외쳤다. 새뮤얼은 그들의 허락을 받아 집을 철저히 뒤졌지만 아무것도 찾지 못했다. 나중에 이 부부는 자신들이 어떤 문서도 갖고 있지 않았다는 것을 인정했지만, 이 일화는 셰익스피어와 관련된 전설적인 이야기가 되었다.[11] 그곳이 바로 1796년 출간된 윌리엄 헨리의 『고백서』에서 스트랫퍼드에 대해 그가 언급했던 유일한 장소다.

너무 훌륭하고 값지며 심지어 가까이에 있었던 중요한 것을 영원히 잃어버렸다는 생각이 새뮤얼을 괴롭혔다. 그 후부터 그는 셰익스피어 원고 한 장의 대가로 무엇이든 줄 수 있다고 매일같이 말하곤 했다. 어쩌면 새뮤얼이 윌리엄 헨리를 벼랑 끝으로 내몬 것일 수도 있다. 아들은 항상 자신을 열중시키는 말을 하고 또 흉내 내고 싶어 했던 아버지, 그리고 냉담하거나 부주의했던 아버지를(아들의 저서에서 대개 '선생님' 또는 '새뮤얼 아일랜드 씨'로 언급되는) 기쁘게 해줄 완벽한 방법을 알았다.

다음으로 아일랜드 부자는 좁다란 채플 플레이스와 한때 뉴 플레이스가 있었던 채플 거리의 모퉁이를 방문했다. 원래 채플 플레이스의 전면은 60피트였고, 폭이 70피트였으며 꼭대기에는 인상적인 굴뚝이 열 개 세워져 있었다. 1597년 5월 셰익스피어는 정원 두 개와 헛간 두 개가 딸린 그 집을 윌리엄 언더힐에게서 샀으나 그 거래는 비극적이고 복잡한 부자관계 때문에 방해를 받았다(아버지인 윌리엄 언더힐은 아들에게 독살되었으며 그 아들은 나중에 워릭에서 교수형에 처해졌다).

셰익스피어가 죽은 후 그의 딸 수잔나와 그녀의 남편 존 홀 박사가 뉴 플레이스에서 살았으며 청교도 혁명 동안에도 거기서 지냈다. 1643년에는 헨리에타 마리아 왕비가 수잔나의 손님으로 잠시 그곳에 머무르기도 했다. 그 후 1753년 시골 목사가스트렐이 그 집을 샀으며 그는 유적(뽕나무)을 찾는 끊임없는 방문객 때문에 너무 화가 나서 3년 후 그 나무를 잘라내도록 했다. 어찌되었든 1700년에 완전히 다시 지어진 그 집은 매주 내야만 했던 구빈세 때문에 지방청과 다툼이 있은 후, 1759년 가스트렐의 명령에 따라 철거되었다. 그때 가스트렐은 그곳에서 늘 거주하지는 않고 있었다. 묘비에 따르면 지금 그 터는 셰익스피어의 손녀인 엘리자베스 내시(여성이라는 그녀의 성별을 고려했을 때 너무나도 재치 있던)와 그녀의 첫 남편이 살았던 채플 거리에 있는 내시의 집과 연결되어 정원을 이루고 있다.

아일랜드 부자는 스트랫퍼드 안에 있는 쇼터리 근교까지 찾아갔는데, 새뮤얼은 헤이랜드 팜(지금은 앤 해더웨이의 코티지라 불리는 곳)에서 셰익스피어가 앤에게 준 것으로 짐작되는 '구슬 지갑'을 구했다. 같은 재료의 장식술이 달린 이 소품은 '작은 검정 구슬과 하얀 구슬로 기묘하게 짜인' 대략 4인치의 네모 모양이었다.[12] 또한 새뮤얼은 셰익스피어가 앤에게 구혼할 당시 그녀가 그의 무릎에 앉을 때 사용했던 것으로 유명한, 오크 의자(셰익스피어의 구혼 의자)를 샀다. 지금은 있을 법하지 않지만 주인들은 때때로 열성적이거나 부유한 방문객들에게 해더웨이 가족과 관련된 기념품이나 소품들을 가져가도록 허락했다. 1792년 사라졌던 소품 중 하나가 바로 셰익스피어의 문장이 새겨진 구혼 의자였다. 그것이 런던 경매장에 나타났을 때 셰익스피어 생가 신탁 재단Shakespeare Birthplace Trust은 1,800파운드에 그것을 사서 2002년 그 집에 되돌려주었다.[13] 이처럼 셰익스피어와 관련된 물건들을 파는 행위는 신탁 재단이 그 집을 인수한 1892년에서야 멈췄다. 신탁 재단은 1847년에 설립되었으며 그 건물과 함께 남아 있는 모든 가구를 샀다.

어쨌든 두 부자는 만족해하며 런던으로 돌아왔다. 윌리엄 헨리는 후에 스트랫퍼드 방문에 대해, "우리 연극의 신이 세상에서 이룬 업적과 관련된 수많은 사소한 일화와 추측을 마음에 새겼기에 계속해서 문서를 제작할 수 있었다"[14]라고 밝혔다.

여행에서 얻은 공예품(셰익스피어 전집 초판본과 몇 개의 4절판을 포함한 희귀본, 그림 등)은 모두 진품으로, 새뮤얼의 값비싸고 진귀한 소장품 안에 포함되었다. 반면 스트랫퍼드에서는 어떤 문서나 원고의 원본도 찾지 못했는데, 그러나 이러한 사실은 윌리엄 헨리에 의해 곧 바뀌게 될 것이었다.

말수가 적었던 윌리엄 헨리는 셰익스피어라는 신 또한 자신과 같은 인간이라는 것을 깨달았다. 그는 스트랫퍼드의 모든 곳에서 아버지가 속는 것을 목격했으며, 1794년 가을에는 한 가지 실험을 해보기로 결심했다. 셰익스피어 문서들을 찾다니면서 그가 수집한 글 중에는 기도문이 담겨 있는 작은 4절판 소책자가 있었다. 그것은 링컨스 인 법률학교Lincoln's Inn에 머물 한 신사가 쓴 것으로 그 신사는 책자를 엘리자베스 1세에게 헌정했다. 각 장은 수집가들에게 널리 알려진 대로, 엘리자베스 여왕의 기도서 형식에 따라 '아주 기백 넘치는' 목판 테두리가 가장자리 전체를 둘러싸고 있었다. 우리의 위조범은 그것을 그 작가가 여왕에게 준 증정본으로 바꾸기로 결심했다. 드디어 모조 피지의 겉장에 엘리자베스 1세 여왕의 문장(왕관을 쓴 매)이 금박으로 찍혔으며 그것은 당연히 여왕의 서가에서 나왔다. 윌리엄 헨리는 오래된 양피지 위에 묽은 잉크를 사용해 작가가 여왕에게 쓴 것으로 추정되는 헌정 편지를 썼으며, 느슨해진 겉장과 끝 장 사이에 그것을 끼워 넣었다.[15]

그는 그것을 아버지에게 보여주기 전에 주의 깊게 시험을 해보았다. 사무실에서 걸어서 불과 2분 거리에 있는 뉴 인 패시지에 사는 친분 있는 책 제본업자 로리 씨에게 그 위조품을 보여주었던 것이다. 젊은이는 아버지를 놀려주려 한다고 설명했으며 로리 씨는 그것을 살펴본 후에 속기 충분할 만큼 훌륭하다고 말했다. 그때 그 가게의 한 일꾼이 어린 위조범에게 아주 귀중한 정보를 주었다. 그 일꾼은 옛것처럼 보이게 하는 잉크를 만드는 방법을 알고 있었다. 그는 제본가들이 소가죽 제본의 겉장을 채색할 때 사용하는 세 가지 잉크를 섞으면서 시범을 보여주었다.[16) 처음에는 글씨가 희미했지만 불 앞에서 쥐고 있으니 곧 알아볼 수 있을 정도의 진한 갈색으로 변했다. 이 잉크가 물에 희석시킨 윌리엄 헨리의 잉크보다 훨씬 좋았다. 윌리엄 헨리는 그 정보와 자신이 가져갈 작은 잉크 한 병의 대가로 돈을 지불했다. 옛것처럼 보이게 하는 잉크에 대한 정보를 너무 쉽게 구할 수 있었기에, 위조가 내수 산업으로 얼마나 널리 퍼져 있는지 궁금할 정도였다.

윌리엄 헨리는 '새로운' 잉크로 편지를 다시 썼으며, 그것을 아버지에게 보여주었다. 새뮤얼은 그것을 진짜로 받아들였다. 엄밀히 말해 진짜가 아니라고 의심할 만한 이유가 없었다. 물론 윌리엄 헨리가 전에도 다른 진품 희귀본들을 찾아내곤 했지만, 새뮤얼이 잠시만 생각해보았다면 겉장과 끝 장 사이에 편지가 끼워져 있는 것이 조금 이상하게 느껴졌을 것이었다.

잉크를 좀 더 시험해보기 위해 윌리엄 헨리는 두 번째 실험을 감행했다. 그는 전당포에서 테라코타로 주조한 섭정 군주 올리버 크롬웰의 두상을 샀다. 아버지의 소장품에는 크롬웰의 가죽재킷으로 여겨지는 눈에 띄는 물건이 있었기 때문에 이것도 흥미를 끌 것이 분명했다. 조각가가 죽었다는 것에 주목한 윌리엄 헨리는 물론 아주 그럴싸한 종이에 글을 썼으며, 그 종이를 까칠까칠한 도자기 뒷면에 붙였는데 대략 두 손을 벌린 크기였다. 종이에는 '이 두상은 크롬웰이 존 브래드쇼에게 주었던 것'이라고 적혀 있었다. 브래드쇼는 찰스 1세에게 사형을 선고했던 판사였으며 그의 서명은 찰스 1세의 사형을 확증하는 서명에서 베낄 수 있었다. 흔히 그렇듯이 윌리엄 헨리도 역사적 사실에 대해서는 잘 몰랐다. 그는 브래드쇼가 크롬웰과 대립했으며 그런 선물이 불가능할 정도로 서로를 아주 싫어했다는 사실을 알지 못했다. 젊은이는 그 두상을 아버지에게 선사했으며, 아버지는 그것을 '조각에 대한 학식으로 명성이 자자한 몇몇 사람'에게 보여주었다. 그들은 그 조각상이 '아주 뛰어난 초상'이라고 주장하면서, 그것은 분명 크롬웰 섭정 시절 대표적인 참의원들의 형상을 조각했던 메달 제작자, 아브라함 사이먼의 작품일 것이라고 결론을 내렸다.

윌리엄 헨리는 은근한 허영심과 점차 늘어나는 우월감으로 '전문가들'의 능력에 대한 존경심을 너무 빨리 잃어가고 있었다. 새뮤얼과 박식한 그의 친구들이 '우리의 셰익스피어'를 무조건 숭배하면서, 발견된 문서의 내용이 아니라 외양을 중시하는 공예품의 시대를 생각하고 있었다는 것이 앞으로의 행태에서 드러났다.

이제 영감을 받고 준비된 윌리엄 헨리는 주인을 감동시킬 준비를 마쳤다.

4장

'화려한 올가미'

'the gilded snare'

　월리엄 헨리의 연극적인 감성은, 그가 1794년 12월 2일 바로 그 순간 영국의 불멸의 거장과 존 헤밍이 서명한 주택 양도 증서에서 셰익스피어의 서명 한 개를 '찾아냈다'고 아버지에게 말하기로 했을 때 전면에 드러났다. 그때는 스트랫퍼드 어폰 에이번 여행에서 돌아온 지 1년 후였고 아직 셰익스피어의 서명이 있는 문서를 위조하기 전이었다.

　새뮤얼은 황홀했다. 그 귀중한 문서는 어디에 있었던 걸까? 사정은 이러했다. 아들의 말에 따르면 자기가 H 씨라는 사람의 집에서 그 문서를 찾았는데, H 씨는 익명으로 남겠다고 주장했으며 자기 집의 위치도 밝히지 못하게 한다고 했다. 월리엄 헨리는 비밀을 맹세했고, 새뮤얼이 너무나 간절히 알고 싶어 했던 중요한 사실들도 밝힐 수 없었다. 어찌되었든 그 증서는 신사가 며칠 동안 시골 저택을 방문하고 돌아온 후에 신사 자신이 보관하기 위해서 우선 복사를 해둬야 하는 것으로 알려졌다. 이처럼 윌리엄 헨리는 위조를 위한 토대를 아주 잘 다졌고, 출처와 관련된 내용을 거의 바꾸지 않고 일정 기간 동안 같은 이야기를 지속할 수 있었다.

아들은 그 문서를 보여주기 전, 2주 동안 아버지를 기다리게 하면서 유보기간을 두었다. 1764년 겨울 12월 16일 저녁 8시, 윌리엄 헨리는 종종 함께 셰익스피어를 읽었던 거실로 들어갔고 그곳에는 가족들이 앉아 있었다. 그는 극적으로, 자신의 첫 번째 셰익스피어 위조문서를 아버지에게 보여주었다. "저, 경께서는 그것을 어떻게 생각하십니까?" 그것은 셰익스피어와 친구이자 동료 배우인 존 헤밍이 서명한 증서였다. 과연 새뮤얼은 그것을 진본으로 받아들일 것인가?

새뮤얼 아일랜드는 문서와 봉인을 꼼꼼히 살펴본 다음 그것을 다시 건네주면서 "그래, 진본이구나"라고 말했다. 윌리엄 헨리는 정중하게 그것을 그에게 돌려주었다. "그렇게 생각하신다면 귀하께서 그것을 받아주시기 바랍니다."[1] 그의 아버지는 놀라움을 안은 채 위조된 증서를 경건하게 받아들였다. 아이러니하게도 새뮤얼은 위조물을 탐지해내는 것으로 친구들 사이에서 명성이 자자했지만, 그도 감정이 아닌 열망에 이끌리는 사람일 뿐이었다.

아들은 행복하게 셰익스피어를 찬양하면서 보냈던 그 셀 수 없이 많은 저녁의 가족 모임을 되새겨보곤 했다. 그때 새뮤얼은 셰익스피어의 서명을 한 개라도 갖게 된다면 기꺼이 자신의 서가 절반을 주겠다고 자주 말했었지만 지금 윌리엄 헨리에게 그런 제안은 없었다. 하지만 그의 아버지는 아주 만족해하면서 그 대가로 그가 좋아하는 책은 무엇이든 서가에서 가져가도록 허락했다. 하지만 아들은 거절했고 그래서 아버지는 그를 위해 아주 값진 책 한 권을 골랐다. 젊은이는 위조에는 성공했지만 보상이라는 측면에서는 거절당한 셈이었다.

곧 계보 문장원the Office of the College of Arms이 그 증서에 대한 아버지의 믿음을 뒷받침했는데 증서는 진품일 것으로 추정되었다. 물론 계보 문장원의 감정 분야는 갑옷의 훈장이나 메달이었지 셰익스피어의 작품이 진품인지를 감정하는 것은 아니었다. 그런데도 평가는 그럴듯하게 들렸다. 윌리엄 헨리에게는 충분한 것 그 이상이었다.

증서는 이렇게 시작된다.

위릭 주 에이번 강의 스트랫퍼드 출신으로 현재는 런던에 거주하는 월리엄 셰익스피어와 런던의 존 헤밍을 당사자로 하고 마이클 프레이저와 그의 아내인 엘리자베스를 다른 당사자로 하여

그리고 계속해서 다음의 내용이 이어졌다.

그동안 임대해온 윌리엄 셰익스피어와 존 헤밍은 런던 블랙프라이어스 옆 글로브 극장 가까이에 접해 있는 두 건물을 위에서 언급한 마이클 프레이저와 그의 아내 엘리자베스에게 임대하도록…….

위조범은 그것이 라틴어로 된 일부 증서들과 다발로 묶여 있었다고 말했고, 그는 영리하게도 기존에 있던 셰익스피어의 블랙프라이어스 게이트 하우스 증서의 복사본에 기초해 법률용어를 사용했다. 존 헤밍과 헨리 콘델은 폴리오 판 셰익스피어 전집 초판the First Folio을 편집한 이들로, 셰익스피어의 일생과 관계가 있었기 때문에 윌리엄 헨리가 이런 식으로 이용한 것이었다. 후대의 셰익스피어 위조범들 또한 존 헤밍과 헨리 콘델에 집착했다. 이 최초의 위조문서에서 주가 된 사람은 (물론 셰익스피어와 더불어) 바로 존 헤밍이었는데, 그는 셰익스피

어의 문서로 알려지게 되는 다양한 소장품에서 다시 등장하며 거기에는 콘델도 등장한다.

다음날 새뮤얼은 젊고 성공한 사업가이자 작가이기도 한 친구 프레데릭 이든 경에게 그 증서를 보여주었다. 프레데릭 이든 경의 특별한 관심사는 오래된 봉인이었을 뿐 그는 셰익스피어 전문가가 아니었다. 그래도 이든 경은 셰익스피어 서명 아래에 있는 봉인의 시기에 대해 열심히 확증해주었으며, 그 봉인이 마상 창 시합 연습에 사용하는 막대기에 붙이는 움직이는 표적, 즉 창 과녁을 표현한다고 주장했다. 하지만 윌리엄 헨리는 이러한 사실에 대해 잘 알지 못했으며, 후에 그의 『고백서』에서 인정하듯이 그는 이전에는 창 과녁에 대해 들어본 적도 없었다. 그러나 "이 놀이는 셰익스피어의 이름을 분절한 창 흔들기Shake-spear와 너무나 유사해보였기 때문에 즉시 그 봉인이 셰익스피어의 것임에 틀림없다고 추측했다. 그리고 그 순간부터 그 창 과녁은 연극의 제왕이 항상 사용한 봉인이 되었다고 엄숙하게 단언했다."[2] 윌리엄 헨리는 셰익스피어의 생애에 대한 설명을 덧붙이는 것 이상의 일을 하고 있었는데, 그때까지만 해도 셰익스피어의 생애에 대한 세부적인 사항은 거의 알려져 있지 않을 때였다.

이제 그의 아버지는 세상 그 어떤 것보다 열망했던 셰익스피어의 '진짜' 서명(처음에 아들에게서 부지불식간에 받았던 것)을 가졌고 그것이 윌리엄 헨리가 노력하는 유일한 목표였다. 그러나 새뮤얼은 거기에 안주하는 사람이 아니었다. 강박증에 사로잡힌 수집가의 식욕이 자극된 것이었다. 그의 탐욕이 표면화되었으며, 그는 계속해서 보물들을 더 찾아오라고 아들을 압박했다. 이것이 이야기의 중요한 전환점이 되었다. 이처럼 윌리엄 헨리는 더 많은 문서를 찾아오라는 아버지의 격려와 심지어는 명령까지 받으면서 그리고 행복하게도 마침내 아버지의 관심의 중심이 되면서, 그는 존재하지 않는 것들에 대한 유혹적인 말을 멈출 수 없었으며 나아가 분명히 문서들이 나올 것이라고 약속하기까지 했다.

위조범은 아버지를 기쁘게 하기 위해 셰익스피어 서명이 있는 단 한 장의 문서만을 위조하려 했었다고 항상 말했다. 그러나 그것은 사실이었을까? 처음부터 미래의 수많은 '발견물들'을 설명해줄 만한 전체 이야기를 지어냈을 정도로 그는 충분히 영리했다.

하지만 윌리엄 헨리에게는 가장 중요한 문제가 있었다. 새뮤얼이 그 귀중한 증서를 찾은 곳에 대해 더 말해달라고 요구한 것이었다. 윌리엄 헨리는 첫 '발견물'이 발견되기 대략 10일 전 한 자산가를 만났는데, 그 자산가는 젊은이가 옛날 것들에 관심이 많은 것을 이해하고 있었다며 아버지에게 설명했다. 이 사람(H 씨)은 그들 가족이 가지고는 있지만 관심도 없던 오래된 문서들을 그의 방에서 살펴볼 수 있도록 젊은이를 초대했다. (뒤따르는 실제 편지에서 그 사람 이름의 약자는 'M. H'인 것으로 보인다. 윌리엄 헨리가 영어의 Mr.에 해당하는 프랑스어의 Monsieur를 사용해 M으로 바꾼 것은 아니었을까?) 약속된 날에 젊은 위조범은 자신이 놀림을 당하고 있다고 생각했고(그는 그의 아버지와 프리먼 부인이 자기 이야기를 그대로 믿을 것임을 알았고), 그래서 가지 않았다고 말했다.

윌리엄 헨리는 어느 날 H 씨의 집을 지나가면서 충동적으로 그 집 문을 두드렸다며 이야기를 이어나갔다. H 씨는 이전에 약속을 지키지 않은 것을 점잖게 꾸짖었으며 그런 뒤에 다른 방으로 데려가 수많은 문서로 가득한 커다란 궤짝을 보여주었다(나중에 채터턴을 염두에 둔 어느 비평가는 "또 다른 위조 궤짝이 아니길!"이라고 소리 지르게 될 것이다). 놀랍게도 윌리엄 헨리가 셰익스피어 서명 증서를 찾는 데에는 불과 몇 분밖에 걸리지 않았다. 믿을 수 없이 관대한 H 씨는 자신이 그런 보물을 소유하고 있는 것조차 몰랐으며, 찾은 것 중에서 흥미로운 것이 있다면 모두 가져가라고 젊은이에게 말했다. 드디어 꿈이 실현된 것이다. 값진 보물의 출처에 대한 윌리엄 헨리의 이야기는 늘 이런 식이었다.

윌리엄 헨리는 이제 18살이었고 그는 '저명한 신사' 빙리 씨의 도제로 있었다. 뉴 인에 있는 빙리 씨의 사무실은 생기도 없고 감독도 받지 않는 일터였다. 토머스 모어가 한때 도제로 있었던 이 작은 챈서리 인Chancery Inn은 더 이상 존재하지 않는다. 그곳은 오늘날의 올드위치와 오스트레일리아 하우스 지역 안에 있다. 이 지역에는 14세기에 설립된 법학원(법학회와 법과대학) 4개가 남아 있다. 템스 강 남쪽으로는 이너 템플Inner Temple 과 미들 템플Middle Temple이, 북쪽으로는 링컨스 인Lincoln's Inn 과 그레이스 인Gray's Inn이 있다. 그곳은 변호사 사무실과 오래 된 강당, 통로와 조용한 잔디밭으로 된 격리 지역이었다. 윌리 엄 헨리가 살았던 노포크가는 뉴 인에서 멀지 않았다.

처음 빙리 씨의 사무실에는 윌리엄 헨리 외에도 두 사람이 더 있었으나 한 사람은 나갔고, 잘 걷는 것으로 유명했던 포스 터 파월은 죽었다.

윌리엄 헨리는 재산 양도증서를 다루는 사무실에서 문서를 철저히 뒤질 수 있는 시간을 무제한으로 가졌으며 그곳에서 수 많은 증서, 담보물과 그 밖의 문서, 많은 오래된 서류들을 접했 다. 그리고 그는 낡은 양피지를 사기 위해 점포와 노점상 주변 을 계속 파헤치고 다녔다.

윌리엄 헨리는 셰익스피어의 서명을 수록한 복사본을 멀리 서 찾을 필요가 없었다. 그는 셰익스피어의 서명을 베끼기 위 한 출처로, 아버지의 서가에서 찾아낸 존슨 박사(또는 조지 스티 븐스)의 『셰익스피어Shakespeare』라는 책을 교묘히 이용했다. 셰익스피어의 유서와 블랙프라이어스 게이트 하우스 담보 증 서 또한 새뮤얼의 서가에서 다시 만들어졌다.

월리엄 헨리는 어떻게 그러한 일을 해냈을까? 모든 중요한
문서의 경우, 그는 세인트 마틴스 레인에 있는 그레이트 메리
스 건물의 서적상 베리 씨의 가게에서 재료를 구할 때까지 다
양한 출처를 — 맨 처음 것은 빙리 씨의 사무실에 있는 오래된 증서
에서 잘라냈다 — 시험해보았다. 베리 씨의 가게는 스트랜드 거
리 서쪽 끝에 있는 트라팔가 광장 위쪽에서 북쪽에 있었으며,
여전히 매력적인 서점들의 중심지였다. 그는 5실링을 지불한
대가로 서점에 있는 모든 대본과 원고에서 여백의 페이지를 잘
라내도 된다는 허락을 받았다. 월리엄 헨리는 베리 씨가 '전혀
의심하지 않는 태도'를 취했기 때문에 '상황을 설명하는 것을
두려워'하지 않았다. 이렇게 그는 여태 필요로 해왔던 모든 종
이들을 제공해줄 출처를 마련했다.[3] 마침내 엘리자베스 시대
의 문서에는 투명한 '항아리' 무늬가 많이 있다는 것을 알아냈

고 이런 견본들을 모으기 시작했으며, 그것을 조심스럽게 여백 종이들과 섞어 그렇게 많은 항아리 무늬가 새겨진 문서의 갑작스런 출현을 그 누구도 의심하지 않도록 했다. 그는 위조 기구들을 사무실 창 밑의 잠겨 있는 의자 안에 숨겼다.

특수 잉크는 로리 씨의 제본소에서 일하는 그 일꾼이 계속 제공해주었다. 특수 잉크를 사용할 때 유일한 문제점은, 잉크의 농도를 어느 정도 나타내기 위해 불 앞에 종이를 들고 있어야 했기 때문에 문서가 모두 약간 그을린 모양이 되었다는 것이다. 하지만 그을린 모양은 문서에 고풍스러움과 신비로운 분위기를 더해주었다. 그러나 윌리엄 헨리는 사무실에서 작업을 하면서 방해를 받는 것에 예민해 있었기 때문에 때때로 그 과정을 서두르려고 했으며 문서를 불에 너무 가까이 놓아두었다. "문서의 그을린 모양은 이런 식으로 시작되었으며…… 그리고 나는 방해받는 것을 두려워했기 때문에 문서를 화롯가의 창살에 너무 가까이 두어 종종 해를 입혔다."[4]

나중에 문서 위조 작업이 절정에 이르렀을 때 사람들은 그 문서들의 진위를 물으면서 그을린 문서들이 그토록 많이 한꺼번에 나타난 것을 의심했지만, 새뮤얼이 이 위기에서 아들을 구해주었다. 새뮤얼은 골동품 연구가이자 수집가인 존 와버턴을 알았던 주변 사람들에게서 36년 전 화재가 와버턴의 수집품들을 망쳐버렸다는 것과, 그의 중요한 소장품에는 서적과 원고가 많이 있었다는 것을 분명히 들었다고 말했다.[5] 그 소장품 중에는 셰익스피어가 쓴 수많은 작품들이 있었던 것으로 추정되었다. 이야기가 와전되어 그 문서들은 와버턴 씨의 집에서 난 화재에서 구해낸 것이 틀림없다는 결론이 나왔다. 엘리자베스 시대와 제임스 1세 시대의 희귀한 극본 55편이 자금 변통 문제로 팔렸거나 부주의로 불에 탔거나, 하인 베티 베이커의 무지함 때문에 파이 굽는 종이로 사용되었다는 것은 사실이었다! 그러나 이러한 사실이 셰익스피어의 문서들과는 어떤 관계가 있었을까?

새뮤얼이 이 교묘한 이야기를 단지 꾸며낸 것일까? 그 누구도 이 설명이 아주 명확하게 잘 꾸며진 H 씨의 이야기와 대립된다는 사실에는 의문을 제기하지는 않았다. 아일랜드 1세는 셰익스피어 문서들을 방어하는 총력전을 성공적으로 완수했고 그것은 앞으로 있을 수많은 전투 중 하나의 사례가 될 것이었다.

윌리엄 헨리는 각각의 봉인에 상당한 주의를 기울였으며, 그 봉인은 사무실에 있던 오래된 문서와 근처 노점상과 책방에서 나온 것이었다. 서명 아래에서부터 매달려 있던 얇은 종잇조각에 고정된 제임스 1세 시대의 봉인을 사용하는 가장 좋은 방법을 발견할 때까지, 그는 실험을 계속했다. 윌리엄 헨리는 뒤쪽에 구멍을 파내기 위해 달구어진 칼을 사용했고 구멍에 양 피지의 실을 넣었으며, 혹시라도 떨어질 것을 대비해 새 밀랍 으로 마무리했고 이런 식으로 봉인하기 위해 뒷면을 새로 만들 었다. 하지만 시대가 달랐기 때문에 밀랍은 일치하지 않았다. 그래서 그는 불 앞에서 봉인을 약하게 달구었고, 색을 확실히 혼합하기 위해 그 위에 검댕과 석탄재를 문질렀다.[6]

그런데 봉인을 둘러싸고 아찔한 일이 일어났다. 문서를 살 피던 한 관람자가 새뮤얼의 마호가니 제 책상에 문서를 떨어뜨 렸는데 그만 봉인이 떨어져 나간 것이었다. 만일 그가 자세히 살펴보았다면, 밀랍의 두 가지 다른 색이 선명했을 것이었다. 젊은이는 재빨리 검정 실크로 문서를 묶고서 아버지에게 H 씨 가 잠시 후부터 한 시간 동안만 그 봉인을 되돌려받기를 요청 했다고 말했다. 윌리엄 헨리는 문서를 사무실로 가져가 다시 만들었으며 그것을 소장품에 다시 돌려놓았다. 아무도 눈치 채 지 못했다.

윌리엄 헨리는 현명하게도 사전에 계획을 세우기 시작했고 나중에 사용하기 위해 봉인들을 모았다. 위조가 발각될 때까지 도 그는 클래어 마켓의 야드리 씨에게서 샀던 헨리 8세, 메리 와 엘리자베스 여왕 통치 시대의 봉인들을 소장품으로 가지고 있었다. 뉴 인은 시장으로 가는 유명한 통로였고 그곳은 포츠머스 거리와 포르투갈 거리의 남쪽에 위치한 링컨스 인 필드의 남서쪽 모퉁이 아래에 있었다.

중요한 방문객들이 그 증서를 보기 위해 노포크가로 모여들었다. 방문객 중에는 귀족과 문학계의 여러 인사뿐만 아니라 프레드릭 이든 경, 아이작 허드 경, 가터 문장관Garter King of Arms, 프랜시스 웹, 계보 문장원장, 셰익스피어 학자인 조지 스티븐스와 조지프 리트슨, ≪오라클the Oracle≫지의 편집자 제임스 보든도 있었다. 설사 그들 중 누군가가 의문을 품었다 할지라도 당시에는 아무 말도 하지 않았다. 언론은 호의를 보였으며 발견물 때문에 흥분했다. 당연히 셰익스피어의 구혼 의자는 귀중한 소유물이었으며, 후에 윌리엄 헨리는 『고백서』에서 아버지의 서재에 있던 그 의자가 방문객들 사이에서 아주 유명했다고 썼다. "그들 중 대다수가 문서 낭독을 듣기 위해 거기에 앉아 있는 것을 자주 목격했다. 그들이 앉아 있는 모습에 나는 웃음을 터뜨릴 뻔했고 웃음을 참느라 힘들었다"[7])라고 밝혔다.

믿기지 않겠지만 윌리엄 헨리의 위조문서는 대부분 1795년 1월 무렵, 약 6주 동안(부록 1 참조) 완성되었다. 그의 첫 '발견' 이후 불과 며칠 만에 윌리엄 헨리는 그다음 '발견물'을 정교하게 만들기 시작했다. 그것은 셰익스피어가 존 헤밍에게 준 약속어음이었다.

　　여기 있는 날짜에서 한 달 후 나의 절친하고 귀중한 친구 존 헤밍에게 글로브 극장에서 나를 위해 많은 일을 정리하고 행해준 노고와 스타트포드Statford에 내려온 노고에 대한 보상으로 영국 돈 총 5파운드 5실링을 지불할 것을 약속한다. 손도장을 증인으로 한다.

윌리엄 셰익스피어

　　여기에 영수증이 첨부되었다. 지금까지 셰익스피어의 훌륭한 자질을 알려온 윌리엄 헨리는 이 증서에서 "셰익스피어는 그의 다른 훌륭한 자질과 더불어 금전적인 계약에서도 정확했다"고 주장했다.

　　1589년 9월 9일
　　1589년 10월 9일에 영국 돈 총 5파운드 5실링을 윌리엄 셰익스피어에게 영수받았음.

존 헤밍

　　윌리엄 헨리는 법적 문서에 충실함으로써 여전히 안전하게 장난을 치고 있었다. 비록 그 접근 방식은 지루했지만 간결하다는 장점이 있었고 그는 엘리자베스 시대의 법률 용어 뒤로 숨을 수 있었다. 하지만 윌리엄 헨리의 부주의함을 보여주는 눈에 띄는 실수들이 있었다. 글로브 극장은 1599년까지 지어지지 않았고 '스타트포드statford'의 철자도 잘못되었다. 하지만 읽고 쓸 수 있는 사람들에게 철자는 커다란 관심거리가 아니었다(심지어 이 젊은 위조범은 '셰익스피어'를 쓸 때조차 일관되지 않았기 때문에 이러한 일은 당연했다). 그리고 누가 알겠는가, 셰익스피어가 선술집의 시끄러운 분위기에서 영수증을 휘갈겨 썼을지도 모르는 일이다. 만약 진본이라면, 그것은 셰익스피어 시대의 것들 중 유일하게 남아 있는 약속어음일 것이다.

의기양양해진 윌리엄 헨리는 더욱 과감해졌다. 아버지의 소장품 중에는 셰익스피어의 후원자였던 사우샘프턴 경의 (실크로 테두리를 한) 문장 장식이 새겨진 깃발이 있었다. 만약 학자들의 호기심을 자아낼 만한 질문이 있다면, 그것은 바로 사우샘프턴 경이 셰익스피어에게 얼마나 많은 돈을 주었을까 하는 것과, 나아가 그들의 정확한 관계에 대한 의문일 것이다. 새뮤얼의 모임에 속한 누군가가 "그런 문서가 발견된다면 멋지지 않겠는가"라고 말하는 것을 윌리엄 헨리가 듣기만 하면, 얼마 지나지 않아 그런 문서가 나타나곤 했다. 윌리엄 헨리는 주문

받은 것을 위조한 셈이지만, 사람들은 우연의 일치에 대해서만 이야기했지 결코 의심하지는 않았다. 당연히 그는 (학자들을 흥분시키고 당혹하게 하는) 질문들을 풀어줄 만한 것을 H 씨의 집에서 찾아보도록 격려 받았다.

1795년 1월은 성년이 된 윌리엄 헨리가 놀라운 행동을 한 달이었다. 그는 셰익스피어가 사우샘프턴 경에게 보내는 편지와 사우샘프턴 경이 셰익스피어에게 쓴 아첨끼 있는 감사의 글을 만들었다.

1593년, 셰익스피어는 사우샘프턴의 제3대 후작이자 티치필드의 남작인 19살 헨리 리오시슬리를 후원자로 얻었다. 그리고 이때 리오시슬리는 셰익스피어에게 소네트를 쓰게 했다. 후작은 흑사병이 유행하던 1592년에서 1593년 사이 지위가 향상된 젊은 셰익스피어를 데리고 있었다. 리오시슬리는 부유한 젊은이의 전형이었다. 그는 긴 금발에다 여성스럽게 잘 생겼으며, 학식은 있으나 방자하면서 약간은 거친 젊은이였다. 또한 인색하지 않았으며 열성적인 연극광이었기에 예술을 지원하기에는 완벽한 지위에 있었다. 하지만 후작은 재정적인 곤란을 겪고 있었다. 1581년 아버지가 돌아가신 후 재무장관인 버리 경이 그의 후견인이 되었으며, 귀족이 되도록 그를 교육시켰다. 또한 이 세도가는 후작을 자기 손녀딸인 엘리자베스 베르 양과 결혼시키기로 결정했다. 그러나 모든 것에 동의한 후, 후작은 무례하게도 마음을 바꿔버렸다.

이 사건으로 1590년에서 1594년까지 계속 시끄러웠다(1591년 버리 경의 비서는 후작에게 '남성다움을 배양하기' 바란다며 비난하는 시를 썼다). 리오시슬리는 아직 채 20세도 되지 않았으며, 그가 정략결혼을 피하려고 했을 당시 불과 23세였던 셰익스피어는 관능적이고 재미있는 첫 번째 시 「비너스와 아도니스 Venus and Adonis」를 후작에게 바쳤다. 1593년에서 1594년 사이에는 심지어 더 뜨거운 언어로 「루크리스의 강간The Rape of Lucrece」을 후견인에게 바쳤다. 1594년 후작이 유산을 상속받게 되었을 때 버리 경은 그가 결혼 약속을 어긴 것에 대해 고소를 했으며, 사우샘프턴 경에게 경제적으로 큰 손실을 준 5,000파운드에 달하는 돈을(오늘날의 약 58만 2,000파운드) 그에게서 (사우샘프턴 경에게서) 보상받았다. 그리고 후작은 상당한 상속세를 지불해야 했다. 이 돈을 모으기 위해 후작은 사우샘프턴 저택의 별채를 임대로 주었으며 심지어 저택 내의 일부 방들도 임대로 주었다. 몇몇 사람들은 같은 해에 그가 셰익스피어에게 1,000파운드(오늘날의 11만 6,000파운드)를 주었다고 생각했는데, 왜냐하면 그 정도의 돈은 있어야 셰익스피어가 1594년에 구성된 새로운 체임벌린 극단Lord Chamberlain's Company의 지분을 살 수 있었기 때문이었다.

그렇지 않았다면 어떻게 셰익스피어가 그 많은 돈을 모을 수 있었겠는가. 리오시슬리가 셰익스피어에게 무언가를 하사했겠지만, 생각해보면 후작이 재정적으로 궁핍하게 될 정도로 후한 하사품을 내렸던 것 같지는 않다. 후작이 누군가와 결혼을 하도록 촉구했던 셰익스피어의 시들과 소네트는 정염적인 관계를 암시했는데, 어쩌면 육체적인 관계가 아닐지도 모른다. 그런 사적인 시에서, 다른 시인들이 그랬듯 셰익스피어 또한 귀족에게 아첨하기 위해 과장된 찬사와 친밀한 농담, 일종의 문학적인 사랑의 행위를 허용했다. 심지어 오늘날까지도 그런 추측은 계속된다.

윌리엄 헨리는 단지 '당신의 상당한 하사품'이라고 명시하면서 구체적인 돈의 액수를 기술하지 않았을 정도로 현명했는데, 그것은 진짜 셰익스피어 문서들이 발견될지도 모른다고 생각했기 때문이었다. 젊은 위조범은 그 문서가 셰익스피어가 보관했던 복사본이라는 것을 분명히 했으며, 그래서 사람들은 그것이 어떻게 셰익스피어 문서들 가운데서 발견되었는지 의심하지 않았다.

경애하는 사우샘프턴 후작님께 쓴 내 편지의 복사본

나의 주인이시여

당신의 엄청난 하사품에 대해 답신하거나 감사하는 것을 지연시킨 것 때문에 저를 게으른 자와 나태한 자로 생각하지 말아주소서. 확신컨대 그동안 써 바친 저의 수고는 정말 보잘것없는 것이었습니다. 어떻게 아뢰어야 할지 모르겠나이다. 이 비천한 인간이 표현하기에 너무 엄청나고 고매하여 고마움을 표현할 길이 없사옵니다. 오, 저의 주인이시여, 그것은 피어났으나 결코 죽지 않는 하나의 새순입니다. 그것은 사랑스러운 대자연을 품으며 고요한 심정을 달래어 부드럽고 부드럽게 안식을 줍니다. 하지만 수많은 감사에 보답해야만 함에도 그렇게 하지 못하는 저를, 주인이시여 용서하소서. 더 많이 용서하소서. 현재 저는 더 많은 보답을 할 수가 없습니다.

당신의 충실하고 존경하는

윌리엄 셰익스피어

'사우샘프턴'은 이렇게 답했다.

친애하는 윌리엄

그대가 친절하게 편지를 써준 것에 고마워하지 않을 수 없구나. 그런데 왜 나의 친애하는 친구는 자꾸 고맙다는 말을 하는가.

내가 줘야 할 것은 두 배인데 그대는 절반만 받았도다. 우리는 친구였고, 앞으로도 친구일진대 그 문제를 말할 필요는 없도다. 내 그대를 위해 기도할 것이요, 그대는 또 나를 찾으라.

그대의,

사우샘프턴

7월 4일

글로브 극장의 작가 윌리엄 셰익스피어에게

그런데 친필 글씨에 문제가 있었다. 윌리엄 헨리는 왼손으로 글씨를 썼는데, 비록 사람들이 그것을 진품으로 받아들일지라도 그 결과물은 모든 사람의 생각과 일치하지 않는 불쾌한 흘림체였다. 윌리엄 헨리는 후작의 친필 글씨 견본이 존재한다는 것을 알지 못했다. 유명한 셰익스피어 학자 에드먼드 말론이 사우샘프턴의 정연하고 읽기 쉬운 원고의 진본을 가지고 있었다.

그로부터 불과 5일이 지난 1월의 어느 날, 윌리엄 헨리의 가장 중요한 '문서' 중 하나가 나타났다. 그것은 '셰익스피어의 프로테스탄트 『신앙고백서』'였다. 반가톨릭 시대였으므로, 윌리엄 헨리는 셰익스피어 극본의 일부에서 드러나는 것처럼(특히 <햄릿> 제1막 5장, 연옥에 대해 언급하고 있는 유령의 대사에서)

셰익스피어가 가톨릭 신자였을지도 모른다는 암시를 단호하게 덮으려고 했다. 윌리엄 헨리는 셰익스피어 아버지의 가톨릭적인 『신앙고백서』에 대한 이야기를 떠올렸다. 그 고백서는 한때 생가에서 발견된 것으로 추정되었지만 뒤에 분실되었다.

아들은 문서를 만들기 전에 아버지를 부추기기 시작했다. 그는 이 『신앙고백서』가 이제껏 보았던 것 중에 가장 훌륭한 글 중 하나였다고 새뮤얼에게 말했다. 윌리엄 헨리는 그 『신앙고백서』를 허풍스럽게 칭찬하고 외웠으며, 아침저녁으로 기도할 때 그것을 낭송하고 있다고 덧붙였다.

그런 다음 윌리엄 헨리는 『신앙고백서』를 만드는 일에 착수했다. 그는 문서를 한 장짜리로 만들기 위해 찰스 1세 시대의 편지지 두 장 중에서 흠이 없고 우표 자국이 없는 반절짜리 종이를 한 장 선별했다. 그런 다음 '마치 생각들이 머릿속에 떠오르는 것처럼' 펜으로 써 내려갔는데, 진본처럼 보이도록 평소보다 집중해서 더 많은 노력을 쏟았다. 윌리엄 헨리는 셰익스피어의 서명에서 글자를 쓰는 방식을 모방하면서 '윌리엄 셰익스피어의 세례명과 성Wm. Shakespeare에 포함된 열두 개의 글자들'과 '가능한 한 많은 대문자 더블유와 에스'를 사용했다.[8]

새뮤얼이 그 『신앙고백서』를 보았을 때, 그는 그것이 진본이라고 생각했다. 그러나 걱정이 된 새뮤얼은 그 내용을 판단하기에 자신이 역량이 부족하다고 결론짓고는 그것을 검토해 줄 지인 두 명을 초대했다. 두 사람 모두 학식 있고 아주 존경받는 사람들이었다. 그들은 유명한 괴짜 학자 새뮤얼 파아 박사(『자연도감the Dictionary of National Biography』 본문 중 15개의 항목을 씀)와 목사이자 시인이며 비평가이자 '영국 문학 연구의 대부'(6개의 항목을 씀)인 조지프 와턴 박사였다. 이제 '전문가'의 수준이 높아졌다. 이렇게 전개될 것을 예상하지 못했던 윌리엄 헨리는 이제 아주 난처해졌다.

두 사람이 셰익스피어의 『신앙고백서』를 세밀히 조사했을 때 윌리엄 헨리의 공포는 가중되었다.

고백하건대 전에는 그렇게 심한 공포를 느껴본 적이 없었고, 그 모임에서 벗어나는 것과 내 목숨을 바꿀 수도 있었다. 그러나 선택의 여지가 없었으며 나는 그들 앞에 있어야만 했다. 이 원고들의 발견과 신사의 이름에 대한 비밀과 관련된 몇 가지 질문에 답했을 때, 원고를 검토 중이었던 두 검사자 중 한 명이 "이봐 젊은 친구, 사람들은 자네가 했던 조사 때문에 자네를 존경해야 할 것일세. 그리고 그것은 문학계의 욕구를 상당히 충족시켜줄 것이네"라고 내게 말했다. 이 칭찬에 나는 인사를 하고 조용히 있었다.[9]

그들은 판단하기 좋게 하기 위해 그 원고를 크게 낭독하는 것을 경청하기 시작했다. 새뮤얼은 그들 중 한 명에게 셰익스피어 구혼 의자에 앉을 것을 요청했고, 그런 뒤에 아들이 문장 부호를 전혀 사용하지 않았기 때문에 자기 마음대로 강조를 하면서 셰익스피어의 『신앙고백서』 전체를 크게 낭독했다.

정신이 온전한 지금, 현재의 내 희망이 내가 죽을 때에도 한결같기를 나는 바랍니다. 현재 나는 런던에 살고 있지만, 머지않아 내 영혼이 가련한 육신을 떠날 것을 알기에 그때는 나를 고향에 데려가 조촐하고 조용하게 묻어주기 바랍니다. 그리고 건강이 악화된 지금 이렇게 신앙고백을 하면서, 나는 자애롭고 위대한 하나님과 영광스러운 그분의 아들 예수를 처음 본 순간과 같이 믿사오며, 나의 약하고 보잘것없는 육신은 비록 먼지로 돌아가지만 영혼만큼은 하나님께서 심판하리라 믿습니다. 오! 전지전능하고 위대한 하나님, 저는 죄 많은 인간입니다. 저는 당신의 은혜를 받을 자격이 없습니다. 쇠창살 안에 갇힌 가련한 죄수는 동정을 바라고 눈물을 흘려 따사로운 참회의 눈물이 베개를 적실 때라야 용서를 바라고 희망을 가질 수 있을 것입니다. 그리고 난 다음 내 영혼도 비로소 당신의 다정한 위안을 바랄 수 있을 것입니다. 오, 대체 인간이 무엇이기에 스스로를 대단하다고 생각하겠습니까.

인간의 뽐내는 본성은 차가운 죽음으로 영원히 묻혀 없어지고 맙니다. 오, 인간이여 그대들은 왜 전지전능하신 분의 위대함을 좇으려 합니까. 이 불쌍하고 연약한 생각이 절정에 달할 때까지 그리고 눈이 나무에서 떨어져 땅으로 스며들어 사라지듯이, 하나님의 전능을 추구하면 추구할수록 더욱 헛된 노력을 할 뿐입니다. 오 하나님, 나약하고 천성적으로 죄 많은 저를 모두가 달콤하고 행복하며 모든 것에 불만이 없고 형제애가 모두를 어우르는 은총으로 가득한 하나님의 품에 안아주시길 바랍니다. 오 하나님, 우리의 모든 죄를 사해주시고 당신의 위대한 은총으로 우리 모두를 가슴에 품어주소서. 따뜻한 날개 아래에 있는 깜찍한 병아리처럼 우리를 귀여워하소서. 이 귀여운 병아리를 받아주시고 날게 하소서. 이들을 안전하게 품어주소서(원 저자의 강조).

윌리엄 셰익스피어

윌리엄 헨리는 '그들의 무시무시한 의견을 듣기 위해 움직이지 않고 기다리며' 서 있었다. 발각될 가능성이 높았기 때문에, 연약한 젊은이의 공포감은 저명하고 활기 넘치는 와턴 박사의 평결을 들었을 때 어리벙벙한 놀라움으로 바뀌었다. 와턴 박사는 다음과 같이 말했다. "경애하는 여러분, 교회의 강론 중에는 수려한 문구가 아주 많이 있으며, 우리의 탄원 기도 역시 수려함으로 가득합니다. 하지만 여러분, 여기 우리 모두의 것을 능가하는 사람이 있습니다."[10] 강조는 윌리엄 헨리가 한 것이다(와턴이 자주 칭송의 말을 반복했고 곧 조롱받는데도, 윌리엄 헨리는 『고백서』에서 그 칭송과 조롱의 말들을 파아의 탓으로 돌렸다. 파아는 매우 분노했다).

이렇게 해서 그 위조문서 역시 통과되었다. 윌리엄 헨리는 훗날 모든 사람이 『신앙고백서』에 대해 '전체 문장에서 숨 쉬고 있는 천재적인 느낌'이라고 평가할 때 매우 기뻤다고 회상했다. 또 "이것을 발굴함으로써 셰익스피어가 종교적으로 가톨릭이라고 위험하게 말했던 사람들의 마음에서 셰익스피어의 가톨릭주의에 대한 모든 생각을 한 번에 없애버린"[11] 것을 알고 그는 더욱 더 만족했다.

윌리엄 헨리는 행복했다. 그는 "흘러나오는 그 말을 들었을 때 자신의 감각을 거의 믿을 수 없었다"라고 회상했다. 그는 아버지의 서가 옆 식당으로 물러나와서, 창틀에 기대어 자신을 진정시켰다. 젊은 위조범은 칭찬 속에서 빛났다. 모든 것이 그가 항상 생각해왔던 것과 같았다. 그는 천재였다. 그는 뒷날 자신의 『고백서』에서 허영심이 이성을 눌렀다고 썼다. "나는 이성의 근엄한 말에 조금도 주의를 기울이지 않았고, 이와 같이 훗날 나에게 믿을 수 없는 고통과 불행의 원천임을 깨닫게 해줄 화려한 올가미에 맹목적으로 스스로를 내맡겼다."[12]

『신앙고백서』는 우스꽝스럽게 보였을지도 모르고, '달콤한 병아리'에 대한 횡설수설한 말은 경계심을 불러일으키기에 충분했을 것이다. 병아리에 대한 언급은 소요를 불러일으켰으나, 신에 대한 믿음을 갖고 셰익스피어가 이 말을 썼다고 진실로 믿는 사람들은 과감하게 상식을 버렸다. 심지어 1796년 <보티건Vortigern> 공연의 파경 후에도, 서적상이자 유명한 저자인 토머스 스펜스 박사는 계속해서 그 말을 칭찬하며 진지하게 말했다. "신이자 인간으로서 예수에게 하는 그의 천상의 기도와 병아리에 대한 수려한 은유는 수많은 판본으로 거듭 찍을 만하다……. 그것을 읽다 보면 마음으로부터 아멘이라고 말하게 된다. 동시에 많은 사람들이 병아리라는 단어를 비평한다."[13] 병아리라는 직유에는 분명 문제가 있었다. 그것은 사람들을 낄낄거리게 한 다음 웃음을 폭발시켰다. 만약 털이 있는 다른 짐승이 (아마도 칠면조는 제외하고) 윌리엄 헨리의 머리에 떠올랐다면, 그는 아마도 그 짐승을 사용했을 것이다.

지금까지 윌리엄 헨리는 면밀히 심문을 받아왔다. 그리고 그런 중요한 문서가 나타나면서 그는 반복적이고 집요하게 아버지와 아버지의 친구들, 중요한 방문객에게서 (특히 그 출처에 대해) 질문을 받았다. 그는 이런 질문에 제대로 준비하지 못했지만 지금까지는 간신히 빠져나왔다. 그는 "나는 문서들을 만들어 냄으로써 내 자신이 처한 불쾌한 상황을 처음으로 알게 되었다"[14]라고 말했다.

이런 순간적인 의혹에도 불구하고 그는 성공으로 다소 제정신이 아니었고, 아버지의 소장품을 위해 소위 더 '귀중한' 문서들을 열에 들떠 제조하기 시작했다. 전에 윌리엄 헨리를 억눌렀던 모든 걱정이나 자신감의 결핍은 적어도 그의 공상세계에서는 완전히 사라졌다.

광신자들은 셰익스피어가 쓴 편지가 한 장도 나타나지 않는다는 사실을 항상 받아들이기 힘들어했다. 분명 발견되기만을 기다리는 자료들의 보고가 어딘가에 있는 것이 틀림없다는 정서가 깔려 있었으며, 젊은 윌리엄 헨리가 그것을 찾은 것처럼 보였다.

5장

'재치 있는 수수께끼'
'a witty conundrum'

    초기에 윌리엄 헨리는 제정신이 아닌 듯 귀중한 예술품이 계속 나올 것을 약속했다. 그는 금빛으로 찍힌 홍옥의 봉인을 보았다고 주장했고, 처음 증서의 봉인 위에 있었던 것과 같이 그 위에도 창 과녁이 새겨져 있었다고 설명했다. 각각의 위조품은 다른 위조품에 신뢰를 주었다.

    그런 다음 어느 날 저녁 식사 후에 윌리엄 헨리는 뒷날 자신이 솔직하게 인정했던 것처럼 '순간 흥분해서' '이성을 잃고', 셰익스피어 당대에 그려진 검정 휘장을 걸친 실물 크기의 셰익스피어 초상화를 가져오겠다고 아버지에게 약속했다. 그는 대문호 셰익스피어가 술이 길게 달린 장갑을 끼고 있으며 하나는 손에 쥐고 있다고 말했다. 이것은 완전히 정신 나간 짓이었다. 윌리엄 헨리는 H 씨가 그 초상화의 가치를 충분히 알고 있다고 말하면서 윌리엄 헨리 자신에게 그것을 주겠다는 약속을 했다고 말했다. 하지만 윌리엄 헨리는 "나는 그 순간의 감격을 비탄해야 할 충분한 이유를 곧 갖게 되었다"고 언급했다.[1] 그때부터 윌리엄 헨리는 아버지에게서 어떤 평화도 얻을 수 없는 운명이 되었다. 새뮤얼은 그 초상화를 가져야만 했다. 그것이 진위에 대한 질문을 단번에 해소시킬 것이었다. 그래서 새뮤얼은 매일 초상화를 요구했다.

아들은 점점 더 깊이 위조에 빠져들었다. 초상화에 대한 계속되는 아버지의 추궁을 피하기 위해, 윌리엄 헨리는 아버지의 요구를 충족시킬 수 없다는 것을 알면서도 또 다른 어리석은 약속을 했다. 그 약속이 바로 셰익스피어 작품 중 삭제되지 않은 극본 두 개의 복사본을 구할 수 있다는 것이었다. 이 때문에 윌리엄 헨리는 실물 크기의 셰익스피어 초상화만큼이나 새뮤얼에게 고통받게 되었다.[2] 오랫동안 아버지의 사랑을 갈구해 왔던 아들은, 이제 가질 수 없는 보물들에 대한 아버지의 계속되는 요구로 지나치게 집요한 관심을 받게 되었다. 하지만 그것은 그가 갈구했던 사랑을 전제로 한 관심이 아니었다. 그것은 단지 끊임없이 괴롭히는 고통이었다. 이 젊은이는 스스로를 괴롭히는 독특한 방법을 찾은 것이었을까?

월리엄 헨리가 처음 양도증서 변호사 사무실에서 일하기 시작했을 때, 그는 비슷한 상황에서 고용되었고 근처에서 일하는 몬태규 톨벗과 친해지게 되었다. 그러나 두 사람의 생각은 서로 달랐다. 월리엄 헨리는 아버지에게 인정받는 천재성을 꿈꾸던 반면, 톨벗은 무대에 서는 것을 꿈꾸고 있었다. 그들은 수다를 떨기 시작했고 점차 고용주가 사무실을 비울 때마다 잡담을 하러 서로를 방문했다. 기민한 톨벗은 낡은 원고들을 모방하려는 친구의 재빠른 시도를 목격했다.

그들은 여러 면에서 상반되었다. 톨벗은 화려했으며 장난스러운 유머 감각을 지녔고 골동품을 비웃었다. 월리엄 헨리는 스스로가 생각하기에 자신과 비슷하게 시적 기질을 지닌 사람에게 적합한 우울한 분위기를 가장했다. 그들은 일에 대한 증오(비슷한 직장에 취직했을 때 채터턴이 그랬던 것처럼)와 연극에 대한 사랑을 공유했으며 톨벗은 곧 노포크가 8번지를 자주 찾는 방문객이 되었다.

톨벗이 몇 주 동안 런던을 떠나 있게 되면서 그는 의도하지 않게 월리엄 헨리가 위조 행위를 시작하는 것을 도운 셈이 되었다. 즉, 월리엄 헨리는 톨벗이 없었기 때문에 아무런 방해를 받지 않고 사무실에서 그의 첫 시도를 조용히 마무리할 수 있었다. 톨벗이 다음에 노포크가를 방문했을 때, 새뮤얼은 자랑스럽게 그 첫 '발견물들'을 늘어놓았다. 직장으로 돌아온 톨벗은 윌리엄 헨리에게 누가 그 문서들을 만들었는지 알고 있으며 그 속임수를 철저히 즐겼다고 웃으면서 말했다. 윌리엄 헨리는 강력하게 그 사실을 부인했으며, 아주 재치 있고 발 빠른 톨벗은 예기치 않게 방문하는 습관이 있었기 때문에 훨씬 더 조심해야 했다. 윌리엄 헨리는 "그가 너무나 자주 갑자기 나를 찾아와서 그때 우연히 진행하고 있던 원고를 그가 보지 못하게 감추느라 굉장히 힘들었다"[3]라고 적고 있다.

이것이 이 시기 윌리엄 헨리가 극장 영수증과 극장 경비에 대한 메모와 같이 간략한 문서들을 위조하고 있었던 이유 중 하나다. 그는 이것들을 재빨리 위조할 수 있었고, 이 상당한 양의 문서들 덕분에 홍옥 봉인과 초상화와 두 개의 완전한 폴리오 전집에 대한 새뮤얼의 광적이고 집요한 추궁이 약간 누그러졌다.

셰익스피어와 함께 오랫동안 엘리자베스 여왕의 총애를 받았던 레스터 후작 로버트 더들리와 관련된 약속어음 두 개도 이 간략한 위조문서들의 뭉치 안에 있었는데, 그 내용은 다음과 같다.

그리스도의 해에

우리는 레스터 경의 저택에 가서 그분 앞에서 연극을 한 수고와 19파운드의 비용을 포함해 모두 50파운드를 받았다.

Wm. 셰익스피어

레스터 경의 방문을 맞아 훌륭하게 준비한 노고로 받은 돈 중에서 그날 밤 수고한 헤밍에게 59실링을, 로윈에게는 3파운드와 접대를 잘하고 연극을 잘한 대가로 2실링을 더 주었다.

Wm. S.

첫 번째 약속어음에서 '그리스도' 이후에 나와야 하는 날짜가 이상하게도 빠져 있었다. 윌리엄 헨리는 사실을 확인하는 데 너무나 부주의해서, 처음에는 레스터 경이 죽은 지 2년 후의 연도(1588)를 적어 놓았다. 이러한 사실을 알았을 때 그는 문서를 다시 쓰기보다는 그냥 종이의 가장자리를 찢어냈다. 찢어진 가장자리 때문에 문서의 가치가 떨어진 것은 결코 아니었다. 사실 이 작은 파손이 문서를 더 믿을 수 있게 만들었다. 그 약속어음은 셰익스피어 숭배자들에게 극단의 배우들이 얼마나 가치 있었는지를 증명해주었는데, 왜냐하면 그들은 생각보다 훨씬 높은 임금인 50파운드(오늘날의 거의 6,000파운드)를 받았기 때문이었다. 윌리엄 헨리는 50파운드가 아주 높은 임금일 것이라고 생각은 했지만 얼마나 많은지는 알지 못했는데, 그것은 그가 셰익스피어 시대의 영국 내 통화 가치에 대해 정확히 알지 못했기 때문이었다.

하지만 레스터 경이 언급되면서 배우 존 로윈까지 언급된 데에는 여전히 문제가 있었다. 존 로윈은 대략 1603년부터 셰익스피어가 소속되어 있던 킹스 맨King's Men이라는 극단에서 일했으며 40년 동안 그 극단에 남아 있었다. 즉, 그는 1588년에 불과 12살에 지나지 않았으므로 레스터 경 앞에서 공연을 할 수가 없었다. 더 심한 것은 1588년에는 셰익스피어가 아직 런던에 나타나지 않았다는 점이다. 이러한 것들이 윌리엄 헨리가 범한, 눈에 띄는 근본적인 실수였다.

노포크가에서 벌어진 토론에서 정보를 수집한 윌리엄 헨리는 문서가 많을수록 진본임이 더 확실해진다는 것을 알게 되었다. 그것이 바로 짧은 법적 문서와 극장 영수증을 만들게 된 또 다른 이유였다. 그 문서들은 더 야심찬 위조문서에 유용한 버팀목이 되었으며 비록 내용은 지루하더라도 법률용어 덕분에 진짜처럼 보였다. 이러한 방법은 '두뇌의 지나친 수고'를 요구하지 않았기 때문에 윌리엄 헨리는 아주 마음에 들어했다. 게다가 그는 원고들에 대해 생각하는 것 자체를 싫어하기 시작했다. 하지만 그 작은 문서들은 더 좋은 것을 집에 가져오라는 아버지의 끊임없는 심한 재촉과 요구를 잠재우는 데 유용했다.[4]

이 작은 양피지의 수가 늘었을 때, 새뮤얼의 지인들은 엘리자베스 시대의 그런 증서들은 낱장으로 돌아다니는 것이 아니라 다발로 묶여지곤 했다고 말했다. 이러한 의견에 윌리엄 헨리는 당황했다. 그가 살았던 당시에 쓰이는 줄은 분명 의심받을 것이었다. 그의 해결책은 설령 그것이 아주 부적합할지라도 창조적이며 기회주의적인 면이 있었다. 새뮤얼은 '군주의 연설을 듣기 위해, 그리고 상원의원이 되었을 때에는 참석하기 위해' 자주 상원에 갔는데 한번은 아일랜드 2세를 데리고 갔다. 윌리엄 헨리는 "연결된 방을 지날 때 …… 객실의 벽에 아주 오래되고 잘린 태피스트리가 드리워져 있는 것을 보았다." 그 때 그는 "풀린 조각을(대략 내 손바닥의 절반 크기였는데) 잡아서" 찢어내 태피스트리를 더 훼손시켰다. 집으로 돌아온 그는 상태가 가장 나쁜 실을 집요하게 뽑아냈다. 이것은 앞으로의 위조에 필요로 하는 것 이상으로 충분한 끈을 제공해주었다. 후에 그가 발각되었을 때, 이 작은 사각 모양의 태피스트리는 앞으로의 쓰임을 기다리며 여전히 남아 있었다.[5]

윌리엄 헨리는 또 다른 종류의 쓸 만한 버팀목을 고안했다. 위조를 시작할 무렵 그는 H 씨의 시골 저택에는 '셰익스피어의 서가'에서 나온 (셰익스피어가 서명하고 주석을 단) 책 1,100여 권이 있다고 말했다. 비록 이것은 말하기에 터무니없이 지나친 수치였지만, 적어도 이 계획에는 정상적인 측면이 있었다. 즉, 사람들이 셰익스피어의 서가에서 나온 것으로 추정할 수 있도록 서명이나 주석이 달린 책들을 만들어냄으로써 위조범은 아주 쉽게 자신의 발견물을 늘릴 수 있었기 때문이다. 이 일이 훨씬 빠르고 더 쉬운 작업이었으며 그는 이렇게 시간과 에너지를 절약했다. '셰익스피어'가 서명을 하고 논평을 한 주석을 달기 시작한 것이다.

이제 윌리엄 헨리는 템플과 스트랜드 근처에 있는 노점상과 상점들을 샅샅이 뒤지며 희귀본을 찾았고, 그것을 아버지에게 곧장 주는 대신에 셰익스피어 서가에 있는 책의 일부로 만들기 위해 먼저 그 책에 주석을 달았다. 많은 책들이 그 자체로도 유명한 희귀본들이었다. 그중에는 귀중한 『요정 여왕』의 1590년과 1596년 판본, 굉장한 희귀본으로 16세기에 널리 알려진 사이비 학자(지식이 있는 척했던) 『피그로그로미터스의 변증법 Dialecticks of Pigrogromitus』의 유일하게 알려진 복사본, 『카리온의 연대기Carion's Chronicles』 1550년 판본과 가이 포크스Guy Fawkes 사건에 대한 책도 있었다. 가이 포크스에 대한 책의 경우, '셰익스피어'는 다음과 같이 가장자리에 주석을 달았다.

"친구 존 헤밍이 가이 포크스의 처형에 참석해달라고 부탁했지만, 그는 그런 종류의 광경을 보는 것을 좋아하지 않았다." 윌리엄 헨리는 셰익스피어를 처형식에 참석하지 않는 감성적인 사람으로 표현하기 위해 이야기를 새롭게 다시 쓰고 있었다.6) '셰익스피어(윌리엄 헨리가 위조한)'는 폭스Foxes의 『순교자들Book of Martyrs』이라는 책에서 회초리로 어떤 사람을 벌하는 장면을 그려 넣은 본너 주교(몇몇의 기독교 순교자에게 선고를 내렸던 메리 여왕의 주교)의 목판화 옆에다가 이 체벌에 탄원하는 12줄의 글을 집어넣었다. 풍자시인 존 스켈턴John Skelton이 쓴 희귀본도 있었는데 '셰익스피어'는 그 책의 내용도 신랄하게 비판했다. '셰익스피어'가 쓴 논평은 점점 더 직설적이 되었고, 억눌렸던 젊은이는 위조범으로서 아주 솔직하게 변해갔다.

아들은 아버지를 기쁘게 해드리고 아버지의 관심을 돌리기 위해 계속해서 새로운 문서를 가지고 나타났다. 그 장서들은 진행 중인 제조물이었다. 사실 그는 아직 발견되지 않은 장서들에 사용할 수 있는 논평을 아주 체계적으로 모아두었다. 이것들은 양피지, 봉인 그리고 태피스트리에서 뽑아낸 실타래를 모아둔 그의 창고에 보관되었다.

이전에는 단지 셰익스피어 서명 견본 6개만 전해졌다. 그 서명들은 셰익스피어가 증언하기 위해 소환되었던 벨로트-모운

트조이Bellot-Mountjoy 소송과 관련된 조서에 서명한 것 하나와 블랙프라이어스 게이트 하우스 담보 증서에 서명한 것 두 개 (약정서의 복사본에 서명된 매매자와 매수자의 것)와 셰익스피어가 아팠을 때 자신의 유언장에 서명한 것 세 개였다. 그런데 이제 셰익스피어 문서들과 셰익스피어 서가에는 최소한 600개의 서명이 있게 되었다! 서가에 있는 책의 윗면과 아랫면 그리고 옆면에는 '가장 자유분방한 변덕쟁이가 구술할 수 있는 다양함으로' 서명이 되어 있었다.[7]

윌리엄 헨리는 모든 위조품을 잘 관리하려고 애쓰면서 한편으로 몬태규 톨벗에게 괴롭힘을 당하고 있었다. 어느 날 매력적이지만 치근대기 좋아했던 톨벗이 윌리엄 헨리에게 몰래 다가갔다. 그는 윌리엄 헨리가 글을 쓰고 있는 바깥 창문의 아래로 몸을 구부려 기어나간 뒤 갑자기 방으로 돌진해 셰익스피어 문서에 또 다른 내용을 첨가하고 있던 윌리엄 헨리의 팔을 잡았다. 숨길 기회가 없었다. 톨벗은 윌리엄 헨리가 무엇을 하는지 알았다. 윌리엄 헨리는 아버지가 얼마나 분노할지 잘 알고 있었기에 톨벗에게 절대로 비밀을 누설하지 말아달라고 애원했으며,[8] 톨벗은 이후 시련의 시기에도 진정한 친구로 남았다. 그는 결코 약속을 어기지 않았고 심지어 불쾌하게도 그 위조사건에 깊이 연루되어 그가 알고 있는 것을 폭로했다면 용서받았을지도 모르는 때에조차 약속을 어기지 않았다. 광적이지만 의기소침한 젊은 위조범은, 이제 적어도 몬태규 톨벗 주변에서는 편안할 수 있었다.

영감에 사로잡힌 셰익스피어 위조범에게 다소 늦은 감은 있었지만, 윌리엄 헨리는 아버지의 서가에 있는 셰익스피어 폴리오 전집 초판과 재판본의 첫 장에 셰익스피어 극단에 소속된 배우들이 기록되어 있다는 것을 깨달았으며 그는 이 책들을 새로운 자료로 사용했다. 얼마 지나지 않아 셰익스피어와 두 배우(헨리 콘델과 존 로윈) 사이의 금전적인 동의서가 나타났다.

1616년 52세의 나이로 셰익스피어가 사망한 후, 자신들에게 아무런 이득이 없는데도 극본의 가장 정확한 판본을 발췌해 1623년 폴리오 초판을 편찬했던 사람들은 바로 셰익스피어의 친구이자 동료 배우인 존 헤밍과 헨리 콘델이었다. 그들은 셰익스피어 극본을 편찬할 수 있는 완벽한 사람들이었다. 게다가 그들은 셰익스피어가 극본을 쓰고 지시하고 연기하고 각색했을 때 그 자리에 있었다. 그들은 그들이 하지 않았다면 기록되지 않았을 셰익스피어의 작품 중 절반가량을 폴리오 초판에 수록했으며, 문학계 내에서 셰익스피어의 앞으로의 위상을 아주 드높였다. 이 두 직업 배우들의 소박하면서 영웅적인 고결함은 폴리오 초판의 서문에 담긴 애정 어린 문구에서 빛을 발한다.

"우리는 야망이나 사적인 이득이나 명성을 바라지 않고 단지 우리들의 셰익스피어가 그랬던 것처럼 귀중한 친구이자 동료로 살아 기억되기를 바라면서 극본을 수집했고, 죽은 이를 위해 우리의 작업을 수행했다."

위조범은 두 개의 합의서가 들어 있는 이 문서에서, 이상하게도 콘델이 셰익스피어의 작품에는 절대 출연하지 않겠다고 동의한 것으로 만들었다(우리는 이런 문제를 골똘하게 생각하지 말아야 한다). 윌리엄 헨리는 죄 없는 헨리 콘델을 좋아하지 않기로 결정했으며 위조문서에서도 콘델을 가장 나쁘게 표현했다. 그는 로윈이 그 시대의 가장 중요한 배우였다는 것을 듣고 로윈의 노고에 대해 '주당 1파운드 10실링이라는 아주 상당한 양의 돈을 줌'으로써 호의를 베풀었다. 심지어 로윈은 아플 때에도 계속 지불을 받을 수 있었지만 만약 그가 동의서의 어떤 조항을 어길 시에는 셰익스피어에게 100파운드를(오늘날의 약 1만 1,500파운드) 지불해야만 했다.9) 그러나 문서의 날짜가 또 다시 존 로윈이 실제로 극단에 있었던 때보다 훨씬 앞서 있었다. 때문에 존 로윈은 셰익스피어가 죽을 때까지 그 극단의 주연 배우가 아닌 것이 되어버렸다.

이 모든 사건은 완전히 엉뚱하게 들리지만, 그럼에도 불구하고 윌리엄 헨리는 엘리자베스 시대의 극단의 일에 대해 많은 것을 밝혀냈다는 이유로 칭찬을 받았다. 그리고 윌리엄 헨리에게는 18세기의 감성에 더 잘 받아들여지도록 셰익스피어의 언어를 사용하고 싶은 욕망이 있었다. 곧 '발견될' 극본들에서 '셰익스피어'(윌리엄 헨리)는 극본 내용들을 수정하곤 했다. 이보다 더 좋은 것이 과연 있을 수 있을까?

1795년 초, 윌리엄 헨리는 실물 크기의 초상화와 관련해 아버지를 침묵시키기 위해 재빠르게 오래된 양피지에 셰익스피어의 두상을 스케치했다. 그의 아버지와 누이들이 그릴 수 있다면 그도 할 수 있었다. 윌리엄 헨리는 폴리오 판에 있는 초상화를 다소 유아적인 시각으로 해석해 자기 방식대로 구상했다. 그가 생각한 셰익스피어의 얼굴은 그로테스크했으며 셰익스피어의 팔은 방패에 기대고 있는 모습으로 그려 넣었다. 그리고 그림의 각 모퉁이에 셰익스피어의 이름을 썼다.

새뮤얼은 터무니없이 유치하다며 그것을 즉시 되가져가게 했다. 10년 뒤에도, 윌리엄 헨리는 이 말을 들었을 때의 충격을 떠올렸다.[10] 위조범은 보복을 했다. 그는 만족스러울 정도의 신과 같은 힘을 자신에게 부여했고, 그 힘을 이용했다. 바로 다음날 셰익스피어가 배우 카울리에게 쓴 편지 하나가 나타났다. 이 편지는 그림을 동봉했던 것처럼 보였는데, 그 그림이 농담이거나 '재치 있는 수수께끼'라는 것을 암시했다.

소중한 친구여

그대를 항상 쾌활하고 재치 있다고 생각하며, 함께 있는 동료도 마찬가지로 생각하여 내 그대에게 묘한 비유를 하나 동봉하니 그대는 아마 쉽게 그 뜻을 알아차릴 것이오. 그러나 이것을 보내는 이유는 묻지 말아주시오. 그러면 내 그대를 나의 둥글고 쇠로 된 loggere heades(둥근 철봉, 붉은 거북, 얼간이 등 여러 가지 뜻이 있음) 테이블에 초대할 것이오.

그대의 참된 친구

Wm. 셰익스피어

3월 9일

리처드 카울리에게

마스터 홀리스 인 1번지

워틀링 거리

런던

불과 24시간 전에 유치하다고 선언한 것이 이제는 유쾌한 것이 되었다. 기발한 비유는 새뮤얼의 친구들 사이에서 집요한 탐색의 대상이 되었다. 비할 데 없는 셰익스피어의 성격이 더욱 두드러졌다. 셰익스피어는 '훌륭한 품성의 소유자이며 아주 장난스러운 기질'을 지닌 것으로 파악되었다. 그렇게 해서 그 그림은 가장 매혹적인 것이 되었는데 왜냐하면 누구도 그 의미를 해독할 수 없었기 때문이다. 하지만 그것은 원래 아무런 의미도 없었기 때문에 놀랄 것도 없었다.

미술에 대한 윌리엄 헨리의 관심은 고무되었다. 그는 오늘날의 대법원 앞마당 근처 푸줏간 거리에 있는 한 가게에서 다음 '발견물'을 찾았다. 그것은 앞면과 뒷면 양쪽에 수채화를 전시하도록 틀이 되어 있었다. 사무실로 되돌아와서 그는 수염 달린 나이든 네덜란드 남자를 보여주는 쪽을 선택했다. 그는 그 인물을 『베니스의 상인』에 나오는 유태인 샤일록으로 만들기로 결심했으며 그래서 한 쌍의 저울과 한 자루의 칼을 그려 넣었다. 반대편에는 '제임스 1세 시대의 영국 의복을 화려하게 차려입은' 젊은이의 초상화가 있었다.[11] 그는 'WS'라는 약자와 셰익스피어가 쓴 희곡 몇 편의 제목, 그리고 셰익스피어의 문장을(부주의하게도 젊은 위조범은 창을 뒤집었다) 집어넣었다. 마지막 마무리도 그는 그 사람이 셰익스피어일지 모른다는 암시를 주기 위해 폴리오 초판의 권두 그림에 있는 셰익스피어의 초상화를 따라 젊은이의 얼굴을 변형시켰다.

윌리엄 헨리가 초상화를 가지고 집에 도착하자 그 그림은 굉장한 관심을 불러일으켰다. 사람들은 늙은 샤일록을 금방 알아차렸지만, 그림 속의 젊은이는 『베니스의 상인』에 등장하는 바사니오로 여겼다. 그렇다면 셰익스피어가 바사니오를 연기했단 말인가(있을 법하지 않지만)! 새뮤얼의 친구와 지인의 모임에 속한 사람 중에는 고결한 존 빙 경, 웹, 허드, 학자인 조지 찰머스와 보든이 있었으며 지인의 범주는 이보다 훨씬 더 광범위했다. 그들은 환상에 사로잡혔고 '이 그림이 적어도 글로브 극장의 대기실을 빛나게 했다고 엄숙하게 말했다.'12) 그들은 모두 즐거웠다. 그러나 나중에 있을지도 모르는 진위성에 대한 문제를 피하기 위해, 새뮤얼은 그것을 고필서 전문가인 템플의 휴렛 씨에게 가져갔다. 휴렛 씨는 확대경으로 살펴본 뒤 제임스 2세 시대에 살던 존 호스킨스라는 젊은 화가의 흔적을 발견할 수 있었다고 결론지었다. 나중에 윌리엄 헨리는, (확대경으로 보든지 보지 않든지 상관없이) 자신은 그 젊은 화가가 그린 것으로 여길 만한 여지가 없다고 생각했는데 휴렛 씨가 종이결로 스며든 잉크 자국을 보고 그렇게 결론지었다고 말했다.

새뮤얼은 거의 매일 새로운 발견물을 선사받고 있는 상태에 익숙해지게 되었으며 심지어 우쭐거리게 되었다. 아들이 며칠 사라지기라도 하면 아버지는 점차 안달하기 시작했다. 그러나 윌리엄 헨리는 그를 실망시키지 않았다. 특별한 보물이 드러나는 중이었다.

6장

'이제 내 앞에 있는 소중한 유물들'

'these priceless relics now before me'

이제 윌리엄 헨리는 누구나 갈망할 정도로 가장 낭만적인 셰익스피어 문서들을 '발견했다'. 그것은 연애시절 셰익스피어가 앤 해더웨이에게 쓴 연애편지와 연애시, 셰익스피어의 땋은 머리타래였다.

셰익스피어는 불과 18세였던 1582년에 앤 해더웨이와 결혼했다. 그녀는 8살 연상이었으며 임신해 있었다. 딸 수잔나는 다섯 달 후에 태어났다. 어쩌면 이 결혼 생활에 열정이라고는 없었을지도 모르지만 그들은 자식을 낳았다. 1585년에는 쌍둥이 함네트Hamnet와 주디스Judith가 태어났다. 셰익스피어는 런던으로 간 뒤에, 여름마다 또는 시민혁명과 흑사병이 창궐해 런던 극장이 문을 닫았던 시기에는 가족을 만나러 100마일에 걸친 귀로 여행(말을 타고 이틀, 걸어서는 나흘)을 했다. 하지만 이 두 사람은 그 후로 25년에 걸쳐 해마다 몇 달씩은 계속 떨어져 살았다. 셰익스피어는 고향으로 되돌아가는 길에 옥스퍼드를 지나 대버넌트 선술집을 거쳐서 지나갔는데, 그곳에서는 대버넌트 부인과 그녀의 가족들이 셰익스피어를 환영해주었다. 대버넌트의 자식 중 하나인 윌리엄은 성년이고 계관시인桂冠詩人이며 셰익스피어의 대자였는데, 자기가 셰익스피어의 아들이라고 주장했다.

윌리엄 헨리는 실제 셰익스피어 유서에서 단지 '두 번째로 좋은 침대'밖에 물려받지 못했던 앤 해더웨이에 대한 불만족스럽고 낭만적이지 못한 유일한 언급은 영원히 내던져버리고, 성스러운 이의 결혼을 진정한 연애사건으로 만들기로 결심했다. 때문에 위조편지에서는 '사랑의 감정 표출'이 충분히 감지되어야 했다.

　사랑하는 앤
　내 말이 가장 진실되다는 것을 그대가 늘 알았던 것처럼 내가 약속을 분명히 지킬 것이라는 사실을 알게 될 거요. 나는 기원하오. 그대의 향긋한 입맞춤으로 나의 보잘것없는 머리타래가 그대의 향기를 품기를 바라오. 왕들이 진정으로 머리타래에 절하고 경의를 표하게 될 것이오. 어떤 무례한 손길도 머리타래를 매듭 짓지 못하게 할 것이며 그대의 윌리만이 그것을 할 것임을 맹세하오. 왕을 질투하던 그 화려한 장난감도 가장 경애로운 명예도 그대를 위한 나의 작은 수고가 나에게 주는 기쁨의 절반도 나에게 주지 못하오. 여기에 가장 근접하는 감정은 그러한 미덕을 위해 온순한 신과 부드러운 자비로움에 가까이 다가가는 것이오. 오 앤, 그대는 살을 에는 겨울과 사나운 바람에서 작은 나무를 구원하기 위해 가지를 뻗는 커다란 나무이기에 내 그대를 내 마음속에 소중히 간직하고 사랑하오. 내일 다시 만날 때까지 안녕. 그때까지 안녕 사랑스러운 내 사랑.

당신의 영원한

윌리엄 셰익스피어

앤 해더웨이

그런 다음 이 시가 등장했다.

아름다운 에이번 강의 사랑스러운 요정 그대보다

천상에 더 희귀한 어떤 것이 있으랴

윌리 셰익스피어가 그대에게 한 것보다

땅 위에 더 진실된 사람이 있으랴

변덕스러운 운명이 불친절할지라도

운명이 여전히 재물을 뒤로 남겨두더라도

운명이 마음을 새롭게 만들 수 없나니

또 월리의 사랑을 충실하지 않게 만들지도 못하나니

세월이 거친 손으로 때릴지라도

아름다운 자태와 가장 아름다운 얼굴을

운명도 손대지 못하고 진실 되게 남겨두도다

그대의 월리의 사랑과 우정도 영원하리.

비록 죽음이 결코 실패하지 않은 손길로

어른과 아이를 낮게 엎드리게 할지라도

그러나 그는 그의 의무를 다할 뿐

여전히 진실된 월리의 마음을 강타하지는 못하네

그 이후 운명도 죽음도 세월도

충실된 월리의 사랑을 누그러뜨리지 못하도다

그대 위해 나 죽고 살리라.

진지하고 가장 진실된 당신의 윌리

유치한 내용에도 불구하고 새뮤얼과 그의 동인들은 이전에 발견된 그 어떤 것보다 이 연애편지와 시를 더 칭찬했다. 윌리엄 헨리는 이 위조문서를 위해 앤 해더웨이를 선택했고 목적을 이루었다. 새뮤얼은 아들을 자랑스러워했다. 셰익스피어 문서를 가장 열성적으로 옹호했던 사람은 1789년부터 ≪오라클≫지의 편집자를 지냈고 극작가이자 셰익스피어 학자인 제임스 보든이었다. 그는 그 문서에 대한 충실한 신뢰자였으며 두 문서가 "정열과 시 정신의 극단적인 섬세함으로 가득하다"[1]라고 주장했다. 이는 앞으로 보든이 결코 잊지 못하게 될 논평이었다.

고급스러워 보이는 리본으로 묶인 '셰익스피어'의 머리타래 역시 많은 관심을 끌었다. 리본에는 왕족의 후견인에게 받았음을 알리는 출처가 명시되어 있었다.[2] 윌리엄 헨리는 폴리오 초판에 있는 드로샤우트 초상화를 보고 셰익스피어의 머리카락이 짧고 직모이며 뻣뻣하다고 결론 내렸다. 그는 마침 예전에 어떤 여자 친구가 그에게 준 것과 같은 그런 머리카락 견본을 건네야 했다. 잠시 동안 머리카락에 대한 논쟁이 불붙었다. 머리타래 상인인 콜릿 씨가 사람의 머리카락은 셰익스피어 시대부터 지금까지 보존될 수는 없다고 주장하면서 논쟁에 끼어들었다. 즉, "콜릿 씨는 셰익스피어의 머리카락을 조사하기 위해 그 분야에서 가장 뛰어난 체하면서 왔"던 것이다. 그러나 사람의 머리카락이 영구적으로 보존된다는 사실이 널리 알려져 있었기 때문에 그 머리카락 장수는 즉시 쫓겨났다. 분명 새뮤얼의 귀중한 소장품에도 오래전에 죽은 왕들의 머리카락 견본이 있었을 것이다. 아일랜드 2세는 잘 속는 신뢰자들(그는 사려 깊게도 뒷날 『고백서』에서 이들의 이름을 밝히지 않았다)을 위해 '셰익스피어' 머리카락의 일부를 '몇 개의 고리로 나누었다'.[3] 그러나 예리한 눈을 가진 일부 관찰자들은 머리타래 안의 지나치게 복잡하고 단단하게 엉킨 머리카락이 고리를 만들기 위해 제거된 것처럼 전혀 보이지 않는다는 것을 알았다. 새뮤얼은 셰익스피어의 머리에서 뽑아낸 이 뒤얽힌 머리타래를 거의 한 올 한 올, 그리고 색상을 그대로 살려 삽화를 아름답게 그린 뒤 수필집에 넣었다.

대부분의 사람들은 자신을 셰익스피어와 동일시한다고 말한다. 당시에는 셰익스피어에 대해 거의 알려져 있지 않아서 그는 누구든지 그림을 그려 넣을 수 있는 텅 빈 도화지와 같았다. 윌리엄 헨리의 경우도 예외가 아니었다. 상상할 수 있는 모든 범위 내에서, 그가 봤을 때 가능한 가장 좋은 측면에서 셰익스피어를 그리려고 열심히 노력했다.

가장 중요한 것으로, 그는 셰익스피어가 프로테스탄트였다는 것을 분명히 했다. 셰익스피어는 진정으로 아내를 사랑했다. 그리고 그는 마음이 고와서 처형장에 참석하지 못하곤 했다. 그는 훌륭한 사업자, 즉 사려 깊은 고용주였으며 배우 헤밍에게서 나온 영수증은 셰익스피어가 임금을 지불할 때 존경스러울 정도로 정확했다는 것을 증명했다. 셰익스피어가 사우샘프턴 후작에게 일정 금액을 받았다는 것도 만족스럽게 확인되었다. 변덕스러운 만평은 그가 친절하고 온화하며 장난기 있다는 것을 보여주었다. 셰익스피어는 언어를 사용하는 데 섬세했기 때문에 그의 희곡에 사용된 무례한 말들은 배우나 인쇄공들에 의해 삽입된 것으로 추정되어 삭제되었다. 셰익스피어 서가에 있던 주석이 달리고 서명된 서적들은 그가 교육을 받았으며, 특히 외국어로 표시를 해두었기 때문에 외국어에 익숙했다는 것을 증명해준다. 그래서 벤 존슨이 셰익스피어는 라틴어를 조금밖에 모르고 그리스어는 더 모른다고 놀렸을 때 그것은 장난이었다. 셰익스피어는 신사였다. 하지만 기이하게도 16세기 말엽의 감성보다는 18세기 말엽의 감성을 지닌 신사였다. 그것은 위조범이 원하는 셰익스피어를 만들어나가고 있는 것이었다. 셰익스피어는 실제 셰익스피어가 아니라 사람들이 바라는 모습을 해야만 했다. 게다가 젊은이는 그간 애석하게도 결여되어 온 수많은 귀중한 역사적 사실들을 첨가하면서 셰익스피어의 의미를 명확히 해나갔다. 다음 계획으로 셰익스피어가 높은 사회적 지위를 지녔다는 것을 단번에 '증명하게' 될 것이었다.

곧 최상의 영예로운 물건이 '발견되었'다. 그것은 영국 역사상 가장 위대한 군주인 엘리자베스 1세가 보낸 서신이었다. <맥베스 Macbeth>가 공연된 이후 한 번 정도는 제임스 1세가 셰익스피어에게 서신을 보냈을 것이라는 이야기가 전해졌지만 나중에 그 서신이 분실되었다는 이야기를 윌리엄 헨리는 아버지의 친구인 존 빙 경에게서 들었다. 이 내용을 염두에 두고 있던 윌리엄 헨리는 1795년 1월, 연애편지가 발견된 지 2주 뒤에 엘리자베스 여왕이 직접 '셰익스피어'에게 보낸 유쾌한 내용의 짧은 서신을 만들었다.

위대한 극작가 윌리엄, 짐은 그대의 훌륭한 운문들을 체임벌린 극단을 통해 받았노라. 짐은 그 운문들의 탁월함을 칭찬하노라. 짐은 휴양차 런던을 떠나 햄프타운으로 가노라. 그곳에서 짐은 그대와 그대의 훌륭한 배우들을 만나기를 고대하고 있으며 그대가 짐을 즐겁게 해주기 위해 짐 앞에서 공연하기를 바라노라. 지체하지 말고 레스터 경이 짐과 함께하는 다음 화요일까지 짐에게 오도록 하라.

여왕 엘리자베스

그리고 셰익스피어는 군주에게 충실했기에 그녀의 편지를 보관했으며 다음과 같이 조심스럽게 기록했다.

나의 가장 영예로운 군주 엘리자베스 여왕에게 서신을 받았으며 나는 가능한 모든 주의를 기울여 그것이 간직되길 바라노라.

윌리엄 셰익스피어

템스 강가의 글로브 극장에 있는 극작가 윌리엄 셰익스피어를 위해

윌리엄 헨리는 아버지의 소장품에서 위대한 군주 엘리자베스의 원본 서명을 베꼈다.

신뢰자 보든은 ≪오라클≫지에서, 여왕에게 받은 짧은 서신을 통해 셰익스피어가 극장에서 가장 먼저 한 일이 말을 지키는 일이었다는 불명예스러운 이야기가 허구임이 증명되었다고 반응했다. 셰익스피어가 그런 지위에 있었다면 지체가 높아서 그런 식으로는 절대 고용될 수 없다는 것이다.

그러나 학자들이 보기에 이 문서에는 잘못된 점이 너무 많

:: 셰익스피어 런던에 도착하다

셰익스피어 학자 대부분은 스트랫퍼드 근처 찰코트에 사는 인기 없는 토머스 루시 경의 사슴을 밀렵한 이야기와 함께, 젊은 셰익스피어가 극장 관객을 위해 말을 지켜주면서 런던에서 처음 일을 시작했던 이야기는 전부 근거가 없다고 말한다. 하지만 런던 최초의 극장이 있던 쇼어디치에는 말을 씻기는 연못이 있었으며, 그래서 런던 시장은 말 도둑들이 극장에 와서 기회를 엿본다고 불평했다. 존슨 박사는 셰익스피어가 처음 런던에서 극장 관객의 말을 지키는 일꾼들의 책임자였다고 셰익스피어의 먼 후손에게서 들은 이야기를 시장에게 전했다. 무대와 관련된 또 다른 이야기는 셰익스피어가 처음에 대사를 일러주는 사람의 시종(배우가 들어갈 차례가 되었을 때 알려주는 사람)으로 일했다는 것이었다. 셰익스피어가 그 일을 배우면서 비천한 여러 가지 일을 했을 가능성이 있었지만, 에드먼드 말론은 이 이야기를 생략했다.

있는데, 가장 두드러진 것은 (엘리자베스 1세가 써 보낸 짧은 서신의) 레스터 경과 (셰익스피어 서신의) 글로브 극장에 대한 언급이었다. 레스터 경에 대한 언급은 여왕이 그에게 서신을 보냈을 때 셰익스피어가 기껏해야 불과 24세였음을 의미했다. 그것은 너무 이른 시기였다. 만약 그 문서대로라면 셰익스피어는 너무 초기여서 여왕의 주목을 받지 못했을 것이며, 연극 활동을 한 지도 2년밖에 되지 않은 셈이 된다. 글로브 극장에 대한 언급에는 훨씬 더 큰 문제가 있었다. 그 극장은 언급한 당시부터 10

년 뒤까지 설립되지 않았다. 이 모든 문제와 더불어, 셰익스피어의 권위자인 에드먼드 말론이 나중에 지적하게 될 실수들이 더 있었다.

위조범의 출처는 『홀린셰드 연대기Holinshed's Chronicle』였는데 그것 또한 셰익스피어 극의 주요한 출처였으며, 셰익스피어의 작품은 결코 연대기에서 많이 벗어나지 않았다. 그다음 완전히 무모한 또 다른 순간이 찾아왔는데, 윌리엄 헨리가 H 씨 집에서 자신이 보았다고 말했던 『홀린셰드 연대기』의 복사본을 (물론 셰익스피어가 주석을 단) 아버지에게 주기로 약속한 것이었다. 그러나 이제 젊은 위조범은 '셰익스피어' 주석들을 집어넣을 만큼 충분히 넓은 여백을 가진 서적을 서점에서 찾아낼 수 없었다. 비록 그의 아버지가 결코 의도한 일은 아니었지만 아들은 이 일로 녹초가 되었다.

몇 달 전이었던 1794년 12월, 윌리엄 헨리는 새뮤얼에게 H 씨의 집에 셰익스피어의 비극 중 한 편이 완전한 원고 상태로 있다는 암시를 주었다. 하지만 위조범은 베끼기에 적합한 초기 견본을 가지고 있지 않았기 때문에 아무런 일도 하지 않았고, 그는 그것이 엄청난 양의 일을 포함할 것이라는 사실도 알고 있었다.

1795년 초, 새뮤얼은 약속한 원고를 찾아내라고 다시 가차

없이 아들을 몰아댔는데, 이 문제는 새뮤얼이 개인 소장을 위해 1608년에 출간된 「리어 왕」의 두 번째 4절 판본을 구입하면서 해결되었다. 위조범에게는 이 얼마나 편리한 일인가. 윌리엄 헨리는 다음날 자신의 코앞에 나타난 그 판본을 사무실로 가져갔다. 아일랜드 2세는 결코 멀리서 자료를 구하지 않았는데, 나중에 그는 한때 학교에서 공연했던 <리어 왕>이 마음속에 오랫동안 인상적으로 남아서 특히 이 희곡에 끌렸던 것이 아닐까 하고 생각했다. 곧 <리어 왕>의 '원본' 원고를 만드는 일이 진행되었다.

월리엄 헨리는 위조문서를 완성하는 짧은 기간 동안 수많은 일을 한꺼번에 진행했다. 하나 또는 그 이상의 문서들을 동시에 위조하면서 그는 더 많은 문서를 찾아낼 것을 계속 약속했다. 1795년 초, 아들은 넌더리 나는 대화의 주제를 바꾸기 위해 아주 과감한 또 다른 약속을 했다. 그것은 셰익스피어가 친필로 쓴 완전히 새로운 희곡(그것이 바로 「보티건」이 될 것)이었다.

이 시기에 새뮤얼은 『에이번 강 상류 워릭셔의 아름다운 풍경들』을 제안받고 출판을 진행하고 있었는데, 그는 스트랫퍼드 여름 여행에서 그린 밑그림을 토대로 32개의 동판화를 완성했다. 새뮤얼의 기회주의적인 성격을 고려할 때 『에이번 강 상류 워릭셔의 아름다운 풍경들』의 서문은 새로운 발견물을 공표하기에 완벽한 곳이었다. 그는 '이 위대한 사람(셰익스피어)의 개인적이고 공적인 생애에 대한 (자신이 소장하고 있던) 여러 중요한 진본 문서를 대중 앞에 선보일 것이며, 그가 친필로 쓴 가장 사랑받고 존경받는 비극 중 하나(「리어 왕」)와 누구도 복사하지 않은 것으로 추정되는 극본 전체, 즉 아직 세상에 알려지지 않은 친필로 쓴 극본(「보티건」)을 선보일 것[4]이라고 밝혔다. 새뮤얼은 다소 미숙했다. 심지어 그는 「리어 왕」을 보지도 않았으며, 새 극본의 제목도 모르지 않는가! 그 내용에 관해서는 아직 위조범조차 알지 못했다.

이제 아버지의 흥분된 관심은 새로운 극본으로 옮겨갔다. 아들은 아버지의 관심을 돌리기 위해 남학생의 공상 모드로 되돌아가, H 씨가 극본을 보관하는 철제 가방을 만드는 중이기 때문에 작품 공개가 지연된다고 말해 얼마간의 시간을 벌었다. 그 가방은 내용물을 정말로 가치 있게 해줄 크림색 벨벳으로 덮여 있고 금이 점점이 박혀 있으며 셰익스피어의 문장이 수놓아져 있다고 소개되었다. 이것이 철제 가방이 언급된 처음이자 마지막이었다.

윌리엄 헨리는 제목을 생각하기도 전인(또는 정말 시작도 하기 전에) 1월에 완전히 새로운 극본의 발견을 성급히 발표했으며, 2월에는 그의 시선이 서재 벽난로 위에 걸려 있는 새뮤얼이 그린 그림 위에 멈췄다. 그 그림은 새뮤얼이 로웬나가 보티건 왕에게 포도주를 바치는 존 해밀턴 모티머의 그림을 기초로 그린 것이었다. 윌리엄 헨리는 『홀린셰드 연대기』를 검토했다. 보티건 이야기가 『홀린셰드 연대기』에 나와 있었다. 그는 '새로운' 극본을 위한 줄거리와 제목을 갖게 되었다. 바로 「보티건」이었다.

잰 체하는 새뮤얼은 더욱더 기세등등했으나, 그는 H 씨와 그 밖의 사실들을 정확히 해두는 것이 중요하다는 것을 깨달았다. 1795년 1월, 그는 지금까지는 실존 인물로 통했던 (심지어 윌리엄 헨리에게조차) H 씨에게 편지를 썼다. 그는 H 씨에게 윌리엄 헨리가 이야기했던(「보티건」) 알려지지 않은 극본에 대한 언급을 허락받고자 『에이번 강 상류 워릭셔의 아름다운 풍경들』의 서문을 증거 자료로 보냈으며, 무척 기대하고 있던 실제 크기의 셰익스피어 초상화에 대해서도 넌지시 뜻을 비치지 않을 수 없었다. 아들은 그 편지를 H 씨에게 '전달했으며' 그런 다음 아버지가 빠른 답변을 받도록 했다. H 씨(윌리엄 헨리)는 새뮤얼의 안달을 잠재우려고 했다.

특별한 이유로 초상화에 관해서는(귀하의 아들이 그것을 갖게 될 것임을 분명히 해두겠습니다) 아직 비밀이 유지되길 바라지만, 귀하의 아들의 마음속에 홀로 간직된 미묘한 사업이라고 말씀 드릴 수는 있을 것 같습니다. 귀하의 아들이 비밀을 지키는 것은 참 옳지 않습니까. 저는 솔직히 그가 말한 모든 것을 가지고 있으며 소유에 동의했습니다. 그러나 나는 그가 더 많은 것을 보고도 남들에게 이야기하지 않았다고 확신합니다. 내가 이처럼 알지 못하는 사람과 친분을 쌓는 것이 이상해 보일지도 모르겠습니다. 경애하는 선생님, 당신에게 아첨하는 것이 아니라 윌리엄 헨리는 내가 신뢰하며 심지어 봄이 되면 가장 좋은 일에 대해 의논하게 될, 나와 마음이 통하는 젊은이라는 것을 확신합니다. 모든 것이 그의 것이 될 것임을 내가 당신에게 분명히 했으니 그를 기쁜 마음으로 보기 바랍니다. 그가 당신을 위해 「리어 왕」을 극찬한다면, 나는 여전히 그를 더욱더 존중할 것이며 당신은 조만간 내가 아닌 그의 손을 통해 그것을 갖게 될 것입니다.[5)]

이 편지를 보면 새뮤얼이 어떻게 속았는지 알기 쉽다. 편지는 훌륭한 종이에 아름답게 쓰였다. 그리고 내용도 싹싹하며 매력적이다. 그의 아둔한 아들이 실제로 그것을 썼을 것이라는 의심은 전혀 없었다. 어떤 경우에도 새뮤얼은 아들의 필체를 인지하지 못했다.

불과 며칠 뒤인 1795년 2월 초, 마침내 「리어 왕」이 윌리엄 헨리를 통해 나타났다.

그의 아버지는 아주 기분이 좋은 상태였으며 젊은이는 H 씨를 통해 배우로서의 경력을 쌓을 수 있는 이 기회를 놓치지 않았다. 바로 다음날 새뮤얼에게 다른 편지가 도착했다. "실례지만 몇 분간 제가 귀하께 이야기를 할 수 있도록 허락해주시기 바라며, 귀하의 아들이 새로운 극본에 있는 역할 중 하나를 스스로 선택하길 원하고 있다는 특별한 바람을 단지 귀하께 알리고자 합니다……." 새뮤얼은 이 요구를 고려해서 둔해 보이는 자기 아들이 공연 첫날밤에만 참여할 수 있도록 했다.6)

'셰익스피어'가 『홀린셰드 연대기』에 대한 감사의 글과 함께 독자에게 드리는 글에 「리어 왕」을 소개했다는 것은 이상하다. 극본은 그를 고용한 극단의 소유물이기 때문에 엘리자베스 시대의 극작가들은 자신들이 쓴 극본을 소유하지 못했다. 그리고 극단에 속한 어느 누구도 극본이 출판되는 것을 원치 않았다. 극본이 출판되면 경쟁 극단들이 자유롭게 그 극본에 접근할 것이기 때문이었다. 그래서 셰익스피어의 극본들은 결코 독자를 겨냥하지 않았다. 그리고 아직은 누구도 이에 대해 언급하지 않았다.

윌리엄 헨리는 「리어 왕」에 몇 가지 중요한 변화와 여러 사소한 변화를 주었는데, 그것은 종종 대가의 작품에 나타나는

(그가 동의하지 않았던) 천박스러움을 정화하기 위해서였다. 이 것이 윌리엄 헨리가 셰익스피어를 위해 기꺼이 행한 또 다른 봉사였는데, 바로 그의 작품을 정화하는 것이었다. 윌리엄 헨리는 "셰익스피어의 작품에서는 아주 불균등해 보이는 것이 이상하게도 일반적인 것으로 간주되는데, 특히 그의 극작품에서 상스러움이 아주 많이 나타나는 것이 그러하다. 나는 다시 쓰기 대상으로 그의 가장 유명한 작품 중 하나를 선택했으며 내가 적합하다고 생각하는 변형을 꾀했다"[7]라고 말했다. 윌리엄 헨리는 자신의 '셰익스피어' 극본에서는 욕망에 대한 혐오스러운 장면도 없고 처녀를 정복하거나 팔을 드러내는 일도 없으며, 바람을 피우는 이야기나 여성의 해부에 대한 불쾌한 언급도 없을 것임을 분명히 했다. 젊은이는 '셰익스피어'가 그의 '개인서가'에 있는 책에 썼던 단어들조차 바꾸도록 만들었다. 예를 들어 바톨로뮤의 『돌아온 주인』에서 '불알ballocke-stones' 이라는 단어가 삭제되고 '시대의 화석들stones of generation'이라는 단어로 대치되었다.

새뮤얼이 원고를 보았을 때 그 역시 단어 수정에 동의했다. 아일랜드 부자는 저급한 언어가 셰익스피어 극본이 존경받지 못하는 측면 중 하나라는 당대의 태도를 반영하고 있었다. 새뮤얼의 동인들도 뛰어난 대가인 셰익스피어가 그와 같이 음탕

하고 비위에 거슬리는 언어를 사용하지 않았을 것이라고 생각했다. 배우나 인쇄공들이 그런 천박한 말들을 집어넣은 것이 틀림없으며 그런 다음 그것이 극장 복사본의 일부가 되었다고 여겼다. 하지만 학자들에 따르면, 성적 문제에 대한 셰익스피어의 섬세하고 재치 있는 수많은 언급은 당대의 다른 극작가들에 비해 오히려 훨씬 덜 상스러웠다고 한다.

「리어 왕」에 가한 모든 변형과 생략 중에서도 철자법이 가장 이상했다. 윌리엄 헨리는 자신의 비범한 재능을 점차 확신하면서 더욱 나태해졌으며 그 결과 'dearesste, forre, thenne, themmselves, itte, winneterre'와 같이 무모하고 완전히 원칙 없는 철자들이 나타났다. 셰익스피어의 '부정(infirmities)'은 윌리엄 헨리의 '부부저정(innefyrmytees)'이 되었다. '불친절하며 새로 도입된(Unfriended, new adopted)'은 '부울치인절하하며 새로우 도이입되어진(Unnefreynnededde newee adoppetedde)'이 되었다. '부드럽지 못한(untender)'이라는 단어는 '부우드러업지 못한(unnetennederre)'이 되었다. '너의 술과 창녀를 떠나라(leave thy drinke and thy whore)'는 더 섬세하게 '너의 술과 너의 희망을 떠나라(leave thye drynke ande thye hope)'가 되었다.

때때로 위조자가 모든 감각을 상실했을 때 (아마도 복사의 지루함이나 단조로움을 통해) 낱말들은 그 자체의 생명을 지니게

141 6장

되었다. 어이없는 견본 두 개는 'innetennecyonne(inattention)'과 'perrepennedycularely(perpendicularly)'라는 단어였다. 그리고 그는 더욱더 에스(S)를 남용하게 되었다. 사람들은 그의 용기와 무모함의 결합을 존경해야 할 것이다.

「리어 왕」 대본에 관해서는 그 어떤 것도 윌리엄 헨리의 접근 방식을 제지하지 못했다. 예를 들면 셰익스피어의

네 어머니의 무덤에서 나를 떼어놓으리라

간통녀를 매장하고 있는,

의 경우, 이 부분은 윌리엄 헨리의 위조에서

나는 너를 너의 어머니의 자궁에서 떼어놓으리라.

그리고 어머니가 간통녀였다고 말하리라…….[8]

로 바뀌었다.

윌리엄 헨리에게는 후자가 더 나은 것으로 생각되었다. 그는 일종의 공공심 차원에서 의미를 명확하게 하도록 노력했다. 18세기 말의 시대정신에 따르면 미묘한 것을 피하는 것이 최

상이었다.

때때로 윌리엄 헨리는 열광적인 상상력에서 비롯된 연을 몇 개 추가로 집어넣었다. '셰익스피어'는 리어 왕이 죽은 후 마지막 대사에서 켄트로 하여금 다음과 같이 말하게 한다.

이보게, 나는 곧 떠나야 할 여행이 있네.
나의 군주가 부르니 나는 안 된다고 말할 수 없네.

그러나 윌리엄 헨리는 "운율을 맞춘 의미 없는 두 행이 그 사건에 아주 적합하다고 생각하지 않았"다. 그리고 놀랍게도 그는 그 대사를 다음과 같이 확장시켰다.

이보게, 고맙네. 하지만 나는 그 미지의 땅으로 가야 하네.
살아 있는 자들이 피하고 두려워함으로써
모든 순례자를 하나로 묶는 그 땅으로.
나의 주인도 그 길을 갔다네
주인이 나를 부르고 나는 흔쾌히 복종하네
그러니 세상과 작별하고 바쁜 일을 마무리하네
가장 진실하게 산 켄트는 가장 남자답게 죽고자 하네.[9]

엄청나게 부주의했던 윌리엄 헨리는 의미 없는 낙서 몇 개를 「리어 왕」의 마지막 장에 정신없이 남겨놓았다. 그 낙서들은 집중적으로 연구되었다. 이 표시들이 갖는 의미는 무엇일까? 그것은 셰익스피어가 보낸 하나의 전언인가? 새뮤얼의 내부 동인 모임에 있는 절친한 친구 프랜시스 웹은 비록 해독하지는 못했지만 그것이 속기에 대한 초기 시도였다고 주장했다. 그는 셰익스피어가 속기를 시도했고 그것이 지루하다는 것을 알았으며 "나는 그가 더 나아가지 않은 것이 세상 사람들을 위해 다행이라고 생각한다. 특히 속기는 앞에 놓인 이 귀중한 유물 안에서 그의 작품이 아주 명료해지는 것을 방해했을 것이기 때문이다"[10]라고 결론을 내렸다.

문서에 대한 그들의 언급과 어리석은 논평이 되돌아와서 그들을 따라다니게 될 때, 정치가 윌리엄 피트 2세, 철학자 에드먼드 버크, 역사학자 존 핀커턴과 극장주 셰리든 같은 유명 인사들과 제11대 서머싯 공작과 제7대 킨나드 경과 같은 귀족들이 훗날 드러낼 분노를 상상해보라. 머지않아, 수년 동안 발음에 따라 철자를 썼고 자기 글이나 셰익스피어 작품 속의 문장부호마저도 터득할 수 없었던 이 우둔한 젊은이에게 — 사실은 그들이 이제까지 만났던 사람들 중에 가장 곰살궂지 않은 젊은이에게 — 속았다는 것이 아주 명백해질 것이다.

그러나 그 순간만큼은 모든 것이 순조로웠다. 윌리엄 헨리에게 「리어 왕」은 최고로 인정받은 위조문서였다. 보든은 ≪오라클≫지에서 윌리엄 헨리가 삭제한 음란한 글귀들은 처음부터 그곳에 있지 말았어야 했다고 열변을 토했다. 그리고 다른 신문들은 지금 '더 나은 셰익스피어'의 작품이 출현했다는 것에 동의했다. 반면 스티븐스와 리트슨과 같은 학자들은 어처구니없는 철자에 주목했다. 아일랜드 2세는 『고백서』에서 "셰익스피어가 이전에 생각했던 것보다 훨씬 더 완벽한 작가임을 내원고가 증명했다는 사실이 의심없이 받아들여졌다"[11]라고 자랑스럽게 회상했다. 그리고 대부분의 전문가는 윌리엄 헨리의 판본이 셰익스피어의 것보다 월등하다는 데 동의했다. 그것에 대해서는 어떤 의문도 없었다. 윌리엄 헨리는 자신의 생각 안에서 새로운 젊은 대시인이었다.

하지만 18세기에 셰익스피어 작품들이 배우나 극장 매니저에 의해 심각하게 훼손된 것은 예사로운 일이었다. 영리한 개릭은 관객들을 즐겁게 하고 객석을 채우는 것을 필수적으로 고려해, 행복하게 끝나는 내용으로 「리어 왕」을 다시 썼다. 딸 코딜리아는 죽지 않고 에드가와 결혼하며, 그 이후로 글로스터(눈이 멀어 죽을 운명이 아닌)와 함께 미친 리어 왕(죽는 대신에)과 켄트(추방되지 않고)는 즐겁게 함께 산다. 심지어 셰리든과 드루어리 레인 극장의 배우 책임자인 존 필립 켐블도 등장인물들과 줄거리를 멋대로 바꿨다. 그것과 비교해보면 사실 윌리엄 헨리의 판본은 존경할 만했다.

다음으로 윌리엄 헨리는 꾸준하게 인기 있던 「햄릿」의 위조를 시도했으나 셰익스피어의 가장 긴 극본을 베낄 때 생겨날 일들을 생각해서 재빨리 마음을 바꿨다. 그는 "곧 이 단조로운 일에 대해 싫증을 느끼게 되었다".[12] 그리고 '죽느냐 사느냐'라는 독백을 포함한 뒤이은 몇 개의 장들을 써 내려가다가 그만두었다. 그 내용은 아주 유치했으며, 「햄브레트Hamblette」라고 제목을 붙였다.

한편 윌리엄 헨리는 점차 맞설 수 없게 된 지배적이고 통제적인 아버지에게 자신과 자신의 이론을 피력하기 위해 노신사의 편지를 수단으로 이용했기 때문에, 새뮤얼과 실존하지 않는 H 씨와의 대화는 놀랍도록 발전했다.

아일랜드가 저택 안 클럽 같은 거실에서 주고받은 대화에서는 당연히 당시에 일어난 사건들이 거론되고 있었다. 1793년부터 영국과 프랑스는 전쟁 중이었다. 1795년 초, 수상이었던 윌리엄 피트 2세는 전쟁 비용을 모으기 위해 '머리에 바르는 가루 분'에 (그것의 사용을 종결시키게 될) 무거운 세금을 부과했다. 윌리엄 헨리는 자기 머리에 분을 사용하는 것을 그만두겠

다고 선언하려 했으나 공개적으로 그 일을 거부하는 대신에 H
씨에게 그의(윌리엄 헨리) 머리에 더 이상 분을 사용하지 않도록
새뮤얼에게 부탁하는 편지를 쓰게 '했다'(일부 문장부호 첨가됨).

내 젊은 친구를 어제 아침에 만났습니다. 우리는 새로운 세금
이라는 주제에 대해 이야기했습니다. 그와의 대화를 통해 귀하께
서 총리의 친구라는 것을 알고 놀랐습니다. 귀하는 분을 사기 위
해 돈을 지불하는 모든 사람은 전쟁을 지지하기 위해 돈을 내야
한다는 것을 승인했음에 틀림없습니다. 저는 어떤 경우에도 머리
에 분을 사용하지 않기 때문에 앞으로도 돈을 내지는 않을 것입
니다. 제 머리는 지금 본래 색깔로 빗질되어 있으며 제 어깨 위로
느슨하게 드리워져 "숙녀들이 이제 향기로운 입맞춤으로 머리카
락에 향기가 나게 할지도 모릅니다"(이 대목에서 셰익스피어가
해더웨이에게 보낸 편지 내용이 반영됨). 더욱이 귀하는 우리의
윌리(셰익스피어)가 머리를 기른 방식 때문에 적이 될 수는 없을
것입니다. 부디 바라건대, 귀하의 아들이 찰랑이는 머리를 하는
것을 보도록 해주십시오. 그것은 남성스러울 뿐만 아니라 귀하
스스로 학살을 혐오한다는 것을 보여주는 것일 겁니다. 귀하께도
분을 바르지 않기를 요구할 수는 없지만 귀하의 아들만큼은 (그
도 그렇게 하기를 원하는 것처럼 보이는데) 분을 바르지 않도록

해주시길 요청합니다.[13)]

　새뮤얼은 정중한 표현을 보고 자신이 중요한 사람이 되었다는 것에는 기뻤지만, 아들을 양육하는 방법에 대해 충고를 듣게 된 것에는 화를 냈다. 윌리에 대한 불경스러운 언급 역시 그를 화나게 했을지 모르겠다. 이번에 그는 답신을 하지 않았다.

　「리어 왕」 위조 이후 몇 달 동안 윌리엄 헨리는 노포크가 8번지에서 열린 셰익스피어 문서 관람 행사를 즐겼으며, 주요 인사들은 방문을 허가받기 위해 새뮤얼에게 편지를 썼다. 비록 윌리엄 헨리는 계속해서 질문을 받고 있었지만 자신이 오랫동안 갈구했던 행복한 상황에 놓여 있었으므로 훌륭한 보답을 받게 된 셈이었다. 그는 유쾌한 분위기 속에서 긴장을 풀고 있었지만, 집중해서 신속하게 글을 쓰도록 자신을 몰아대는 불안이라는 자극이 필요했다. 그 순간만큼은 그도 자신이 주목을 받고 명성을 얻을 만하다고 확신할 수 있었기 때문이다. 그는 그들 모두를 속였다. '얼간이'는 얼간이가 아니었으며 '전문가'는 전문가가 아니었다.

　이제 그 집안의 중요한 인물이 된 윌리엄 헨리는 다소 신경질적으로 변했다. 전에는 그를 조롱하고 무시했던 가족들은 이제 점잖게 그를 다뤘다. 가족들은 그에게 말하는 것도 조심스러워 했다. 만일 가족들이 너무 많은 질문을 하면 윌리엄 헨리는 곧 화를 냈다.

「리어 왕」이 사람들에게 우호적으로 받아들여진 것은 다음 사건에도 극적인 영향을 끼쳤다. 새뮤얼은 「리어 왕」에 대한 반응을 토대로 셰익스피어의 문건들을 모아 『윌리엄 셰익스피어의 …… 문서 모음집The Miscellaneous Papers …… of William Shakespeare』(이하 『셰익스피어 문서 모음집』)이라는 이름으로 출판하기로 결심했다. 그는 아들의 생각은 고려하지 않았으며 단지 H 씨에게 자신을 드러내도록 요구하려 했다. 윌리엄 헨리는 처음 아버지의 출판 의도를 들었을 때, 그 결과가 어떨지 알았기 때문에 진행시키지 말아달라고 간청했다. 그러나 냉정한 새뮤얼은 그 말을 들으려 하지 않았다. 이러한 상황은 아들이 원했던 것이 전혀 아니었다. 불과 2년 전, 아버지에게 사랑과 존경을 얻고자 시작한 그의 위조 행위의 곡선은 통제를 벗어나 급속히 상승했으나 지금부터 점차 하강하게 될 것이었다.

새뮤얼은 진정 독특하고 귀중한 소장품으로 보이는 물건들을 가졌을 때에도 단지 자신의 행운을 받아들이고 있을 수만은 없었다. 그는 더 많은 것을 원했으며 출처에 대해 아들을 계속 압박했다. 새뮤얼은 H 씨와 직접 접촉하기를 원했다. 만약 가족 중 누군가가 귀족을 다루는 데 익숙하다면, 그 사람은 바로 자신이었다. 하지만 아일랜드 2세는 자신이 한 이야기를 결코 바꾸지 않았으며 그 신사는 항상 익명으로 남아 있어야 한다고 주장했는데, 다음과 같은 이유에서였다. "그는 많은 자산을 소유하고 있으며 문건의 출판으로 발생될 것이 틀림없는 문의에 대해서도 잘 알고 있기 때문에, 설명을 요구할 자격이 있다고 생각하는 개인들의 무례한 질문에 자신을 예속시키는 것이 적절하지 않다고 생각하고 있습니다(다시 H 씨를 통해 자신의 감정을 표현하면서). 따라서 그는 단순한 골동품으로서 그 문서들을 제게 준 동시에 자신의 이름을 영원히 누설하지 않을 것이라는 아주 엄숙한 서약을 요구했습니다."[14]

1795년 3월 3일 새뮤얼은 문건들과 관련된 역사에 대해 좀 더 심도 있는 해명을 구하고자 아들의 '후원자'에게 편지를 썼다. 그 결과 그는 수필집 서문에 문서의 배경과 진위에 대한 내용을 포함시킬 수 있었다. 그리고 출판할 때 새뮤얼 자신의 지위가 어떻게 될 것인지 확인하기 위해 아들의 '후원자'에게 편지를 썼다. 새뮤얼은 어떻게 그 많은 것들을 존 헤밍이 갖게 (그리고 헤밍에게서 H 씨에게로 문서가 어떻게 넘어갔는지) 되었는지 알기 원했다. 그는 "언젠가 내 아들의 아주 진정한 친구인 그 신사와 개인적으로 친분을 맺게 되는 기쁨과 영광을 갖게 될지 모른다고 스스로에게 말하고 있다"[15]라고 결론을 맺었다.

새뮤얼은 누가 보기에도 덜떨어진 자기 아들에게 이 보물이 주어질 것이라는 사실을 여전히 받아들일 수 없었기 때문에, 아무리 열심히 생각해보아도 확실한 이유 없이 누군가가 '보물 광산'을 포기하려 한다는 것을 도저히 받아들일 수 없었다. 그래서 윌리엄 헨리는 이야기를 부풀려야만 했다. 다행히 아주 정당한 이유가 있었다. 윌리엄 헨리는 노신사의 집을 뒤지면서 H 씨가 어떤 재산에 대해 권리를 가지고 있다는 것을 증명하는 문서 하나를 찾아주었다. H 씨는 소중한 증거를 찾아준 것에 대한 감사의 표시로 젊은이에게 셰익스피어 문건들을 주었다. 의심을 풀기 위해, 윌리엄 헨리는 H 씨가 그의 소유물 중 셰익스피어와 관련해 앞으로 발견되는 모든 것을 젊은이에게 준다는 증서를 준비하도록 변호사에게 요구했다고 말했다. 윌리엄 헨리는 순진하게도 이 증명서가 모든 문제를 해결할 것으로 생각했으나 물론 그렇지 않았다. 그것은 불에 기름을 부은 격이었다.

새뮤얼에게 여러 차례 질문을 받으면서 윌리엄 헨리는 이제 수류탄의 뇌관을 터뜨리려 했다. 가령 그는 "그것들이 사실은 셰익스피어의 것이 아니지 않을까요?"라는 질문을 던졌다. 그러나 어떤 폭발도 일어나지 않았다. 대신 그는 아버지가 생각하기에 무식해 보이는 질문을 던진 것에 대해 경멸적인 응대를 받았다. 새뮤얼은 "만일 생존해 있는 유능한 사람들이 모두 찾아와서, 각자 이 문서들이 제시하는 특정 부분을 맡아서 몇 차례 증언한다 할지라도 나는 그들을 믿지 않을 것"이라고 말했다.[16] 맙소사. 이때 문건의 출판에 대한 생각에 빠져 당황한 윌리엄 헨리는 거의 고백을 할 뻔했다. 그러나 아버지의 반응이 이런데 그가 어떤 선택을 할 수 있었겠는가?

저녁 식사 후, 윌리엄 헨리는 같은 질문과 비난을 반복적으로 받아 넘기는 데 넌더리를 내면서 평화를 구하는 심정으로 갑작스레 말을 꺼냈다. "아버지, 만약 경께서 그 문서들을 출판하기로 결심하셨다면, 명심해주십시오. 그 신사분께서 '귀하가 책임지고 그 일을 하십시오'라는 전갈을 보내셨습니다. 그는 이 일에 관여하지 않고 세상에 그의 이름을 드러내지 않을 것이기 때문입니다."

새뮤얼에게 더한 격려는 필요하지 않았다. 그는 "그런 조건이라면 나는 기꺼이 그의 묵인을 받아들이겠다"고 답했다. 새뮤얼은 H 씨에게 쓴 3월 3일자 편지의 답신을 기다리지 않았다. 3월 4일 새뮤얼은 『셰익스피어 문서 모음집』 출판에 대한 안내서를 발행했으며, 세상에 그의 출판 의도를 밝혔다.[17]

셰익스피어.

노포크가, 스트랜드, 3월 4일, 1795년.

새뮤얼 아일랜드는 우리의 신성한 시인 셰익스피어의 작품들의 흥미로운 부분을 이루고 있는, 최근 그의 손에 들어온 문학적 보고를 지금 정리하고 있으며, 빠른 시일 내에 출판할 것임을 삼가 여러분께 알립니다.

그는 계속해서 문서의 탁월한 개요에 대해 말했으며 삽화와 최초의 도안에서 찍어낸 판화들에 대해 논의했고 "그 문서들이 셰익스피어가 진정 위대한 아버지로 명명될 영국 무대의 역사에 새로운 빛을 더해줄 것"이라고 확신했다.

새뮤얼은 사람들이 미리 『셰익스피어 문서 모음집』의 구독을 신청할지도 모른다는 생각으로 런던에 있는 서점의 목록을 만들었다(아이러니하게도 그 서점들 중에는 윌리엄 헨리가 셰익스피어 서가를 만들 수 있는 출처가 되어온 플리트 거리의 메스 화이트 씨의 서점도 있었다). 더욱이 "편지로 주소를 써 보내거나 구독 신청자가 소개한 사람이라면 누구나 매주 월, 수, 금요일 12시에서 3시 사이 노포크가 8번지에서 그 문서들을 관람할 수 있으며" 새뮤얼과 더불어 윌리엄 헨리나 제인이 관람을 안내하면서 설명을 할 예정이었다.

1795년 12월, 출판 계획 발표와 사전 구독 신청자들의 모임은 셰익스피어 문서 전시관을 관람하는 입장권 판매와 함께 차례차례 진행되었으며, 3월에 시작되어 거의 1년 이상 지속되었다. 입장료는 총 4파운드(오늘날의 140파운드)였으나, 수필집 구독 신청자는 특별 할인 비율이 적용되어 2파운드만 내면 되었다. 런던에 사는 사람이면 누구나 노포크가에 갔기 때문에 새뮤얼은 이 일로 부유해졌음에 틀림없다.

구독 신청자로는 보즈웰, 셰리든, 빙(토링턴의 자작), 경매인이자 골동품 수집가인 존 소더비, 워런 헤이스팅스 부부(헤이스팅스 씨는 인도 총독으로 유명했으며, 국회 청문회에 소환되어 7년 동안 재소되었다가 1795년 4월이 되어서야 풀려났다)가 있었다.

그리고 새뮤얼은 『안내서the Prospectus』에 「보티건」을 삽입하면서 다음과 같이 언급했다. "아일랜드 씨는 위에서 언급한 문서들과 함께 『홀린셰드 연대기』에서 발췌한 「보티건」과 로웬나의 이야기에 기초한 역사적인 극본이 발견되었다는 것과 그 작품이 셰익스피어의 친필 원고임을 여러분께 알려드립니다. 연극 공연을 고려 중인 이 작품은 무대에 오르기 전까지 출판되지 않을 것입니다."[18]

에드먼드 버크, 피트 2세, 셰리든, 파이, 그리고 채터턴의 시들이 출판되도록 정리를 맡았던 시인 로버트 사우디 등 매우 중요한 인사들의 출판물 구독 신청도 쇄도했다.

만 10년 뒤 완전히 파산해 아주 화가 난 윌리엄 헨리는 『고백서』를 통해 반격에 나섰다. 그는 구독료를 지불한 누군가가 문건들의 진위성을 의심해 불만스러워한다면, 책과 구독료를 교환해줄 것이라고 이탤릭체로 기술했다.

그런 뒤, 윌리엄 헨리는 아버지의 관심을 돌리기 위해 또 다른 이야기를 지어냈다. H 씨의 친구 중 한 명이 발견물에 대한 이야기를 들었고 그가 궤짝 안에서 문서들을 더 찾게 해준다면 H 씨에게 2,000파운드(오늘날의 약 5만 파운드)를 주겠다는 편지를 써 보냈다는 내용이었다. 여기에 젊은이 스스로가 결정할 문제라는 답신이 돌아왔다. 만일 H 씨가 돈을 수락한다면 그 사람은 남아 있는 문서들을 차지할 수 있었다. 윌리엄 헨리는 안 된다고 답했으며 그 사람은 저속하게 더 많은 액수를 제시했다가 내쫓겨났다. 윌리엄 헨리는 더 복잡한 이야기도 줄곧 지어내고 있었다. 그러나 위조범이 어떤 새로운 이야기를 지어내는지는 더 이상 중요하지 않았으며 그것은 단지 순간적인 모면책일 뿐이었다. 그 무엇도 매일 똑같은 말을 반복하는 아버지를 진정시키지는 못했다. 아버지는 초상화와 홍옥의 봉인, 완벽한 상태의 극본 두 개와 『홀린셰드 연대기』를 언제 받게 될 것인지 끊임없이 물어왔다.

1795년 봄, 여전히 믿어지지 않는 또 다른 '발견물'이 나타났다. 윌리엄 헨리는 새뮤얼에게 윌리엄 셰익스피어가 그의 친구 윌리엄 헨리 아일랜드에게 준 증여 증서를 보여주었다. 자신의 창조물에 대해 자랑스러워하고 집착하던 아일랜드 2세는 소중한 문서들을 보호해줄 '아일랜드'라는 연결고리가 필요하다고 결론지었으며 이것이 그 고리였다. 그때 윌리엄 헨리는 그것이 사실이라고 거의 믿을 뻔했다. 어쨌든 그 문서들은 높이 칭찬받는 자신의 작품이었으며 셰익스피어가 쓴 것으로 받아들여질 만큼 매우 훌륭했다. 윌리엄 헨리는 자신감으로 가득했다.

기이한 (하지만 유용한) 우연이긴 하지만 말론에 따르면, 1613년 윌리엄 셰익스피어가 블랙프라이어스 게이트 하우스를 사들이기 이전에 1604년 'X'라고 자신의 이름을 서명한 윌리엄 아일랜드라는 잡화 상인에게 그 집이 임대되었다는 것은 역사적 사실이다. 윌리엄 헨리는 그러한 사실을 완벽하게 만들기 위해 진짜 W. 아일랜드의 중간이름으로 '헨리'를 집어넣었다. 이 집터는 오늘날과 마찬가지로 윌리엄 헨리 시대에도 아일랜드 야드로 알려진 구역에 있었다. 윌리엄 헨리는 셰익스피어가 자신의 친구 윌리엄 헨리와 그 후손들에게(새뮤얼과 우리의 윌리엄 헨리 외에 누가 있겠는가?) 중요한 문서들을 남겼다는 이야기

156

를 지어냈다. 이렇게 해서 (셰익스피어의 후손들이 갑자기 나타나는 일이 없다면) 그 누구도 그에게서 위조품을 빼앗아갈 수는 없을 것이다. 사실상 셰익스피어의 직계 혈통은 셰익스피어의 죽음 후 불과 54년 후인 1670년, 셰익스피어의 손녀가 자식 없이 죽었을 때 너무 일찍 끝나버렸다.

윌리엄 헨리의 난삽한 철자를 읽기란 어려웠으나, 적어도 여기 아래의 것은 그을린 종이 위에 '셰익스피어의' 손으로 쓰이지는 않았다. 1795년 5월에서 6월 사이, 윌리엄 헨리는 W. H. 아일랜드에게 준 증여 증서 하나를 양피지에 새겼다.

스트랫퍼드 어폰 에이번 출신으로 현재 런던 블랙프라이어스의 아일랜드 야드라는 이름으로 알려진 곳 가까이에서 살고 있는 나 윌리엄 셰익스피어는 현재 건강한 육신과 건전한 정신으로 기쁨을 누리고 있다. 모든 사람에게 가장 귀한 것은 생명이기에 자신의 생명의 위험을 무릅쓰고 타인을 구해준 사람에게 나는 고마움을 전하고자 한다. 이렇게 목숨을 구원받은 나는 고마움을 마음속에 간직한 채 먼저 내 손으로 다음과 같은 내용의 문서를 작성한다. 더 안전을 기하고 내가 죽은 후 혹시 논란이 없게 하기 위해 똑같은 내용을 양피지 위에 쓰고 내 손으로 묶고 봉인을 한다. 지난 달 8월 3일경 나의 절친한 친구 윌리엄 헨리 아일랜드와 몇 사람이 나의 집 근처로 배를 타고 와서 우리는 템스 강으로 나갔다. 그런데 술을 마신 탓에 기분이 너무 좋아져 유람선이 전복하고 말았다. 나를 제외한 다른 사람들은 헤엄을 쳐서 목숨을 건졌다. 비록 물이 깊었지만 강가에 가까이 있어 별 어려움은 없었다. 앞에서 언급한 윌리엄 헨리 아일랜드가 내가 보이지 않자 나를 불렀고, 일행 중 한 사람이 내가 물속에 빠졌다고 하자 그는 상의를 벗어 던지고 물로 뛰어들어 혼신의 노력을 다해 나를 물에서 끌어냈다. 나는 거의 죽은 상태였고 이렇게 목숨을 건졌다. 그래서 이에 보답하고자 다음의 작품을 그에게 주게 되었다. 먼저 내가 쓴 희곡 「헨리 4세」, 「헨리 5세」, 「존 왕」, 「리어 왕」과 아직 출판되지 않은 「헨리 3세」라는 작품을 준다. 위의 작품에서 생기는 모든 이익은 아일랜드에게 돌아가며 그가 죽은 후에는 그의 장남 윌리엄 헨리에게 돌아가고 그 역시 죽으면 그의 형제에게, 계속 이런 식으로 이어진다. 만일 혈통이 끊어지면 가까운 친족에게 넘어가며 이렇게 그의 가계로 영원히 이어지게 한다.

또 셰익스피어는 아일랜드에게 기념 반지를 사라고 총 10파운드(오늘날의 740파운드)를 남겼다. 예를 들어 셰익스피어의 진짜 유서에서 1616년의 5파운드는 일반적인 반지 하나 값이었기 때문에 셰익스피어가 그 친구 윌리엄 헨리 아일랜드를 정말 중요하게 생각했음이 분명했다.

   이러한 내용은 우리의 주인공 윌리엄 헨리의 자긍심을 위해서 중요했다. 이 증서와 함께 윌리엄 헨리는 일종의 불후의 명성을 이루었으며 셰익스피어에게서도 인정을 받았다. 그와 이름이 같은 조상이 셰익스피어를 익사에서 구해낸 것이다!

   그리고 그것이 전부가 아니었다. '셰익스피어'는 개인적인 문구를 몇 개 더 첨가했다.

   템스 강에서 그가 나의 생명을

   구했던 것을 기념하며

   나의 가장 소중하고 훌륭한 친구

   윌리엄 헨리 아일랜드 씨에게

   양도함.

                                       윌리엄 셰익스피어

   살아서

   우리는 함께할 것이며

   죽음은

   잠시 우리를

   떼어놓을 것이나

무덤 안에서 쉬지 못하는

셰익스피어의 영혼은

다시 일어나 가장 축복된 천상에서

그의 친구인

그의 아일랜드를

만나리라

오, 미덕의 모범, 가장 달콤한 아이여

당신의 셰익스피어는 당신에게 감사하노라.

어떤 시구도 어떤 한숨도 어떤 눈물도

나의 영혼을 그리지 못하며 내가 얼마나

당신을 사랑했는지 절반도 말해내지 못하리니

당신의

Wm. 셰익스피어

나를 위해 이것을 간직하며

세상은 그 사람을 사랑했던 나의 인생을

기억하는 증거로 삼아야 한다.

문서의 위쪽 한 귀퉁이에는 아일랜드 가문의 문장과 셰익스피어 가문의 문장이 줄로 연결되어 펜과 잉크로 그려져 있었다. 이것을 보고 가터 문장관인 아이작 허드 경은 그의 친구 새뮤얼에게 (전에는 들어보지도 알지도 못했던) 그의 문장과 셰익스피어의 문장을 연결해보라고 격려했다.

그리고 위조할 것들은 아직 더 있었다. 아일랜드 선조의 집을 스케치한 그림이 있었다. 윌리엄 헨리는 그의 선조로 추정되는 사람이 살았던 것으로 보이는 (쉽게 예상할 수 있는) 커다랗고 훌륭한 집을 그렸다. 이 건축물은 다소 기이했으나 아주 매력적이었다. 심지어 그들은 증여 증서와 같이 심각한 것을 작성할 때조차 셰익스피어가 유머 감각을 지니고 있었다는 것을 보여주었다.

아일랜드의 집을 보고 난 뒤, 이전에 그가 나에게 그 집을 시로 표현할 수 없다고 말한 것은 사실이 아님을 보여주었고, 내기에서 이겨서 그에게 5실링을 받았다.

W. 셰익스피어

윌리엄 헨리의 광기에는 종종 영특함이 있었으며, 이 문서들은 친필과 재현 면에서 모든 셰익스피어 문서 중 가장 솜씨 있게 만들어진 것이었다. 지금까지 그는 연습을 많이 해왔다.

윌리엄 헨리는 H 씨를 그림에서 지워버릴 수 있게 하기 위해, 셰익스피어 문서들이 H 씨의 것이 아니라 자신의 것임을 증명하는 방향으로 나아가고 있었다.

그러나 윌리엄 헨리는 너무 멀리 가버렸다. 너무 심한 우연의 일치였다. 증서에서 나타난 아일랜드와의 뻔뻔스러운 연결을 사람들이 쉽게 믿기란 어려웠으며, 또 다른 셰익스피어의 서명은 심지어 가장 강력한 신뢰자들조차 주저하게 만들었다. 또 하나 간과한 사실은 엘리자베스 시대에 세례명이 두 개 주어진 경우는 드물다는 것이었다. 그렇게 수상쩍었다면 위조문서라고 폭로를 했어야 하는데 아직은 그렇게 되지 않았다. 하지만 ≪모닝 헤럴드≫는 속지 않았다. "케케묵은 원고들을 진짜라고 믿었던 어제의 한 신문이 내뱉은 변명들은, 우리가 한 대상을 쫓아 지나치게 멀리 건너가서 스스로 어떤 위험에 노출될 수 있는지 보여주었다."

『에이번 강 상류 워릭셔의 아름다운 풍경들』의 결론 부분에는 새뮤얼이 과거 셰익스피어를 위조했던 사람들을 공격하는 유명한 문구가 있는데 그것은 이와 같다. "그들은 시대가 스스로 부여한 증언을 시대에게서 앗아갔으며, 모국어의 역사를 추론하기 위해 학자들만이 활용할 수 있었던 자료의 원천을 오염시켰다." 새뮤얼은 아들의 위조 사실은 생각지도 못하고 말론과 스티븐슨에게 공격의 비난을 퍼부었다. 오직 죄가 없는 사람만이 위와 같이 적을 수 있을 것이었다.[19]

아일랜드 부자는 — 열정적이지만 어떤 면에서는 순진한 새뮤얼과 수줍고 어색한 아들 윌리엄 헨리는 — 달리는 호랑이 등에 올라탄 형국이었으며 문서를 의심하는 사람들이 공격할 때마다 호랑이는 더욱더 요동쳤다. 위조품들은 2년 만에 그들을 명성의 최고봉까지 데려갔다가 아래로 내팽개쳤으며, 갑작스럽게 불명예와 빈곤과 비극 속에서 새뮤얼을 멈추게 했다.

7장

'셰익스피어가 썼거나 악마가 쓴'

'Written by Shakespeare or the devil'

지칠 줄 모르는 영문학의 최고 장인이자 영어권 내의 가장 위대한 희곡작가이며 최상의 재치꾼이자 처음으로 2,000단어 이상을 기록했고 자신의 작품에 3만 1,000개 이상의 단어를 구사한 천재의 작품을 윌리엄 헨리는 계속 위조해나갔다.

그러나 19살 청년의 시도에는 다소 부족한 면이 있었다. 사실상 아버지의 서가를 언제라도 이용할 수 있었으며 문학적인 것을 그렇게 많이 접하면서도, 셰익스피어적인 어휘에 대한 윌리엄 헨리의 지식은 매우 부족했다. 셰익스피어처럼 보이게 하려는 그의 유치한 — 인정하건대 지금까지는 성공적이었던 — 수법은 단순했다. 예를 들면 그는 자음을 겹쳐(특히 'n') 다른 대부분의 단어들을 괴롭혔고, 'e'를 'y'로 바꿨으며 맹목적으로 거의 모든 단어의 끝에 'e'를 첨가했다. 예를 들어 '하늘늘 안안에 있는가(Is there inne heavenne)'가 그렇다. 이 문장의 일부에서 그는 '브리스톨의 셰익스피어'인 그의 영웅 토머스 채터턴을 모방하고 있으며, 셰익스피어의 희곡을 마구잡이로 차용했다. 그의 부정확한 날짜들, 기이한 철자들과 부주의는 눈에 띄었겠지만 사람들은 그런 실수들을 거의 알아보지 못했다.

그리고 사람들은 여전히 30년 전의 채터턴을 기억했다. 그를 아주 영리한 시인이자 위조범으로 여겼으며 비평가들 대부분은 최상의 위조를 보았다고 생각했다. 하지만 비교해보면, 윌리엄 헨리 아일랜드는 부주의와 틀린 철자에도 불구하고 훨씬 더 전문적이었다. 그는 종이, 잉크, 봉인에 아주 조심했다. 비록 그들이 각자 재능을 — 심지어 번뜩이는 영민함까지도 — 가졌을지라도 두 사람의 작품 모두에는 옳지 않은 구절이 있었다.

왜 그렇게 많은 사람이 문서의 진위에 대해 신뢰할 수 있었을까? 첫째, 이 문화적 표상(셰익스피어)이 쓴 작품들을 위조할 만큼 뻔뻔스러운 얼굴을 가졌거나 감히 위조를 생각하는 사람이 있을 것이라고는 상상할 수 없었다. 둘째, 윌리엄 헨리는 사람들에게 호감을 주지 못했기에 그 누구도 (가장 끔찍한 꿈속에서조차) 그가 위조범일 수 있다는 사실을 믿지 못했다. 이것이 젊은 위조범의 가장 큰 강점이었다. 사실 많은 사람들은 심지어 윌리엄 헨리가 자백하고 위조 방법들을 시범으로 보여준 후에도 그가 위조했다는 사실을 받아들이길 거부했다. 셋째, 새로운 서류들이 그렇게 빨리 등장했다는 사실로 보아(때로는 하루 단위로) 한 사람이 그처럼 많은 일을 할 수 있다는 것을 믿을 수 없었다. 사람들은 위조 기술에 대해, 매력적이고 아주 지적인 개인이 행하는 지루하고 시간 소모적인 일이라고 생각했다. 그러나 누구도 외견상 멍청해 보이고 야심이 없으며 생기도 없는 윌리엄 헨리가 집약적이고 광적인 힘으로 그것들을 속속 위조했을 것이라고는 생각하지 못했다. 셰익스피어 문서들은 적어도 2년 이내에 위조되었으며 사실 그가 작업하는 데 걸린 시간을 생각한다면 불과 몇 주일 만에 위조한 것이었다. 넷째, 위에 언급한 것들만큼이나 중요하게, 윌리엄 헨리는 외견상 거의하는 일이 없이 양도증서 법률 사무실에서 아주 오랜 기간 방해받지 않는 자유 시간을 가졌다.

놀랍게도 몇몇 사람들은 처음부터 이 젊은 위조범이 시도했음을 알고 있었지만 그들 중 누구도 나서려 하지 않았다. 그들이 나섰다면 문서는 즉시 폭로되었을 것이다. 1794년 12월로 되돌아가 보면, 윌리엄 헨리는 서적 제본업자인 로리 씨에게 자신의 첫 실험 결과를 보여주었으며 거기서 일하는 한 일꾼이 그에게 잉크 합성물을 주었고, 나중에 윌리엄 헨리는 잉크를 더 많이 가지고 돌아오면서 대가로 1실링을 지불했다. 하지만 윌리엄 헨리의 명성이 널리 퍼졌음에도 불구하고, 이들 중 누구도 이러한 사실을 언급한 적이 없었다. 그다음으로 그가 종이를 샀던 사람들도 있다. 그리고 윌리엄 헨리가 일했던 사무실에는 청소부가 있었는데 그녀는 "내가(윌리엄 헨리가) 엘리자베스 여왕의 것으로 추정되는 편지를 조작하는 동안 내내 거기 있었다……". 심지어 윌리엄 헨리는 그것을 그녀에게 건네주며 아주 오래된 것으로 보이는지 묻기까지 했다. 그녀는 "웃으며, 내가(윌리엄 헨리가) 그런 설명할 수 없는 이상한 일들을 할 수 있다니 아주 기이하다고 덧붙이면서"[1] '그렇다'고 말했다. 그 밖에도 윌리엄 헨리가 셰익스피어 서가를 꾸미기 위해 희귀 서적을 아주 많이 구매했던 플리트 거리의 서적상 메스 화이트 씨와 스트랜드의 오트리지 씨가 있었다. 그들은 위조범의 명성과 함께, 자기들이 팔았던 바로 그 책이 일주일 뒤에 주석과 논평을 덧붙이고 셰익스피어가 서명했다고 주장되는 것을 의심했음에 틀림없다. 어쩌면 그들은 하나의 재미있는 비밀을 지닌 채 그 비밀을 즐겼는지도 모르겠다. 그들이 이 젊은이를 아주 소중한 발견물과 연결하는 것이 불가능했다고 보는 것이 더 그럴듯할 것이다. 하지만 윌리엄 헨리는 과감하게 위험을 감수하고 있었다.

1795년 2월 17일 ≪모닝 헤럴드≫는 한 기사에서 셰익스피어 문서들이 타당하지 않다고 과감하게 언급했다. 노포크가에는 걱정이 쌓였다. 하지만 한때 자유사상가이자, 일찍이 셰리든의 아버지의 절친한 친구였던 보즈웰이 방문하자 긴장하고 있던 아일랜드 집안은 분위기가 밝아졌다. 1795년 2월 20일 — 생기 넘치는 29살이었던 1769년, 스트랫퍼드 어폰 에이번에서 열린 셰익스피어 기념제에서 늠름한 모습이었던 — '봇지'(보즈웰의 애칭)가 문서를 보기 위해 도착했다. 그는 이제 무기력하고 목살이 늘어진 나이 먹은 55살의 노인이었다.

윌리엄 헨리는 무슨 일이 벌어졌는지 설명했다. 보즈웰은 문서의 외관을 조사하고는 오래된 것이라고 확증했다. 그런 다음 그는 얼마 동안 셰익스피어 시대의 언어가 맞는지 살폈고 일련의 우호적인 논평들을 쏟아냈다. 술을 좋아했던 보즈웰은 목이 마르다고 말하고 따뜻한 물로 희석한 브랜디 한 잔을 요청했다. 기운을 돋우는 술을 거의 다 마신 후에 그의 칭찬은 두 배로 늘어났다. 그는 의자에서 일어났다.

"자, 오늘을 목도하기 위해 살아왔으므로 나는 이제 죽어도 여한이 없다." 그런 다음 보즈웰 씨는 문서의 일부를 담고 있는 장서 앞에 무릎을 꿇고 계속 말했다. "나는 이제 우리 시인의 가치 있는 유물에 입을 맞춘다. 내가 살아서 그것들을 보게 된 것을 신께 감사 드린다." 경애의 모든 징표로서 그 장서에 입을 맞춘 후에 그는 떠났다.[2]

비신뢰자들의 목소리에 대응해 지금까지 아무런 말도 하지 않았던 보즈웰은 비록 판단할 자격이 없었지만 문서들이 진본임을 확언하는 서류에 서명을 했다. 세 달 뒤, 보즈웰은 불규칙

한 습관으로 이루어진 삶의 절정을 맞이해 사망했으나 그는 영국의 불멸의 시인이 쓴 대작에 입을 맞췄다고 여전히 믿었다.

제임스 보든은 셰익스피어 문서들을 관대하고 — 너무도 관대해서 영원히 후회할 만큼 — 강력하게 지지했다. 1795년 2월 16일, 그는 ≪오라클≫지에 아일랜드 씨의 관대함 덕분에 발견된 문서들에 관한 대중의 호기심을 충족시키는 것을 도울 수 있었다고 썼다. 그는 「리어 왕」과 「보티건」 뿐만 아니라 다양한 문서가 위대한 인물의 생애에 대한 개인적인 세부사항을 드러냈다고 보도했다. 그리고 그는 발견물 전체가 "모든 회의주의를 우습게 만들 것"이라고 말했다. 1795년 2월 21일 그는 문서의 진위성에 대한 확신 속에서 더욱 격렬해졌고 "그것을 보지 않은 사람들이 비아냥거리면서 쓴 혹평들에 응수하지 않고 넘겨서는 안 된다. …… 『신앙고백서』를 조롱한 신사는 무지한 사람으로 불릴 것이다"라며 결의를 표명했다. 그리고 셰익스피어의 생일인 4월 23일에는 그 이상의 주장들이 나왔다. "아주 다행스럽게도 발견된 셰익스피어 유물들은, 검증에 의해 확실시된 것을 거부하려는 옹졸한 사람들을 제외하고 이제 모든 사람에게 진본으로 간주되었다."[3]

노포크가에서 열릴 셰익스피어 문서 전람회의 개장 후에는 다른 많은 증언들이 뒤따랐다. 예전에 비국교파 목사였고 작가이자 현재 아이작 허드 경의 비서인 프랜시스 웹 장군이 훌륭한 기고를 했다.

모든 위대하고 유명한 천재들은, 그들 자신을 다른 이들과 구별시켜줄 뿐만 아니라 지금의 그들이게 해주는 그들만의 특징적인 개성과 창조적인 성격을 가지고 있다. 이것은 그 누구도 경쟁하거나 모방할 수 없는 것들이다. 모든 사람과 시인들 중에서 셰익스피어가 아마도 가장 뛰어날 것이다. 그는 특이하고 독보적인 존재로 홀로 우뚝 서 있다. 세상에 사기를 유포하면서 그를 모방한다는 것은 불가능하다. ……(그 문서들은) 그의 숭고한 천재성, 무한한 상상력, 품고 있는 재치, 인간의 마음에 작동하는 직관적인 영민함, 열정의 소용돌이와 같이 논쟁할 수 없는 증거들을 담고 있다. …… 그것은 셰익스피어의 것이며 셰익스피어만의 것임에 틀림없다. 그것은 펜에서 나왔거나 아니면 하늘에서 내려온 것이다.[4]

『신앙고백서』를 믿을 만한 것으로 입증했던 저돌적이고 왜소한 목사 파아는 심지어 "그것들은 셰익스피어가 썼거나 아니면 악마가 썼을 것"이라며 더 강력하게 주장했다.[5] 파아는 더 강한 선언문이 있어야 한다고 생각했다. 2월 25일 그는 셰익스피어 문서들이 원본이라고 믿는 확인증('셰익스피어 작품의 유효성에 관한 어떤 내용이든 서명자는 틀림없이 받아들인다고 진술하는')을 만들었다.

신뢰자들은 광범위한 관심사와 자격과 연령대의 유명한 권위자들과 다채로운 인물들로 구성된, 유명하고 흥미로운 집단을 형성했다. 그들 모두는 친한 친구들이거나 지인들이었다. 파아와 (두 번째 확인증에 서명한) 보즈웰, 그리고 가장 열성적인 지지자 중 하나인 프랜시스 웹과 더불어 다른 서명인들 역시 여러 주목할 만한 측면으로 존경받는 자들이었다.

존 트위들도 확인증에 서명했다. 그는 고전학자이자 케임브리지 트리니티 대학의 연구 교수였으며, 후에 아테네에서 고고학과 관련된 일에 (엘진 경이 그가 죽은 뒤 그의 글을 훔친 것으로 알려졌다) 관여하게 되었고 아테네에서 죽었다. 그는 자신의 요구대로, 귀중한 파르테논 신전에서 나온 얇은 부조 조각으로 만들어진 묘비와 함께 테세움에 묻혔다.

희곡작가이자 시인이며 교육자인 유명한 여류문학가 한나 모어도 서명을 했는데, 그녀는 채터턴이 자살한 후 그의 빈곤한 가족을 부양하는 데 일조를 했으며, 또 다른 서명자인 토머스 버제스의 친구였다. 버제스는 더럼 성당의 수급 성직자였고 나중에 솔즈베리 성당의 주교이자 옥스퍼드 코푸스 크리스티

대학의 연구교수를 지냈으며 저명한 히브리어 학자일 뿐만 아니라 수많은 고전의 편집자였다.

또 다른 서명자로는 존 빙 판사가 있었는데 그는 후에 토링턴 경이 되었고 셰익스피어 유물을 수집했다. 그리고 제임스 빈들리는 책 수집가이자 골동품 학회의 '아버지'였으며 희귀한 서적, 판화, 메달 등을 포함한 귀중한 소장품을 소유하고 있었다.

기이하게도 새뮤얼을 신뢰하는 사람들 중에는, 새뮤얼의 가족에게 영향을 끼쳤고 어떤 면에서는 윌리엄 헨리가 위조를 하도록 고무한 책임이 있는 소설 『사랑과 광기』의 저자인 허버트 크로프트도 있었다. 쾌활하고 활기 넘치는 크로프트는 수많은 책을 썼으며 (비록 그가 직접 가는 것은 면제되었지만) 퀘벡에 있는 군부대 예배당의 목사였을 뿐만 아니라 변호사였다. 몇 년 뒤에 그는 대륙에서 파산해 채무자로 살았다.

파아의 선언문에 서명한 신뢰자들의 명단은 길었다. 거기에는 윌리엄 헨리와 나이가 같은 젊은 귀족 11대 서머싯 공작도 있었다. 그는 1793년에 공작 작위를 계승했으며 이미 골동품 수집가이자 수학자였다. 뒤에 그는 스페인에서 벌어진 나폴레옹 군대와의 전쟁에서 웰링턴의 부관으로 활동했다. 1784년 이래 문장원에서 가터 문장관을 지낸 아이작 허드 경 역시 유명한 골동품 수집가였다.

전성기 때 가장 '혹독한 비평가' 중 한 사람이었던 리처드 발피 또한 서명했다. 그는 레딩 학교의 전성기에 교장을 지냈다. 그의 문법 교재들은 널리 사용되었으며 그는 영시와 라틴시의 애호가였고 셰익스피어의 「존 왕」을 각색한 그의 희곡이 1803년 코번트 가든에서 공연되기도 했다.

또 다른 서명자는 휘그당 당수이자 프랑스 혁명주의자들의 대표적인 친구였던 스코틀랜드의 제8대 로더데일 백작이었다. 그는 성격이 격했고 기민하고 괴짜에다 '제임스 1세 시대의 조잡한 복장을 하고' 의회에 나타나는 것으로 유명했다.

제임스 스콧도 확인증에 서명했다. 그는 교회의 십일조 헌금을 받기 위해 교구민들에 대한 법적 절차를 밟기 시작했는데, 그때 교구민의 일부가 그를 죽이려 했던 사건을 겪은 뒤에 런던으로 왔다. 이 성스러운 박사는 다양한 시를 썼으며 풍자적이고 정치적인 작가였다. 그다음으로 같은 이름의 제7대 킨나아드 경이 있었으며 그는 유명한 휘그당원이었다.

자백한 위조범인 존 핀커턴 역시 서명했다. 이 기괴한 스코틀랜드의 고대 서적 수집가이자 역사가는 연구에 전념했던 사람으로『고대 스코틀랜드의 서정시』라는 책을 썼다. 하지만 곧 조지프 리트슨이 그 책의 대부분이 핀커턴의 자작시라는 것을 입증했으며 핀커턴은 즉시 그것을 인정했다.

서명자 중에는 웨스트민스터의 치안판사 헨리 제임스 파이도 있었는데, 그는 계관시인으로 토머스 와턴을 계승했으나 시적 재능이나 감성이 매우 부족하다고 알려져 있었다. 그런데도 런던 경찰국의 판사로서 그리고 버크셔 지역을 대표하는 국회의원으로서 20년 동안 지위를 유지한 것은 다소 지나친 보상이었다.

존 휴렛 목사도 서명을 했다. 성서 연구가이자 고문 번역가, 민사 법률가인 그는 토머스 코람의 고아원에서 설교를 했다. 그리고 주교이자 작가인 윌리엄 존스톤 템플과 존슨의 친구인 보즈웰과 그레이도 서명자 목록에 있었다. 그 밖에도 뉴 인의 매슈 와이엇이 서명을 했는데 그는 폴 몰 이스트에 서 있는 조지 3세 동상을 조각한 사람이었다.

목사이자 노예 상인인 존 프랭크 뉴턴도 서명했다. 그는 11살부터 바다에서 기이한 삶을 살았다. 이전에는 노예 상인이었으며 기독교로 개종한 후 산문과 성가를 썼다. '놀라운 은총 Amazing Grace'을 포함해 그가 쓴 성가 중 일부는 아직도 불리고 있다. 뉴턴은 말년에 윌리엄 윌버포스를 만나 노예무역을 폐지하기 위한 운동에 그를 동참시켰다. 또 다른 서명자 너대니얼 손버리와 토머스 헌트에 대해서는 거의 알려지지 않고 있다.

다른 신뢰자들로는 조지프 와턴, 드루어리 레인의 토머스 린리와 코번트 가든의 토머스 해리스, 에드먼드 버크와 윌리엄 피트 2세가 있었고 왕족으로는 클래런스의 공작과 왕세자가 있었다. 이들 모두 강하게 젊은 위조범의 편을 들었다. 하지만 이들은 비신뢰자들과 언론이 곧 비웃게 될 사람들이었다.

하지만 일부 지인들은 퉁명스럽게도 서명하기를 거부했다. 그리스 학자이며 의학의 수호자인 리처드 포슨은 어떤 『신앙 고백서』도 구독 신청한 적이 없다고 말했으며, 시인이자 자유 사상가인 에라스무스 다윈(찰스 다윈의 할아버지) 역시 거절했다. 그리고 포슨은 조롱하듯이 그리스어로 된 12행의 자장가를 지었는데, 그는 한 친구가 가방에서 그 자장가를 발견했으며 그 안에는 아직 전해지지 않은 『소포클레스의 비극』도 있었다고 주장했다. 이처럼 포슨의 입장은 분명했다.

골동품 수집가이자 작가인 조지프 리트슨은 누구에게도 거리낌이 없었다. 그는 존슨, 말론, 스티븐스, 그 밖에 필요하면 누구라도 전혀 두려움 없이 공격했다. 소장품을 관람했던 모든 사람 중 리트슨이 윌리엄 헨리에게 가장 큰 공포감을 주었다. "예리한 얼굴, 날카로운 눈과 과묵한 검사는 이제껏 결코 경험하지 못했던 불안으로 나를 가득 채웠다." 윌리엄 헨리의 간결한 질문은 문제의 핵심으로 곧장 나아갔다. "그는 현혹되지 않았으며 호기심을 충족시킨 후에" 한 마디 말도 없이 떠났다. "나는 리트슨 씨가 그 문서들이 가짜라는 것을 충분히 알고 사라졌다고 확신했다……."6) 분명 또 하나의 괴짜였던 리트슨은 공개적으로 그 문서에 반대하는 말은 결코 하지 않았는데, 아마도 그가 새뮤얼과 말론 두 사람 모두를 아주 싫어해서 어느 편도 지지하지 않았던 것으로 보인다.

그 후 1795년 3월과 6월 사이, ≪젠틀맨스 매거진the Gentle-man's Magazine≫에는 곧 출간될 새뮤얼의 『셰익스피어 문서 모음집』을 찬성하는 편과 반대하는 편 모두를 교란시키는 익명의 투고가 실렸다. 그 출판을 반대하는 사람들은 셰익스피어 문서와 같이 중요한 것은 변별력이 부족한 사람들의 판단이 아니라 리처드 파머 박사(케임브리지에서 논쟁 밖에 있는 것을 선호했던 대표적인 셰익스피어 학자)나 말론 또는 스티븐스가 확증한 후에 출판되어야 한다고 주장했다. 또 그들은 새뮤얼이 아직도 그 문서들의 출처를 밝히지 않았다고 주장했으며 그 책의 구매 신청자들은 전람회를 보기 위해 관람료를 지불하지 말아야 한다고 주장했다. 또한 새뮤얼이 안내서에서 표현했던 것처럼 셰익스피어를 '위대한 아버지'로 언급하는 데 반대했다. 신뢰자들과 비신뢰자들의 투고가 계속되었다.

1795년 6월, 1611년 2월 23일 날짜로 존 헤밍에게 준 증여 증서에서 윌리엄 헨리의 가장 무모한 시도가 드러났다. 그것은 진본 유서의 날짜보다 5년이나 앞선 날짜로 된 셰익스피어 유서였다. 이 유서에서 위조범은 변호사들을 공격하고 진본 유서에 대해 의심을 던졌으나, 애매하게 진본 유서에 있는 내용을 반영하는 셈이 되었다.

셰익스피어 진본 유서는 1714년 서머싯 하우스에 있는 캔터베리의 대주교 특권 재판소 등록소에서 발견되었으며 1616년 3월 25일자로 되어 있었다. 몸이 불편한 셰익스피어가 서명한 각 장으로 이루어진 이 세 장의 유서는 의심할 여지없이 진품이었으나, 많은 사람에게는 항상 불만족스러운 유서였다. 셰익스피어는 자신이 희곡 작품들을 소유하지 않았기 때문에 작품에 대한 언급이나 출판할 의도에 대한 어떤 언급도 없었다. 왜냐하면 희곡은 읽는 것이 아니라 공연하도록 쓰였으며, 희곡의 출판은 경쟁 극단들에게 그 내용을 공개하는 것이기 때문이다.

윌리엄 헨리는 진본 유서에 나타나는 공평하지 못한 처사를 고치고, 자기 자신의 몇 가지 문제들도 해결했다. 이 위조된 유서에서 셰익스피어는 그가 지금까지 믿었던 오랜 친구인 존 헤밍을 진본 유서와 유언장의 집행인으로 지명한다. 여기서 셰익스피어의 아내는 (이제 더 이상 뒤늦게 생각하는 것이 아니라) 더 품위 있는 대우를 받고 더 두드러지게 언급되며 다른 물품들과 함께 180파운드(오늘날의 약 1만 3,200파운드)와 많은 옷을 유산으로 받는다.

위조 유언장에서 셰익스피어는 원고들을 보관한 '글로브 극장에 있는 (커다란) 오크 궤짝'에서(신뢰자들은 이것이 H 씨가 소유했던 것과 동일한 궤짝인지 궁금해할지도 모른다) 대부분 제목만 언급한 원고들을 가져와 몇몇 배우에게 배분하도록 헤밍에게 지시를 내렸다(애석하게도 위조범이 언급한 희곡 중 하나가 「리어왕」이었으나, 셰익스피어는 그 당시에 「리어 왕」을 쓰지 않았다). 그리고 그는 두 딸 중 한 명만을 언급했으나 이름은 언급하지 않았다. 존 헤밍 자신은 원고 상태의 희곡 다섯 편과 금반지를 살 돈을 약속받았다. 헤밍에게 남겨진 지시사항에는 이름이 명시되지 않은 사생아에게 — 셰익스피어의 인생에는 충격적인 첨가사항이었다 — 상당한 부동산을 물려줄 것이라고 자세히 기록되어 있었다. 그 내용이 비록 셰익스피어가 행복한 결혼생활을 누렸다고 위조했던 초기의 인쇄물과는 상반될지라도 이는 사생아로 태어난 모든 사람에게는 커다란 격려였다.

그것은 또한 많은 사람이 존 헤밍의 후손임이 틀림없다고 추측했던 H 씨를 둘러싼 당황스러운 관련성도 설명해주었다. 그러나 사람들은 늘어나는 불만을 품은 채 계속해서 물었다. 도대체 H 씨는 왜 숨어 있길 원하는가? 윌리엄 헨리의 설명에 따르면 H 씨는 사실 헤밍의 후손이지만 그는 헤밍이 증서에서 명시한 유산을 집행하지 않았기 때문에 선조를 보호하고 있는 것이라고 했다. 따라서 원고들은 물에 빠진 셰익스피어를 구해 준 아일랜드 집안에 가지 않고 결국 헤밍 집안으로 돌아갔다(H 씨가 그 사생아의 후손일지도 모른다는 암시도 있다). 은둔해 있는 H 씨가 결국 모든 것들을 올바르게 해놓을 것이었다. 윌리엄 헨리의 출처는 이처럼 정연하게 설명되었다. '결코 이전에 인쇄된 적이 없었고「보티건」이라 불리는' 새로운 희곡 한 편에 대한 언급도 있었다. 윌리엄 헨리는 영리하게도 하나의 위조를 확증하기 위해 새로운 위조문서를 사용했다.

문서들과 관련한 자신의 소유권에 대한 의심을 없애기 위해, 윌리엄 헨리는 1795년 6월 중순 H 씨의 문서들을 조사하면서 자신이 증여 증서에서 언급된 초기 윌리엄 (헨리) 아일랜드의 후손임을 증명하는 어떤 문서를 발견했다고 아버지에게 말했다. 그리고 "결국 H 씨는 제가 원고들을 소유하는 것을 더 이상 호의로 생각지 않으며, 후손으로서의 제 권리로 생각하고 있습니다"라고 말했다.[7] 하지만 이 증서는 결코 나타나지 않았다.

그리고 어린 위조범의 부주의와 기사騎士와 갑옷에 대한 남학생다운 환상이 그가 아버지에게 들려준 완전히 정신 나간 이야기 속에 갑자기 끼어들었다. 윌리엄 헨리는 H 씨의 집에서 헨리 5세가 무릎을 꿇고 있는 기사에게 기장을 수여하는 것처럼 보이는 금박 사본을 보았다고 말했다. 그 사본에는 다음과 같은 내용의 주석도 함께 있었다. "아일랜드, 그대는 용맹의 대가로 극진히 보상받을 자격이 있노라. 그리고 그대의 용맹의 대가로 잉글랜드의 문장을 가지게 될 것이노라." 아마도 기사는 자격이 없다고 응답했을 것이고, 왕은 "그대는 프랑스의 문장이 흩뿌려진 피 묻은 외투를 갖게 될 것이노라" 하고 답했을 것이었다.

윌리엄 헨리는 기사작위를 받은 선조가 다음과 같이 기록했다고 말했다. "나 아더 아일랜드는 1418년(1415년이었어야 했는데) 아쟁쿠르 전투에서 헨리 5세에게 작위를 받았다." 윌리엄 헨리는 그 후 그를 계승한 아일랜드의 후손들이 그 증서에 배서했다고 말했다. 이 계보는 셰익스피어를 구해주었던 그 '아일랜드'까지 계속 내려왔다. 윌리엄 헨리는 헨리 5세의 서명이 존재하는지 알아내기 위해 조사를 했는데, 자필 서명의 권위자인 데인 씨가 존재하지 않는다고 말해주었다. 윌리엄 헨리는 그런 가족 계보를 만드는 일이 너무도 어려운 계획이라는 것을 알았기에 곧바로 포기했다. 하지만 새뮤얼은 이 중요한 물품을 이행 불가능한 일련의 요구들에 추가시켰다. 이 일화는 자신이

서출임을 중요하지 않게 보이려 했던 윌리엄 헨리의 또 다른 시도였다.[8]

그런 다음 윌리엄 헨리는 여전히 학자들을 당혹케 했던 질문, 즉 셰익스피어가 소네트를 헌정했던 'W. H. 씨'는 누구인가 하는 질문에 답을 함으로써 다른 불가사의한 일을 해결하기로 결심했다. 또 다른 놀라운 우연의 일치가 있었다. 그 사람이 바로 물에 빠진 셰익스피어를 구했던 윌리엄 헨리임에 틀림없었다.

새뮤얼이 여러 가지 일에 완전히 빠져있었기에 우리의 윌리엄 헨리는 더 많은 평화를 얻게 되었다. 그는 『에이번 강 상류 워릭셔의 아름다운 풍경들』이라는 책 편집의 마무리 단계에 있었으며, 열성적으로 『셰익스피어 문서 모음집』의 구독신청을 받았고 아일랜드 가문의 문장이 박힌 겉옷을 생각했다. 그는 항상 상류 사회의 일부가 되기를 꿈꾸었으며, 그래서 친구인 아이작 허드 경에게 이전에 알려지지 않은 아일랜드 문장을 계속 찾아달라고 부탁했다.

H 씨는 오랫동안 침묵했다. H 씨와 새뮤얼 사이에는 또 다른 서신 교환이 시작되었는데, 어린 아일랜드가 자신이 갈구했던 아버지의 사랑과 존경을 위한 홍보로 그 편지들을 이용했기 때문에 그 내용은 애절했다.

새뮤얼은 H 씨에게 편지를 쓰기로 결심했는데, 아쟁쿠르 전투에서 헨리 5세가 자기 집안에 수여한 문장을 보는 것이 그에게는 너무나 중요했기 때문이었다. 그는 H 씨가 그 문장이 자기에게 왜 그렇게 중요한지 이해할 것이며 혈연적인 욕구를 위해 문장을 볼 수 있도록 친절하게 자신을 초대할 것이라고 생각했다.

새뮤얼은 윌리엄 헨리를 통해 곧바로 감사편지를 받았고 선물을 약속받았는데, 그것은 선반이 달린 접는 책상 또는 글을 쓰는 장식 선반이었다. 새뮤얼은 이 친절함에 당연히 고무되었으며, 그다음으로 (아버지와 대화하려는 사람이 바로 그 아들이라는 것을 알고 있는 독자들을 슬프게 하는) 상당한 분량의 또 다른 편지를 받았다.

　　얼마 동안 당신에게 편지를 해야만 한다고 생각했습니다. 그런데 그렇게 생각만 하다가 약속을 어기고 말았습니다. 따라서 용서를 구해야, 아니 오히려 그 젊은이의 아버지인 당신에게 비밀을 지켜달라고 말씀드려야겠습니다. 종종 그가 내게 하는 말 대부분이 그 자신의 생각이라는 것을 당신이 알아야 한다고 생각합니다. …… 그는 자신이 보통 편지도 쓸 줄 모르는 젊은이로 여겨진다고 나에게 말합니다. 지금 내 앞에는 당신 아들이 쓴 희곡의 일부가 있는데 이것은 스타일이나 사고의 깊이에서 셰익스피어에 버금간다고 생각합니다. 제발 부탁인데 웃지 마십시오. 이것은 정말 사실입니다.[9]

젊은이는 대담하게도 자신이 말할 수 있는 유일한 방법으로 가상의 중개자 뒤에 숨어서 아버지에게 말하고 있었다. 누구도 이 가슴 찢어지는 상황에 대해 웃을 수는 없었다. 윌리엄 헨리는 편지를 통해 새뮤얼에게 셰익스피어 문서들의 진정한 출처에 대한 강한 암시를 주고 있다. H 씨는 계속해서 써 내려간다.

그는 정복자 윌리엄에 관한 이야기를 골랐으며 영국 왕들에 대한 셰익스피어의 완전한 사극을 만들기 위해 일련의 회곡을 쓸 계획이라고 말했습니다. 그런데 그는 이 계획이 알려지지 않기를 바란다고 했습니다. 따라서 내가 왜 그에게 이렇게 특별한 배려를 하는지 이상하게 여겨지리라 생각하면서도 양해를 구합니다. 그의 특출한 재능 덕분에 누구라도 그를 편애를 할 것입니다. 나는 그보다 나이가 두 배나 많은 사람이지만 지금까지 그처럼 인간의 본성에 대해 많이 아는 사람을 본 적이 없습니다. 감히 말하건대 이 세상에서 오직 당신 아들만이 셰익스피어처럼 쓸 수 있습니다. 이건 사실입니다. 나는 그가 쓴 회곡을 보았고, 지금 여기 동봉하는 원고를 그에게 달라고 했습니다. 그의 사상이 얼마나 고결한지 평가해주시고 셰익스피어와 비슷하지 않은지도 말씀해주십시오. 그것은 나의 방에서 쓴 것입니다. 그는 나에게 올 때마다 걸어오면서 생각한 것들을 그때그때 쓰곤 했죠. 나는 종종 그 많은 생각을 어디서 하느냐고 물었죠. 항상 그는 "자연에서 빌려온 것"이라고 대답했습니다. 나는 왜 그것을 비밀로 하냐고 물었습니다. 그러면 그는 "나는 아는 것이 거의 없다고 여겨지는 사람이 되고 싶다"고 했습니다. 제발 그를 자세히 관찰해보세요. 그러면 내가 하는 말이 진실임을 알게 될 것입니다. 그는 자기 본성이 한정된 따분한 법률공부를 싫어하며 적절한 때가 될 때까지 조용히 있고자 한다고 종종 말합니다.

나는 그런 특출한 재능이 있는 사람에게 일 년에 2,000파운드를 주는 일에는 결코 주저하지 않습니다. 그가 20세가 되면 글을 써서 더 훌륭하게 될 것이고, 그가 더 훌륭하게 되면 나는 놀랄 것입니다. 만일 당신 아들이 제2의 셰익스피어가 아니라면 나는 사람이 아니라고 할 수도 있습니다. 이 사실을 홀로 간직하고 계십시오. 나는 평소처럼 그를 후원할 것입니다.

귀하에게 H로 남겠습니다.

내가 한 모든 이야기를 누설하지 마십시오. 하지만 당신의 아들이 천재성에 있어서는 셰익스피어에 버금가며 셰익스피어와 손을 나란히 잡고 걸어갈 유일한 사람이라는 것만은 기억해주십시오.[10]

『정복자 윌리엄William the Conqueror』에서 발췌한 인용문이 H 씨의 편지와 함께 동봉되었다.

새뮤얼은 요점과 단서들을 놓쳤지만 H 씨에게 감사했다. 그는 아들의 시적 재능에 대해 놀라움을 표한 후 재빨리 관심사를 좇았다. 그는 H 씨와 만날 약속을 정하길 원했고 누가 문서를 소유하고 있는지 알아내려고 했으며 그것 때문에 문서들을 출판하기 위한 서문의 준비가 지연되고 있다고 말했다. 그러나 답장은 오지 않았다. 그래서 새뮤얼은 다시 아들을 괴롭히기 시작했다. 그 주가 끝나갈 무렵, H 씨는 그 젊은이가 비밀에 대해 물어본 것을 보면 아일랜드 1세가 누설한 것이 분명하다고 말하면서 답신을 했다. 젊은이는 여전히 왕성하게 글을 쓰고 있으며 "머릿속의 고통으로 그가 원하는 대로 쓸 수 없어서 심지어 어린애처럼 울었다……". 이번에 H 씨는 머리 분을 바르는 것에 대한 충고 이후 초기의 적의를 고려해서 새뮤얼에게 아들의 양육법에 대해 충고하지는 않았다. 편지는 "당신의 아들은 아일랜드 씨의 충실하고 사랑스러운 아들에 어울리지 않는 말은 단 한 마디도 뱉지 않습니다. 만일 계속 살아간다면 미래를 놀라게 할 것이 틀림없는 아들을 가진 행복한 자신을 돌아보시길 기원합니다"라고 계속되었다.

이전에도 그랬고 지금도 그렇듯이 윌리엄 헨리는 천재성과 자살 사이에서 고민하고 있다고 했다. 그러나 새뮤얼은 이 사실을 알아차리지 못했으며 아들에 대한 이 모든 칭찬에 염증을 내고 있었고, 질문에 대한 답은 여전히 오지 않았다.

경고를 드러내는 구름이 수평선으로 몰려오고 있었다. 1795년 2월 말로 돌아가, 엘리자베스 여왕이 쓴 편지가 나타난 이후에는 이를 믿지 않는 사람들의 웅성거림이 들려왔다. 엘리자베스 시대의 친필 전문가가 그 문서들을 보았지만 이해하지 못했다는 소문이 나돌았다. 그들 모두의 관심을 분산시키기 위해 '셰익스피어'가 쓴 완전히 새로운 희곡이 막 드러나고 있었다.

8장

믿느냐 마느냐?

To Believe or not to Believe

월리엄 헨리는 어떻게 그렇게 오랫동안 들통 나지 않을 수 있었을까? 비록 새뮤얼이 문서들의 타당성을 입증하려 했지만 당시에는 셰익스피어 학자들이 극소수였으며 새뮤얼은 가장 뛰어난 전문가들에게 문서를 보여주길 거부했다. 문서는 위조범의 이상한 철자와 엘리자베스 시대의 원고에 대한 해석과 그 을린 종이의 조합으로 사실 읽기가 ― 오늘날의 독자들에게는 거의 불가능할 정도로 ― 너무나 어려웠다. 그것은 또한 '벌거벗은 임금님'과 같은 경우였다. 즉, 많은 사람이 그 문서의 타당성을 입증했기 때문에 이제껏 발견된 것 중 가장 위대한 문학적 소장품이 될지도 모르는 것을 거절해서 바보가 되는 위험을 감수하고 싶은 사람은 거의 없었다.

1795년 2월부터 윌리엄 헨리는 더 많은 것을 요구하는 새뮤얼의 계속되는 성화 속에서 「보티건」을 (한 번에 한 장章 씩) 속속 펴내기 시작했다. 그것은 시간이 걸리는 일이었는데, 윌리엄 헨리는 H 씨가 원본을 포기하기 전에 완전한 복사본을 원하기 때문이라고 말했다. 완전히 새로운 이 희곡에 대한 소문은 재빨리 퍼졌으나 새뮤얼은 어느 누구에게도 그것을 보여주려 하지 않았다. 방문객들은 새뮤얼의 서재 안 벽난로 위에 있는 커다란 그림과 희곡이 기이하게도 동일한 주제를 다룬다고 말했지만, 아직은 누구도 그 그림이 영감을 주었다고 의심하지는 않았다(「보티건」이라는 제목이 붙은 희곡은 펨브로크 후작 극단에 의해 1593년 로즈 극장the Rose에서 공연되었다. 만일 윌리엄 헨리가 이러한 사실을 알았더라면, 많은 노력을 덜 수 있었을 것이다).

윌리엄 헨리는 이것이 정복자 윌리엄 시대부터 엘리자베스 1세 시대에 이르기까지 일련의 희곡작품 중 최초의 작품이라고 확실하게 결론지었다. 이쯤 되면 윌리엄 헨리는 남들을 속이는 자기 능력에 대해 과도하게 자신하게 된 것 아닐까?

윌리엄 헨리의 친구 몬태규 톨벗은 배우가 되겠다는 꿈을 좇아서 2월 초에 더블린으로 갔다. 거기서 그는 친구가 자기에게 먼저 말할 기회를 갖기도 전에, 전율케 하는 가장 최근의 발견물에 대해 듣게 되었다. 톨벗은 멀리 떨어져 있다는 이유가 친구의 은밀한 작업이 갖는 흥분에 동참하는 데 방해가 되지 않기를 바랐다. 그들은 비밀스런 방식으로 서신을 교환하기로 했다. 우선 각자 구멍을 낸 같은 종이를 가졌다. 그들의 계획은 구멍 안에 비밀스러운 전언을 쓴 다음 편지의 나머지 부분을 채우는 것이었다.

톨벗은 곧 친구에게 보낸 편지에서 자신이 무시당하고 있다고 불평을 했으며, 그 편지를 보낸 지 불과 10일 만에 윌리엄 헨리를 방문하기 위해 잠깐 런던으로 돌아왔다. 장난스러운 젊은 배우는 볼거리가 될 만한 이 장난의 세부적인 것들까지 즐기고 싶었다. 그는 친구가 얼마나 많은 문서를 만들었는지 알고는 놀랐다. 윌리엄 헨리는 톨벗에게 편지를 쓰는 데 할애할 단 1분의 시간도 없었으며 그럴 시간을 가지려 하지도 않았다. "나는 말 그대로 내가 착수하고 있는 여러 저술 때문에 정신적으로 아주 시달리고 있어서 다른 모든 것에는 완전히 무관심했다……."[1] 그는 아버지를 달래기에 바빴으며 다른 위조문서들을 진행 중이었고 셰익스피어 서가를 계속 늘리고 있었으며, 이제는 「보티건」을 쓰고 있는 중이었는데 놀랍게도 불과 두 달 만에 그것을 끝내려고 했다. 심하게 압박을 받은 윌리엄 헨리는 아버지에게 한 번에 한 장씩 원고를 넘겨주면서 앞서 어떤 내용을 썼는지 자기 자신을 상기시켜줄 복사본조차 만들지 않았다.

톨벗은 이 장난에서 자신도 특정 역할을 맡길 원했으며 처음에는 윌리엄 헨리도 동의해서 새로운 희곡의 몇 장면을 톨벗에게 보내 그에게 일부분을 첨가해달라고 말했다. 그러나 윌리엄 헨리는 이것이 불가능하다는 것을 곧 깨달았다. 한 가지 이유는 작가들의 언어와 필체에는 차이가 있기 때문이었다. 그밖에 위조범의 허영도 그 이유였다. 그는 지나치게 자신의 창작품에 집착해서 그 영광을 공유할 생각이 전혀 없었다. 윌리엄 헨리는 기민하고 재치 있는 톨벗을 끌어들여 물을 흐려놓고 말았다. 나중에 일부 비평가들의 마음속에는 톨벗이 정확히 어떻게 개입했는지에 대해 늘 의문이 남게 되었다. 과연 톨벗은 작품의 일부를 위조했던 것일까?

이 새로운 희곡에 대한 사회적 반응이 높았고 1795년 3월 경에는 「보티건」을 무대에 올리자는 논의가 시작되었다. 새뮤얼은 드루어리 레인 극장을 소유하고 있는 자신의 친구들이 「보티건」을 무대에 올리는 영예를 차지하기를 원했다. 1776년 제임스 포드 박사와 함께 셰리든과 셰리든의 장인이며 새뮤얼의 친구인 토머스 린리는 개릭이 갖고 있던 드루어리 레인 주식을 3만 5,000파운드(오늘날의 약 169만 파운드)에 샀다. 2년 뒤에 그들은 남아 있는 주식을 4만 5,000파운드(오늘날의 약 217만 파운드)에 구매했다. 이 극장은 1769년 개릭이 셰익스피어 가장행렬을 공연했던 곳이다. 영국의 작곡가인 린리는 나폴리에서 공부했으며 그는 초기에 바스에서 성악을 가르쳤고 연주회에서 지휘를 했다. 그의 재능 있는 딸들 중 하나인 엘리자베스 앤이 저돌적인 셰리든과 결혼했다. 1774년 린리는 드루어리 레인의 공동 소유주가 되었으며 1776년부터 15년 동안 음악 감독으로 활동하면서 노래와 오페라, 서정곡과 성가를 작곡했다. 셰리든의 코믹 오페라 <두엔나the Duenna>에 곡을 붙인 사람도 바로 그였다.

아직 완성본을 갖고 있지 않음에도 불구하고, 셰리든은 3월 말이면 항상 유행에 맞춰 차려입곤 하는 빨간 조끼와 금속 단추를 단 파란 외투에 챙이 젖혀진 모자를 쓰고 가능한 한 많은 분량의 원고를 읽기 위해 노포크가에 도착했으며 공연에 대해 새뮤얼과 합의를 했다.

초기 가장 왕성했던 시기에 화려한 경력의 절정기를 맞았던 재치 있는 셰리든은, 그가 우쭐거리며 자랑하듯이 그 희곡 한 편이 일반 희곡 두 편 반에 견주어졌기 때문에 돈을 많이 벌 것이라고 생각했다. 비록 윌리엄 헨리가 어떤 작품인지 밝히지는 않았지만 위조범은 셰익스피어의 희곡 중 하나를 골라 몇 행이

:: 런던의 극장들

18세기 말엽 런던의 극장들은 심지어 드루어리 레인과 코번트 가든과 같은 대표적인 곳조차 저속했으며, 때로는 술을 마시고 떠드는 장소였다. 어떤 연극이든 첫 공연에는 항상 수많은 소매치기와 매춘부들이 몰려들어 공연은 활기찼다. 한 공연에서 보즈웰은 '젊은 혈기로' 소를 등장시켜 관객들을 즐겁게 하기로 결심했는데, 객석에서는 "소를 다시 등장시켜라" 하고 즉각적인 환호성이 터져 나왔다. 하지만 주먹다짐이 일상적이었던 당시에 이 정도는 얌전한 것이었다.

필요한 많은 개혁을 단행한 사람이 바로 데이비드 개릭이었다. 관객들은 더 이상 무대에서 소란을 피울 수 없었으며 무대에 앉는 것이나 입장권 없이 분장실(배우의 휴식 공간)을 방문하는 것도 허용되지 않았다. 비록 주 조명이 밝혀져 있어서 관객들은 서로를 탐색하고 소문을 낼 수 있었지만(극장에서의 경험 중 가장 재미있는 부분인), 이제 무대는 분리되었고 무대 조명은 꺼져 버렸다. 개릭은 대사를 읊조리고 연기를 하는 데 친숙했고 강력한 자신의 스타일로 발성을 정립했다. 비록 복장은 여전히 엉터리였지만 배우들은 가장이 줄어들고 더 세련되어졌다.

공연 분위기는 여전히 활기찼다. 셰리든이 쓴 「경쟁자the Rivals」의 첫 공연에서 관객들은 루시우스 오트리거를 연기하는 배우에게 사과를 던졌다. 그는 관객들을 바라보며, 그들이 그 배우를 싫어하는지 연극을 싫어하는지 물었다. 동료 관객들이 이들을 용서하지 않았어야 했는데 사실 그러지 못했다. 정치나 전쟁(1793년에 발발한 프랑스와의 전쟁과 같은) 또는 사적인 증오에서 나오는 모든 것이 폭발적이었다. 그리고 무엇보다 가장 화가 나는 일은 공연료를 인상하는 것이었다.

나 되는지 세어보았다. 그의 셈에 의하면 그가 고른 작품은 2,800행 이상으로 구성되어 있었는데 그것은 그가 특히 긴 희곡을 선택했기 때문이었다.

코번트 가든의 캐니 토머스 해리스가 그 희곡 공연의 또 다른 경쟁자였는데, 만일 그가 원고를 보지 않고 백지 계약서를 제시했을지라도 아일랜드 1세는 그를 거절했을 것이었다. 해리스는 대중성에 편승해 재빠르고 화려하게 연극을 올렸던 공연자였다.

<보티건> 초연은 당시 발견된 셰익스피어 문서들에 대한 책이 출판되기 전인 (이제 『셰익스피어 문서 모음집』이라고 제목 붙여진) 1795년 12월의 어느 때가 될 것이라는 데 의견이 모아졌다. 하지만 그와 같은 감각적인 시기 조정은 셰리든의 차오르는 의심과 늘어나는 망설임과 적의로 틀어질 운명이었다.

처음에 셰리든은 1795년 2월, 문서의 진위성에 대한 확인증에 서명했던 신뢰자 중 하나였다. 그러나 그는 전체 희곡을 읽은 후 그 희곡은 진품이 아닌 게 아니라 저급한 희곡이라며 셰익스피어의 '초월적인 천재성'에 대해 의심하기 시작했다. 그리고 그 희곡을 '다소 이상하고', '거칠고', '투박하고 정제되지 않았으며', '아주 기이한' 것으로 묘사하면서 셰익스피어가 어린 나이에 그것을 쓴 것이 틀림없다는 결론을 내렸다. 그 역

시 문서들에 확신을 가졌다. '누가 그것들이 오래되었다는 것을 믿지 않을 수 있겠는가?'[2]

셰리든은 우선 자신이 특별히 셰익스피어의 창작물을 좋아하는 것은 아니라는 사실을 비밀로 하지 않았고, 점차 이 희곡이 그의 세련되고 명망 있는 자신의 극장에 적합하지 않다고 생각하게 되었다. 드루어리 레인 극장은 영국에서 가장 중요한 곳이었으며 오랜 전통과 함께 그 자체로 하나의 기관이었다. 극장은, 특히 드루어리 레인은 다양한 사회 계층이 군주나 유명한 지식인들, 귀족들, 도제들과 오랫동안 교제하면서 친밀하게 어울릴 수 있는 드문 장소 중 하나였다.

새뮤얼과 셰리든, 켐블, 무대 감독인 그린우드, 극장 비서인 스토크스 씨 사이에는 거의 매일 서신 교환이 있었다. 셰리든이 점점 주저하게 되면서 협상은 늦추어져 3달 동안이나 정지되었다. 셰리든과 새뮤얼 모두 관객들이 우호적인 개봉 첫 주 안에 재빨리 돈을 벌어야 한다는 것을 알 만큼 교활했다. 새뮤얼은 많은 액수의 선수금과 첫 공연에 대한 상당한 몫을 원했으나 셰리든은 다른 생각을 가지고 있었다. 그는 전체 공연 동안 일정 비율을 지불하길 원했다.

새뮤얼의 친구이자 이웃이며 변호사이기도 한 알바니 월리스가 협상을 위해서 찾아왔다. 그는 새뮤얼에게 첫 40일 동안 공연 수입의 일정 비율을 주겠다고 제안했다. 하지만 새뮤얼은 500파운드(오늘날의 약 1만 8,000파운드)를 즉시 줄 것과 6일 동안의 수익금 전체(당시 처음 3일간의 수입은 보통 저자에게 돌아갔다), 이 중 3일치는 처음 열흘 동안의 공연 중 사흘이어야 한다고 요구해 논란이 계속되었다. 새뮤얼은 영리한 셰리든이 영국 불멸의 시인이 쓴 새로운 작품에 경외를 표하지 않아 우울했으며, 셰리든은 자기 몫을 챙기기 위해 약속을 어기기 시작했다. 마침내 조정자인 알바니 월리스가 개입해 1795년 9월 9일 셰리든에게 계약서에 서명하도록 강요했다. 새뮤얼은 선수금 250파운드(오늘날의 약 8,800파운드)를 받고 하루 공연 수입이 350파운드를 넘으면 매번 수익금의 일부를 받기로 했다. 이 모든 내용은 구두합의로 이루어졌고 공연제작에 관한 언급은 없었다. 만일 공연 회당 평균 수입이 250파운드 아래로 떨어지지 않는다면 40일간의 공연이 보장되었다. 첫 공연은 1795년 12월 이전에 하기로 합의되었다.

처음에 셰리든은 경쟁자인 코번트 가든의 해리스를 쫓아낼 목적으로 꾸물거렸으며 그 목적을 달성했다. 하지만 희곡의 출처가 다소 혼란스러웠던 새뮤얼에게는 실망스럽게도 공연은 계속 연기될 뿐이었다. 마침내 논의가 시작된 지 8개월 만인 1795년 10월, 선수금이 지불되었다. 새뮤얼은 받아들이지 않

:: R. B. 셰리든

리처드 브린스리 셰리든은 아일랜드 극작가로 극장 소유주이자 훗날 유명한 정치가였다. 그의 아버지는 배우이자 매니저였으며 어머니는 유명한 작가였다. 그는 「해로우Harrow」 이후 3막극의 소품을 썼다. 키가 크고 남성다운 이 극작가는 1773년 엘리자베스 린리라는 가수와 결혼했는데, 토머스 게인스버러가 초상화에서 그녀의 아름다움을 관능적이고 신비롭게 묘사하고 있다. 그들의 극적인 연애로 셰리든은 유럽에 가서 두 번이나 결투를 치렀다. 유행에 민감했던 이 부부는 런던에서 허영에 빠져 살았으며, 이 때문에 그는 다시 희곡을 써야 했는데 놀랍게도 그 작품으로 성공을 거두었다. 불과 24살에 쓴 소품 「경쟁자들the Rivals」은 「스캔들 제조학교The School for Scandal」(1777)와 「비평가Critic」(1779)처럼 드루어리 레인에서 극적인 성공을 거둔 작품이었다. 그는 1776년부터 동업자들과 함께 드루어리 레인의 소유주였고 1780년에는 스타포드Stafford를 대표하는 국회의원으로 선출되었으며, 주목할 만한 연설과 정부의 요직으로 유명했던 30년간의 의정활동이 그때부터 시작되었다. 정치에서의 큰 수확은 극장의 큰 손실이었다. 120년 된 그의 극장은 폐기 처분되었으며, 1794년에 지은 새 극장(<보티건>을 공연하게 될 곳)은 1809년에 불타 내려앉았다. 의회에서도 극장의 불길이 목격되었으며, 개인적인 인기도 높아 의원들이 동정을 표했다. 그런 다음 그는 친구들과 함께 피자 커피 전문점 근처에서 가장 귀중한 자산이 450피트의 화염 안에서 극적으로 사라지는 것을 지켜보았다. 그는 "자신의 화롯가에서 포도주 한 잔을 마시는 것이 허락될 것이다"라고 비꼬듯이 논평했다. 그의 재치 있는 많은 경구들은 런던 전역에서 급속히 유행했다. 그는 자주 파산 지경에 이르렀고 가난하게 죽었지만 웨스트민스터 사원에서 웅대한 장례식이 치러졌다.

을 수 없었다.

하지만 셰리든은 여전히 협조하려 하지 않았고 약속을 지키려 하지도 않았다. 어느 날 새뮤얼은 셰리든을 찾기 위해 극장의 희미한 불빛 속에서 통로와 층계가 가파른 좁은 미로와 같은 무대 뒤편을 돌아다니고 있었다. 그때 무대 감독인 그린우드는 <보티건> 공연을 위한 무대 설치를 그만두고 대신 무언극을 준비하라는 지시를 받았다고 말했다. 새뮤얼은 의심이 들었다.

셰리든은 이 일에 개입한 것을 깊이 후회했고, 결국 일을 진행하기로 결정했지만 낡은 의상과 무대장치들을 재사용했다. 그런데 그때까지도 셰리든은 심지어 「보티건」의 원고 복사본 하나 갖고 있지 않았다. 새뮤얼은 여전히 복사본에 매달렸는데, 어쩌면 그가 근대 영어로 된 복사본을 가질 수 있을 것이라 예상했거나 아니면 이제 누군가에게 그것을 보여주는 것을 꺼려하고 있었던 것은 아닐까?

존 필립 켐블은 1788년 이후로 셰리든 극단의 배우이자 셰리든의 매니저였다. 그는 「보티건」의 원고를 가져오라는 임무를 수행하기 위해 노포크가에 갔지만 새뮤얼은 수상쩍은 낌새를 알아차렸다. 새뮤얼은 한동안 셰리든의 주위를 맴돌았으며 원고가 지연되고 무대장치도 그에 따라 설치가 지연되는 것을 보고 값싼 공연이 계획되고 있음을 알아차리고는 셰리든에게 편지를 썼다. 켐블과의 차분한 만남이 계획되었으며 그곳에서 해명이 완전히 이루어지게 되었다.

그러나 11월 17일, 아일랜드 부자를 만나기 위해 극장에 나타나지 않은 사람은 신사적이고 정중한 사람으로 알려진 켐블이었다. 켐블은 새뮤얼이 아주 지루하다는 것을 알고 있었을 뿐만 아니라 그 자신도 매우 어려운 상황에 있었다. 술에 취하면 문제적으로 변하는 유부남인 극장 책임자 켐블은 극단의 한 존경받는 여배우 마리 테레스 드 캉 양에게 호색적이며 이루어질 수 없는 연정을 품고 있었다. 그녀가 비명을 질러 사람들이 몰려들었고, 덕분에 분장실에서 그녀를 겁탈하려 했던 켐블의 시도는 저지되었다. 1795년 12월, 캠벨은 공개적인 사과문을 쓸 것을 굴욕적으로 강요받았다.

켐블은 배우 집안 출신이었다. 그의 아버지 로저는 극장 매니저였으며 10명의 아이들 중에서 존 P. 찰스(프랑스 배우 드 캉 양의 남편이 되었고, 그녀는 드루어리 레인 극장의 주연 여배우가 되었으며 영어로 희곡을 썼다), 스티븐 켐블, 사라 시돈스 부인이 배우로 활동했다. 존 켐블에게 길을 열어준 것은 바로 누이인 사라의 성공이었다. 켐블은 1783년부터 수년 동안 드루어리 레인에서 셰익스피어 극의 모든 주요 남성 배역을 포함해 중요한 비극적인 등장인물을 연기했으며, 종종 누이의 상대역을 했다. 배우로서 그는 우아함과 고상함을 지녔으나, 스타일과 발음은 아주 거슬렸다. 일부 평론가들은 그를 극찬했지만 다른 사람들은 그렇지 않았다.

셰리든은 아주 바빴다. 수년 동안 그는 극장일을 부업으로 한 채 화려한 정치 경력을 쌓는 데 전념하고 있었다. 그는 대개 거래를 할 때에는 바로 핵심으로 들어가는 사람이었다. 그런 그가 새뮤얼과의 거래 이행을 계속 지연시킨 것은 새뮤얼을 지치게 해 화가 난 새뮤얼이 합의를 깨기 바라서였을 것이다. 그런데 불행하게도 1795년 11월에 린리가 사망했다. 새뮤얼의 오랜 친구이자 드루어리 레인의 공동 소유주인 린리는 아마도 사위 셰리든에게 먼저 그 희곡을 수락하라고 권했을 것이다. 린리가 사망한 뒤 셰리든은 적의를 숨기려 하지 않았으며 원고의 즉각적인 양도 내지는 선수금 반환을 요구했다. 재미없는 게임은 계속되었다. 새뮤얼은 법적인 조치에 들어갈 것을 암시했고, 셰리든은 다시 새로운 장치를 사용하도록 명령했으나 새뮤얼은 어떠한 진행도 이루어지지 않고 있음을 확인했다. 새뮤얼은 다시 원고 양도를 거부했으며 린리의 아들과 부인이 개입한 채 재미없는 게임은 계속되었으나 헛수고였다. 1795년 12월 말, 켐블이 희곡을 요구하자 새뮤얼은 갑자기 승복해 희곡을 보내버렸다.

반면, 언론에서는 아직 드러나지 않은 희곡에 점점 더 관심을 보이기 시작했다. 놀랍게도 ≪모닝 헤럴드≫의 편집자는 1795년 2월에 문서를 위조품이라고 주장했던 유능한 헨리 베이트 더들리였다. 이 신문 기자이자 작가는 기피해야 할 인물이었다. '싸우는 목사'라고 알려져 있는 사람이었던 그는 쾌락을 좇으며 수많은 교구의 십일조로 살고 있었으나 한편으로 그들을 위해 좋은 일을 하기도 했다. 그의 신랄한 말투와 다혈질적인 성격은 자주 논쟁과 싸움과 결투를 불러일으켰다. 1795년 가을, 더들리의 신문은 「보티건」을 비꼬는 작품을 ― 그때까지 새뮤얼 외에는 그 누구도 원본을 읽지 않았다 ― 싣기 시작했다. 더들리는 새로운 희곡을 스스로 판단할 수 있다고 생각하는 유명 인사들을 공격하는 장치로 아일랜드 부자의 곤란한 처지를 이용했다(더들리는 셰리든을 포함한 몇몇이 이제껏 셰익스피어가 쓴 것 중에 「보티건」이 가장 훌륭한 작품이라고 주장했으나 그들은 그것을 읽을 여유가 없는 사람들이라고 보도했다).

≪모닝 헤럴드≫에 실린 날조된 풍부한 인용문이 (추측하건대 「보티건」에서 따온) 주목을 끌자 새뮤얼은 ≪오라클≫지에 반박문을 실었다. 이 재미있는 「보티건」의 모방작은 아주 인기가 있어서 몇 주 동안 연재되었으며 1796년에는 『보티건과

로웨나의 위대한 문학적 재판에서 두드러진 인물들에 의한 명언Passages by Distinguished Personages in the Great Literary Trial of Vortigern and Rowena』이라는 책으로 출판되었다. 이처럼 조롱과 비웃음의 화염에 정기적으로 기름이 부어졌다.

「보티건」에 대해 사회적 관심이 지속된다는 것은 모두 환상이었는데, 특히 일부 매력적인 감성을 지닌 사람들이 믿고싶어하는 환상이었다. 그러나 거기에는 거북함이 편승하고 있었다. 언론에서는 작품 속의 특이한 철자를 무자비하게 패러디하기 시작했다. '궤짝들 안에서 발견된' 만평과 조롱의 편지들이 다른 신문에도 등장하기 시작했으며, 온갖 종류의 '오래된 궤짝들'이라는 표현으로 가득 찼다. 이를테면 히말라야 삼나무로 만든 트렁크들, 새로운 오래된 궤짝들, 오래된 트렁크들, 또 다른 오래된 트렁크들, 커다란 궤짝 두 개, 철재로 된 궤짝 한 개와 철재로 된 상자 한 개라는 표현이 있었다. '셰익스피어에게 보낸 엘리자베스 여왕의 서신'도 '발견물' 가운데 있었으며 벤 존슨에게 보낸 몇 통의 서신도 있었다.

셰익스피어의 친구이자 경쟁자인 벤저민 존슨은 고전에 대한 지식이 풍부한 극작가이자 시인이었다. 따라서 그는 위조문서들을 등장시킬 수 있는 후보자였다. 항상 호전적이었던 그는 한번은 결투 중에 동료 배우를 살해했는데 (그가 읽고 쓸 수 있었기 때문에) '성직자에게 주는 자비'를 주장해 겨우 교수형을 모면하기도 했다. 그의 초기 희곡들은 셰익스피어 극단에 의해 공연되었다. 그의 희곡으로는 「기질에 맞는 사람들Every Man in his Humour」(1598), 「기질에 맞지 않는 사람들Every Man out of his Humour」(1599), 「세자누스Sejanus」(1603), 「볼포네Volpone」(1605) 등이 있다. 존슨은 제임스 1세 시대에 왕성하게 활동했고 겨울 동안 국왕을 위해 왕궁의 공연용으로 30편의 가면극을 썼다.

종종 벤 존슨은 셰익스피어에게 학문이 부족하다고 놀렸다. 벤 존슨은 그의 희곡, 친구와의 경쟁, 통통한 얼굴에 느린 존슨과 소심한 마음을 가진 경쟁자 셰익스피어의 재치 겨루기, 셰익스피어가 죽은 후 그에 대한 헌사로 기억되고 있다. "나는 그를 사랑했으며 숭배하는 마음에서 그와의 추억에 경의를 표하노라……. 그에게는 비난할 것보다 칭송할 것이 더 많나니, 그는 한 시대가 아닌 전 시대의 사람이로다."

아래의 내용 정도라면 조롱하는 편지의 한 사례로서 충분할 것이다.

치이인아이애하는 비벤자아아미이이인느 조오은스으은 씨이에게(Too Missteerree Beenjaammiinnee Joohnnssonn)

다음 주 금요일 2시 저와 함께 감자를 곁들인 소고기 요리를 드시겠습니까.

당신의 친애하는 친구

윌리엄 셰익스피어

어쨌든 조롱이 담긴 이 편지는 흥미를 증폭시켰다.

윌리엄 헨리는 H 씨와 새 희곡에 대한 보편적인 조롱 때문에 생겨난 아버지의 불편한 심정을 가라앉힐 무언가를 해야 한다고 생각했다. 1795년 11월 몬태규 톨벗이 자기를 방문하기 위해 더블린에서 돌아오고 있다는 소식을 들었을 때 그는 친구를 그 소동에 더 깊이 끌어들였다. 그는 톨벗이 H 씨를 처음 만났던 사람이라고 아버지에게 말했다. 톨벗이 도착하자마자 윌리엄 헨리는 말할 것들에 대해 그에게 미리 알려주었는데 바로 그날 밤 새뮤얼이 그를 저녁식사에 초대했기 때문이었다. 집요하고 점차 필사적인 심문으로 이어지자 늘 활기찼던 젊은 배우는 언급을 회피하거나 침묵하고 말았다. 왜 H 씨는 나타나려 하지 않는가? 그날 밤 톨벗이 거처로 돌아간 후 새뮤얼은 그를 방문했다. 톨벗은 더블린으로 돌아가 완전한 해명이 담긴 편지를 쓰겠다고 약속했다. 위조범과 톨벗은 전에 그들이 교환했던 편지들을 없앴다. 윌리엄 헨리는 "내가 아주 순진하게 스스로를 연루시켰던 복잡한 미로에서 내 자신을 구출하기 위해"[3]

이 모든 일을 저질렀다고 설명했다.

필사적이었던 새뮤얼은 이틀 뒤 다시 H 씨에게 편지를 썼다. 그는 『셰익스피어 문서 모음집』 서문에서 문서들을 발견한 것에 대해 설명해야만 했다. 수집가로서 새뮤얼의 열정은 다시 한 번 표면 위에 거품을 일으켰으며, 그는 그 신사에게 초상화, 문장, 그 밖에 갈망했던 품목들을 상기시켰다. 그러나 아일랜드 2세는 그 신사에게서 아무런 답장이 없다고 보고했다. 윌리엄 헨리는 새뮤얼이 H 씨의 글이 여성스럽게 생각된다(편지 중 일부가 그렇게 보인다)고 말했을 때 상처를 받았다.

새뮤얼은 이제 아들 윌리엄 헨리에게 관심을 돌렸으며, 그가 처음 어떻게 그 문서들을 얻게 되었는지 공식적으로 밝히는 글을 쓰도록 강요했다(부록 4 참조). 그 글에서 헨리는 처음 문서를 발견한 것은 바로 톨벗이었으며, 톨벗이 자신을 H 씨에게 소개했다고 주장했다. 이 이야기는 이전의 설명들과 달랐다. 새뮤얼은 톨벗에게 직접 듣는 것이 중요했다. 마침내 1795년 11월 25일자로 된 톨벗의 편지가 그가 일하고 있는 웨일스의 카마던Carmarthen에서 도착했다(부록 5 참조). 톨벗은 이 장문의 편지에서, H 씨는 오랜 친구이며 어떻게 그가 증서를 찾았고 그것을 윌리엄 헨리에게 보여주었는지, 그리고 윌리엄 헨리를 H 씨에게 소개한 후 그들이 어떻게 더 많은 물품들을 발견했는지를 설명했다. 이 편지가 윌리엄 헨리의 가장 최근 이야기를 뒷받침했다.

한편 귀족 출신으로 아일랜드 부자를 동정하는 사람이 나타났다. 켐블이 11월 17일 모임에 나타나지 않은 다음날, 여배우 도로시아 조던 부인은 아일랜드 부자를 클래런스 공작과 만나도록 주선해 상황을 고무시켰다. 1795년 11월 18일 아버지와 아들은 공작(뒤에 윌리엄 4세가 됨)과 조던 부인에게 그 문서들을 보여주기 위해 세인트 제임스 궁전으로 불려갔다. 도로시아는 이미 적어도 5년 동안 공작의 정부로 지냈으며 그 희곡에서 주요한 배역을 맡게 될 예정이었다. 알현이 아주 간략하게 끝난후, 수줍은 윌리엄 헨리는 대부분 사람들이 그러했듯 그녀가 유혹하고 있다는 것을 알았다. 그녀는 유명한 배우였지만 위대한 배우는 아니었다. 하지만 어느 누구도 그녀가 특별한 무언가를 지녔다는 것을 부인할 수는 없었다. 심지어 오늘날에도 그녀의 초상화에는 온기가 빛나고 있다. 조던 부인은 위대한 발견을 한 그 젊은이에게 환상을 지닌 것 같았으며 그들은 훗날 몇 년 동안 친구로 남았다. 그녀는 그 희곡에 관련된 모든 배우 중에서 그것을 성공적인 작품으로 만들려고 노력한 유일한 사람이었다.

런던의 사교계는 <보티건> 공연에 대해 고양이와 쥐 게임을 즐겁게 따르고 있는 중이었다. 심지어 영리하지 않은 공작조차 <보티건>에 대해 견해를 갖고 있었다. 공작은 무대장치가 시작될 때까지 그 희곡을 손에 쥔 채 자신이 올바른 일을 했다는 것을 새뮤얼에게 확신시켰으며, 지구상에서 가장 무례한 사람인 셰리든과 예수회 신자인 자신의 대리인 켐블을 경계하라고 충고했다. 셰리든이 공작의 형인 왕세자(뒤에 조지 4세가 됨)의 대변인이라는 사실에도 불구하고, 아니 어쩌면 그 이유 때문에 공작이 이러한 충고를 했을지도 모른다. 공작은 '헨리가의 역사를 극화할 때 아주 웅장하게 제시했던' 윌리엄 셰익스피어의 천재성에 대해 우아하게 언급했다. 더욱이 자신의 지지를 보여주기 위해 『셰익스피어 문서 모음집』 7권을 사전 구독 신청했다.

아일랜드 1세를 둘러싼 들끓는 논쟁의 한가운데에서 아일랜드 2세는 다시 활기를 찾고 있었다. 1795년 12월 초, 클래런스 공작을 알현한 지 며칠 뒤에 젊은 위조범은 아버지에게 또 다른 희곡을 찾았다고 말했다. 이번 희곡은 「헨리 2세」였다. 그는 셰익스피어가 했던 것처럼 막과 장의 구분도 없이 불과 10주 만에 그것을 썼다. 그는 끝내자마자 아버지에게 희곡을 주었으며 근대적인 필체에 대한 설명도 곁들이면서 H 씨가 복사본을 가져가야 한다고 주장했다. 흥미롭게도 윌리엄 헨리의 문장력은 진전되고 있었다. 「헨리 2세」는 「보티건」보다 기술적으로나 시적으로나 훨씬 더 훌륭하다고 생각되었다. 새 희곡은 울지와 같은 특성을 지닌 토머스 베케트의 몰락을 중심으로 구성되었으며 전반적으로 각색된 「헨리 8세」와 같았다. 대중들은 <보티건>이 공연될 때까지 이 희곡의 존재를 알지 못했으며 그 후의 사건들은 제어할 수 없게 되었다.

1795년 12월은 여러 측면에서 기억할 만한 달이었다. 윌리엄 헨리의 누이 안나 마리아 아일랜드는 동인도 회사에서 일하는 젊은 로버트 메이트랜드 바너드와 결혼해 람베드에서 살게 되었다. 같은 달에 <보티건>이 공연될 예정이었으며 (하지만 지연되었다) 새뮤얼의 장서인 『셰익스피어 문서 모음집』이 출판될 예정이었다.

크리스마스 이브인 12월 24일은 『새뮤얼 아일랜드가 소유한 원본 원고에서 발췌한 비극 「리어 왕」과 「햄릿」의 일부를 포함해 윌리엄 셰익스피어의 서명과 봉인이 있는 일반 문서와 법적 문서들Miscellaneous Papers and Legal Instruments under the Hand and Seal fo William Shakespeare, including the Tragedy of King Lear and a small Fragment of Hamlet, from the Original Manuscripts in the Possesion of Samuel Ireland』이라는 책의 출판날이었다. 새뮤얼은 그의 구독 신청자들에게 책이 '노포크가에 있는 집에서 오늘 배달 준비가 될 것'임을 알리는 광고를 ≪런던 타임스≫에 실었다. 광고는 셰익스피어가 그린 그림의 컬러 복사본이 셰익스피어 머리타래와 함께 커다란 2절지에 등장했다. 너무 늦게 발견되어 출판에 포함시키지 못한 「보티건」과 「헨리 2세」를 제외한 셰익스피어 문서들이 모두 거기에 있었다.

서문에서 새뮤얼은 문서들을 단호하게 옹호했다.

이 기간 동안 문학 동인에 속한 사람들은 모두 재능 있고 관심이 높은 사람들이었으며, 그들의 비판적인 안목에 모두가 순응해야 한다는 것을 새뮤얼은 진지하게 받아들이지 않았다.

이것은 어떤 면에서 진실과 약간 거리가 있었다. 비록 앞으로 출판될 출판물의 구독 신청자들에게는 그 문서들을 볼 수 있는 자격이 주어진 것으로 추정되었지만 사실 새뮤얼의 손님들에게만 관람이 허락되었으며, 최고 전문가인 말론은 배제되었다.

그는 셰익스피어가 살았던 시대의 시학과 어법에 능통한 사람들을 달래거나 심지어 그들에게 맞섰다. 그뿐 아니라 고대 증서, 저서, 봉인, 서명과 관련된 직업을 가졌거나 연구를 하는 사람들을 달래거나 심지어 그들에게도 맞섰다.

새뮤얼은 지나치게 칭찬을 늘어놓았다.

문서의 영역이 넓고 광범위해 학자, 교양인, 골동품 수집가, 문장연구가를 포함했으며 새뮤얼의 조사는 사변적인 범위에 안주하지 않았다. 그는 문서 전체에 실제 실험을 하고, 종이 제작자뿐만 아니라 작가도 참가하여 함께 판단해야 한다고 생각했다.

그는 다음과 같이 계속 써 내려갔다.

그는 문서의 진위를 밝혀줄 어떤 서류들을 보여주려고 했으며 …… 모든 견해를 종합해볼 때 문서가 모두 진품인 것으로 확인되었다. 그래서 내외적으로 이렇게 많은 증거가 있고, 모방술이 거짓된 것이 아니라면 그렇게 많은 위험을 저지르는 것은 불가능하다고 선언했다. 그래서 결론적으로 이 서류들은 셰익스피어 자신이 직접 작성한 것이라고 할 수 있다.[4]

앞서 말했던 것처럼, 새뮤얼은 당시 19살이었던 아들에게서 그 문서들을 받았으며 그 아들은 재산가인 한 신사의 저택에서 그것을 우연히 발견했다. 새뮤얼은 그 문서들이 그러한 장점 안에서 평가받아야 한다고 말하면서 말론에게 맹렬한 공격을 퍼부으며 "그의 노작들은 나태하며 쓸모없다"고 덧붙였다.

셰익스피어의 천재성에 대한 어설프고 감정적인 토로도 있었다. 감정적인 토로에서 새뮤얼은 불행하게도 셰익스피어의 원작에 나오는 '즉흥적인 흐름과 간결한 언어'와 같은 말로 그 작품에 대한 자신의 주체할 수 없는 감정을 드러냈다.

새뮤얼은 다른 것들을 위조하는 것이 얼마나 나쁜 일인지 이야기하면서, 어떤 사람을 위조했다고 비난하는 것도 똑같이 나쁘다고 계속해서 말했다. 그는 자신이 매우 비난받아왔으며 만약 그 문서들이 진본이 아니라는 것에 '조금이라도 의심의 여지'를 품었다면, 출판을 하지 않았을 것이라고 말했다.[5]

또한 아일랜드 1세는 <보티건>의 무대 공연을 준비 중이라는 것과 '또 하나의 역사극이 발견되었다'(「헨리 2세」)는 중요한 소식을 공표했으며, 셰익스피어에 대한 여러 가지 흥미로운 부분을 드러내는 (셰익스피어가 직접 주석을 단) 책들이 자신의 서가에 많이 있다는 사실을 알렸다.

새뮤얼 아일랜드는 감히 누군가가 영어권 내의 가장 위대한 연극 천재의 작품들을 위조했을 것이라고는 생각조차 할 수 없었으며 다른 사람들 역시 마찬가지였다.

셰익스피어의 천재성은 너무 뛰어나고 초월적이어서, 그와 겨루거나 모방하려는 시도는 어떤 것이든 너무도 비열해 주목받지 못할 것이며, 그래서 거의 이루어지지 않았다. 그의 재치는 아주 함축적이고 상상력이 풍부하며, 인간의 마음에 대한 직관적인 이해도 아주 간결하면서 숭고해 하늘의 봉인이 그의 정신적 산물 위에 직인을 찍은 것처럼 보였다.

더욱이 새뮤얼은 발견된 문서들이 셰익스피어가 도덕주의자라는 것을 드러낸다고 느긋하게 덧붙였다.

아일랜드 1세는 정말로 잘 과장된 이 글들을 가지고 배수진을 쳤다. 그리고 영리하고 중요한 사람들은 이 모든 것을 주목하고 있었다.

새뮤얼의 인생에서 가장 전성기였던 이때, 조던 부인은 새뮤얼이 왕세자를 접견하도록 주선했다. 1795년 12월 30일, 그는 폴 몰에 있는 호화로운 칼턴 대저택에서 자유분방한 왕세자를 만날 예정이었다. 새뮤얼이 접견을 위해 막 출발할 준비를 하고 있을 때, 경멸하는 미소를 띠고 알바니 월리스가 찾아와서는 자신이 존 헤밍의 서명 원본을 발견했으며 그것이 '윌리엄 헨리'가 발견한 것과는 다르다고 격렬하게 비난하면서 말한 것도 바로 그날이었다. 냉소적인 변호사 월리스의 기묘한 순간 포착은 아주 의심스러웠다. 아마도 그는 처음부터 그 위조문서들을 치밀하게 살펴보았을지 모른다. 그는 새뮤얼이 충격을 받아서 죄를 인정하게 하려고 왕세자와의 접견을 위해 출발하려 했던 순간에, 즉 새뮤얼의 인생에서 가장 격앙된 순간에 도착했던 것이 아니었을까.

그 문제를 해결하기 위해 새뮤얼은 오후 3시에 윌리엄 헨리가 직장에서 돌아오기를 기다려야 했지만, 걱정을 진정시키고 단호하고 용감하게 그 문서들을 왕세자에게 보여주기 위해 칼턴 대저택으로 향했다. 새뮤얼은 어쨌든 2시간 동안의 비공식적인 접견을 수행해낼 수 있는 강한 성격의 소유자였다. 그 시간 동안 왕세자는 문서들을 조사하고 그 문서들에 대해 이야기했으며 새뮤얼은 지적인 여러 질문들에 답하고 『신앙고백서』를 크게 낭독했다. 왕세자는 발견물에 대해 아일랜드 1세를 칭찬했으나 사려 깊게 논평을 하지는 않았다. 새뮤얼의 특별한 날을 윌리스(사실은 아들)가 망쳤다.

집에 돌아온 윌리엄 헨리는 칼턴 대저택에서 접견했던 것에 대해 아버지가 유쾌하게 설명해줄 것을 기대했다. 그러나 그는 초조함으로 거의 미칠 지경이 된 아버지를 마주하게 되었고, 새로 발견된 서명에 대한 놀라운 소식을 접했다. 아버지와 아들은 헤밍의 서명을 보기 위해 윌리스의 집으로 달려갔다. 그 다음에 일어난 일은 윌리엄 헨리가 이제껏 했던 일 중에서도 가장 놀라운 것이었다. 윌리엄 헨리는 원본 서명을 대충 흘끗 본 후 사무실로 달려가 다른 문서들과 함께 섞인 헤밍이 서명한 다른 증서를 가지고 돌아왔다. 이번에 그 서명은 진짜 서명과 일치했다. 그것은 75분 만에 이루어진 직송 배달이었다!

윌리엄 헨리는 추가된 자료를 찾기 위해 H 씨의 집에 다녀왔다고 설명했다. 그리고 그는 두 개의 서명이 서로 다른 이유에 대해 셰익스피어 시대의 극장에는 두 명의 존 헤밍이 있었다는 거짓 정보를 가지고 설명했다. 그 두 명은 글로브 극장의 키 큰 존 헤밍과 커튼 극장의 키 작은 존 헤밍이었다. 그리고 그는 나중에 즉석에서 위조한 문서본을 더 나은 것으로 바꿨으며 의심을 벗기 위해 헤밍이 서명한 몇 개의 영수증을 추가했다. 하지만 변호사이자 학자인 알바니 윌리스가 그 새로운 위조문서들에 속지 않았으리라는 것은 당연했다. 더 나아가 그는 이 우스꽝스러운 상황을 은밀하게 즐겼으며 아일랜드 부자의 반응을 관찰했다.

상황은 아일랜드 부자에게 불리하게 전개되고 있었다. 초기에 문서의 열성적인 신뢰자였으며 ≪오라클≫지에 실렸던 여러 조롱조의 감정적 비판을 담당했던 제임스 보든조차 마음을 바꿨다. 천천히 의심이 스며들기 시작하다가(조지 스티븐스가 그의 친한 친구였다) 보든은 반대 진영으로 옮겨갔다. 처음에 보든은 피해를 주지 않았으나 나중에는 「보티건」에서 뽑은 것으로 추정되는 광범위하게 조합한 '인용문'들을 출판하기 시작했으며, 심지어 예전에 그가 긍정적인 입장이었다는 사실이 그 '인용문'에 더 부정적인 영향을 끼쳤다.

보든은 비신뢰자들과 마찬가지로 점점 더 직설적이 되어갔다. 12월 23일 저녁(『셰익스피어 문서 모음집』의 출판 전날 밤), 그는 신간 견본을 보기 위해 노포크가를 방문했다. 아일랜드 1세가 집에 없었기에 그는 신간 견본을 빌려달라고 요청하면서, "대중 앞에 그 작품을 공개하기 위해 모든 수단을 사용할 것이다"라고 말한 뒤 조롱하는 메모를 남겼다. 새뮤얼은 여기에 어리석게 반응했다. "그가 서 있는 진영에 어떤 부수적인 지지를 요청할 필요는 없다고 생각하기 때문에, 실례지만 그 작품의 대여를 거절한다." 새뮤얼은 곧바로 이 격렬한 응수를 후회하게 될 것이었다.

한때 충실했던 친구는 이제 자신이 오랫동안 바보였으며 너무 오랫동안 전면적인 공격에 대한 욕구를 억눌러왔다는 사실을 깨달은 사람이 갖는 모든 분노와 사력을 다해 반응을 했다. 보든은 플리트 거리에 있는 화이트 씨의 책방에서(그 책방에서는 새뮤얼에게서 견본을 받았다) 신간 견본 한 권을 빌렸다. 출판 당일, 보든은 ≪오라클≫지에 그가 이제껏 보았던 '가장 훌륭한 위조문서'의 인용을 실었다.

크리스마스인 다음날, ≪오라클≫지에는 '새뮤얼 아일랜드에게 무덤에 있는 대가 윌리엄 셰익스피어'가 보낸 한 연설문이 실렸다.

재치문답들이여! 연애편지들이여! 신앙고백서들이여
그리고 묶여 있는 영수증들이여
영국의 늙은 「리어 왕」의 수정본이여
(기쁘게도 여기에는 어떤 저속한 것도 없다).

이 같은 성격의 글은 더 있었다. 1796년 1월 11일 한 책자에 보든이 쓴 격렬한 공격이 이어졌다. 그것은 적이 된 예전 친구에 대한 특별한 혐오에 찬 앙갚음으로 써 내려간 '셰익스피어 원고들의 비판적 검토를 포함해 조지 스티븐스에게 쓴 편지A Letter to George Steevens, Esq. Containing a Critical Examination of the Shakespear Manuscripts'였다.

그 책자에서 보든은 초기에 자신이 충실한 신뢰자로서 역할을 했던 것은 잘못이었다고 솔직히 인정했다. 그는 오래된 자료에 속았으며 처음 새뮤얼이 문서를 읽는 것을 들었을 때 "그것들을 소개하는 그 신사라는 (훌륭한) 인물 때문에 경계를 해

제"했다고 말했다. 보든은 "가장 순수한 기쁨의 전율을 가지고 그 문서들을 보았다"는 것을 부인하지 않았다. 그러나 이제 그는 "한동안 순수하게 친구의 작은 모임에서 스스로 사기의 대의를 도왔다는 것을 부끄러워했다".[6]

누가 그 일을 했는지는 중요하지 않다고 보든은 말했다. 그러나 사실 그것은 중요했다. 그는 새뮤얼을 잘 알고 있었으며, 그리고 (공정하게) 새뮤얼에게 책임이 있다고 생각하지 않았다. 그는 윌리엄 헨리를 주목한 최초의 비평가였다. 이상한 프랑스어 단어가 위조문서에 끼어 있었으며(젊은 아일랜드는 프랑스어를 능숙하게 구사했다), 그 젊은이는 오래된 문서에 능통했다. 보든은 심지어 민첩한 재치와 연극적 재능을 지닌 톨벗의 개입조차 의심했다. 예를 들어 엘리자베스 여왕이 셰익스피어에게 편지를 썼던 시기에 글로브 극장이 지어지지 않았다는 것과 같이, 앞서 언급했던 불일치한 측면들이 지적되었다. 『셰익스피어 문서 모음집』의 서문에 실린 새뮤얼의 우스꽝스러운 주장은 자신과 다른 사람들을 괴롭혔으며, 그 서문의 주장이 위조문서들보다 사람들을 더욱 괴롭혔을지도 모른다. 새뮤얼의 입장에서 그 공격들은 '아주 저속하고 소심한 성격에서 비롯된 술책'[7]이었다.

보든의 구두口頭 공격은 매우 신중했으나, 문서에 반대하는 설득력 있는 주장이라기보다는 대부분이 아주 불유쾌한 주장이었다. 사실 보든 자신은 셰익스피어의 저서에 그렇게 큰 관심이 없었으며, 셰리든의 목소리가 반향되는 가운데 위조범이 셰익스피어를 더 좋게 만들었다고 말하는 것에 가까웠다. 결국 이것이 보든의 글 쓰는 방식이었다. 전형적인 실례는 1790년 작 『폰테인마을의 숲Fontainville Forest』에서 찾을 수 있는데 그는 코번트 가든 극장에서 그 작품을 공연했다.

절망이 거친 손을 내 위에 올려놓았다.

그리고 한때 내가 공포 속에 움츠렸던

증서들을 나에게 준비시켰다. ― 나는 어떤 출처도 지니지 않았다.

오직 약탈과 타락만 있었다! 뭐라고![8]

『셰익스피어 문서 모음집』의 출판과 더불어 셰익스피어 문서들은 세상의 시선에 노출되었다. 더 이상 감출 것이 없었다. ≪트루 브리턴True Briton≫지는 다음과 같은 논평을 내놓았다. "여기 비평이 스스로를 포식할지도 모르는 고귀한 만찬을 벌였다." 그것은 물통에 있는 고기를 낚는 것과 같았다. 1796년 1월호 ≪월간 미러Monthly Mirror≫지는 주장했다. "전체가 총체

219 8장

적으로 대단한 하나의 사기, 불멸의 시인에 대한 하나의 모독
이며 우리 국민의 교양과 이해에 대한 하나의 모욕이다!"9)

조롱은 새로이 극에 달했다. 『윌리 셰익스피어의 유령이 사
미 아일랜드에게 보낸 친숙한 운문들Familar Verses from the Ghost
of Willy Shakespeare to Sammy Ireland』이라는 책자의 1796년 2월판
에서는 (그것은 익명으로 게재되었으나 만평가인 우드워드가 쓴 것
이었다), 셰익스피어의 유령이 자기 글을 망쳐놓았다는 이유로
새뮤얼을 꾸짖으러 나타난다. 그러자 '사미 아일랜드'가 오래
된 트렁크에서 불려 나온다.

오래되고 더러운 종이 꾸러미들, 기다란 양피지, 증서들
그리고 곰팡내 나는 두루마리 안에……

머리카락 견본, 사랑의 찬가, 그리고 어울리는 서정시들,
노포크가에서 우연히 함께 만났다.
그곳에서 포도나무처럼 풍성하게, 조그만 요정들이
사미의 서가를 위해 새로운 원고들을 생산하도다.
어설픈 희곡들에 유혹적인 구멍이 나 있구나.
그리고 하찮은 보티건이 함정 안에서 시작되도다.10)

이 교묘한 풍자에는 켐블, 셰리든, '전부가 가짜라고 말하는' 말론, 그리고 보이델처럼 알바니 윌리스가 등장한다. 그러나 윌리엄 셰익스피어의 유령은 사기를 폭로하지 않을 것을 약속한다. 이때는 극장에서나 극장 밖 어디에서나 셰익스피어의 작품이 아주 철저히 훼손될 때였는데 왜 그는 폭로하지 않았던 걸까.

지금까지 수많은 비신뢰자들이 있었다. 2월에 ≪트루 브리턴≫지는 "지금은 기만의 시대이다. 그러므로 우리는 우리가 어떻게 그 발견물에 귀를 기울이는지 주의해야 한다"고 보도했다. ≪성 제임스 연대기 the St James Chronicle≫는 오래된 희곡들이 충분히 돈을 벌어들이지 못했기 때문에 셰익스피어가 쓴 새로운 희곡을 발견한 것도 별로 중요하지 않다고 논평했다. 그러나 1796년 3월에 나타난 비평적 견해들은 앞으로 있을 평가와 비교해 여전히 합리적이었다.

신뢰자들에게는 여전히 그들의 수호자들이 있었다. 보든의 공격에 대응해 1796년 3월 초, 또 다른 극작가이자 연극사학자인 월리 체임벌린 아울턴이 「고려 중인 보티건 Vortigern under Consideration」에서 그들을 대변해 횃불을 들어 올렸다. 그는 그 희곡이 "진본이다"가 아니라 "진본일 수 있다"고 말하면서 신중을 기했다. 그는 보든이 공격을 시작했을 때 품었던 것과 똑같은 분노로 보든의 공격을 폐기시켰다. 그는 보든의 작품 일부를 인용해 반박했는데, 사실 그 작품들의 질에 대해서는 세심한 조사를 거치지 않았다. 결과적으로 이 모든 것이 공개적인 논쟁 중에 훌륭한 재밋거리가 되었으나 심각한 반박을 만들어내지는 않았다.

말의 전쟁은 계속되었다. 문서의 문학적인 장점을 옹호하는 데에는 용기가 필요했는데, 매슈 와이엇은 누구도 감사해하지 않는 이 용감한 역할을 맡았다. 그는 문서에 대한 자신의 신뢰를 다시 확인한 다음 『제임스 보든의 견해에 대한 비교 논평 A Comparative Review of the Opinions of Mr. James Boaden……』으로 보든에 대한 공격에 가세했다. 와이엇은 대중의 취향을 계도하는 척 하면서 보든을 공격했으며, 최근의 논평과 함께 개개의 문서에 대한 최초의 반응을 보든의 글에서 인용해 반박했다. 와이엇은 보든이 『신앙고백서』에 대해 "이성적으로 경건하며 웅장하게 표현된 셰익스피어의 종교적인 믿음을 다양하게 표현한 것"이라고 언급한 것을 상기시켰다. 이제 그것은 "미숙한 기괴함, 기계적인 서정시의 관용적인 결핍! 기괴한 난센스! 밉살스러운 허튼소리! (그리고 기타 등등) 그 외에는 아무것"도 아니었다. 또한 보든은 "(문서들을 이해)할 수 없는 사람은 셰익스피어의 삶이라는 주제를 절대로 말하지 말아야 한다. 한 번의

언급으로 그 영감 넘치는 글을 오염시키지도 말아야 한다"라고 말했던 바 있다.[11]

오히려 와이엇은 그렇게 많은 오류가 사실 진본임을 증명하는 것이라는 주장을 열심히 내세우며, "채터턴이라는 치명적인 선례가 있는데, 불필요한 글자들을 넣어서 위조범이 스스로 거추장스럽게 의혹에 시달리려 했을까?"[12]라고 물었다. 그것은 합리적인 질문이었다.

더욱이 와이엇은 보든이 그 주제에 대한 학식을 갖추지 못했고 성급하고 질투에 차 있다고 비난했으며, <보티건>의 첫 공연을 방해하려는 조직적인 시도가 있다면 관객들이 그것을 무력화시킬 것이라며 위협적으로 글을 마무리지었다.

제임스 보든은 이처럼 호되게 질책을 당하면서, 그 모든 것이 영원히 참기 어려울 정도로 당혹스러웠지만 그는 자신의 글에 대한 언급을 가장 아파하면서, 이러한 공격을 받고 물러났다. 그리고 그는 더 이상 논평을 자제했다. 신뢰자들에게는 하나의 작은 승리였다.

보든과의 논쟁과 관련해 곧 소문이 돌았지만 그것은 단지 공격의 시작을 알릴 뿐이었다. 공연을 준비하는 과정에서 일어나는 모든 일화는 '문학 동인' 내의 사람들뿐만 아니라 다른 사람들에게도 가장 훌륭한 재밌거리를 제공하고 있었다.

말론과 스티븐스에게는 압력이 가해졌으며, 항상 기대를 모았던 그들의 소책자 출간은 (신뢰자들에게는 기쁘게도) 계속 연기되었다. 새뮤얼은 기대감 속에서 방어하는 소책자를 먼저 만들길 원했다. 그는 웹에게 그 책을 저술해달라고 부탁했으나 (처음에는 자신이 그 일에 적합하지 않다고 생각한) 웹은 『신앙고백서』를 너무도 좋아하는 파아 박사가 이제 '이 보물들'이 진본임을 입증해야 하며 그것이 새뮤얼에게 상당히 도움이 될 것이라고 제안했다. 파아(하로우 학교에서 셰리든을 가르쳤던)는 몇 주 동안 시간을 번 뒤에, 그 희곡들의 진위성을 의심하지만 진실을 밝히기 위해 편견 없이 노력할 것이라고 답해왔다.

아일랜드 1세가 완강히 주장하자 친구 프랜시스 웹은 마침내 항복해 1796년 3월 열렬히 그 문서들을 인정했으나 '필라레테스'라는 익명을 사용했다. 웹은 「자세히 살펴본 아일랜드가 소유한 셰익스피어의 원고들Shakespeare's Manuscripts on the Possession of Mr Ireland Examined」이라는 글에서, 모든 문서들이 지닌 일치성과 적절히 투명하게 내비치는 무늬, 그리고 정확한 법률용어와 같이 문서들을 뒷받침하는 모든 점에 대해 개략적으로 말했다. 만약 위조되었다면 셰익스피어 시대에 이루어졌음에 틀림없으나, 그 자신은 그것이 진본이라는 것을 충분히 납득하고 있었다. 그는 "오류들은 온화한 기질, 열정적이고 즉

홍적인 천재성을 지닌 사람들이 저지를 수 있는 그런 것들이었다[13]라고 주장하면서, 어떤 위조범이 그런 일을 하겠냐고 합리적으로 물었다. 또 그는 일반적으로 사기 또는 위조가 개연성의 범주 안에서 이루어진다는 것에 주목할 때 — 윌리엄 헨리의 믿기 어려운 접근방식을 예상하지 않고 — 누가 감히 셰익스피어에게 사생아가 있다고 제안할 수 있겠는가라고 물었다.

웹은 셰익스피어 서가에서 나온 책에 쓰인 주석 모두 분명히 동일한 한 사람의 작업이라고 주장했다. 그는 비록 훗날에는 입장이 당혹스럽게 되었지만 당시에는 분명하게 덧붙였다. "가장 예술적인 명민함, 지치지 않는 노력과 결합된 가장 원숙한 지혜와 가장 통찰력 있는 천재성으로도, 그런 연작물을 위조하고 그런 작업을 수행하는 것과 같은 사건을 예상할 수는 없었을 것이다." 웹은 계속 말했다. "그러므로 나는 이 불멸의 시인이 한 손에 이 성스러운 유물들을 들고 다시 살아 일어나 이것들은 내 것이라고 말할 수 있다고 생각한다. 동시에 다른 손으로는 한때 자신이 소유했던 이 장서들을 가리키고, 이는 이 장서들이 여가 시간에 그의 즐거운 동반자였음을 우리에게 알려주는 것이다."[14] 문서들의 개수가 다른 것도 진본임을 확인해주고 게다가 위조범이 그렇게 많은 오류를 만들지는 않을 것이 분명했다. 웹은 다음과 같이 결론지었다. "이 문서들은 셰익스피어의 친필 서명을 포함하고 있을 뿐 아니라 그의 영혼의 인장과 천재적인 특성들을 담고 있다."15) 그것이 웹이 할 수 있는 최선이었다. 어쨌든 신뢰자들의 대응은 너무 늦은 것이 되어버렸는데, 그날까지 힘과 분노를 모으고 있던 비신뢰자들이 먼저 책자를 냈기 때문이었다.

셰익스피어 문서들은 즉시 다른 갱도로 인도되는 수많은 통로와 터널이 풍부하게 이어져 있는 일종의 광산이 되었으며, 그 광산은 거의 모든 사람이 발굴하기를 적극적으로 요구했다. 즉 유머 작가, 저술가를 도와주는 사람, 스스로 출판물을 찾는 사람 등 모두가 발굴에 참여해야 했다. 그리고 일반 사람들은 그 문서들을 언급하고 있는 것은 무엇이든 열심히 받아들였다.

그것은 또 프랜시스 고돌핀 왈드론과 같이 자신들의 부적절한 저서를 선전하려는 사람들에게는 하나의 기회였다. 그들은 스스로를 셰익스피어와 동급이라고 생각했다. 왈드론은 그 문서들을 위조문서라고 생각해 그에 대해 간략하게 공격한 후 자신이 공들인 희곡 『엘리자베스 여왕The Virgin Queen』을 출판했으며, 그 희곡은 셰익스피어의 『폭풍The Tempest』이 끝난 뒷이야기를 지루하게 진행하고 있었다. 그는 심지어 일부만이 칭찬했던 자신의 애처로운 문학적 노고를 선전하기 위해 더없이 유리한 새뮤얼의 위치를 이용했다.

실명만 봐서는 매우 중요한 사람으로 보이는 익명의 작가 한 명은 <값진 유물 또는 연습 중인 보티건의 비극Precious Relics, or the Tragedy of Vortigern Rehears'd>에서 아주 근접한 실제 이야기를 공연했다. 그 연극은 위조사건에 대해 매우 정확한 내용을 담고 있었는데도 흥행하지 못했다. <값진 유물 또는 연습 중인 보티건의 비극>은 2막으로 구성되었고 극의 줄거리에서 새뮤얼이라는 등장인물은 '얼간이 씨'로, 윌리엄 헨리는 '재간꾼'으로, 아이작 허드 경은 '마크 루디크러스 경' 등으로 불렸다. 그것은 재미있는 장난이었다.

비평이 어떻든 간에, 5막으로 된 '셰익스피어' 비극인 <보티건>은 모국어 능력이 매우 떨어지고 교육을 제대로 받지 못한, 내성적인 젊은이가 쓴 아주 특별한 완성품이었다.

9장

단 한 번의 공연

A Singular Performance

가장 두려운 두 명의 적은 아직 대적하지 않았다. 서로 경쟁적인 셰익스피어 학자인 에드먼드 말론과 조지 스티븐스는 모두 강력한 인물로, 반대 진영에 합류해 있었다. 스티븐스는 초기에 그 문서들을 보았지만 아무 말도 하지 않고 있었다. 말론은 문서를 관람하는 데 초빙되지도 않았다. 하지만 두 사람 모두 런던 문학인들이 모인 온실 안에서 노포크가에서 일어나고 있는 모든 일에 대해 충분히 들어 알고 있었다. 과연 말론은 언제 무엇을 출판할 것인가?

1767년, 에드먼드 말론은 아일랜드풍의 술집에 들렀다. 런던에서 그의 최초의 문학적 업적은 조지 스티븐스의 1778년판

『셰익스피어』에 딸린 부록을 쓴 것이었다. 말론은 1790년 11권으로 된 셰익스피어 전집을 출판해 환호를 받으면서, 셰익스피어 연구의 주도적인 권위자이자 연장자였던 스티븐스를 앞질렀다. 항상 학문에 정진했던 말론은 아주 고집이 센 사람이었다. 18세기의 위대한 셰익스피어 편집자 중 마지막 사람이었던 그는 『집주판 셰익스피어The Variorum Shakespeare』라는 대규모 장서를 남겼는데, 그것은 1812년 제임스 보즈웰(셰익스피어 문서에 입을 맞췄던 죽은 제임스 보즈웰의 아들)이 편집한 것이었다. 1906년에는 에드먼드 말론을 추모하며 말론 학회The Malone Society가 창립되었다.

직업적으로 냉철하고 정확했던 말론은 저서를 집필할 때 아주 주의 깊고 세부적이며 반박할 수 없을 만한 조사에 근거했고, 끈질긴 열의를 가지고 탐구했다. 이에 반해 감성적이고 부주의한 비전문가 새뮤얼은 충동적이었으며, 열정을 앞세워 예술품을 축적함에 따라 시대, 재료, 명사와의 관계 속에만 예술품의 가치를 헛되이 두고 있었다.

말론은 처음부터 셰익스피어 문서들을 의심해왔다. 하지만 그는 노포크가에서, 특히 새뮤얼이 자신의 움직임을 지켜보며 주위를 맴돌고 있는 상태에서 문서를 공개적으로 관람하는 것은 원하지 않았다. 그는 꼼꼼하게 시간을 가지고 일을 하기 때문에 한 번의 관람으로 그 문서들을 반증하는 것은 (비록 그럴 수 있을지도 모르지만) 불가능하다고 생각했다. 그는 그 문서를 즉시 반박하지 못하고 철저히 검증한 후 나중에 반박한다면 자신의 명성이 깎인다는 것도 알았다. 그는 두 차례나 문서 중 일부를 노포크가에서 옮겨와 친구들의 집에서 검토하려고 시도했다. 하지만 새뮤얼은 바보가 아니었다. 새뮤얼은 거절했으며, 1795년 2월에는 자신의 귀중한 문서들을 "그것이 무엇이든지, 논평가나 셰익스피어를 팔아먹으려는 사람에게는"[1] 보여주지 않을 것이라고 선언했다. 여기에는 분명히 말론이 포함되었다. 그렇다면 새뮤얼이 무언가를 의심했거나 알아차렸던 것일까? 어쨌든 에드먼드 말론은 끓어오르는 분노를 가지고 새뮤얼이 그 문서들을 출판하기를 기다려야 했다.

예전에 꼭 한 번, 말론은 문학계 안에서 벌어진 소동에 연루된 적이 있었다. 불길하게도 30년 전 말론은 채터턴의 위조품을 공격했던 최초의 사람 중 한 명이었다. 한편으로 새뮤얼과 말론은 유사한 점도 있었다. 한번 뼈다귀를 물면 절대 놓지 않는다는 것이 그들의 공통점이었다.

그러나 에드먼드 말론이 직접 공격하고 놓지 않는 사나운 테리어라면, 조지 스티븐스는 조용히 접근한 후에 치명적인 정확성을 가지고 덮치는 뱀이었다. 악의에 찬 스티븐스는 엘리자베스 시대의 문학작품을 포함한 개인 서가를 가지고 있었으며 1766년에는 4절판 원본 원고에서 뽑아낸 『20편의 셰익스피어 희곡Twenty of the Plays of Shakespeare』을 출판했다. 그는 이 작업으로 1773년 새뮤얼 존슨 박사와 공동으로 10권짜리 판본 작업을 진행하게 되었다. 의심할 여지없이 위대한 셰익스피어 학자였던(역시나 채터턴을 폭로했던) 스티븐스는 헌신적으로 조사에 주의를 기울이면서도 완전히 불쾌해하고 있었다.

스티븐스의 성격은 아주 유감스러웠다. 그는 누군가가 어떤 길을 따라가도록 격려하는 것을 즐겼으며 — 예를 들어 개릭을 셰익스피어 기념제에 연루시켰던 것처럼 — 나중에는 인정사정없이 익명으로 비판을 했다. 그는 공개적으로 자신의 저서 『존슨의 일생Life of Johnson』을 칭찬하는 반면 사적으로는 그것을 비방해 보즈웰과 다르지 않았다. 그리고 스티븐스는 말론의 젊은 시절 후견인이었다. 그는 말론이 한때 자신의 문하생이었으나 7년의 연구 끝에 뛰어난 권위자가 되어 1790년 11권으로 된 『셰익스피어 전집』을 출판했을 때, 말론을 시기했다. 스티븐스는 1793년 15권짜리 판본을 출판해 보복을 했는데, 그는 그 판본에서 말론의 조사가 적절하지 않은 것처럼 보이게 하려고 사실을 조작했다.

스티븐스는 유별나게도 짐작되는 모욕에 반응하고 다른 사람들을 조롱하면서 복수에 찬 마음으로 두 차례에 걸쳐 위조물을 만들었다. 1763년 스티븐스는 엘리자베스 시대의 극작가 조지 필이 크리스토퍼 말로에게 쓴 것으로 추정되는 편지를 위조했으며, 그 편지에서 필이 셰익스피어와 다른 사람들이 글로브 극장에서 만나는 것을 묘사하도록 했다. 그 위조 편지는 ≪연극 평론지the Theatrical Review≫에 실렸고, 그에게는 아주 기쁘게도 학술적인 분석이 더해져 다시 출판되었다.2) 셰익스피어에 대한 윌리엄 헨리의 추행이 있기 5년 전, 스티븐스는 골동품 학회의 대표인 헨리 고우 경의 악행을 알고선 이에 앙갚음을 하는 방법을 생각해냈다. 스티븐스는 산酸을 이용해 대리석으로 된 굴뚝 벽돌판에 앵글로색슨 족의 룬 문자들을 새겼다. "여기 하드크너트 왕이 포도주를 마시고 주위를 응시하면서 죽었다."3) 그는 그 벽돌판을 사우스워크의 어떤 가게 창가에 놓아두었으며, 그런 다음 골동품 학회의 주목을 끌기 위해 그것을 가져오도록 주선했다. 그 조각품은 켄닝턴 레인에서 파낸 하드크너트 왕(영국과 덴마크의 왕인 크너트 2세의 아들)의 묘비 조각으로 추정되었다. 그 조각은 스케치되어 ≪젠틀맨스 매거진≫에 게재되면서 연구 논문의 주제가 된 반면, 심술궂은 스티븐스는 짓궂게도 이 어처구니없는 상황을 즐겼다.

새뮤얼과 스티븐스 사이에는 특별한 적의가 있었다. 두 사람 모두 호가스가 제작한 판화들을 수집했으며 새뮤얼이 가지고 있는 소장품들이 더 나았다. 셰익스피어 문서에 대한 이 논쟁은 스티븐스의 인생에서 가장 불건전하게 즐길 수 있었던 한 시기였음에 틀림없었다. 윌리엄 헨리는 스티븐스가 "두더지같이 은밀히 일을 했다. 그리고 일이 생겼을 때에는 독사의 정교함을 가지고 깨물었다"[4]라고 논평했다.

말론과 스티븐스는 (본질적으로 열정적인 아마추어이며 순진한 두 사람으로 불렸던) 아일랜드 부자뿐만 아니라 그 누구도 낙담하게 만들 수 있을 만큼 정말로 무서운 한 쌍이었다. 이 두 명의 학자가 공격을 준비하고 있다는 것이 알려졌으며 그들이 어떻게 공격할지에 대한 소문이 나돌고 있었다.

아버지가 전선에 포위되어 있는 동안 아들은 다른 고귀한 일에 관심을 돌렸다. 윌리엄 헨리는 스트랫퍼드 어폰 에이번에 있는 셰익스피어 생가를 팔려고 내놓았다는 이야기를 들었다. 1793년에 그가 가보았을 때에도 생가의 상태는 아주 초라했으며, 푸줏간쟁이인 늙은 하트의 죽음과 함께 처참하게 방치되어 있는 상태였다. 그는 생가가 보존되길 원했으며 책임을 맡은 변호사와 접촉했다. 그렇지만 돈이 없었기에 생가를 구매하겠다는 계획도 환상에 불과했다. 하지만 그가 아버지와 아버지의 부유하고 영향력 있는 친구들의 모임을 끌어들여 자신의 목적을 이룰지도 모를 일이었다(셰익스피어 생가는 셰익스피어 생가 신탁 재단이 결성된 1847년에야 비로소 최종적으로 안전하게 보호되었다). 그러나 잔인하게도 윌리엄 헨리의 모든 꿈에 덮여 있던 거품이 이제 막 걷히려 하고 있었다.

새뮤얼 아일랜드가 복사된 서명들을 담은 『셰익스피어 문서 모음집』을 출판했던 1795년 12월 24일은 윌리엄 헨리가 아버지에게 최초의 위조문서를 선사한 지 만 2년이 지난 때였다.

에드먼드 말론은 『셰익스피어 문서 모음집』을 살펴보고, 기대했던 것보다 조작을 입증할 만한 더 많은 사실들을 발견했다. 채 한 시간도 되지 않아 초기의 적의가 확증되었으며, 그는 그것에 위조 출판물이라고 이름을 붙였다. 1796년 1월 10일, 말론은 기분을 가라앉히고 자신의 생각을 써 내려갔다. 처음에는 2월 중순까지 출간을 끝내는 것이 목표였으나 할 말이 너무나 많았다. 그는 신중하게 증거를 끝없이 수집했으며, 처음에는 단순한 책자일 것으로 여겨졌던 책의 출간을 계속 연기했다.

여전히 <보티건> 공연은 없었다. 1796년 1월에 『셰익스피어 문서 모음집』이 출판된 이후로 비평은 더욱 냉담해졌다. 그것은 새뮤얼이 싸워야 할 새로운 전쟁터가 생겨났음을 의미했으며 이러한 상황은 그 희곡을 빨리 무대에 올려야 한다는 것을 보여주고 있었다. 애초의 계획은 출판과 함께 12월에 공연하는 것이었는데, 만일 계획대로 되었더라면 당연히 반응은 달랐을 것이었다. 마침내 진전이 있었다. 1796년 1월 4일 ≪모닝 헤럴드≫는 이제 책임자가 희곡의 복사본을 받았고 배역이 나누어졌으며, 무대 장치도 '준비된 상태'가 되었다고 보도했다. 새뮤얼은 1월 11일에 켐벨이 연습실에서 그 희곡을 낭독할 것이라고 알렸으며 2월 19일에는 체임벌린 극단이 그 희곡을 공연하도록 허락했다.

그런 뒤에도 프롤로그에 대한 의견 차로 또 한 차례 지연이 있었다. 셰리든은 광고 방식에 한계가 있을 때에는 프롤로그가 공연의 중요한 부분이라고 생각했다. 프롤로그는 이어지는 공연의 특별하고 주목할 만한 부분을 조명하는 것이고, 이번 경우처럼 관객을 달래거나 선동할 수도 있었다. 셰리든은 헨리 제임스 파이에게 프롤로그를 쓰게 했다. 파이는 계관시인이었지만 엉터리 시인에 가까웠으며 그것이 아마 셰리든이 그를 좋아하는 이유일지도 몰랐다. 그리고 파이도 프롤로그를 쓰길 원했다. 1795년 12월 28일 파이는 「보티건」의 현대판을 읽기 위해 노포크가에 있는 새뮤얼을 방문했으며, 새뮤얼은 그것에 감동해 눈물을 흘렸다. 파이가 프롤로그를 쓸 것이라는 소식을 듣자마자 ≪모닝 헤럴드≫는 그것이 지나치게 딱딱한 요리가 되지 않기를 바란다고 논평했다.

파이는 프롤로그가 셰익스피어와 훌륭한 발견물 모두에 상응할 수 있도록 열심히 쓰겠다고 약속했지만(그리고 그것을 빨리 보내겠다고 약속했다), 그것은 그가 존 켐벨을 만나기 전이었다. 10일 동안의 침묵 끝에, 새뮤얼은 파이가 치안 판사로 있던 웨스트민스터 경찰청에서 그를 찾아냈다. 파이는 켐블을 만났다고 말하면서 다소 당황해했으며, 그 희곡의 진위성에 대한 의심 때문에 논조를 바꾸었다고 말했다. 파이가 전달한 프롤로그는 정확히 새뮤얼이 원하는 것이 아니었다. 프롤로그는 다음과 같이 시작되었다.

> 학식 있는 논쟁이 내포한 논점이여
>
> 얼마나 오래 지나야 판결이 있을지 주시하라
>
> 어떤 사기도 관통하는 너의 눈을 속이지는 못하나니
>
> 여기 누구도 셰익스피어의 저서를 위조할 수 없으리라.[5]

프롤로그는 짜증스러울 정도로 수많은 '만일'과 '그러나'를 쓰면서 질문하는 어조로 계속 이어졌으며, 마치 비신뢰자가 쓴 것 같았다. 또 최초의 관객들에게 극의 마지막에 가서 극을 판정해달라고 요청하고 있었다. 분명히 새뮤얼은 훨씬 더 흥분을 자아낼 만한 프롤로그를 쓰도록 파이에게 요청했었다. 켐블은 그 프롤로그에 찬성했지만 새뮤얼은 최종 판단을 내리는 일에 편견이 있는 불온한 관객의 반응을 수용한다는 생각에 특히 불쾌해했다. 새뮤얼은 파이의 프롤로그를 친구 프랜시스 웹에게 보냈다. 다소 복잡한 답신에서 웹의 결론은 "그것은 최후에 수용할 만한 해결책"이었다. 이 답신에 기운을 낸 새뮤얼은 파이에게 변경을 요구했지만, 자신의 희곡이 드루어리 레인에서 공연되길 바라던 파이는 켐블을 화나게 하는 것을 꺼려했다. 따라서 파이는 결론을 부드럽게 만들었으나, 만족스럽지 않았던 새뮤얼이 셰익스피어를 작가로 명확하게 주장할 것을 명령했다. 2월 26일 파이는 자기가 쓴 프롤로그를 되가져갔으며 그것은 3월 17일자 ≪오라클≫지에 게재되었다.

이제 전보다 더 완고해진 새뮤얼은 오랜 친구 웹에게 다시 찾아갔고 웹 역시 다른 프롤로그를 쓰는 것에 동의했다. 웹의 용감한 시도가 시작되었다.

이 중요한 밤에 임무는 얼마나 어려운가
큰 기대를 가지고 올바르게 조종해 나간다는 것은!
우리가 북극성을 청명하다고 생각하는 동안
일부의 구름이 우리의 반구를 덮을지도 모르나니!……
어떤 위조가 감히 성급한 글을 쓰나니

비길 데 없는 광선을 지닌 이 보석을 모방하도록……6)

친애하는 웹은 일단 최선을 다했으나 내용이 너무 약했다. 그가 새뮤얼보다 나약한 사람이었다면 아마 포기했을 것이었다. 공연이 순식간에 다가오고 있었다. 새뮤얼은 이제 제임스 브랜드 버제스 경에게 부탁했다. 제임스 경은 사회적으로 나무랄 데 없고 정치적으로도 존경받는 경력을 뒤로 하고 은퇴한 후로 시와 희곡을 즐겼다. 그는 어려운 시기에 새뮤얼을 돕는 일에 동의했다. 제임스 경은 정확하게 프롤로그를 전달했으며 새뮤얼도 뒷부분의 삭제한 여섯 줄을 제외하고는 만족스러워했다. 3월 20일, 프롤로그가 수락되었다. 드디어 프롤로그가 해결된 것이었다.

말론의 대응이 6주 동안 연기된 것은 신뢰자들을 기쁘게 했다. 언론 또한 말론이 출간을 연기한 것에 주목하고 있었다.

말론 박사는 오래 전 셰익스피어의 트렁크를 부수어 원자로 만들겠다고 위협한 이후로 이제는 자신의 연장들이 이 기이한 수술을 할 준비가 되지 않았다고 말했다. 이 선언에 감정이 상한 아일랜드 부자는 말론에게 도전하면서, 거짓의 토대를 파헤칠 그의 힘을 부정할 뿐만 아니라 그들이 가장 좋아하는 오래된 트렁크의

단 한 가닥도 그가 흩어놓을 수는 없을 것이라고 했다.[7)]

　말론에 대한 더한 비평이 뒤따랐다. 그는 특히 그러한 비판
이 아주 불쾌하게 전달되었을 때 받게 되는 모욕을 결코 잊지
않는 감정적인 학자였다. 말론은 화가 났기에 — 그리고 자신이
옳다는 것을 알았기에 — 사전 출판 공고문을 만들었다.

　　가짜 셰익스피어 원고들
　　이 위조물에 대한 말론 박사의 조사서가 예상보다 많은 시간
　이 걸린 조판 때문에 어쩔 수 없이 지연되고 있다. 그러나 이달 말
　까지는 출간 준비가 될 것으로 희망한다.
　　　　　　　　　　　　　　　　　　　　　1796년 2월 16일[8)]

　문서들이 위조물이라고 누군가가 언론에 아주 정확히 언급
한 것은 이번이 처음이었다. 3월 말이 가까워지면서 공격을 받
고 있던 아일랜드 1세는 초조해했으나 사려 깊고 협조적인 그
의 아들은 위조와의 연루에서 아버지를 기꺼이 벗어나게 해주
겠다고 약속했다. 하지만 윌리엄 헨리의 노력은 너무나 모호했
으며 다음과 같은 문구로 더욱 의심을 자아냈다. "이 선서 중인
(윌리엄 헨리)을 제외하고 새뮤얼 아일랜드의 가족 중 그 누구도

선서 증인이 언급한 증서 또는 원고들을 소유하게 된 연유에 대해 아는 것이 없다"(부록 7 참조). 대신 대중들에게 공개서한을 발표하는 것으로 결론이 내려졌다.

이 문서들의 진위와 관련해 대중들을 만족시키고 동시에 그 문서들을 발견한 사람들이 받을 모든 의심을 없애기 위해, 아일랜드 씨는 법조계의 유명 인사(1656년 존 헤밍의 아들이 죽자 셰익스피어와 관련된 다른 문서들과 함께 이 문서를 소유하게 된 사람)의 직계 자손인 어떤 신사가 이 모든 것을 소유하게 되었음을 선포할 권한을 위임받았다. 그는 또 S. 아일랜드 2세(윌리엄 헨리는 아버지와 문서 사이에 거리를 두려고 할 때 자신을 이렇게 지칭했다)가 없었더라면 이 문서들은 세상에서 사라질 수밖에 없었다는 사실도 밝힌다. 소유주 본인은 자신이 그런 보물을 소유한 사실도 모르고 있었다. 대중에게 보내는 이 공개서한이 발표된 이후로 일반 사람들은 충분히 만족해 더 이상 설명을 요구하지 않을 것으로 생각된다.[9]

시간이 흐름에 따라 새뮤얼은 말론의 책이 만우절에 출판될 것이라는 기대를 품었다. 사실 말론의 책은 만우절 전날인 1796년 3월 31일에 출판되었다. 정교하고 완벽한 시간 조율과 함께 잔인하게도 <보티건>의 첫 공연이 있는 밤으로부터 이틀 전, 에드먼드 말론은 셰익스피어 문서들과 관련된 치명적인 책자를 발행했다. 그것은 『셰익스피어 문서 모음집과 법률 서류들의 진위에 대한 보고서An Inquiry into the authenticity of certain Miscellaneous Papers and Legal Instruments』였다. 그리고 그것은 『셰익스피어, 엘리자베스 여왕 그리고 사우샘프턴 후작인 헨리에 속한 것들로 추정되는 것들에 대한 보고서』이기도 했다. 말론은 모든 사람들이 어리석다고 생각했던 한 젊은이가 만든 위조 문서들을 자세히 파헤치면서, 얇은 소책자가 아니라 424쪽 분량의 책 안에 자신의 분노를 정연하게 정리했다. 이 혈흔이 낭자한 난도질은 아주 완벽해서 윌리엄 헨리의 문학적인 면모들이 칭찬받을 만하다고 생각했던 사람들은 — 그렇게 생각하는 사람들이 있었으며, 이 젊은이의 남다른 시도에는 훌륭한 측면도 많이 있었다 — 이제 그렇게 말하기를 꺼려했다. 이로써 <보티건>의 초연에 대한 관심은 더욱 높아지게 되었다.

말론은 보고서에서 먼저 'H 씨'를 완전히 믿을 수 없는 사람으로 간략히 서술했다. 변호사인 그는 만일 'H 씨'가 길버트의 『증거법』을 인용하면서 앞으로 나선다고 해도, 미래에 신비스러운 인물이 출현한다는 것 자체가 그 문서들이 진짜임을 입증하는 것은 아니라며 본능적으로 자신을 방어했다. 그는 신뢰자들에 대해 파헤치면서, "심원한 학자, 골동품 연구가나 문장관들은 …… 아주 쉽게 만족하는 편"[10]이라고 설명했다.

말론은 엘리자베스 여왕의 편지에 특별히 관심을 가졌다. 그는 그 편지의 모든 것이 틀렸다고 증명했다. "그것은 단지 한 군데만 틀린 것이 아니라, 이 편지와 다른 문서들에는 공격당하지 않을 점이라곤 단 하나도 없다." 그는 짧게 위조된 쪽지를 엘리자베스 여왕이 쓴 4장의 다른 진본 편지와 비교했는데, 적어도 철자 중 25개가 다르며 '여왕의 친필과 최소한의 유사점도' 드러나지 않았다고 밝혔다.[11]

편지에서는 학식 있고 8개 국어를 구사할 수 있는 완벽한 여왕이 그녀에게 친숙한 단어의 실제 철자법도 모를 뿐만 아니라 그녀의 궁전과 인접한 마을의 이름도 ('휴식차 햄프튼Hamptowne에'라고 적혀 있었다) 구별할 줄 모르는 얼간이로 제시된다. 그리고 이러한 문제를 해결하기 위해 그녀에게 햄프턴의 천재 극작가가 써본 적도 없고 영어에서 유추를 할 수도 없는 철자로 문장을 끝냈다(Hampton을 Hamptowne으로 썼다는 말).[12]

이 편지를 비롯해 모든 셰익스피어 문서에 쓰인 철자법 또는 철자는 비평가들과 신문에 의해 몇 달 동안 계속 조롱받아왔다. 말론은 편지에서 쓰인 '그리고(ande)', '위해서(forre)', '런던(Londonne)'과 같이 존재하지 않는 철자들에 대해서도 주의를 환기시켰다. 말론은 자신이 헨리 4세 시대부터 내려오는 1,000장의 증서를 연구해왔으며, 그는 단 한 번도 '그리고(and)' 또는 '위해서(for)'에 'e'가 쓰이는 것을 본 적이 없다고 말했다. 그리고 '거의 모든 단어가 자음과 모음이 지나치게 중복되는 터무니없는 형태'[13]를 띠고 있음을 공격했다. 문장원의 신랄한 타운젠드는 그러한 평가를 그냥 지나치지 않았다. 그는 말론이 1,000장의 증서들을 '훑어보았'을지는 모르나 그 수치만큼 '읽지는' 않았을 것이라고 말했다. 말론은 철자가 엘리자베스 시대의 철자가 아니라고 말했다. 사실 그것은 '어느 시대의 철자도' 아니었다.[14]

말론은 그다음으로 엘리자베스 여왕이 보낸 편지의 날짜를 파헤쳤다. 다른 사람들이 이미 지적했던 것처럼, 말론은 그것이 레스터 경이 죽기 전에 쓰인 것이 틀림없다고 확신했다. 그는 1585년 레스터 경이 네덜란드 지역에 갔던 시기와 1588년 9월 그가 죽은 시기 사이, 즉 레스터 경이 영국에 있을 때 여왕은 햄프턴 코트에서 휴가를 보내지 않았음을 증명했다. 그렇다고 그 편지가 1585년 이전에 쓴 것일 수는 없었는데 왜냐하면 셰익스피어가 21살에 불과했기 — 극작가로서 충분히 두드러지지 않았던 — 때문이었다. 1589년 유명한 시인을 수록한 퍼트넘의 『영시의 멋The Arte of English Poesie』에는 셰익스피어가 포함되지 않았는데, 만일 그가 그렇게 일찍 여왕의 주목을 받았다면 셰익스피어도 거기에 포함되었어야 했을 것이다.

오류는 더 많았다. '레스터Leicester' 경은 평생 'Leycester'라는 (심각한 오류) 철자를 쓴 셈이 되었고, '각하his Grace'라고 언급되지는 않았다. 그리고 위조범은 로마 숫자 대신 아라비아 숫자를 사용했다. 말론의 걱정은 독자들이 부정확한 내용을 모두 읽느라 지칠지도 모른다는 것이었는데, 사실 강박관념에 사로잡힌 말론은 실제 50단어도 안 되는 짧은 쪽지를 파헤치기 위해 90쪽 전체를 할애하고 있었다. 이것도 또 하나의 광기였다.

말론은 '앤 해더웨이Anna Hatherrewaye'의 편지에 대해 그녀가 '앤 해더웨이Anna Hathaway'로 세례받았다는 것을 지적했다. 이 특이한 철자는 아마 그것을 고풍스럽게 보이게 하려는 윌리엄 헨리의 시도였을 것이다(아들은 아버지의 철자를 모방했다). 말론은 어느 것 하나도 빠뜨리지 않았다. 그는 '앤'에게 보낸 편지에 등장하는 '키 큰 삼목나무'를 언급하면서, 1660년 왕정복고 시기까지 영국에는 삼목나무가 한 그루도 없었다고 말했다.[15] 하지만 실제로 셰익스피어도 "이처럼 삼목나무가 도끼의 가장 자리에 굴복하도다……"(「헨리 4세」, 2장)라고 썼다. 심지어 말론조차 완벽하지 않았던 것이다.

사우샘프턴의 쪽지에 대해서는 한 번의 정독으로 충분했다. 그것이 "불합리함에서는 지금껏 검토했던 모든 것을 능가했"기 때문이었다.[16] 그다음으로 말론은 어떻게 셰익스피어의 서명이 자신이 실수를 저지른 그의 저서 중 한 권에서 모방한 것이 확실한가를 상세히 설명했으며, 그 실수가 재미있게 베껴졌다고 설명했다(윌리엄 헨리는 『고백서』를 통해, 존슨 박사와 스티븐스가 쓴 『셰익스피어』라는 아버지의 책에서 그 서명을 모방했다고 말하면서 화를 내며 이 점을 반박했다).

마이클 프레이저와 그의 아내에게 집을 임대한 것은 '잡다한 헛소리'에 불과했다. 헤밍에게 준 증여 증서에 대한 반박도 있었다. "이미 밝힌 모든 불합리와 불일치가 이제 더 심한 불합리에 자리를 내주어야 할 것이다."

말론은 차라리 「햄릿」이 「리어 왕」과 비교해 '순수'했다고 말하며, 「보티건」에 대해서는 "그런 쓰레기를 검토하는 데 낭비할 만큼 인생은 충분히 길지 않다"[17]고 진술했다. 「보티건」은 적어도 22개의 다른 무늬가 비치는 종이에 쓰였다(윌리엄 헨리는 두 달 내에 아주 긴 희곡을 써야 한다는 조급함과 중압감 때문에 종이에 비치는 무늬에 대해 초기와 같이 세심하게 주의를 기울일 시간이 없었다).

셰익스피어 문서들에 표현된 공화주의적인 감성은 깜짝 놀랄 만큼 셰익스피어 시대의 영국에는 맞지 않았을 것이다. 말론은 언어를 잘 다뤘다. 그는 편지들을 통틀어 "거친 허구의 허덕거림"과 "자연스럽지 못하고 방종한 무절제와 불일치성"이라고 논평했는데, 일부 문서의 경우 위조범이 어떤 견본도 따르지 않았기 때문이었다.[18]

말론은 덧붙여 말했다. "채터턴을 탐문한 이후로, 그리고 여섯 개의 자물쇠가 달린 그 궤짝을 부숴버린 이후로 나는 다시는, 적어도 한동안은 그런 오래된 원고들의 저장고에 대해 듣지 않기를 바란다."[19] 이 위대한 학자는 문서모음집을 더 이상 판매하지 못하게 하는 영구 금지령을 요구했다. 그는 자신이 셰익스피어에 대한 최상의 관심을 표했다고 생각했다(이것이 그와 새뮤얼과 윌리엄 헨리가 지닌 유일한 공통점이었다).

말론은 그 위조범이 "셰익스피어의 일생, 극장의 역사, 영어의 역사에 대해 아무것도 모른다"라고 말하면서 내용을 마무리했다.[20] 완벽한 증거의 무게는 페이지마다 내리박혔으며, 더 말할 것이 거의 남지 않았다.

1796년 4월 2일, <보티건>이 무대에 오르기 채 24시간이 남지 않은 상태에서 말론의 책 500부가 팔렸다.

<보티건>은 1796년 3월 중순부터 총연습에 들어갔다. 경

영진은 결국 매력적인 무대장치를 제공했는데, 밤 장면이 인상적이고 훌륭하게 그려졌기 때문이었다. 그러나 처음부터 끝까지 그 희곡에 대한 공감이나 새뮤얼에 대한 협조는 없었으며, 리허설 동안에도 심한 조롱이 있었고 배역에 대한 혐오감을 공개적으로 표현하는 것이 허용되었다. 셰리든은 이런 수위에서 공연을 진행시키기로 결심했다.

새뮤얼은 셰익스피어가 작가라는 것을 광고에도 분명히 하길 원했다. 그러나 셰리든은 그렇다는 모호한 암시조차도 용인하길 거부했다. 공연 예정일(만우절)은 새뮤얼에게 모욕을 주려는 켐블의 잔인한 시도였으나 새뮤얼의 격렬한 항의가 있은 뒤 첫 날 공연이 4월 2일로 옮겨졌다. 심지어 <나의 할머니My Grandmother>라는 작품과 동시에 공연하는 것까지 고려되었다. 이 작품은 한 어리석은 예술가가 한 소녀와 그녀의 죽은 선조가 너무 닮아 속게 된다는 내용이었다(켐블이 예전에 혼자서 좋아했던 아름다운 드 캉 양이 이 가벼운 희곡에서 배역을 맡았다).

켐블의 누이인 사라 시돈스 부인은 보티건의 아내인 에드몬다라는 중요한 여자 배역을 연기하도록 되어 있었으나, 그녀는 때마침 '가벼운 병' 때문에 공연 일주일 전에 그 공연에서 물러났다. 이는 아주 의심스러운 일이었다. 그러나 어쩌면 사실이었을지도 모르는데, 그 시기 동안 자주 아팠던 만큼 나중에 그녀의 월급이 삭감되었기 때문이다. 다른 여배우인 파월 부인이 그녀를 대신했으며 파월 부인은 기회가 주어지자 낙관적으로 장기 공연이 되기를 바랐다.

공연날이 다가오자, 새뮤얼은 공연 첫날밤에 그 희곡을 망치려는 음모가 있을지도 모른다고 의심했고 친구들도 그렇게 생각했다. 돌발적인 행동을 통제하기 위해 새뮤얼은 왕족을 초대하기로 결심했다. 그는 '위대한 문학적 보물'에 대한 지지로 공연에 참석해줄 것을 요청하면서, 석 달 전 자신을 아주 관대하게 영접해주었던 왕세자에게 편지를 썼다. 하필 왕세자가 그때 런던에 없었던 것은 유감스러운 일이었다. 어쩌면 왕세자는 정말 먼 곳에 있었을지도 모른다. 왜냐하면 이틀 뒤 그가 햄프셔에서 사냥을 하고 있었던 것으로 알려졌기 때문이었다. 클래런스 공작은 공연에 참석했으며 어리석게도 신뢰자들과 나란히 있으면서 자신을 눈에 띄게 만들었으나 왕족의 참석이 상황을 진정시키지는 못했다. 그 어느 것도 할 수 없었다.

<보티건>의 첫 공연 날, 새뮤얼의 오랜 친구이자 셰익스피어 문서들의 용감한 지지자인 존 빙 경은 가족과 함께 싸고 조용한 선 인Sun Inn(런던에서 약 40마일 떨어져 있는 베드포드셔의 비글스웨드에 있으며 하룻밤 만에 런던까지 마차로 갈 수 있는 곳)에 머물 예정이었다. 지금까지 사려 깊었던 빙 경은 마지막 총연습

에 한 친구가 새뮤얼과 동행하도록 주선했다.

만약 위대한 셰익스피어 학자들이 거기에 있었다면, 그들은 위조범이 셰익스피어의 몇몇 희곡을 명백히 차용했음을 알아 챘을 것이었다. 한 예로, <맥베스>에서 맥더프는 다음과 같이 말한다. "이제 혼동이 그의 위대한 작품을 만들었도다"(2막 3장, 64줄). 그리고 <보티건>에서는 에드몬다가 말한다. "이제 비통함이 진정 그의 위대한 작품을 만들었노라"(1막 2장 4절).

하지만 보티건에서 인용한 몇 줄은 나중에 셰익스피어에 어울리는 것으로 판단되었고, 신통치 않았던 19살짜리 청년에게는 훌륭한 성취물이었다.

> 나에게 칼 한 자루를 주시오!
> 나는 피로써 이것을 막고 휘장을 달며
> 그리고 미끌미끌한 피여, 그것이 나의 괴로움을 비웃도다.
> 칼 한 자루여! 내 말하노니.

새뮤얼의 처절함은 거의 극에 달했고 그는 문서의 진위에 대해 신뢰자 15명이 서명한 두 번째 확인증을 작성했다. 거기에는 문서들의 구성에 대한 설명이 있었고, 서명자들이 문서를 검토하고 진본임을 입증했다는 확언들도 있었다. 이 확인증은 거의 1년 전, 1795년 2월에 작성된 첫 번째 것보다 더욱 정교했다. 놀랍게도 문장원장이 계속 그 문서들의 타당성을 지지하고 있긴 했지만 서명자들은 대부분 사회적 지위가 훨씬 낮은 사람들이었는데, 아마도 사람들은 초기의 실수를 인정하고 싶지 않아서 서명했을 것이었다.

이처럼 여러 가지 시도가 있었지만 그 어느 것도 성공하지 못했다. 「보티건」에 대한 반대는 늘어났다. 심지어 오랜 친구인 프랜시스 웹조차 "만일 그것이 진짜라면 시간이 말해줄 것이다"라며 새뮤얼에게 극본을 회수하라고 충고했다.

그리고 이제 시간이 말해주려 하고 있다. 이제 모래시계의 모래는 모두 아래로 내려갔다.

1796년 4월 2일 토요일에 <보티건> 공연이 이루어졌다. 좌석을 확보하기 위한 소요가 굉장했다. 홍보, 자주 반복된 논쟁, 통쾌한 비난으로 점철된 2년이라는 세월이 지난 뒤, 새뮤얼과 윌리엄 헨리를 제외한 모든 사람은 히스테리적인 희열을 가지고 첫 공연을 기대했다. 경쟁 극장인 코번트 가든은 <하루의 거짓말The Lie of a Day>을 무대에 올려 그날 저녁을 감싸고 있던 정신에 동참했다.

공연은 폭동, 격전, 심지어 재앙으로까지 쉽게 돌변할 수 있

  비록 『홀린셰드 연대기』에서 줄거리를 따왔지만 젊은 위조범은 이야기
의 내용을 바꾸었다. 로마화된 영국의 나이든 왕 콘스탄티우스는 스콧 족
과 픽트 족의 잦은 침략에 시달려 총애하는 장군 보티건에게 도움을 요청
하고 왕국의 절반을 넘겨줄 것을 서명한다. 그러나 보티건은 왕관을 원했
으며 늙은 왕을 살해하도록 시킨 뒤 스코틀랜드 대사들에게 그 일을 책망
했다. 왕의 아들 아우렐리우스 Aurelius와 우터 Uter가 로마에서 돌아와 보
티건에 대항해 군사를 일으킨다. 헨기스트 Hengist와 호서스 Horsus(호사
Horsa)는 보티건의 색슨 족 연합군이었는데, 그들은 귀족들을 끌어들이기
위한 미끼로 보티건의 딸 프라비아를 이용하려 한다. 그러나 프라비아는
이미 아우렐리우스와 약혼을 하고 달아난 뒤다. 보티건은 헨기스트의 딸
인 로웬나와 사랑에 빠진다. 그는 아내 에드문다와 이혼하고 에드문다는
미쳐서 독을 먹고 자살한다. 헨기스트와 호서스는 전사하며 보티건은 제
압되지만 용서를 받는다. 아우렐리우스가 왕이 되고 프라비아는 왕비가
된다.

었다. 불과 2년 전에는 — 당시에도 <나의 할머니>가 동시에 공연
될 예정이었다 — 문장원장 두 명을 포함해 15명의 사람들이 좁
은 통로에서 밟혀 죽었다. 극장은 대중들이 삶이라는 압력솥에
서 증기를 분출하도록 허락된 사회적인 표출구 중 하나였다.
때로는 압력솥이 폭발하기도 했다. 만일 민족적인 명예가 훼손
되었거나 도제들이 자신의 직업이 모욕당한다고 느낄 때, (특

히) 극장의 아래층 싸구려 좌석의 입장료가 올랐을 때, 공연을 방해하려는 계획된 난동은 비일비재했다. 개릭이 활약하던 시대에는 드루어리 레인의 가구와 샹들리에가 부서지는 심각한 폭동도 있었다. 그리고 1809년 코번트 가든을 다시 짓고 난 뒤 경비를 충당하기 위해 입장료를 올린 후에는 종전 입장료로 다시 돌아갈 때까지 61일이나 연속해서 밤 공연 동안 폭동이 일어났다. 윌리엄 헨리의 <보티건>이 낳은 대단한 흥분의 수위에서는 어떤 일이든 일어날 수 있었다.

공연 첫날 오후 3시부터 극장 앞 거리에서는 기이하고 생기 있는 광경이 펼쳐지기 시작했다. 근엄하고 고전적인 건물의 외관과는 대조적으로 사람들이 표를 사려고 긴 줄을 섰다. 극장 문은 공연 한 시간 전인 오후 5시 30분에 열리는데도 불구하고 4시 30분경에 이미 거리는 지나다닐 수 없을 지경이었다. 인파에 치인 관객들은 희곡이 사기작이라고 외치는 샌드위치 판매원과 마주쳤으며, 새뮤얼이 고용한 수십 명의 소년들은 공연 전 <보티건>에 대한 새뮤얼의 마지막 옹호문을 나눠주면서 큰 소란을 일으켰다.

'보티건'이라는 제목의 광고 전단이 뿌려지기 시작했다. 전단에는 "<보티건> 공연 전날 행해진 셰익스피어 원고에 대한 적대적이고 무력적인 비방은, 명백히 원고 소유자의 이득에 상처를 입히려고 의도되었다……"라는 내용이 담겨 있었다. 새뮤얼은 말론의 " '보고서'에 실린 가장 교양 없고 근거 없는 주장들"을 반박할 시간이 없다고 설명하고, "이제껏 영국 관객을 두드러지게 했던 그 공정함으로" 연극을 경청해달라고 요청했다.

공연장으로 들어가려고 하는 사람들은 어떤 말도 듣고 싶어 하지 않았다. 그들은 심각한 논쟁이 아니라 재미를 원했다. 극장 문이 열렸을 때, 남자들이 대부분인 거대한 군중의 무리가 안으로 걸어 들어갔다. 양쪽의 무대 앞 객석과 칸막이 관람석은 사전에 매진되었으며 2실링짜리 갤러리석만이 남았고, 그것이라도 차지하려는 사람들이 들이닥치면서 문지기들을 밀어제쳤다. 맨 위층의 일반 객석에 있는 사람들은 입장료를 거의 지불하지 않았다. 1층 객석에는 불과 20명 정도의 여자들밖에 없었는데 그것은 여자들이 몸싸움에서 졌기 때문이었다. 드루어리 레인 극장은 3,600명을 수용했다. 이날 밤 2,500명이 입장료를 지불했으며 입장료를 지불하지 않은 확인할 수 없는 수많은 사람들도 있었다. 심지어 황금빛 새장이라 불리는 안쪽 통로가 가득 찼다. 하지만 위층 일반 객석을 지탱하고 있던 가는 기둥들(진홍색과 녹색으로 칠하고 그 위에 유리로 만들었음)이 밀려서 약간 찌그러지기도 했다.

새뮤얼은 위층의 일반 객석용 여유분 입장권 40장을 받았으며, 그가 프리먼 부인과 딸 제인과 함께 중앙 칸막이 관람석에 앉았을 때 일반 관객들은 갈채를 한 반면 무대 앞좌석에 있는 소수는 야유를 했다. 윌리엄 헨리는 자신이 완성한 것을 은밀히 자랑스러워했으나 다가올 운명에 떨고 있었다. 때때로 조던 부인의 격려하는 말들을 들으면서 그는 공연 내내 무대 뒤의 대기실에 남아 있었다.

프롤로그는 마지막 순간에 빠진 파월 대신 휘트필드가 맡았다. 그는 다음과 같이 시작했다.

지금 너의 판결은 어떤 보편적인 대의를 요구하지 않나니
불멸의 셰익스피어가 법정 앞에 서 있도다……

긴장된 분위기는 즉시 야유를 불러일으켰다. 야유 속에서 배우는 용기를 잃었으며 대사를 읽어주는 사람이 그를 계속 재촉했지만 그는 대사를 잊어버리고 멈추고 말았다. 관객이 떠들썩한 격려를 보내자, 마침내 휘트필드는 용기 있게 프롤로그를 진행해 계속되는 갈채로 보답을 받았다.

사람들은 그 모든 소동이 무엇에 대한 것인지 보기 위해 진정했다. 셰리든의 배우들은 윌리엄 헨리의 작품에서 얻어낼 수

있는 모든 떠들썩한 즐거움을 위해 그 작품을 망쳐도 좋다는 이야기를 들은 것같이 보였다. 셰익스피어는 <햄릿>의 3막 2장에서, 극중극을 공연하기 위해 엘시노어 궁으로 온 배우들을 가르치는 햄릿의 입을 빌려 배우들에게 분명하고 훌륭한 충고를 한 바 있다. 셰리든의 배우들 역시 그 충고에 따라야만 했다.

손으로 지나치게 허공을 가르려 하지 말고 모든 것을 부드럽게 이용하라. 격해져서 감정의 격류와 폭풍 또는 감정의 광풍 속에서도 자제심을 잃지 말고 자연스러운 연기를 해야 한다. 가발을 쓴 난폭한 배우가 정말 화가 치밀어 관객의 귀가 찢어져라 제멋대로 감정을 터뜨리면 연극을 망치고 말 것이다. 엉터리 무언극이나 소란스러운 연극밖에 이해 못 하는 엉터리 관객이라면 모를까. 그런 배우는 때려주고 싶다. 그것은 난폭한 타마건트 신이나 폭군 헤롯 왕보다 더한 것이다. 제발 그런 것은 삼가라.

윌리엄 셰익스피어의 초상이 코미디와 비극의 요정들을 옆에 두고 무대 앞 아치 위에서 그 장면을 응시하며 내려다보고 있었다. 만일 셰익스피어가 거기에 있었다면, 틀림없이 드루어리 레인 극단을 회초리로 때렸을 것이다.

조던 부인은 아버지 보티건에게서 도망치기 위해 사내아이로 분장한 프라비아를 연기했다. 윌리엄 헨리는 특별히 친구를 위해 대사를 썼으며, 그녀는 종종 날씬한 허리와 다리를 과시하기 위해 그랬던 것처럼 젊은 사람으로 출연할 수 있었다. 그녀는 출연할 때마다 고무되었다.

'셰익스피어'의 비극이 희극으로 돌변하는 3막이 시작되기 전까지 모든 것은 순리대로 잘 진행되었으며, 쾌활한 조던 부인과 사랑스러운 젊은 여배우 리크 양이 부른 노래들이 '끔찍한 지루함'을 구원하고 있었다. 극 중에서 보티건은 외국에서 돌아온 왕자들이 내전을 조장한다고 비난했다. 고음의 테너 목소리를 자랑하지만 연기력은 떨어지는 배우 디그넘이 백작 중 한 명을 맡아 연기했다. 켐블이 북돋아주자 이 배우는 대사를 외쳐댔으며 고음인 그의 목소리가 구개음과 합쳐졌다. 윌리엄 헨리는 결코 그 순간을 잊을 수 없었다. 심지어 그는 관객들이 비웃으며 비난하는 것을 탓할 수만은 없게 되었다. 철저하게 믿었던 국회의원 찰스 스터트는 — 그러나 그는 공연 전에 술 다섯 병을 마셨다 — 위협적인 어조로 "극을 공정하게 평가하라"고 소리쳤다. 깜짝 놀랄 만한 그의 목소리가 순간적으로 관객들을 조용하게 만들었다. 나중에 호전적인 켐블은, 스터트의 목소리는 심지어 일상적인 대화에서조차 '장식된 풍차의 소음'을 떠오르게 한다고 말했다. 아일랜드 부자는 켐블이 모든 회극적인 요소를 계획했다고 계속 주장했다. 이제 관객들이 흥분을 가라앉힐 만한 기회는 없었다.

4막 4장의 끝 장면에서 색슨 족 장군 호서스가 '죽었다'. 호서스 역할은 우스꽝스럽고 코가 큰 필리모어라는 성격 배우가 맡았다. 막이 위로 떨어져 그의 다리가 관객 쪽으로 노출되었다. 막은 무거웠으며 그가 빠져나오려고 하면서 '죽은' 호서스가 신음하기 시작했다. 필리모어는 '커다란 코를 하고 땅 위를 구르는 거대한 멧돼지처럼' 할 수 있는 모든 것을 다해 분투하고 있었다. 헨기스트 역을 연기하는 배우는 관객들에게 우스꽝스러운 짓을 하는 바람에 도움이 되지 않았다. 한편 뾰족한 쇠로 가장자리를 두른 앞무대 옆의 오케스트라석에 앉아 있던 술 취한 스터트는 무대 위의 필리모어와 거의 닿을 만한 거리에 있었는데, 그의 우스꽝스러운 짓을 멈추게 하기 위해 계속 필리모어를 잡아 좌석으로 끌어내리려 하고 있었다. 관객은 스터트에게 야유를 보내면서 사과 껍질로 공격했고 스터트도 그런 식으로 반응했다. 관객들은 눈물이 날 정도로 웃어댔다.

그때부터 관객들은 소동이 일어날 것 같은 분위기에 매우 민감해졌다.

극을 성공시키거나 망칠 수도 있는 당시의 주요 배우 켐블이 보티건 왕 역을 맡았다. 5막 2장에서, 그는 27줄의 대사 중 하나인 '그리고 이 엄숙한 속임수가 끝날 때'를 — 가능한 한 장례식 어조로 — 강조했다. 그 즉시 윌리엄 헨리는 '전에 없이 귀를 괴롭히는 가장 시끄러운 웃음소리가 무대 앞 관람석에서 메아리쳤다'[21]고 회상했다. 스터트는 손에 잡히는 것은 무엇이든 켐블에게 던졌다. 신음소리와 비웃음소리는 10분 내내 계속되었다. 마침내 관객들이 잠잠해졌을 때, 켐블은 사악하게도 연극을 계속 진행하는 대신 그 대사를 다시 전달했으며 똑같은 결과를 가져왔다. 후에 모든 사람들은 켐블이 전문 직업인답지 못했다는 것에 — 어찌되었든 책임자이자 배우로서 그 극을 지원하는 것이 그의 의무였다 — 동의했고, 셰리든은 자신을 켐블의 행동과 분리시켰다. 유명한 배우가 공연을 심각하게 손상시킨 것이었다.

켐블은 적어도 그 극 자체에 대해 오만을 부리지는 말았어야 했다. 켐블 역시 과거에 자신의 방식대로 셰익스피어를 각색했었다. 「실수 연발Comedy of Errors」에서 그는 쌍둥이 하인인 드로미오스 형제를 무어인 광대들로 바꿨다.

사랑과 존경을 받았던 조던 부인은 55줄의 에필로그로 — 이 극이 셰익스피어에 의한 것임을 주장하면서 현명하게 몇 줄을 건너뛰어 — 갈채를 받았으나 그 갈채는 오직 그녀만을 위한 것이었다. 끝에 배우 배리모어가 <보티건>의 다음 공연을 광고하려

했을 때, 반대하는 아우성이 그의 말을 막았다. 객석에서 신뢰자들과 비신뢰자들 사이에 작은 충돌이 발생해 그는 소음과 동요 때문에 광고를 끝낼 수가 없었다. 소요는 20분 동안 진정되지 않았고, 난투극 도중에 스터트가 무대 시종의 머리를 거칠게 잡았으며 그는 힘이 넘치는 관객의 공격을 받았다.

관람객들은 진짜로 셰익스피어가 쓴 것인지 아닌지에 대해서는 조금의 관심도 없었지만 연극은 비난을 받았다. 목소리가 큰 비신뢰자들이 이겼다. 윌리엄 헨리의 <보티건>은 공정한 공연을 할 수 없었다. 이보다 더 못한 연극들도 흥행에 성공했는데 말이다.

아일랜드 부자는 노포크가로 돌아왔으며 새뮤얼의 친구들 몇 명이 밤늦은 시간 그와 함께 그 사건을 의논하기 위해 도착했다. 윌리엄 헨리는 방으로 물러갔으며 꿈속으로 들어갔다. 그들 모두가 중요하지 않게 여겼던 그 젊은이는 자신의 최초의 희곡이 가장 기이한 상황으로 영국 내 가장 권위 있는 극장의 무대에서 공연되는 것을 보았다. 그 역시 다른 사람들처럼 단 한 번의 공연만이 가능할 것임을 알았다. 그의 마음은 오랫동안 그래왔던 것보다 더 차분했다. 자신을 억눌렀던 짐을 벗었고 윌리엄 헨리는 깊은 잠을 잤다.

다음날 아침식사에서 이 침착한 젊은이는 아주 태평하다는 이유로 꾸지람을 들었다. 새뮤얼은 금전적인 손해를 걱정했다. 소장품에 대한 아버지의 탐욕은 돈에 대한 지대한 관심과도 일치했다. 아버지와 아들은 공연 수입에 대한 그들의 지분을 받기 위해 드루어리 레인으로 갔다. 새뮤얼은 벌써 250파운드(현재 약 8,700파운드)를 선수금으로 받았으며 그중 아들에게 60파운드(현재 약 2,000파운드)를 주었다. 공연에 대한 그들의 지분은 103파운드(약 3,600파운드) 정도였으며 새뮤얼은 아들에게 그중 30파운드(약 1,000파운드)를 주었다. 돈은 새뮤얼에게 지급되었는데 왜냐하면 윌리엄 헨리는 아직 나이가 어렸기 때문이었다. 그래서 윌리엄 헨리는 총 90파운드(약 3,150파운드)를 받았다. 만약 새뮤얼이 지체하지 않고 관심이 높았던 공연 직전이나 공연 직후에 「보티건」을 출판했더라면 더 많은 돈을 벌어들였을지도 모른다. 새뮤얼이 「보티건」을 너무 늦게 받았기 때문에 그것은 『셰익스피어 문서 모음집』에 포함되지 못했다.

신뢰자들은 터무니없는 주장을 했다. 그들 모두 궁지에서 벗어나기 위해서는 한 가지 길만 있다는 데 동의했다. 그들은 H 씨에게서 답신을 얻어야만 했다. 이 일을 처리하는 방식을 결정하기 위해 30명의 저명한 사람들로 구성된 위원회가 1796년 4월 세 차례에 걸쳐 노포크가에서 회동했다. 윌리엄 헨리도 그 자리에 있었고, 그는 과감하게도 전체적인 이야기를 듣기 위해 노신사를 만날 두 사람을 선발하자고 제안했다. 그는 시간을 좀 더 벌기 위해서라면 무엇이든 말했을 것이다. 새뮤얼의 명성을 회복하기 위한 모든 것, 즉 회합과 H 씨를 만나기 위해 선발된 사람들과 H 씨에게 보내고 받은 편지들이 있었다.

진실을 고백해야 했던 그 시점에서 윌리엄 헨리는 전보다 훨씬 더 미친 짓을 했다. 위원회 사람들에게 보물들의 목록을 더 많이 보여주었던 것이다. 윌리엄 헨리는 셰익스피어 숭배자들이 꿈꿀 수 있는 모든 것, 즉 그가 실제로 H 씨 집에서 보았던 것들을 ― 은으로 된 셰익스피어 세밀화 세트, 프랜시스 드레이크 경에게 보낸 시, 글로브 극장의 도면과 같은 놀라운 것들 ― 별표로 표시했다고 말했다(부록 6 참조). 이 발견물들은 신사들을 동요하게 만들었다. 그들은 그 이야기에 빠졌고 그들의 관심에도 다시 불꽃이 튀었다.

결국 H 씨에게 전체적인 이야기를 듣게 될 한 사람을 선발하는 것으로 정리가 되었다. 마치 윌리스와 위조범이 조작한 것처럼, 그 누구도 동석하지 않는다는 조건하에서 자발적으로 지원한 변호사 알바니 윌리스가 선정되었다.

이제 새뮤얼은 아들을 감시하기 시작했다. 그는 탐정놀이를 했고 윌리엄 헨리가 H 씨를 만나는 곳을 알아내기 위해 윌리엄 헨리를 따라갔지만 물론 알아차리지 못했다. 새뮤얼이 본 모든 것은 윌리엄 헨리가 월리스를 방문하는 것이었고, 윌리엄 헨리는 변호사의 정밀한 검토하에 그에게 모든 것을 고백하느라 바빴다. 젊은이는 월리스에게 작업 견본, 사용하지 않은 종이 뭉치, 잉크, 봉인과 실타래를 보여주었다. 왜 월리스가 모든 일을 해결하고 이 불행을 종결하지 않았는지는 아직도 불가사의하지만, 그는 그렇게 하지 않았고 심지어 새뮤얼과 의논하려고도 하지 않았다. 1795년 12월로 돌아가서 월리스는 헤밍의 서명을 폭로할 때만큼 충분히 행복해했다. 대체 그의 의도는 무엇이었을까?

1796년 4월 2일, 드루어리 레인에서 벌어진 이 기이한 장면들은 잊을 수 없을 것이다. 몇 년이 지나고, 그날 밤에 무슨 일이 있었는지에 대한 이야기는 하나의 사건으로 더 심각하게 과장되었으며 더욱더 채색되었다. 연극계에서 윌리엄 헨리의 <보티건> 공연은 전설이 되고 있었다.

10장

'어쨌든 당신의 아들은
매우 비범한 사람입니다'

'Your young man is a prodigy one way or another'

고집 세고 완고한 새뮤얼은 전보다 더 화를 내며 여전히 윌리엄 헨리를 닦달하고 있었다. 왜냐하면 오래 전에 약속했던 문서들의 결백을 입증할 가능성이 있기 때문이었다. 새뮤얼은 어리석은 아들이 자신을 속일 수 있었고 아들이 한 것으로 추정되는 모든 일을 했다는 사실을 받아들일 수 없었다. 그는 자기 아들이 직접 그 위조를 했다고 주장함으로써 명예를 원했거나 영리하게 보이기를 바랐거나 아니면 아마 어떤 종류의 도둑일 것이라고 생각했다. 새뮤얼이 윌리엄 헨리에 대해 이런 태도를 보이는 것을 완전히 비난할 수는 없다. 이 불쌍한 젊은이의 능력을 확신하는 사람은 아무도 없었기 때문이다. 그들은 누구에게 죄가 있다고 생각했을까?

연루된 두 명의 주요 인물을 고려해봤을 때 — 새뮤얼에게는 불행하게도 — 거의 모든 사람들은 새뮤얼이 그 일에 개입했을 뿐만 아니라 그 모든 것을 생각해낸 것이 틀림없다고 추측했다. 따라서 아버지는 자신을 구하기 위해 아들 윌리엄 헨리가 책임을 지도록 함으로써 아들을 희생시키고 있었다. 그것은 용서받을 수 없는 일이었다. 어쨌든 신뢰할 수 있는 누군가가 그 분야에서 뛰어난 사람들을 완전히 바보로 만든 것에 대해 책임을 져야 했는데, 그럴 만한 사람이 바로 새뮤얼이었다.

빙 경은 마차로 하룻밤이면 갈 수 있는 런던 북쪽의 선 인에 머물고 있었기 때문에, 곧 비글스웨이드에서 그 파경에 대한 많은 소문을 들었다.

4월 5일, 빙 경은 새뮤얼에게 "당신의 아들에 대해 내가 어떻게 말해야 할지 모르겠다. 그 애는 (불가사의한 허영심으로) 당신을 곤경에 빠뜨리기로 작정한 것처럼 보이기 때문이다"라고 편지를 썼다. 새뮤얼에게 보낸 5월 15일자 편지에서 빙 경은 여전히 그 문서들이 진본이라고 믿고 있었다. 또 그는 편지에서 윌리엄 헨리가 남아 있는 보물의 소유권을 주장할 수 있는 나이가 될 때까지 완전한 해명이나 H 씨가 보낸 다른 편지를 가져오는 것을 미루고 있을지도 모른다고 새뮤얼에게 썼다. 그 편지 또한 빙 경이 윌리엄 헨리를 전혀 믿지 않는다는 것을 보여준다.

윌리엄 헨리는 새로운 국면으로 가족들의 관심을 분산시키려 했으며 부유한 집안의 사람과 결혼할 것이라고 주장했다. 그것은 모두 거짓말이었으나, 가족들이 그의 주장에 따라 존재하지 않는 부유한 집안의 사람이 누군지 알아보려고 했을 때 그들에게는 새로운 흥분이 일었다. 그러나 결혼하려는 그의 생각은 사실이었다.

1796년 4월, 한때는 편히 즐길 수 있었던 세상이 이제 자신의 주변에서 떨어져 나가자, 새뮤얼은 그 상황을 명확히 하려고 몬태규 톨벗에게 절망적인 편지를 썼다. 그러나 주의 깊게 구성된 톨벗의 답장은 아무것도 드러내지 않았다. 새뮤얼은 무기력하고 절망적인 상태에 빠졌다. 윌리엄 헨리는 위조문서들을 가지고 어떤 식으로든 아버지에게 상처를 입히려고 의도한 것은 아니었다. 오히려 그 반대였다. 지금, 그리고 일생 동안 윌리엄 헨리는 아버지를 보호하려 했다. 윌리스의 도움으로, 그는 이 사기와의 연루에서 아버지를 벗어나게 하기 위해 신문 광고란에 글을 썼다(부록 4 참조). 그러나 아무 소득도 없었다.

1796년 5월, 윌리엄 헨리는 조심스럽게 가족들에게 고백하기 시작했다. 그는 먼저 정원에서 함께 산책하면서 누이들에게 사실을 말했고 그런 다음 프리먼 부인에게 말했다(그녀는 그 자리에서 윌리엄 헨리의 말을 모욕적으로 부인했다). 그리고 그녀들이 이 아둔한 젊은이의 주장을 새뮤얼에게 보고했을 때, 새뮤얼은 그 말을 터무니없는 것으로 종결지었다. 새뮤얼은 아들이 H 씨를 보호하고 있으며 뻔뻔스럽게도 그런 이야기를 H 씨에게 하지 못한다고 말했다. 윌리엄 헨리는 새뮤얼에게 직접 다가가 허심탄회하게 논의를 하려고 했으나, 무슨 일이 닥치고 있음을 감지한 참을성 없는 아버지는 믿기지 않는 이야기를 시작하기도 전에 오히려 아들을 막았다.

5월 말에 새뮤얼과 프리먼 부인은 버크셔의 선닝에서 필요로 했던 휴식을 취했다. 6월 5일 일요일, 새뮤얼은 애정을 갖고 아들에게 편지를 썼으며 자신의 처량한 상태를 설명하고 문제를 해결해줄 것을 호소했다. 또 인생의 초창기 중요한 순간에 아들이 지금 내리려는 결정의 중요성에 대해 부드러운 충고를 아끼지 않았다.

사랑하는 샘(윌리엄 헨리), 내가 런던을 떠난 지 일주일이 넘었는데 너에게서는 한마디 말과 한 줄의 글도 없구나. 이 상황에서 비록 불안하겠지만, 문서들과 가족에 대한 너의 설명으로 내가 매우 동요하고 있다는 사실을 너는 알아야 할 것이다. 네가 약속한 대로, 나는 네가 내게 편지를 써서 네 계획이 무엇이고 문서들에 관한 네 생각이 무엇인지 말할 것이라고 기대했다. 정말이지 내 상황은 두 가지 이유로 비참하단다. 나는 밤이나 낮이나 쉴 수가 없는데, 이런 상황은 네 쪽에서 더 공개적으로 솔직히 행동한다면 호전될 것 같구나. 네가 이 순간 생각해야 할 사람이 있다면, 분명 그 사람은 태어나서 지금까지 너에게 모든 위안과 관심을 쉼 없이 주고 있는 부모여야 할 것이다. 나는 네가 미래의 어느 순간에 너에게도 아들이 있고 현재의 나와 같은 상태에 처해 있다고 상상할 필요가 있다고 본다. 그리고는 현재 너의 심정이 어떠한지를 생각해보고 판단해보아라. 이 편지로 네게 화를 내려는 것은 아니지만 만일 네가 나를 네 친구로 생각하지 않는다면, 미래에 있을지도 모르는 모든 교우 관계에서 네가 속임을 당할 것 같아 걱정스럽구나. 나는 너에 대한 나의 행동이 친구나 동료 사이의 행동에 — 엄격하고 까다로운 아버지의 행동이 아니라 — 불과했다고는 생각하지 않는다. 그래서 네가 스스로 이야기해주어야 할 것을 어쩔 수 없이 내가 부탁해야 하는 지금의 상황이 정말 이상하기만 하구나. 너는 나와 내 가족과 모든 지인에게서 네 자신을 떼어놓으려고 하는 듯하구나. 너는 어떻게 행동할 것인가와 어떤 결정을 내릴 것인지를 잘 생각해보아야 하는데, 왜냐하면 지금은 모든 가능성 속에서 너의 위치와 미래의 상황에 너를 편안하게 할 수도 있고 네 자신을 영원히 행복에서 멀어지게 할 수도 있는 순간이기 때문이다. 나는 그곳에 있는 신사들(그들은 내 상황이 처참한 상황이라는 데 동의하며 모두 이 사건을 걱정하는 것처럼 보이는데)에게서, 그리고 (버크셔에서) 읽고 있는 신문을 통해서 내 상황에 대해 많은 것을 듣고 있다. 나는 네 맹세들과 채무의 본질을 알지 못하며 세상 사람들도 알지 못한다. 그러나 어떤 의무도 보편적으로 아버지를 파멸에 이르도록 허용하지는 않을 것이다. 만약 그 문서들이 원본으로 받아들여져야 한다면, 오래전 약속했던 그 문서들을 내게 가져다주는 일은 왜 미루고 있느냐? 하지만 지금은 그런 문제에 대해 더 이상 말하지 않으마……. 네 미래의 운명이 어떤 것이든 날 기억하고 날 믿어다오.

너의 친애하는 친구이자 사랑하는 아버지[1]

비록 새뮤얼은 윌리엄 헨리의 아들로서의 결점을 잘 알고 있었지만, 아버지로서 자신의 부족한 점과 이런 있을 수 없는 상황이 애초에 어떻게 발생했는지에 대해서는 이해하지 못했다. 그러나 그는 한 가지 점에서 옳았다. 바로 지금은 돌이킬 수 없는 시점이라는 것이었다.

어쨌든 너무 늦어버렸다. 아들은 그곳에 없었고 나중에야 그 편지를 보았다. 1796년 5월 29일 가족들이 모두 멀리 떠나

없고 위험이 없을 때, 윌리엄 헨리는 또 다른 극적인 행동으로 비밀리에 아버지의 집을 나왔다. 하인들은 그가 빌린 마차에 소지품을 실은 다음 출발하는 것만 보았기에 그가 마부에게 일러준 방향에 대해서는 들을 수 없었다.

7월 7일, 딸 제인은 이미 심히 동요되어 있는 아버지에게 편지를 썼다. 그녀는 편지를 보내는 비용을 들이고 싶지 않았지만, 무슨 일이 있었는지 아버지에게 알려야만 했다. 그녀는 결혼한 언니인 안나 마리아와 함께 주말을 보내기 위해 램버스에 갔다가 월요일 저녁에 돌아왔는데 윌리엄 헨리의 어떤 흔적도 찾지 못했다. 하녀는 동생이 아주 멀리 떠난다는 말을 했다고 걱정스럽게 보고했으며, 그는 50파운드를(오늘날의 약 1,750파운드) 받게 될 것이고 돈을 받으면 그 하녀에게 선물을 사주겠다고 말한 것으로 드러났다. 하녀가 빨래를 해야 하느냐고 물었을 때, 윌리엄 헨리는 그 상태로 빨래를 가져갈 것이고 자신이 머물려고 하는 신사의 집에서 빨래를 해줄 것이라고 말했다. 그는 후원자를 얻었으며 그 후원자가 다음날 아침에 그 50파운드를 줄 것이라고 말했다. 이것은 꾸며낸 이야기가 아니었으며, 윌리엄 헨리에게는 정말 후원자가 있었다. 그 사람은 아버지의 친구로 벤틴크 거리에 사는 길버트 프랭클린이었다. 젊은이는 은퇴한 서인도의 농장주인 프랭클린에게 고백을 했다.

그는 아버지의 집을 떠나는 것이 좋은 생각이라는 데 동의했으며, 윌리엄 헨리에게 다시 시작할 수 있는 자금을 약간 주겠다고 약속했다. 그러나 그의 무서운 아내가 젊은이를 돕는 것을 완강하게 반대했기 때문에 돈을 주지 않았다. 그래서 윌리엄 헨리는 즉시 피커딜리 서커스와 극장가 근처의 스왈로 거리에 있는 음산한 방에 짐을 풀었다. 그는 하인들에게 저녁에는 노포크가에 돌아올 것이라고 말했지만 돌아오지 않았다. 윌리엄 헨리의 가족은 그가 어디에 있는지 알지 못했다.

돌아오는 길에 새뮤얼은 아들의 생각이 무엇인지 물어보기 위해 자신의 친구이자 이제는 윌리엄 헨리의 친구이기도 한 빙 경을 ─ 이미 윌리엄 헨리가 그에게 고백을 했다 ─ 만나러 갔다. 그의 아들은 셰익스피어의 문서들을 위조할 능력이 있었던 것일까? 그런 뒤 6월 11일, 빙 경은 새뮤얼과 제인 아일랜드에게 윌리엄 헨리의 위조문서 견본들을 보여주었고 젊은이가 위조를 할 능력이 있었다는 것을 분명히 했다. 그러나 새뮤얼의 마음 상태로는 여전히 그 사실을 받아들일 수 없었고, 받아들이지도 않았다.[2]

1796년 6월 14일, 윌리엄 헨리는 아버지에게 사과의 편지를 썼다.

사랑하는 아버지(제가 여전히 아버지라 불러야 하기 때문에),
만일 (늘 드러내는 것을 자랑스러워했던) 저에 대한 사랑과 애정
이 조금이라도 남아 있다면, 확신하건대 아버지께서는 다 정독하
기 전까지 이 편지를 찢어버리지 않을 것입니다. 비난받아온 경
솔함에서 벗어나려 한다고 생각지 마시고, 제 마음의 고통을 누
그러뜨려줄 유일한 몇 마디 말이라 생각해주십시오. 아버지의 처
참한 심정을 덜어드릴 수 있을지 모르겠습니다.

제가 그 문서들을 썼다는 것을 고백합니다.

아들은 "그러한 말을 통해, 여전히 내가 그런 능력이 없다고
생각하고, 내가 누명을 썼다는 아버지의 생각"에 항변했다. 그
는 자신이 '천재성을 지닌 어떤 사람의 도구'가 아니었으며, 만
약 누군가를 모방했다면 셰익스피어를 모방하면서 혼자 「보티
건」을 썼고 「헨리 2세」는 더욱 분명한 자신의 작품이라고 강
조했다. 그는 미래에는 가족의 안녕을 위해 헌신하려 하며, 아
직은 '나의 사랑하는 아버지'를 만나는 것을 견딜 수 없다고 말
했다. 그리고 "만약 그 문서들의 작가가 있다면, 즉 문서 전체
를 통해 숨쉬는 영혼이 있어 번뜩이는 천재성을 보여주고 영예
를 차지할 자격이 있는 작가가 있다면, 아버지, 그 사람은 바로
당신의 아들입니다"라고 썼다. 그리고 그는 톨벗도 그 비밀을

알고 있지만 문서 중 어느 것도 쓰지 않았다고 덧붙였다.[3]

새뮤얼의 답장은 윌리엄 헨리가 듣고 싶어 했던 내용이 아니었다. "네 재능이 어떻든지, 너의 아버지를 수단으로 삼아 그런 광범하고 주도면밀한 사기 행각을 벌였음을 공개적으로 드러냈는데 누가 너를 인정하거나 너와 어울릴 것이라고 생각하느냐?"

기이하게도 이 순간 새뮤얼에게는 자신의 서가가 여전히 최대의 관심거리였다. 그는 아들에게 자기 책을 가져간 것을 꾸짖었고 비록 책을 팔아도 좋다고 약속했지만, 그것을 살 첫 기회를 아버지에게 주지 않고 다른 사람에게 팔아버린 것을 꾸짖었다. 그리고 새뮤얼에게는 빚이 있었다. 공연으로 들어온 돈은 이미 써버렸고, 새뮤얼이 지불할 수 없는 빚이 쌓여 있었다. "내가 너의 이상한 행동에 대해 느끼는 분노를 표현할 말이 없구나. 말이나 화도 이제 헛되구나." 그는 계속해서 "너는 나를 아주 불행한 상태로 남겨두었고 두렵게도 네 주위에 불명예의 짐을 남겨두어, 이 상태에서 벗어난 후 너는 내가 겪은 것보다 더 힘든 곤란을 겪게 될 것이다"[4]라고 충고했다.

아버지는 아들이 위조범이라는 것을 받아들이는 것처럼 보였지만, 그 다음날 다른 편지에서 윌리엄 헨리가 자백했을 리 없다고 주장했다. "허영심이나 그러한 자백에 매달리게 하는 어떤 동기 때문에 네 자신을 고통받게 하지는 말아라." 윌리엄 헨리는 단호히 이 충고를 거부했고, '그 일을 설명하기' 위해 소책자를 쓰기 시작했다고 아버지에게 알렸다.[5]

윌리엄 헨리는 알바니 윌리스와 계속 접촉했고, 6월 16일 윌리스는 아버지에게 모든 것을 이야기하라고 지시했다. 젊은이는 일을 해결하기 위해 일관된 노력을 했고 아버지가 자신을 믿게 하려고 애썼다. 새뮤얼은 계속해서 윌리스에게 물어보았으나 윌리스는 이상하게도 그가 알고 있던 모든 내용을 새뮤얼에게 설명하지 않았다. 설령 그가 설명했을지라도, 아마 새뮤얼의 태도는 달라지지 않았을 것이다.

아버지의 유일한 생각은 셰익스피어 문서의 신뢰와 더불어 자신의 신뢰를 회복하는 것이었다. 그는 아들이 자신을 속였다는 사실과, 자기 손아귀에 있던 귀중한 보물과 영원한 명성의 찬란한 영광을 낚아채였다는 사실을 받아들이지 않았다. 6월에 ≪트루 브리턴≫지에 게재한 새뮤얼의 결백선언서는 아무 소용이 없었다. 누구도 그를 믿지 않았다. 셰익스피어 문서의 명성도와 '발견물' 각각에 대한 일일 단위의 신문 보고들, 결국 몇 달 동안 누적된 논쟁, <보티건> 공연에 대한 히스테릭한 홍보와 말론의 훌륭한 보고서 출간이 그러했다. 그리고 드루어리 레인에서의 우스운 공연은 (모든 대사가 과장되었던 그 공연의 결점들은) 우스꽝스럽고 오만한 새뮤얼과 덜떨어져 보이는 그의 아들을 지지할 생각을 하는 사람이 거의 없다는 것을 의미했다.

젊은 위조범은 아버지의 친구인 존 빙 경과 훨씬 더 가까워지게 되었고, 존 빙 경은 젊은이에게 모든 이야기를 들었으며 그에 대한 지지를 철회하지 않았다. 그는 새뮤얼에게 "어쨌든 당신의 아들은 매우 비범한 사람입니다"라는 편지를 썼고, 한 위조물이 또 다른 위조물을 이끌었다는 것과 일련의 사건은 처음부터 의도된 것이 아니었다는 사실을 젊은이를 대변해 설명했다. 또 빙 경은 설령 새뮤얼에게는 당연할지라도 그런 방식을 사용할 때 윌리엄 헨리의 마음은 냉담해지는 것처럼 보였으므로 아들을 심하게 다루지 말도록 새뮤얼에게 충고했다. 그는 "윌리엄 헨리가 부모로서 귀하를 떠올릴 때마다 아주 슬픔에 잠겨 있습니다. 그를 다정하게 생각하십시오……"라고 덧붙였다.[6]

절망적인 윌리엄 헨리에 대한 새뮤얼의 압박은 초기에 친구 몬태규 톨벗을 연루시키도록 윌리엄 헨리를 이끌었고 그런 다음 그를 더 깊이 끌어들이도록 했다. 새뮤얼은 다시 톨벗에게 진실을 말하게 했다. 그러나 톨벗은 공동의 진술서에서 밝힌 최초 의견 이상의 어떤 것도 밝히지 않기로 결심했다.

프리먼 부인은 화를 내며 소동에 합류했고 톨벗에게 아들을 비난하기 시작했다. "그의 친구들 중 누구도 최소한의 문학적인 천재 자질을 발견한 적이 없었기 때문에 그는 자기 혼자만이 서류들과 희곡들 …… 의 작가라고 하는 보고서를 돌리고 있다." 또 그녀는 '그의(새뮤얼의) 아들의 충실한 친구였어야만 하는 친구들이 그를 취급한 방식을 한탄하면서 전 가족을 파멸로 이끈 범죄, 그 범죄의 흉악성에 적합한 벌에는 어떤 것이 있을지 생각했다'.[7]

그러나 톨벗은 이 일화로 꿈쩍하지도 않았고, 만약 윌리엄 헨리를 만난다면 그를 친구라 부르는 것을 자랑스러워할 것이라고 말했다. 새뮤얼은 톨벗이 무언가 조치를 취하게 만들리라고 결심했고, 불쾌하게도 이제 톨벗을 더블린 극장에서 해고시키기 위해 아일랜드 총독을 통해 영향력을 행사할 것이라고 위협했다.[8] 이것이 윌리엄 헨리가 평생 만족시켜야만 했던 사람의 방책이었다. 그리고 톨벗은 항상 윌리엄 헨리와의 약속을 지켰다. 톨벗의 강직한 성격은 자신을 배우와 훗날 극단의 책임자로 만들었다. 하지만 톨벗의 삼촌의 유서에는 톨벗이 배우가 되지 않는다는 조건이 있어, 배우가 되는 것은 가문의 재산에 대한 권리를 잃는 것을 의미했다. 1799년, 톨벗은 더블린과 웨일스에서 공연한 후 드루어리 레인에 나타났다. 그렇다면 왜 윌리엄 헨리는 톨벗을 약속에서 면제시켜주지 않았으며 실제로 그에게 어떤 일이 있었는지 진술하도록 요청하지 않았을까? 아마도 그렇게 하면 톨벗을 거짓말쟁이로 만드는 것이기 때문이었으리라고 추측된다.

또 하나의 충격적인 일이 준비되어 있었다. 윌리엄 헨리의 가족은 (놀랍게도) 1796년 6월 4일 클럭켄웰 교회에서 윌리엄 헨리가 결혼했다는 것을 알았다. 이 결혼식에는 W. 크레인과 제인 크레인이 입회했다. 새뮤얼의 친구인 한 서적상의 딸인 얼 양이 켄싱턴 가든에서 그들 부부가 함께 있는 것을 보았고, 신부가 '도회지 여자처럼 보였으며 작고 그다지 예쁘지는 않은 여자'였다고 알려주었다. 그녀의 매력적이지 않은 이름은 알리스 크루지였고, 친구들이나 가족 중 누구도 그녀의 존재를 알지 못했다. 어쩌면 그녀가 셰익스피어 머리카락의 출처일 수도 있지 않을까, 그리고 새뮤얼이 여성스러운 문체라고 생각했던 문서의 일부를 쓴 사람일 수도 있지 않을까?

한결같이 친절했던 빙 경 부인이 스스로 담을 쌓고 빠져나올 수 없도록 구석으로 자신을 몰아 넣은 윌리엄 헨리를 좋아하자, 아버지의 절친한 친구 빙 경 역시 윌리엄 헨리를 좋아하게 되었다. 그들은 그에게 경제적인 지원을 했고 올드게이트 위쪽 런던탑의 정 북쪽에 있는 듀크 거리에 있는 그들의 집에

서 종종 그를 환대했다. 거기에서 윌리엄 헨리는 빙 경 부부의
두 아들과 절친한 친구가 되었다.

반면 윌리엄 헨리는 해리스의 코번트 가든 — 처음에 새뮤얼
이 해리스가 부추기는 말에 따라 <헨리 2세>가 공연되기를 희망했
던 곳 — 에서 자신이 처음으로 평가받고 있다는 것을 알았다.
그러나 윌리엄 헨리는 연설 재능을 과장되게 과시하는 데 여념
이 없었고 곧 자신을 환대하는 것에 싫증을 느꼈다. 1796년 여
름 중반까지 극장의 책임자였던 해리스는 이 이상한 상황에 스
스로가 말려든 데 대해 생각하는 것에서조차 벗어나려고 했다.
새뮤얼은 극본을 다듬기 위해 전문적인 극작가 아서 머피를 고
용하려고 했으나, 그들은 거래조건에 합의를 볼 수 없었다.

<헨리 2세>는 결코 공연되지 않았다.

이제 윌리엄 헨리는 이전에 생각했던 도주에 대한 암시들을
실행에 옮겼다. 그는 어디로 도피할 수 있었을까? 1796년 7월
말, 처음에 그는 알바니 윌리스와 함께 웨일스로 사라졌지만
그의 새 아내는 런던에 남았다.

여느 때처럼 친절한 빙 경은 여행 중 곤란을 헤쳐나가도록
윌리엄 헨리에게 5기니(오늘날의 약 175파운드)를 주었다. 또 빙
경은 젊은이가 농장에서 일할지도 모른다는 있을 법하지 않은
생각으로, 몽고메리셔 웰시풀의 포위스 성 근처 엘리자베스 시

대 풍의 베이노 공원에 사는 친구 존 윈더 씨 부부의 손님이 되도록 주선해주었다. 그 집은 1650년 초기 구조의 높은 터 위에 붉은 벽돌로 지은 집이었다. 존 윈더 씨는 1795년에 그 집을 상속받았으나 1793년 초 빙 경이 방문했을 때 그 건물은 엉망인 상태였다. 빙 경은 높은 곳을 좋아하지 않았고, 그곳을 언덕 위의 붉고 추한 저택이 있는 공원으로 묘사했다. 모든 것이 '황폐한 무질서' 안에 있었다. 하지만 그는 그곳이 살기에 적당하게 되고, 연못이 몇 개 있는 소택지로 아름답게 바뀔 수 있다는 것을 알았다.

황폐한 성채들과 커다랗고 음울한 저택에 대한 환상 때문에 이곳은 윌리엄 헨리를 전율시킬 만한 장소였다. "나는 어둠침침한 성의 친구가 되어 자주 한숨을 쉬었다. 또는 황량한 황무지 위에서 길을 잃어 어떤 황홀한 저택으로 …… 인도될지도 …… 모른다."9)

그러나 그는 제정신이 아닌 상태였고 저택과 오래 버려진 공원이 지닌 당시의 음울한 측면을 즐길 수 없었을지도 모른다. 하지만 뤼Rhiw 강의 깊고 숲이 우거진 골짜기와, 뤼 강이 세번severn 강과 만나는 곳 근처에 있는 뤼포트와 글랜세번 지역의 저택들이 낮게 늘어선 전경이 멋있었다. 비록 웰시풀 근처에 시장이 있었지만, 사실 런던생활 이후로 너무 조용한 생활이었기에 윌리엄 헨리는 정착하기 힘들다는 것을 알았다.

거기에서 윌리엄 헨리는 윈더 씨와 그의 시끄럽고 위압적인 아내를 즐겁게 해주기 위해 — 그리고 그가 셰익스피어 문서들을 위조할 만큼 재능이 있다는 것을 증명하기 위해 — '탐욕'에 대한 몇 줄의 시를 지어서 낭송했다. 활력 없는 웨일스의 공기가 상상력을 요동치게 했고, 그 이상한 젊은이는 그들 부부에게 '거칠고 생각할 수도 없는 이야기들'을 많이 들려주었다. 1803년, 몽고메리셔의 치안 책임자가 된 존 윈더가 방문기간 동안 무슨 일이 있었는지 알아내기 위해 장문의 편지를 보낸 사람이 바로 빙 경이었다. 빙 경은 '당신의 아들'에 대한 설명을 새뮤얼에게 전했다.

비록 '기질이 아주 기괴하고 거칠'지라도, 젊은이에게는 돈이 없다는 사실을 제외하고 '부적절하거나 화를 불러일으킬' 만한 어떤 일도 벌어지지 않았다. 그러나 그 안에 내재된 무언가가 윈더 부인을 전율하게 했다. 아마도 윌리엄 헨리의 환상들이 심금을 울렸을지도 모른다. 그녀(안나 샤로트 크리스티아나 윈더)는 한때 러시아의 여제 캐서린 2세의 조카였다. 러시아 궁정생활이라는 신기한 세계를 경험했기 때문에 그녀는 1839년 86세의 나이로 죽을 때까지 베이노 공원을 살 수 있을 만큼 훌륭한 상태로 개조했다(그녀는 남편보다, 존 빙 경보다 그리고 훨씬 어린 윌리엄 헨리보다도 오래 살았다).

　월리엄 헨리가 방문한 동안 윈더 부인은 5기니를 그에게 선불로 주었고, 그것을 존 빙 경이 되갚았으며 존 빙 경은 새뮤얼에게 '즉시 되갚을' 것을 요청했다. 윌리엄 헨리는 아마 윈더 씨의 열성적인 기질과 자신의 불안한 기질 때문에 처음에는 데본의 티버턴에 있는 친구 집에 기거하기 위해 떠난다고 했지만, 1796년 7월 말에 '걸어서' 글로스터로 갔다. 심지어 친절했던 빙 경조차 그의 아버지 앞에서 젊은이를 비웃지 않을 수 없었다.[10]

　윌리엄 헨리는 베이노 공원의 윈더 씨 부부 집에 머무는 동안 초대를 받았다. 그를 초대한 사람은 이브샴 계곡 튜키스베리 근처 부시리 그린에 있는 풀 코트를 소유한 화려한 장교, 윌리엄 도데스웰(1761~1828)이었다. 그는 수집가였는데 특히 판화본들을 수집했으며 국회의원이었다. 윌리엄 헨리는 도데스웰과 사이좋게 지냈고, 그는 다음번에 젊은이를 제임스 1세 시대 양식의 시골집 풀 코트에 머물도록 초대했다. 도데스웰은 그곳에 있는 관리인에게 전해줄 편지를 윌리엄 헨리에게 주었고 윈더 부인의 청에 따라 젊은이에게 5기니를 빌려주었다.

　우스터에서 튜키스베리에 이르는 주요 도로에서 약 1마일 떨어져 있고 세번 강과 에이번 강이 만나는 역사적으로 유서

깊은 마을인 튜키스베리의 북쪽 약 4.5마일에 있는 풀 코트를 향해 윌리엄 헨리는 남쪽으로 출발했다. 풀 코트는 노르만 정복기 이전부터 말버른 언덕을 먼발치에 두고, 기복이 있는 시골 풍경 속 약간 고지대의 평평한 터 위에 아름답게 자리 잡고 있었다. 8월 12일에 윌리엄 헨리는 관리인 스톤 씨에게 12기니 (약 420파운드)를 빌려 풀 코트를 떠났다. 1933년 풀 코트가 팔리고 브레든 학교가 될 때까지 윈더 부부 가족은 그곳에 살았다. 1798년 4월, 도데스웰은 젊은이에게 미리 준 돈에 대해 새뮤얼에게 편지를 썼다. 윌리엄 헨리는 도데스웰에게 새뮤얼이 스케치를 하기 위해 그 지역을 방문할 것 같다는 인상을 주었고, 도데스웰은 풀 코트를 근거지로 제공했다. 윌리엄 헨리는 그 돈을 일부 갚았지만, 1798년 4월 도데스웰은 튜키스베리에서 빌려간 돈과 그곳의 나룻배지기에게 빌려간 돈을 포함해 아들의 남은 빚을 새뮤얼에게 상기시켰다. 전부 12파운드 7실링 (약 440파운드)이 빚으로 남아 있었다.

윌리엄 헨리는 스톤 씨와 도데스웰 씨에게서 돈을 얻게 되자, 튜키스베리에서부터 강의 가장 낮은 곳에 있는 글로스터까지 세번 강을 따라 내려갔다. 글로스터는 한 때 웨일스로 가는 길이 갈라지는 지점을 지켰던 요새화된 로마 도시였다. 새뮤얼의 친구 한 사람이 우연히 '트로우저 지역에서 도보로 여행하고 있는 아일랜드라는 성을 가진 그로스터의 한 젊은이'를 만났고 그 젊은이는 존 빙 경의 이름을 언급했으며 자기가 81연대 소속이었다고 말했음을 새뮤얼에게 알렸다(도데스웰의 군 생활에 대한 이야기로 젊은이의 상상력에 불이 지펴졌던 것일까?). 젊은이는 '골동품에 대한 맹렬한 사랑을 고백했'으며 돈이 없다는 사실이 뻔했지만 돈이 있다면 고서들을 사고 싶어 했다.[11]

당시 즐거워 보였던 윌리엄 헨리는 아버지와 자신이 런던에 남겨두고 온 계속되는 소란에서 벗어났기 때문에 아마도 성격의 변화를 경험한 것처럼 보였다. 이제 그에게는 생기가 흐르고 자신감이 넘치며 말이 많고 기운찼다. 사실 너무 생기발랄해서 그가 전에 어떤 것을 위조할 정도로 오랜 시간 동안 가만히 앉아 있을 수 있었다는 것조차 믿기 어려워 보였다.

배회하는 동안 윌리엄 헨리는 좀 더 남쪽으로 들어가, 자신에게 첫 영감을 불러일으킨 이야기의 주인공 토머스 채터턴의 고향인 브리스톨 항구로 이끌리게 된 것은 당연했다. 9월에 그는 더드햄 다운스에 있는 오스트리치 인에서 빙 경에게 편지를 썼다. "저는 아주 한적하고 낭만적인 곳에 있다고 생각합니다. 저는 브리스톨 해협, 바다, 웨일스의 산악이 내려다보이는 영국에서 가장 아름다운 곳 가까이에 있습니다."[12]

그곳의 경치와 역사가 윌리엄 헨리를 감동시켰다. 에이번 강에서 세번 강 하구까지 연결된 브리스톨은 10세기부터 번성했던 상업항이었다. 상상을 통해, 1497년 닻을 올리던 존 캐벗의 모습과 전율할 만한 상인협회의 여행 광경 모두가 윌리엄 헨리의 주변에 있었다. 수백 년 동안 옛 도시의 성벽 바로 바깥쪽 강 위에 높이 서 있던 성 메리 레드클리프의 절단된 첨탑이 그 아래 항구에 운집해 있는 배의 돛대들을 내려다보았다. 순례자들이 성모 마리아(바다의 별인 마리아)의 성전에 경배하기를 원하는 것처럼 선원들은 항해에 나서기 전 또는 항해에서 돌아와 그곳에서 기도를 했다.

윌리엄 헨리는 성당처럼 보이는 교구의 교회가 자아내는 분위기에 흠뻑 빠졌다. 윌리엄 헨리는 캐벗이 1497년 미국으로의 항해에서 돌아오자마자 기증한 고래 뼈와 교회에 묻힌 윌리엄 펜의 아버지의 장례식용 갑옷을 보았다. 윌리엄 헨리는 갑옷을 수집했고, 갑옷에서 없는 부분이 있으면 두꺼운 종이로 메우곤 했다. 그가 버리고 떠나온 노포크가의 그의 방에는 헬멧과 갑옷의 가슴받이, 목가리개가 가득했으며 심지어 그곳은 무기고처럼 보였다. 윌리엄 헨리는 『사랑과 광기』와 더불어 고스의 『고대의 무기고Ancient Armoury』를 가장 좋아했다. 다른한 권은 토머스 퍼시의 『영시의 자취Reliques of English Poetry』였으며 나중에 그가 소유한 책은 대부분 시집이었다.

그는 다락방을 보기 위해 탑의 좁은 나선형 계단들을 올라
갔다. 그곳은 1776년 통통한 존슨 박사가 비슷한 임무를 수행
하다가 거의 끼일 뻔 한 곳이었다. 1767년 토머스 채터턴이 오
래된 목재 궤짝에서 『로울리 시집』을 발견했다고 주장했던 곳
은 바로 중세의 금고실이었다. 그 궤짝들은 텅 비고 차갑게 버
려진 채 남아 있었다.

교회는 어린 채터턴에게 제2의 집이었다. 1571년 이래로 교
회 안에는 딱딱한 목재 의자가 놓인 학교가 있었고 1574년 방
문했던 엘리자베스 1세의 실물 크기 초상도 — 오늘날에도 여전
히 그곳에 — 있었다. 부유한 상인이 지은 거대한 규모의 교회
는, 부유함과는 저 멀리 동떨어진 파일 거리에 위치한 채터턴
의 가난한 집에서도 아주 가까웠다. 화려하게 채색된 무덤과
아름다운 장식 조각 모두 '양과 선박과 노예들'에서 생긴 이익
으로 만든 것이었다.

윌리엄 헨리는 채터턴의 누이인 메리 뉴턴 부인을 방문해
자신의 영웅의 가냘프고 단아한 외형과 그의 눈이 지닌 '놀라
운 표현력', 특히 '불이 번뜩이는' 것처럼 보이는 왼쪽 눈과 그
를 '두드러지게' 만든 모든 것에 대해, 그리고 불과 10살일 때
어떻게 최초로 시를 출판했는지에 대해 이야기를 들었다. 아주
내성적인 채터턴은 혼자 있기를 좋아했고 배우는 것을 즐겼으

토머스 채터턴은 위조문서들을 통해 시인으로서의 천부적인 재능을 드러냈다. 그러나 그는 성공하지 못했고 20세가 되기 전에 죽었다. 하지만 그 노력의 결과로, 다른 시인들이 그와 '그의' 교회에 관심을 가지게 되었다. 존 키츠는 채터턴에게 보내는 연시 한 편을 썼고, 퍼시 비시 셸리와 새뮤얼 테일러 콜리지가 그랬던 것처럼, 윌리엄 워즈워스는 '경탄할 만한 소년'이라고 추모했다. 1798년 콜리지는 성 메리 레드클리프에서 사라 프릭커Sarah Fricker와 결혼했고 뒤에 같은 해에 그녀의 동생 에디스Edith가 시인 로버트 사우디Robert Southey와 그곳에서 결혼했다. 채터턴은 부유하고 유명해져서 가족들을 부양할 수 있길 바랐다. 그가 죽은 지 7년 후, 사우디 부부는 채터턴의 누이인 뉴턴 부인을 위해 돈을 모으고자 『로울리 시집』을 출판했다. 1799년 사우디는 거짓으로 그의 누이와 어머니에게서 채터턴의 편지 중 일부를 얻었다는 이유로 『사랑과 광기』의 저자인 허버트 크로프트를 고발했고 크로프트는 실제로 거짓으로 그 편지들을 얻었으며 허락도 없이 적절하지 않은 대가를 지불하고 그것들을 출판했다. 이 논쟁은 유용하게도 앞으로 나올 출판물에 대한 흥미를 증가시켰다.

나 동시에 뒤처진 학생이었다.[13] 그는 가르칠 수 없는 아이로 여겨져 한 여인이 경영했던 작은 학교에서 집으로 보내졌다. 뉴턴 부인은 동생이 항상 자기는 위조범이 아니라 완전한 텍스트를 발견했다고 주장하곤 했다고 말했다. 그 모든 이야기는 배회하는 우리의 젊은이에게 친숙하게 들렸다.

윌리엄 헨리는 긴장을 풀고 브리스톨 주변을 구경했다. 그러다 보니 정신을 집중시키고 생각을 행동으로 옮겨야 한다는 강박 관념이 사라져 그는 거의 행동하지 않게 되었다. 그런데도 그는 시인 콜리지와 사우디를 포함한 브리스톨 문학 모임의 일원이었던 서적상 조지프 코틀을 위해 셰익스피어 견본 서명 몇 개를 용케 써주었다(1796년 코틀은 『다양한 주제에 대한 시집 Poems on Various Subjects』이라는 콜리지의 최초의 책을 출판했다).

그 젊은이는 아버지를 대하는 측면에서, 그리고 생계비를 버는 수단을 찾기 위해, 특히 첫 소설인 『수녀원장The Abbess』을 파는 데 절대적으로 빙 경의 도움이 필요했기 때문에, 브리스톨에 있는 동안 빙 경에게 편지를 썼다. 윌리엄 헨리는 친구들과 노포크가에 돌아온 어느 날 저녁 이 소설을 시작했다. 친구들은 그가 셰익스피어의 문서들을 쓸 수 있다면 어떤 것이든 쓸 수 있을 것이라고 격려했으며, 그래서 윌리엄 헨리는 소설을 쓰기 시작했고 그의 작품은 친구들의 찬사를 받았다. 모든 일이 일어난 후, 빙 경은 윌리엄 헨리가 아버지와의 관계를 푸는 것과 경제적인 문제를 해결하는 데 의지할 수 있겠다고 생각한 유일한 사람이었다.

여름에 여행을 했던 브리스톨과 그 밖의 장소에서 윌리엄 헨리는 런던의 신문들을 보았고, 셰익스피어 논쟁(그때까지 그

286

사건이 그렇게 불려온 것처럼)이 열기를 잃은 것으로 추정했으나 그의 추측은 틀렸다. 게다가 런던 골든 스퀘어의 존스라는 채권자가 브리스톨에 있는 윌리엄 헨리의 주소를 알아냈다. 젊은 이의 눈앞에 채무자 감옥의 모습이 아른거렸다. 어떤 이간질쟁이가 그의 주소를 돌아다니게 했을까? 현실이 윌리엄 헨리의 꿈속으로 밀고 들어왔다.

11장

'미치광이들 중 가장 미친'

'the maddest of the mad'

윌리엄 헨리는 런던에 되돌아온 1796년 10월 말까지 일이 전혀 진정되지 않은 것을 알고 공포에 사로잡혔다. 진정될 기미조차 보이지 않았다. 신문들은 여전히 매일 아버지를 괴롭히고 있었을 뿐만 아니라 심지어 무고한 아버지는 프레드릭 레이놀스가 쓴 풍자극 <운명의 장난Fortune's Fool>의 등장인물이 되어 있었다. 그 연극은 10월 29일 코번트 가든에서 초연했고 성공적이었다. 윌리엄 헨리에게서는 그동안의 여행과 커다란 저택에서의 체류, 브리스톨에서 보낸 꿈같은 나날들의 기억이 사라져갔다.

윌리엄 헨리는 신부에게 돌아갔다. 그의 아내가 부유했거나 아름다웠더라면, 아마 가족들은 두 팔 벌려 그녀를 환영했을 것이 분명했다. 윌리엄 헨리는 무일푼으로 독립해 살면서도 어리석게도 성공한 모습을 유지하려고 애썼다. 일요일마다 윌리엄 헨리 부부는 켄싱턴 가든을 산책했고 주중에는 유행을 따르는 사람처럼 행동하려 했다(처음에는 H 씨가 이러한 비용을 지불하고 있다고 암시하면서). 그는 말을 타고 런던 주변을 산책했으며 항상 시종을 동반하고 매일 밤 극장에 갔다. 애석하게도 그것은 모두 빌린 돈이었다. 빙 경은 계속해서 아버지와 아들 간에 화해의 문을 열려고 노력했지만 시도에 불과했고 결과를 가져오진 못했다.

아버지와 아들은 각자 엇갈린 목적을 향해 일을 진행하고 있었다. 윌리엄 헨리는 아버지가 어떻게 이 일에 개입하게 되었는지 변론하는 글을 출간하려는 계획을 갖고 있다는 것을 알고 깜짝 놀랐다. 아들은 자신이 셰익스피어 위조문서를 만들었기 때문에 천재라는 평가를 받았음을 알고 있었다. 그는 세상 사람들에게 모든 것을 고백하는 소책자를 출판해야겠다고 결심했다. 새뮤얼도 아들이 품고 있는 의도에 대해 들었을 때 똑같이 공포에 사로잡혔다.

자존심이 강한 새뮤얼은 이제 똑같이 자존심 강한 아들이 교섭을 위해 자신에게 접근하길 바랐다. 1796년 12월 12일 알바니 윌리스가 중개인 역할을 하여, 노포크가 아래쪽에 있는 집에서 아버지와 아들 간의 회동이 주선되었다. 당시의 만남에 대해 새뮤얼은 다음과 같이 기록했다. "그는(윌리엄 헨리는) 아주 냉정하고 무관심하게 그 방에서 나를 만났고 자기가 문서의 저자라고 말했다……. 그는 전혀 돈이 없었고 돈을 벌기 위해 그것을(자신의 책자를) 출판해야 한다고 말했다."

새뮤얼은 아들이 그 책자를 썼다는 것을 믿을 수 없었고 누가 그를 대신해 그것을 썼냐고 물었다. 아들은 자신이 썼다고 답했다. 새뮤얼은 만일 아들이 책자를 썼다면 그것은 너무도 실수투성이여서 누구도 그가 문서의 저자라고 믿지 않을 것이라 주장했다. 알바니 윌리스는 자신이 그 책자를 교정했다고 말했고, 점점 초조해진 윌리엄 헨리는 인쇄공이 소책자를 더 교정할 것이라고 덧붙였다.

윌리엄 헨리는 "돈이 없기 때문에 쓰지 않을 수 없었다"고 과감하게 말했다. 새뮤얼은 "그는 자신이 그 모든 것의 저자였다고 반복해서 주장했다"고 기록했다. 아버지는 아들의 그런 직설적인 방식에 익숙하지 않았고 아들의 어조와 행동으로 몹시 상처를 입었다.[1] 두 사람은 화가 나서 타협하지 않고 헤어졌다. 그러나 아버지와 아들은 결코 서로에게서 자유로울 수 없었으며 그들의 운명은 서로에게 단단히 묶여 있었다. 젊은이는 많은 것을 남겨둔 채 집을 떠났고 아버지와 아들은 노포크 가에 있는 아들의 물건 중 정확히 팔릴 만한 것은 무엇인지에 대해 편지로 계속 언쟁했다.

권위적인 아버지에게 대항하던 아들은 자신도 위대한 일을 할 수 있음을 스스로에게 증명했다. 그는 독립을 주장했고 집에서 나와 이사를 했으며 심지어 결혼도 했다. 그러나 사실 윌리엄 헨리는 그가 존경하고 항상 그를 걱정해주며 그를 위해 결정을 내리고 금전적으로 그를 부양해줄 아버지를 필요로 했다.

아들은 정말로 절망해서 바로 그 다음날인 1796년 12월 13일 새뮤얼에게 편지를 썼다.

어제 말씀드린 것처럼 금전적으로 매우 어려운 상태에 있기 때문에 스콧 씨를 통해 제 소유의 삽화집들을 보내주시면 감사하겠습니다. 그것을 팔아서 빚의 일부를 갚고 당장의 궁핍에서 벗어나려 합니다. 며칠 이내에 제 병기들, 작은 책꽂이, 신문들, 책상을 받기 바라며 그것들을 팔아서 팔린 총액에 따라 제 빚을 지불할 것입니다……2)

윌리엄 헨리는 자신의 능력을 설명하기 위해, 새뮤얼에게 보낸 편지에 '셰익스피어', '엘리자베스', '사우샘프턴', 'W.

H. 프리먼'(윌리엄 헨리의 가명 중 하나)이라고 서명된 갈색의 작은 양피지 조각들을 동봉했다. 그는 어머니의 이름을 사용함으로써, 아마도 수년 전에 어머니가 그랬던 것처럼 그 역시 자유롭다는 것을 이중으로 강조했다.

1796년 12월 중순, 윌리엄 헨리는 자신이 '모든 문서의 저자'임을 분명히 밝히는 소책자『셰익스피어 원고들에 대한 진정한 해명서An Authentic Account of the Shakespearian Manuscripts』(이하『진정한 해명서』)를 출판했다. 서문은 이렇게 시작한다.

세상에 공정함을 가져오고 내 아버지가 받고 있는 비난을 해소하기 위해 내가 셰익스피어의 것이라고 가져다 준 원고들을 출판함으로써, 다음 장들에서 펼쳐지게 될 행위가 무엇이든 한 소년의 행동으로 간주되어 호의와 용서로 받아들여지길 바라면서 나는 그 위조사건에 대한 진정한 해명이 이루어져야 할 필요가 있다고 생각한다.[3]

윌리엄 헨리는 용서를 구했고 자신이 했던 일들을 정당화하려고 애썼다. 그는 위조문서를 통해 아버지의 인정과 사랑만을 구했을 뿐 아버지를 이 일에 연루시키지는 않았다고 말했다. 그러나 말론은 여전히 그 말을 믿지 않았고 다른 사람들도 마찬가지였다. 그 소책자 단행본은 다 팔려 희귀본이 되었다. 위조범은 여분의 인쇄본을 얻기 위해 4년을 기다려야 했고 1기니(오늘날의 약 25파운드)를 지불해야만 했다.

셰익스피어 논쟁은 매일 시끄럽게 계속되었다. ≪트루 브리턴≫지는 "윌리엄 헨리는 거리낌 없이 스스로를 사기문서의 저자라고 인정한다"라고 보도했다. 그러나 그를 알고 있는 사람들은 "그가 그런 정교한 조작물을 만들 정도로 충분한 재능과 부지런함을 가졌다고 인정하지 않을 것"이 분명했다.

≪모닝 헤럴드≫에서는 "젊은 위조범은 자신을 믿어주기를 바랐다. 헛된 기대였다. 며칠 뒤에 젊은 아일랜드는 그가 모든 문서들의 저자라고 맹세했지만 그의 소책자에 나타나는 전반적인 무지함과 문학적 자질의 부족 때문에 어리석게도 그의 맹세조차 신뢰할 만한 사람은 하나도 없다"고 실었고, 심지어 셰익스피어의 이름조차 철자를 잘못 썼다고 지적했다. ≪트루 브리턴≫지는 그 소책자를 "터무니없고", "뻔뻔스러운 사기 그 자체"라고 칭했다. 신뢰자들은 "멍청이의 최초의 비밀 결사대"로 간주되었다. 새뮤얼이 아들에게 만일 진정한 해명서를 출판한다면 정말 스스로를 파멸시키게 될 것이라고 경고한 것은 옳았다. 아마 시의 신도 윌리엄 헨리가 모든 것을 충족시킬 때만 그와 함께한 것일지 모른다.

1796년 12월에 아들의 출판물이 등장한 후 새뮤얼 아일랜드도 곧바로 자신의 무고함에 대한 선언서를 출판했다. 그것은 『세익스피어 원고들의 출판과 관련된 행동에 대한 아일랜드 씨의 변론서Mr Ireland's Vindication of his Conduct respecting the Publication of the Supposed Shakespeare MSS』였다. 변론서에서 그는 "나의 무고함을 의심할 수 있는 사람들은 …… 치유할 수 없는 적의나 관통할 수 없는 잔인함 때문에 냉담해져 있음에 틀림없다"라고 호소했다. 그리고 그는 '그 원고들에 대한 대중적인 편견을 자극하는 저급한 속임수와 술책들'4)에 대해 불평했다. 새뮤얼이 준 가련한 인상은, 어리석게도 그가 말론의 모든 것을 비난했을 때 특히나 도움이 되지 않았다.

그해 12월은 희망과 흥분으로 차 있던 작년과는 얼마나 다른가! 여러 사건들과 개성들의 결합이 가족극을 완벽한 비극으로 바꿨다. 아버지와 아들의 관계는 작가 새뮤얼 쇼엔바움의 표현처럼5) '거의 참을 수 없는 감정'으로 둘러싸이게 되었다.

프리먼 부인이 말했던 것처럼, 가족들이 파멸에 직면하고 있었다는 점은 분명했다. 새뮤얼의 명예와 돈을 버는 능력은 회복이 불가능할 정도로 손상되었다. 아일랜드 부자를 뒤따르는 유명하고 악명 높은 이야기들과 더불어 누구도 그의 인쇄물들을 사려고 하지 않을 것이며, 아들도 고용하지 않을 것이었다. 다시 휘젓지 말고 그 문제가 가라앉도록 기다리라고 했던 얼마 남지 않은 친구들의 충고를 무시하고, 새뮤얼은 그 문서의 확실성에 대해 계속 주장했다. 그러나 새뮤얼은 모든 사람들이 자신을 비난하면서 즐길 수 있도록 자기 머리를 난간 위로 내밀고 계속 시끄럽게 떠들어대는 것에 불과했다.

심한 압박으로 윌리엄 헨리를 평생 괴롭혔고 아마 직접적으로 위조 행위를 이끌어냈던 혈통 문제가 표면 위로 떠올랐다. 1797년 1월 3일 그는 아버지에게 다시 편지를 썼다.

경애하는 귀하께

『진정한 해명서』를 출간한 이래 제가 귀하께 드린 원고들에 대한 다양한 의견이 사람들의 마음을 혼란스럽게 했고, 그것이 무대에 서고자 하는 제 시도를 막고 있는 것 같아서 장래를 위해 무엇을 해야 유리한지 알 수가 없습니다. 저는 귀하께 금전상의 원조를 요청하는 것이 아니라 충고와 또 다른 종류의 도움을 구합니다.

만일 귀하가 저의 아버지라면 저는 아버지로서의 감정에 호소하는 것이며, 만일 저의 아버지가 아니라면 저는 어린 시절의 교육적인 보살핌을 비롯해 귀하께 더 많은 빚을 지고 있습니다. 그리고 비록 많은 것을 기대할 수 없지만, 같은 사람이라면 누구나 가질 당연한 감정을 귀하께 구합니다. 만일 귀하가 저의 아버지라면 프리먼 부인이 그렇게 자주 사용한 표현들을 설명하기가 당혹스럽습니다. 그녀는 반복적으로 제게 "당신이 나를 당신의 아들로 생각하지 않는다"고 말했으며, 게다가 당신 역시 프리먼 부인의 말을 약간 바꾸어서 (제가 오해한 것이 아니라면) 저를 당혹케 할 만한 아주 충격적인 이야기가 있다고 자주 말씀하셨습니다. 제가 셰익스피어 문서들을 가져온 후, 프리먼 부인은 "이제 당신은 저를 당신의 아들로 인정할 수 있을 만큼 기쁘겠다"며 냉소적으로 말하곤 했습니다. 만약 경애하는 귀하께서 저와 관련된 어떤 것을 알고 있다면 그것에 대해 알려줄 것을 간청합니다. 그러나 만일 그것이 제게 고통을 가져다줄지도 모르는 저의 어머니에 관한 단순한 이야기라면, 귀하께서 그것을 망각 속에 묻어버릴 것이라고 믿으며 아니 귀하께서 그러시리라고 확신합니다. 왜냐하면 섬세함은 당신의 가슴에 결코 낯선 이방인이 아님을 확신하기 때문입니다.

귀하께 위조문서를 드렸던 일에 대해서는 제 잘못을 인정하고 죄송하게 생각합니다만, 단언컨대 어떤 나쁜 의도도 없었으며 계속 일어나게 될 일에 대해서도 생각지 못했습니다. 귀하께서 "진실은 그 토대를 찾게 될 것이다"라고 되풀이해서 말한 것처럼, 귀하의 성품은 곧 세상에 결백을 드러낼 것입니다. 제가 호소했던 위의 표현들에서, 그리고 제 소책자를 통해서, 저의 「보티건」과 「헨리 2세」와 기타 등과 비교해서, 현재 세상 사람들은 제가 문서들의 저자가 아니라고 확신할지도 모릅니다. 하지만 귀하, 저는 진실을 드러내는 시간을 통해 제 소책자 내용의 진실함을 입증하고, 그렇게 해서 "잘못된 진실이 결코 그 토대를 찾지 못하게 되길" 신께 경건하게 호소할 것입니다. 그 문서들이 제가 출판한 것과 유사한 설명을 담고 있기 때문에, 저는 귀하께서 (귀하의 책을 출판하기 전에) 윌리스 씨가 소유하고 있는 (그리고 당신이 보았을 수도 있다는 것을 제가 이해하는) 문서들을 검토하지 않은 것이 심히 안타깝습니다. 제가 이 이야기를 하는 것은 그 소책자가 아직도 이 일에 신비스러움을 자아내고 있고, 세상 사람들이 제가 윌리스에게 밝힌 내용에 감추어진 부분이 있다고 생각할 것이기 때문입니다.

그러나 이 편지의 주된 목적은 귀하께 일을 구하고자 하는, 제 굶주림을 해결해줄 생활 방편을 얻고자 하는 저의 바람을 알리려는 것입니다. 저는 위기가 올 것이기 때문에 굶주림이라는 표현을 씁니다. 귀하께서는 제가 다른 일을 구하는 것을 도와줄 지인들을 많이 알고 있고, 저는 그 일이 어떤 것이든 개의치 않으며 그 일에 의지할 수밖에 없습니다. 저는 지금 제 소책자를 팔아서 받은 돈(10파운드)으로 생계를 유지하고 있으며 그것도 곧 바닥날 것입니다. 저는 여가시간에 희곡을 쓸 수도 있지만 확실히 그것에만 의존할 수는 없습니다. 만약 어떤 이들이 제게 선지급을 한다면 저는 그들이 요구하는 액수를 다시 지불할 수 있을 만큼 작품이 성공할 때까지 그들을 위해 글을 쓸 것입니다. 만일 서에게 그런 조건을 제시할 만한 힘이 있는 여러 친구들에게 말씀해주신다면, 귀하께서는 저를 궁핍에서뿐만 아니라 절망에서 구해주시게 될 것입니다.[6]

이처럼 윌리엄 헨리는 그의 혈통과 위조 행위들이 그의 생각 안에서 얼마나 밀접하게 연계되었는지를 드러낸다. 그는 소란에 대해 사죄한다. 그리고 자신이 얼마나 절망적인지 설명하면서, 일을 찾을 수 있도록 아버지가 도울 것이라는 환상을 가지고 결론을 내린다. 그리고 알려진 바에 의하면, 새뮤얼은 윌리엄 헨리가 구했던 정보를 결코 알려주지 않았다.

1797년 1월 초, 이전의 신뢰자들 중 일부가 무고한 새뮤얼을 고소하길 원했지만 아무 일도 일어나지 않았다. 신뢰자들은 그들의 상처를 핥으며 조용히 물러났다. 새뮤얼과 윌리엄 헨리는 신뢰자 모두를 바보처럼 보이게 했기 때문에 죽음만이 그들의 증오를 종식시킬 것이었다.

1797년 3월, 월리스의 집에서 아버지와 아들은 또다시 회동했다. 이번 회동에서 아들은 아버지를 향해 모자를 들어 인사를 하지도, 어떤 뉘우침을 보이지도 않았다. 새뮤얼은 윌리엄 헨리가 셰익스피어 문서를 썼다고는 결코 믿지 않을 것이라고 다시 말했다. 윌리엄 헨리는 세상 사람들이 어떻게 생각하는지에는 더 이상 관심이 없으며 새뮤얼이 결코 그 진실을 받아들이지 않을 것을 안다고 답했다. 새뮤얼은 윌리엄 헨리가 "사람들을 확신시킬 증거들을 가져올 수도 없거니와 가져오지 않을 것"이라고 되받아쳤다. 윌리엄 헨리는 "그것은 누군가 감히 지껄이는 뻔뻔스럽고 불쾌한 말일 뿐입니다"라며 무례하게 답했다. 성난 아버지는 그러한 말에 익숙하지 않다고 말하고 아래층으로 내려갔다. 그들은 다시는 만나지 않았다.

윌리엄 헨리는 아주 어린 누군가가 쓴 천재적인 작품은 그 문학적 재능이 명성을 가져다줄 것으로 확신했지만, 자신의 경우는 그 반대였다. 만일 '전문가들'이 영리하고 숙련된 기분 좋은 위조범에 의해, 그들의 지성에 진정한 도전자가 된 사람에 의해 속임을 당했다면 경우는 달랐을지도 모른다. 그러나 그들은 한 어리석은 조무래기에게 기만을 당했고 한 어리석은 조무래기 때문에 모든 상식을 과감히 버렸다. 그래서 그들은 결코 그를 용서하지 않았다. 윌리엄 헨리는 자신의 암울한 미래를 생각해야만 했다.

그는 배우가 되기를 원했으나 누구도 귀 기울이지 않았다. 그런 뒤에 그는 그가 너무 매정하게 취급되고 있다고 생각하는 책 수집가들을 위해 책을 만들어주는 일로 생계비를 벌려고 애썼고, 엘리자베스 시대의 활자로 쓰인 새 위조문서들에 대한 주문을 받았다. 작가 존 메이어에 의하면, 그 일을 할 때 윌리엄 헨리의 부정직함에 대한 소문들이 나돌았는데 사실 이때에는 어떤 것으로든 그를 비난하기란 쉬웠을 것이었다.[7]

1797년 11월 윌리엄 헨리는 아버지에게 다시 편지를 썼다. 지난 여섯 달 동안 그는 그릇을 비롯해 심지어 아내의 개인적인 물건까지 팔았다. 그러나 그는 체면을 유지했고 비밀을 유지해줄 것을 요청했다. 윌리엄 헨리는 "세상의 위선적인 동정이나 차가운 경멸 없이도 스스로 가난하다는 것을 충분히 알았기 때문에"[8] 아버지에게 그 편지를 없애고 내용을 결코 공개하지 말아달라고 부탁했다. 그러나 새뮤얼은 편지를 공개했고 그것을 셰익스피어 문서들과 관련해 수집한 서신다발에 첨부했다.

1797년 새뮤얼은 또 다른 소책자인 『한 학자 또는 비평가의 품성에 대한 말론 씨의 주장에 대한 조사서An Investigation Into Mr. Malone's Claim to the Character of a Scholar or Critic』를 출판했다. 애처롭게도 새뮤얼은 말론에 대한 자신의 모든 분노를 다시 터

뜨렸다. 그는 말론의 무능함을 폭로하기 위해 말론의 보고서에 있는 오류들을 — 오류가 일부 있긴 했다 — 지적했다.

논쟁은 이제 논쟁의 과정을 따르지 않았다. 1797년 스코틀랜드의 골동품 학자이며 역사가이자 자서전 작가인 조지 찰머스가 『셰익스피어 문서의 신뢰자들을 위한 변명Apology for the Believers in the Shakespeare Papers』(이하 『변명』)을 출판하면서 논쟁은 다시 불붙었다. 새뮤얼의 오랜 친구 찰머스는 특히 말론과 같은 사람들과 논쟁을 즐겼고 전쟁을 선포했다. 그는 628쪽으로 된 『변명』이라는 책으로 424쪽인 말론의 책을 되받아쳤으며, 그 책은 셰익스피어 문서들에 대한 방어라기보다는 말론을 공격하기 위한 수단으로 쓰였다. 말론이 응하지 않자 — 그는 대개 문학적 논쟁에 응하지 않았다 — 찰머스는 2년 뒤 600쪽짜리의 『추가된 변명Supplemental Apoloy』이라는 책을 출간해 또 다른 도전장을 보냈다. 그런 다음 논쟁은 다시 진정되었다.

새뮤얼은 원숙한 퇴락을 맞이하지 못하고 나이가 들었다. 한때 존경받았고 가족과 존경받는 지인들과 아끼는 소장품에 둘러싸여 가장 안락한 삶을 즐겼으며, 중요하게는 셰익스피어 문서들로 2년 동안 주목을 받고 살았으나, 이제 병이 들었고 그의 확신은 사그라졌다. 그에게 부여된 책임이 주는 무자비한 압박이 그를 약하게 하고 있었다.

1797년 말엽에는 상처를 주는 만화들이 등장하고 있었다. 정치적·사회적 만평은 잔혹했고 나폴레옹 전쟁 동안 만평은 전성기를 맞이했다. 제임스 길레이, 토머스 로랜드슨, 아이작 크뤽섕크의 만평들이 가장 악랄했고 다른 것들도 무자비했다(크뤽섕크는 더 이상 왕실의 결점들을 그리지 않기로 하고 왕실에서 돈을 받았다. 그는 돈은 챙긴 다음 왕실이 그들의 죄를 참회하는 내용을 그렸다). 저항할 수 없는 희생자들이 무궁무진했다. 근엄하고 충실한 조지 3세(뒤에 잔인하게 미친 리어 왕으로 묘사되었다), 뚱뚱하고 옹고집쟁이이며 방탕한 왕세자, 왕족인 클래런스 공작과 조던 부인을 비롯해 피트 2세, 찰스 제임스 폭스, 헨리 애딩턴과 같은 정치가들도 있었다.

나폴레옹은 만평에서 최초의 보편적인 인물로 등장하고 있었다. 그런 만평들은 역사의 흐름에 영향을 끼쳤을지도 모른다. 영국의 만평에서는 나폴레옹의 전투적 천재성을 아주 과소평가했는데, 때문에 나폴레옹은 바보 같고 왜소한 인물로 자주 그려졌다. 프랑스에서 곧 황제가 될 나폴레옹은 만평을 그대로 받아들여, 만평에서 왜곡된 그대로 영국의 정치 지도자와 왕실 사람들과 주류 사회를 잘못 이해하고 있었다. 극작가이자 정치가인 셰리든 정도의 그런 유명한 인사면 그것은 공정한 게임이었다.

거만하고 융통성 없는 새뮤얼 아일랜드는 당연한 목표물이었다. 1797년 12월 1일, 기발한 길레이가 '악명 높은 인물들 제1호'라는 악의적인 부제를 단 만평을 그렸는데, 거기서 새뮤얼을 '네 번째 위조범'으로서 반인반수의 모습으로('사티로스'로) 묘사했다. 그 위에 다음과 같은 글이 있었다.

그런 저주받은 뻔뻔스러움은
모든 관용의 범주를 넘어선다.

'네 번째 위조범'은 같은 해 유명한 위조범들(로더, 맥퍼슨, 채터턴과 아일랜드)에 대한 윌리엄 메이슨의(『엘프리다와 카락타쿠스Elfreyda and Carctacus』의 저자) 어떤 시에서 언급되었고, 그 시는 1797년 1월 26일자 ≪모닝 헤럴드≫에 실렸다.

한 다산의 시대에 태어난 네 명의 위조범이
매우 날카로운 통찰력으로 개입하도다.
첫 번째 위조범인 대담한 더글러스에 의해 곧 놀라게 되도다.
마음만 먹었더라면 존슨이 그를 차단했을 것이지만;
다음 위조범은 스코틀랜드 사람이 지닌 모든 교활함을 지녔도다.

세 번째 위조범은 발명가, 천재, ― 아니, 무엇이 아니란 말인가?

위조의 여신이 이제 지쳐서, 나누어줄 뿐이다.

그녀의 네 번째 아들에게 그들보다 세 배 더 많은 거만함을.

판화 위에는 이 초상화가 '범법자들, 그리고 그렇지 않으면 유명한 …… 사람들'로 분류되어야 함을 암시하는 말이(악랄한 스티븐스에 의해) 적혀 있었다. 심지어 더 모욕적으로, 무자비한 길레이는 새뮤얼의 자화상 중 하나를 만평의 토대로 삼았다. 비록 이 만평이 그동안 길레이가 그렸던 수많은 만평만큼 명백히 악의적이지는 않았더라도 똑같은 효과를 냈다.

길레이의 희생자들은 그들이 두려워했던 가슴이 찢어질 듯한 초상이 유명함의 징표라는 것을 알았고 어떤 사람들은 선택되기 위해 아첨을 했다. 만평의 주인공이 된 사람들은 자기 자신에 대한 농담을 공유할 수 있어야 했으나 새뮤얼은 그렇지 못했다. 그는 정확한 명예훼손이 무엇인지에 대해 법적인 자문을 구했으나 답변은 신통치 않았다. 만약 피고인이 정당성을 주장하려 한다면, 그것은 증거를 제시하기 위해 윌리엄 헨리가 연루되어야 함을 의미했다. 새뮤얼의 변호사인 티드 씨는 그 아들이 법정에서 약한 인상을 줄 것이라고 생각했다. 가련한 새뮤얼은 이번에도 아들의 방해를 받았고, 가련한 윌리엄 헨리는 반감을 갖게 하는 태도 때문에 이런 일에서조차 거부당했다. 진실을 규명하기 위해 새뮤얼은 고집스럽게도 이전과 같은 실수를 범했고, 충고를 무시하고 법적 조치에 착수했으나 그가 알았던 사실 중에 어떤 것도 확실하게 뒷받침되지 않았다. 더 많은 명예훼손들이 문제시되지 않은 채 뒤따랐으며 새뮤얼의 사업은 쇠락해서 아무것도 남지 않았다.

적어도 두 개 이상의 만평이 뒤를 이었다. 유쾌한 존 닉슨은 그레샴 거리에서 떨어진 바싱홀 거리에 있는 회계 사무소 위쪽에 살고 있던 영국 은행의 직원이었다. 그가 간헐적으로 그린 만평은 엄청난 파급력으로 유명했다. 닉슨은 '오크나무 궤짝과 아일랜드의 금광The Oaken Chest or the Gold Mines of Ireland'으로 새뮤얼과 윌리엄 헨리를 영예롭게 만들었는데, 그 만평은 바보 같은 윌리엄 헨리가 희귀본에 열중하고 있을 때 모든 가족들이 열심히 셰익스피어 문서들을 위조하는 데 전념하는 것으로 묘사하고 있었다. 실버스터 하딩의 주제는 '그의 비방자들에게 나타난 셰익스피어의 영혼'이었다. 두 만평 모두 문구들이 함께 실렸다.

이제 60대 중반에 접어들어 급격히 늙어가는 아버지는 여전히 포기하지 않았고, 1796년에 「보티건」을 출판한 다음

1799년에는 아들이 자신에게 저작권을 넘긴 「헨리 2세」와 함께 「보티건」을 한 권의 책으로 출판했다. 두 권의 서문에서 그는 드루어리 레인의 경영주인 켐블과 배우 필리모어뿐만 아니라 말론을 공격했다. 이때가 '대외적으로나 가정 내에서나 불행의 원인'이었던 아들과 아버지가 공식적으로 결별한 시점이었다. 1799년 『호가스의 그림들』의 두 번째 인쇄본 또한 출판되었다. 그리고 아름다운 풍경들 연작물 중 또 다른 한 권인 『와이 강의 아름다운 풍경들Picturesque Views on the River Wye』(1797)도 나왔다. 새뮤얼이 방문했던 장소들 중에는 너대니얼 웰즈 소유의 피어스필드 저택도 있었다. 웰즈는 카리브 해 지역에 있는 세인트 키츠에서 노예로 태어나 재산을 상속받았고 영국 최초의 흑인 행정관이 되었다. 어쨌든 모든 노력은 너무 늦었고 책은 거의 팔리지 않았으며 가난이 닥쳐왔다. 이것보다 더 끔찍한 것은 새뮤얼이 아주 높이 평가했던 이전의 친구들과 지인들이 새뮤얼에게 보여준 증오심이었다.

1798년 윌리엄 헨리와 그의 아내 알리스는 — 윌리엄 헨리는 자기 아버지가 그녀를 두고, 사실 그의 정부에 불과하다는 소문을 퍼뜨리고 있다고 의심했다 — 이동도서관을 차렸는데, 즉 상업적으로 책을 빌려주면서 돈을 받는 도서관을 운영한 것이다. 도서관은 켄싱턴 가든 근처 프린스 플레이스 1번지에 자리를 잡았다. 그는 아내의 돈으로 도서관에 소장할 소설 1,200권에 대한 비용을 부분적으로 지불했다. 그는 1797년 가을 이래로 가족들과 접촉을 하지 않고 있었지만 남은 빚 때문에 다시 아버지에게 편지를 쓸 수밖에 없었다. 윌리엄 헨리는 자신이 돈을 빌린 사람이 새뮤얼의 출판물 중 10권을 빚 대신 받아들일 것이라고 새뮤얼에게 말했다. 그것이 그가 아버지에게 보낸 마지막 편지였다. 물론 새뮤얼은 답장을 하지 않았다.

윌리엄 헨리는 포기하지 않았다. 1799년 각 권 500쪽의 전4권으로 구성된 『수녀원장』이 마침내 출판되었다. 그의 위조가 발각된 지 불과 3년밖에 지나지 않은 때였고, 그는 자기 이름과 함께 '셰익스피어 문서들과 기타 등등의 공인된 저자'라고 표기한 그의 첫 책을 존 프랭크 뉴턴에게 헌정했다. 존 프랭크 뉴턴은 셰익스피어 문서들을 다루는 위원회에서, 윌리엄 헨리의 편견 없는 행동과 철없는 허영심을 비난하기보다 동정할 줄 알았고 윌리엄 헨리도 그것에 감사했다. 서문에서 윌리엄 헨리는 문서들과 관련된 사건들을 환기시키면서 전신에 퍼지는 '안으로 전율하는' 감각을 — 사람들이 추측할지 모르는 경악이나 공포 또는 치욕이 아니라 — 느끼기 위해서는 '문서들'이라는 단어를 써야만 했다고 말했다. 아마도 스파이처럼 위조범 역시 전율을 느끼기 위해 위조 행위를 하는 것 같다.

월리엄 헨리는 공격자들에게 공격을 받는 것으로 자신과 자신의 행동을 방어했고, 그렇게 거만함과 반항을 드러내면서 여전히 애처롭게 '세상 사람들'에게 인정해달라고 요구하고 있었다. 그는 더 뛰어난 천재성을 지닌 사람들이 어떻게 진정으로 단호하게 셰익스피어만이 그 문서들을 썼다고 믿을 수 있었는지 물었다. 월리엄 헨리는 그들이 스스로를 기만한 것이라고 덧붙였고 다음과 같이 결론을 내렸다. "나의 친구들은 (그 소설을) 인정했다. 하지만 그들은 친구들이 아닌가. 이제 이 소설을 세상에 내놓는데, 세상이여 나의 친구가 되어주겠는가?"[9]

1800년대에는 또 다른 굉장한 소설 『리무알도Rimualdo』가 출판되었다. 그것은 아버지의 모든 집착과 자신의 무궁한 능력을 증명하게 될 아들의 수많은 책 중 첫 번째 것이었다(부록 3 참조).

아일랜드 부자는 악평과 궁핍 속에 살았으며, 새뮤얼은 여전히 셰익스피어 문서들의 진위성에 대해 정신 나간 주장을 하고 있었다. 오늘날까지도 소중하고 수집할 가치가 있는 책이 아직 한 권 더 있었는데, 『아름다운 풍경들, 런던과 웨스트민스터에 있는 법률학교에 대한 역사적 설명Picturesque View, With an Historical Account of the Inns of Court in London and Westminster』 (1800)이라는 책이었다. 새뮤얼은 과시적인 서문에서 목표를 높게 설정했고 평소대로 실행하려고 계속 노력했으며 "이 조사는 열성적으로 수행되었고 성실하게 집행되었다"라고 기록했으나, "고통스러운 질병이 몇 달 동안 저자에게 심하게 영향을 끼쳤고 일이 실행되기를 …… 대단히 지연시켰다"라고 덧붙였다.

의심할 여지없이 그의 죽음을 재촉했던 모든 사건이 일어난 후에도, 새뮤얼은 끝까지 호감을 사려는 열성과 열망을 지니고 있었기 때문에 그의 마지막 말은 더욱 가슴에 사무쳤다. "그는 이전에도 그랬듯이 성실함에 의지했고, 대중적인 후원을 갈망했다. 그리고 대중들은 여러 차례 그를 인정함으로써 치켜세웠고, 노력에 대한 대가로 그에게 보상해왔다."10)

편집자가 다음 장에 아래의 내용을 삽입했다. "아일랜드 씨가 그의 서문에서 언급한 질병으로, 책의 마지막 장이 인쇄소로 넘어갔던 그날 자신의 생을 마감하게 되었다는 것을 독자들께 삼가 알려드립니다. 아일랜드 씨는 가까운 장래에 세번 강의 풍경들과 역사에 대한 예정된 출판(거의 출판될 준비가 된)을 남겨두고 있었습니다." 그리고 1824년에 『세번 강의 아름다운 풍경들: 토머스 하랄의 역사적·지형적 설명과 고 새뮤얼 아일랜드의 도안에서 발췌한 장식물Picturesque Views of the Severn; with historical and topographical illustrations by T.H[Thomas Harral], the embellishments from designs by the late S. Ireland』이 마침내 두 권의 책으로 출판되었다.

새뮤얼은 당뇨병으로 심하게 고통 받고 있었고 주치의는 매일 그가 내보내는 소변을 검사하도록 지시했다. 3주에 걸쳐 그가 하루에 배출하는 수변의 양은 과도하게 늘어나 4파인트에서 11파인트(약 2파인트가 정상이다)에 이르렀다. 그는 일을 중단했지만, 쓰러졌을 때조차 건강에 무심했다. 그의 마지막 질병을 돌보았던 존 라삼 박사는 "그의 육체는 지치고 쇠약했으며", "기력을 상실했고 마음은 부서졌다"라고 기록했다. 또한 새뮤얼은 죽음의 침상 위에서 "자신은 그 사기극에서 완전히 무고하며 심지어 가장 신뢰했던 사람들과 마찬가지로 그 원고들이 진본이라고 믿고 있었다"[11]라고 진술했다.

1800년 6월 새뮤얼의 죽음은 그가 전에 상상할 수도 없었던 가장 고통스러운 비난에서 자신을 벗어나게 했다. 그의 고통이 너무나 컸기에 딸들 중 한 명은 그의 죽음을 축복으로 여겼다.

새뮤얼은 세상 사람들과 평화 속에서 죽기를 원했다. 그는 유서를 통해 자신을 이 악명 높은 위조문서들의 무고한 대리인으로 만든 것에 대해 아들을 진심으로 기꺼이 용서했고, 그의 유일한 아들에게 회중시계와 장례비용으로 20파운드(오늘날의 약 200파운드)를 주었다.

위조문서들이 발각된 지 4년이 지났으나 ≪젠틀맨스 매거진≫에 실린 새뮤얼 아일랜드의 부고문에는 어떤 자비도 나타나지 않았다. 끝까지 진정한 친구였던 존 빙 경만이, 그 부고문이 보여준 부당한 반감과 앙심과 냉담함에서 친구에 대한 추억을 구제하기 위한 노력으로 편지를 써서 편집자에게 항변했다. 빙 경은 새뮤얼의 주목할 만한 많은 업적들이 그에게서 등을 돌렸고 새뮤얼은 "거짓된 희망, 용이한 잔인성과 절망의 순교자 …… 가장 가까운 측근에 의한 냉소의 희생자"로 죽었다고 말했다. 빙 경은 마침내 윌리엄 헨리와의 관계를 정리하는 편지를 썼다.

그의 죽음 후 ≪코베트 레지스터Cobbett's Register≫지에는 한 익명의 기고자가 새뮤얼을 '미치광이 중 가장 미친' 사람으로 언급했으며, 웨스트민스터의 학장 존 아일랜드 박사는 자신이 새뮤얼 아일랜드 또는 그의 가족과 어떤 인척 관계도 아님을 공개적으로 진술했다.

가족들은 새뮤얼의 귀중한 소장품을 팔아야만 했다. 1801년 5월(1파운드가 약 22파운드 정도의 가치를 지니고 있을 때), 소장품은 7일 동안 계속 판매되었고 그의 막대하고 기이한 소장품을 적는 뿔 모양을 한 판매 목록도 매력적인 문서였다.

오래된 애호품들이 거기에 있었다. 뽕나무로 만들고 은으로

도금한 셰익스피어의 잔도 있었다(셰익스피어 경배는 살아 있었고 번성했다. 이것은 호가스와 반 다이크의 것보다 더 나은 6파운드라는 가격에 팔렸다. 1793년에 새뮤얼이 그 잔을 샀을 때, 아들은 그것이 아마도 최초에 나무였던 상태에서 수년이 흐른 뒤에 조각되었을 것이라고 기록했다). 포도 잎이 조각된 이쑤시개 상자와 뽕나무로 만든 셰익스피어의 문장, 앤 해더웨이의 코티지에서 구입한 구슬 지갑(2실링)과 셰익스피어의 구애 의자, 시인의 후견인인 사우샘프턴 경의 수로 장식된 실크 기장도 있었다.

모든 것이, 물론 특히 역사적인 소품들이 의심을 받았다. 왕족들과 관련 있는 새뮤얼의 소품 보물창고도 팔렸는데, 몇 개는 어렵게 팔렸다. 제임스 2세가 대관식에서 사용한 장갑(6실링), 헨리 8세가 앤 볼린에게 준 크림색 벨벳 지갑(1실링), '윈저에서 에드워드 5세의 무덤이 열렸을 때 발견된 완벽한 상태의' 빨간 모로코 상자에 보관된 에드워드 5세의 머리카락 타래, 스코틀랜드의 메리 여왕이 엘리자베스 여왕에게 선사한 금실과 다채로운 실크로 수놓은 흰색 가죽장갑 한 벌, 프랑스 루이 14세의 머리카락을 담고 있는 금반지(1파운드 2실링) 등이 어렵게 팔린 물품들이었다.

왕당파들은 찰스 1세의 궁정에 살았던 러브레이스 부인이 신었고 '버크셔의 헐리 프레이스에 있는 한 아파트에서 발견된 것으로' 추정되는 분홍색 가죽 신발로 상징되었으며(다른 두 소품 두 개와 함께 3실링에 팔렸다), 반면에 의회당파들은 올리버 크롬웰의 것들 중 하나로 생각되는 실크로 안감을 댄 담황색 가죽 외투로 상징되었다.

웨스트민스터 기념비에서부터 셰익스피어에 이르기까지 몇 개의 모형이 있었고, 벤 존슨, 셰익스피어(채색된), 존 드라이든(채색된)의 것들을 포함해 수많은 석고 두상들이 있었다. 15점의 판화는 셰익스피어 기념제를 주제로 하고 있었고, <보티건>에 영감을 준 새뮤얼의 그림 '보티건 그리고 로웬나'도 판매되었다(13실링 6딜론). 새뮤얼의 판화와 동판화가 가장 좋은 가격에 팔렸다.

새뮤얼의 커다란 서가의 오래되고 희귀한 책들은 588개의 별개 품목을 이루었다. 윌리엄 헨리가 이름을 따왔던 『(헨리) 볼링브로크 경의 추억과 삶The Memoirs and Life of Lord[Henry] Bolingbroke』(1752), 윌리엄 헨리가 셰익스피어의 서명을 모방했던 존슨과 스티븐스의 『셰익스피어』, '아일랜드 씨에 의한 여백의 기록들로 가득한' 말론의 『보고서』 한 권이 — 말론의 책으로 5파운드 5실링을 벌어들였다 — 그 목록에 포함되어 있었다.

오래된 칼들, 로마시대 반지 세 개, 소장용 과일칼, 한때 수필가이자 정치인인 조지프 애디슨의 소유물이었던 것으로 햄릿에 나오는 유령의 첫 등장을 보여주는 양각세공을 한 은제 상자, 골동품 상자들, 청동인물상, '별자리를 주제로 라파엘이 그린 11벌의 에메랄드 칠을 한 후식 접시들', 그 밖에도 더 많은 것들이 있었다. 팔리지 않은 희귀품 세 개 — 로테르담에서 나온 미라의 밀랍 천, 찰스 1세가 소유했던 외투자락, 존 위크리프가 입었던 의복의 일부 — 는 1실링에 한 무더기로 팔렸다.

셰익스피어의 작품들도 나왔다. 『1640년판 셰익스피어의 시집』(2파운드 6실링)과 속표지가 셰익스피어의 작품으로 추정되는 희곡대본 19편이 있었다.

'원고용 메모가 있는 셰익스피어 서가'에서 뽑아온 65권의 책들은 별도로 경매에 들어갔다. 그것 중에는 에드먼드 스펜서의 『요정 여왕』(1590~1596) 초판본과 녹색 모로코 가죽으로 묶인 2권의 장서본(3파운드 13실링 6딜론)이 있었다.

가족 중 여성들의 기증품도 합쳐졌다. 아일랜드 양의 구리제 접시들과 필사본, 그녀가 그린 소품 여섯 개 중 일부는 좋은 가격에 팔렸다. 벤 존슨(1파운드 15실링)과 셰익스피어(2파운드 6실링)와 그 밖의 다양한 에칭들(그녀의 물건들은 총 8파운드 16실링 6딜론을 벌어들였다)뿐만 아니라 프리먼 부인의 『간막극, 1788년 웨일스 경계지방인 체셔에서 머문 이래 몇 년 동안 공연된 것An Interlude, as performed some few years since in Cheshire on

314

the borders of Wales of 1788』등이 있었다.

거의 마지막에 안타깝게도 새뮤얼의 서가용 접는 계단사다리(1파운드 11실링 5딜론), 12기니에 팔린 8피트 반 높이의 멋진 마호가니 책꽂이, 17기니에 팔린 마호가니 개인용 옷장과 사무용 책상이 나왔다.

마지막 목록은 새뮤얼이 출판 당시에 너무 늦게 받았던「보티건」과 다른 원고들('러시아제 녹색 모로코 상자들 안에서 모두 우아하게 제본된')을 포함한 새뮤얼의『셰익스피어 문서 완본집』(최대 적수인 에드먼드 말론이 130파운드에, 오늘날의 약 3,000파운드에 매입)이었다. 결국 그것은 극작가이자 연출가인 윌리엄 토머스 몬크리프가 소유하게 되었다. 위조 행위가 시작되었던 해에 태어난 몬크리프는 드루어리 레인 극장에서 소품을 연출했다. 그는 이 전집을 버밍엄에 있는 셰익스피어 추모 도서관the Shakespeare Memorial Library에 기증했고, 그곳은 1879년 화재로 파괴되었다. 하지만 그 문서들의 개별적인 복사본이 도서관과 소장품 중에 남아 있다.

오늘날 값비싼 소장품이 되었을 이 물건들은 빚을 지불하고 가족을 부양하기 위해 1,322파운드 6실링 6딜론(오늘날의 약 3만 파운드)에 팔렸다.

1802년 프리먼 부인이 죽은 후 제인 아일랜드는 그의 아버지가 출판한 잡다한 초판 인쇄본의 남아 있는 복사본 모두를 없앴고 복사물이 인쇄되었던 구리 인쇄본도 없앴다. 가족의 파멸을 상징했던 것들에 맹렬한 반격을 가하는 일이 그녀에게는 만족스러웠을 것임에 틀림없었다.

12장

'나의 성격은
불명예에서 자유로울지도 모른다'
'That my character may be freed from the stigmas'

분별 있는 삶이라고 부를 만한 것을 결코 영위할 수 없는 것이 운명이었기에, 윌리엄 헨리의 여생은 특색이 있었다. 그는 할 수 있는 곳이면 어디에서든 돈을 받고 글을 쓰는 직업을 구했고 두 번 결혼해 두 딸을 두었으며 영국과 프랑스를 옮겨 다녔고 계속해서 글 쓰는 일에 내몰렸다.

아일랜드는 60권 이상의 저서를 통해 시와 풍자에서 재능을 드러냈으나, 젊은 시절의 너무 이른 결실을 둘러싼 스캔들이 남은 40여 평생을 황폐화시켰다(부록 3 참조). 1801년 훨씬 수준에 못 미치는 작품이 공연되고 있을 당시, 무운시로 구성된 그의 희곡 「무티어스 스캐볼라Mutius Scaevola」는 몇몇 런던 극장의 경영자에게 즉시 거부당했다. 이처럼 고국에서 배척당한 그는 몇 차례나 프랑스로 도피했다.

왕실의 후원도 약간 있었다. 윌리엄 헨리는 조지 3세의 자녀 15명 중 한 사람인 엘리자베스 공주에게서 1802년 6월 조지 3세의 64번째 생일을 위한 행렬용 막간극을 써달라는 요청을 받았다. 그의 계획은 막간극을 통해 가능한 모든 방식으로 왕에게 아첨하는 것이었다. 윌리엄 헨리는 칭찬을 너무 지나치게 늘어놓아 자신의 아첨이 완전히 무시당하리라고 생각했기에 신경을 쓰지도 않았다. 그러나 그의 아첨은 받아들여졌을 뿐만 아니라 아주 열성적인 호응을 얻었다. 윌리엄 헨리는 아마 빅토리아 여왕 시절 수상이었던 벤저민 디즈레일리의 말에 감사했을 것이다. "모든 사람들이 아첨을 좋아한다. 그리고 왕을 알현할 때 여러분은 허풍을 떨며 아첨해야 한다." 그런 뒤 윌리엄 헨리는 윈저에서 열리는 총연습을 감독해달라는 요청을 받았다. 이 일은 크게 성공했다. 하지만 그는 열심히 일했음에도 불구하고, 5파운드(약 150파운드)를 지급받았다. 윌리엄 헨리는 모욕감 때문에 돈을 받기를 거부했고, 그래서 한 푼도 받지 못했다.

1785년 프랑스에서 소위에 불과했던 나폴레옹 보나파르트는 1796년 조세핀과 결혼했고 이탈리아에서 군사령관이 되었으며 그곳에서 전투적 천재성을 여실히 증명했다. 1795년과 1799년 사이에 권력을 행사했던 프랑스 집정위원회는 나폴레옹의 힘과 야망을 인지하고 그를 파리에서 먼 곳에 두기를 원해 나폴레옹을 이집트로 파견했다. 그런 뒤 트라팔가 전투가 벌어졌고 그 전투에서 넬슨이 프랑스와 스페인 함대들을 격파했지만 넬슨 자신은 전사하고 말았다. 하지만 그것은 무수한 전투와 작은 접전들 중 ― 대개 나폴레옹 쪽이 승리했던 ― 하나에 불과했다. 혁명 이후 새 정부는 불안했고 나폴레옹은 1799년에 권력을 잡은 뒤 10년 동안 최초의 집정관을 역임했으며 1802년 종신 집정관이 되었다.

1793년 프랑스는 영국과의 전쟁을 선포했다. 1802년 아미앵에서의 무의미하고 짧은 평화와 함께 전쟁에 찌든 영국인들이 파리로 몰려들었고 그해 9월에는 파리에서 대규모의 산업 박람회가 열렸다. 영국 여성들은 사치품을 즐겼고, 남성들은 속이 거의 비치고 허리 부분이 높이 올라간 외투를 입은 매력적인 파리 여성들과 즐겼다. 장식적인 예술품들이 성황을 이루었고 파리의 새로운 조감도를 위해 하나의 계획이 세워졌다. 이때 오늘날의 웅장한 거리가 건설되었다. 나폴레옹 법전은 프랑스의 분리된 법조항 370개를 통합시켰고 교육체계를 개혁했다. 윌리엄 헨리에게는 중요하게도, 나폴레옹은 모든 문인과 예술가, 학자, 과학자들에게 아주 관대했다. 심지어 나폴레옹은 필요하다면 만난 적이 없는 사람에게도 연금, 주택, 작위와 칭호를 주었다. 비록 전시 중이었지만, 이런 범주에 속하는 사람들은 마음대로 프랑스 주변을 여행할 수 있었다.

1803년, 종신 집정관 나폴레옹은 근대의 첫 번째 대전투로 일컬어지는 전투에서 — 프랑스가 오스트리아와 러시아 연합군을 무찌른 유명한 아우스터리츠 전투 — 프랑스를 승리로 이끌었다. 파리는 프랑스의 위대한 승리를 축하했다. 1804년 5월 11일, 나폴레옹 보나파르트는 자신이 황제임을 선언했다. 그는 교황에게 대관식에 참석할 것을 명령했고 그런 뒤 샤를마뉴의 왕관을 썼다.

동시에 윌리엄 헨리의 인생도 바뀌고 있었다. 그의 첫 번째 아내인 앨리스 크루지 아일랜드가 무대에서 사라졌다. 아마도 그녀는 죽었을 것이다. 1804년 그는 다시 결혼했고, 이번에는 켄트 지방 콜페퍼(또는 컬페퍼) 집안의 일원이었다. 아일랜드의 두 번째 부인은 과부였는데, 이러한 사실이 새뮤얼에게는 훨씬 더 받아들이기 쉬운 선택이었을 것이다. 그녀의 첫 남편은 윌리엄 헨리의 친구인 파제트 베일리 선장이었는데 그녀는 베일리와 1791년 8월 25일 결혼했으며 베일리는 1795년에 죽었다. 그는 제1대 억스브리지 후작의 남동생이었다. 결혼을 하던 해에 윌리엄 헨리는 '내성적인 겸양과 자비의 따뜻한 감성이 풍부한 영혼의 소유자'라는 이유로 '사라 콜페퍼 양'을 칭찬하면서, 자신의 소설 『감성의 여인A Woman of Feeling』을 헌정했다. 사라는 아마도 그의 두 번째 아내였을 것이다. 이 결혼은 행복했던 것처럼 보인다. 어쨌든 이 결혼은 지속되었다.

분명 새 아내의 가족을 염두에 둔 그는 일련의 풍경으로 윤색되고 각 권이 약 700쪽으로 구성된 켄트의 역사서(1828~1834) 4권을 저술했다. 예상하지 못한 바는 아니지만 각 권마다 켄트의 콜페퍼 집안이 언급되어 있었다.

윌리엄 헨리와 사라는 결혼 직후 파리로 갔다. 그는 유창한 프랑스어 실력과 행복한 학생시절의 기억으로 파리에서는 편안히 지냈다. 사라는 약간의 수입이 있었고 이 부부는 귀족 모임에 섞이면서 화려한 수도에서 고급스러운 생활을 즐겼다. 그러나 그들의 자금은 재빨리 없어졌으며 1805년에는 영국으로 돌아왔다. 그뿐 아니라 같은 해에 나폴레옹 전투의 시작과 함께 영국과 프랑스 사이의 분위기도 바뀌었다. 세계의 황제가 되려는 열정을 지닌 나폴레옹은, 해상의 통제권을 쥐고 있던 영국을 정복할 때까지 만족할 수 없었다.

반면 영국에서는 조금씩 드러나고 있던 위협이 심각하게 받아들여졌다. 나폴레옹은 영국과 프랑스 사이에 가장 좁은 경계

지점인 칼레에서 남쪽으로 불과 몇 마일 내에 있는 볼로냐 항구 주변에 13만 명의 거대한 전투 부대를 편성하기 시작했다. 그는 2,300척의 함정을 해변에서 건조하도록 명령했다(이 모든 노력에도 불구하고 나폴레옹은 자신이 결코 바다의 지배자들을 물리칠 수 없다고 생각했다).

월리엄 헨리의 친구들은 그의 위조 행위들이 가져다준 여러 가지 우스운 측면 때문에 항상 즐거워했고 이제는 그에게 그 위조들에 대해 글을 쓸 것을 촉구했다. 월리엄 헨리는 그동안 충분히 고통을 받았고 평화 속에 안주하길 원했기 때문에 주저했다. 그러나 침묵하는 것이 말하는 것보다 더 많은 해를 끼치고 있었고, 그는 자신의 평판이 '아주 부당하게 훼손되었던 그 오명에서 자유로워지길'[1] 바랐으며 또 돈이 필요했다. 그래서 그는 일을 진행했다. 『고백서』는 그가 28살이 된 1805년에 출판되었다. 그것은 한 인생의 종말과 새 아내와의 또 다른 인생의 시작을 의미했다.

335쪽으로 된 월리엄 헨리의 『고백서』는 1796년 그가 서둘러 썼던 43쪽으로 된 『진정한 해명서』보다 훨씬 풍부했다. 사건이 일어난 지 거의 10년이 지났기 때문에, 그는 기억나는 대로 아주 혼란스럽게 순서도 없이 사건들을 설명했다. 그러나 자신의 행동을 정당화하려고 계속 애쓰면서, 어쩌면 고의적으로 사건들을 혼동시키거나 은폐하기 위해 의도적으로 뒤섞었는지도 모른다. 그는 여전히 자신이 잘 알았던 사람들의 이름을 철자로 쓸 수 없었고 잘 못썼다. 종종 그는 실제로 일어났던 일에 대해 정확하지도, 정직하지도 않았다. 가령 윌리엄 헨리는 'H 씨'에 대한 자신의 조작과 같이 일부 중요한 부분을 언급하지 않았다. 그는 위조 행위로 돈을 벌지 못했고 — 벌어들인 액수는 아주 적었다 — 누구에게도 해를 끼치지 않았다고 말했다. 그가 진정으로 누군가를 (특히 그의 아버지를) 상처 입힐 의도는 없었을지라도 결과적으로 아들은 아버지를 철저히 파멸시켰다.

윌리엄 헨리는 아버지의 친구 조지 찰머스에게 보내는 전언으로 『고백서』의 서문을 마무리했다. 그는 문학적 사기행위에 대해 사과했고 용서받길 원하면서, 찰머스의 용서와 신뢰자들이었던 다른 존경받을 만한 신사들의 용서를 구했다. 윌리엄 헨리는 그들에게 자신이 했던 일을 "금전상의 이득을 얻으려는 천박한 욕망에 의해 비롯된 야비하고 탐욕스러운 위조범의 행동이기보다는 오히려 생각이 모자라고 뽐내기 좋아하는 소년의 행동"으로 생각해줄 것을 요구했다.

『고백서』에서 위조범의 자기애적인 본성은, 마치 모든 것이 에드먼드 말론의 잘못인 양 그에 대한 지속적이고 신랄한 공격을 통해 그 모습을 드러낸다. 그리고 그가 나중에 아버지에게 선사하기 위해 썼으나 출판되지 않았던 시의 견본들이 여기저기 삽입되었다.

그의 번역서 『차틀러에서 스코틀랜드 여왕 메리에 이르는 사랑의 감정이입Effusions of Love from Chatelar to Mary, Queen of Scotland』 또한 1805년에 출판되었다. 책의 '서문'에서 그는 그때까지 자신은 '일정 기간' 동안 (아마도 학생 시절을 포함해서) 파리의 거주자였고 몇 차례의 시도 끝에 마침내 『파리에 있는 스카치 대학의 방대한 스튜어트 가문에 대한 자료집』에 접근할 수 있었다고 진술했다. 이 이야기는 흥미롭게 들리지만 사실 그는 '번역했다'고 주장하는 이야기 전체를 지어냈다. 그는 여전히 위조를 하고 있었다.

윌리엄 헨리가 약 30세였을 때 영국으로 돌아온 그 부부는 아마 한동안 데본셔에 정착했을 것이다. 1808년에서 1809년 사이에 그는 『소년 어부The Fisher Boy』, 『소년 선원The Sailor Boy』, 『코티지의 소녀The Cottage Girl』, 얼마 뒤에는 『데본셔의 그림같이 아름다운 풍경들Picturesque Beauties of Devonshire』을 썼다.

윌리엄 헨리는 1810년 요크의 북쪽으로 이사해 그곳에서 주간지 ≪코메트The Comet≫를 출판했고, 그 간행물에서 이웃사람들을 풍자했으며 심지어 '절제의 기쁨들'에 대한 시를 출판하려고 생각했다. 그러나 이 모든 일은 잘 되지 않았다. 1811년 1월부터 7월 25일까지, 전에 없이 낭비벽이 심했던 윌리엄 헨리는 요크 성 내에 있는 채무자들의 감옥에 감금되었다. 그가 그곳에 있는 동안 오랜 친구 조던 부인이 그에게 5파운드(약 125파운드)를 보냈다(그녀는 <보티건>의 파경 이후에도 14년 동안 여전히 그를 옹호했다). 윌리엄 헨리는 감금되어 있는 동안 『요크 성 내의 감옥에 전하는 시인의 독백The Poet's Soliloquy to His Chamber in York Castle』, 『시적으로 기술된 요크 성 내에서의 하루One Day in York Castle Poetically Delineated』, 『요크 시에 대한 시적 서간체 해설; 현재 3월의 심리과정과 재판에 대한 해설을 덧붙이며A Poetic Epistolary Description of the City of York; comprising an account of the Procession and Judges at the present march Assizes』 (모두 1811)를 쓰고 편집했다. 시장에게 헌정된 이 재미있는 시에서 그는 시적인 요크 기행을 계속하면서 역사와 아름다움을 칭찬했고, 16쪽에서 요크성에 있는 감옥을 '볼' 때에는 석방을 위해 탄원한다.

　　요크 성의 성벽이여, 그 마을의 훌륭한 감옥이여,
　　채무자들, 불쌍한 영혼들, 그들의 슬픈 감금을 울부짖는 곳이
여.

이봐! 그대, 자비여, 너의 팔을 전에 없이 펼쳐,

그리고 이 고통 받는 자들의 구원자이며 친구임을 증명하지
않으려나?

오! 그대여 감옥의 수갑을 물리치고,

그리고 채무자와 채권자의 법을 누그러뜨리지 않으려나?

그는 주석에서 최근 지은 새 감옥 건물을 '편리한' 곳으로
언급하고 채무자들이 걷는 지역의 둘레는 1,110야드라고 덧붙
였다. 그는 여러 번 그곳을 걸었음에 틀림없다.

앤드류 리치라는 사람은 감옥에 구금된 뒤 1811년 가을에
요크에서 윌리엄 헨리를 자주 만났다. 그는 윌리엄 헨리에게서
'예의범절이 바르고 대화에 아주 능통하나 한편으로는 허영에
가득 찬 원칙이 없는 사람'[2]이라는 인상을 받았다. 1812년 8
월에 아일랜드는 요크를 떠났다. 이때 윌리엄 헨리가 런던 출
판사에서 정규적인 일자리를 잡았기 때문에 그 부부는 런던에
갔을 것으로 추정된다.

1814년 4월, 아일랜드 부부는 두 딸과 함께 프랑스로 돌아
가 두 번째 장기 거주를 시작했다. 윌리엄 헨리는 자신의 삶을
돌아보기 위해 출판하려고 생각했던 책, 『셰익스피어 아일랜
드 인생의 일곱 단계(1830) Shakespeare Ireland's Seven Ages, c. 1830』

을 위한 안내책자에서, 그는 프랑스에서 보낸 9년의 기간이 그의 인생에서 여섯 번째 단계라고 말했다.

그들은 파리의 군부대 병원(의료원)과 생 제르망 데 프레 사이의 생 제르망 포부르그에 있는 군부대 근처 왼쪽 제방 쪽에서 살았다. 윌리엄 헨리는 좋은 거주지의 중요성을 늘 알고 있었다.

8년 전 나폴레옹은 뛰어난 삶과 업적의 전성기를 맞이했고 로마시대 이후 가장 큰 왕국에서 7,000만 명의 사람들을 지배했다. 또 그는 친척들을 유럽 여러 왕국의 주요 직책에 앉혔다. 그러나 불운했던 1811년의 러시아 원정 후, 그의 정치력은 심각하게 훼손되었다.

윌리엄 헨리가 파리로 돌아간 같은 해 같은 달, 나폴레옹의 지위는 너무 약화되어서 프랑스 사령관들이 그에게 물러나라고 강요했다. 하지만 그들은 나폴레옹에게 '황제'라는 칭호를 유지하도록 허락했고 그에게 연금을 주었으며 그를 지중해에 있는 엘바 섬으로 유배시켰다. 루이 18세라는 뚱뚱한 체구의 부르봉 왕가가 왕위에 올랐고 곧 평판이 굉장히 나빠졌다. 윌리엄 헨리는 자신은 나폴레옹의 첫 퇴임 기간부터 "프랑스 내부 일들에 긴밀하게 능통했고, 대륙에서 몇 년 동안 거주한 후 사건들이 점진적으로 서로 이어졌을 때 그 거대한 사건들을 기

록할 정도로 충분한 능력을 갖추었다"고 기록했다.[3]

군대와 왕의 문제점들이 — 추방당한 나폴레옹은 그러한 문제점들을 항상 예외적으로 잘 다루었다 — 나폴레옹에게 결정적인 기회를 제공했다. 1815년 3월 1일 그는 엘바 섬에서 탈출했고 요란한 환호 속에서 프랑스로 돌아왔다.

윌리엄 헨리와 그의 가족은 나폴레옹의 극적인 탈출과 복귀를 목격했다. 1815년 3월 19일 부르봉 왕가는 떠났다. 3월 20일, 멀리서 들리는 총성과 울려 퍼지는 교회의 종소리가 나폴레옹의 입성을 알렸다. 모든 것이 급박하게 돌아갔고 혼돈과 착란 또는 잘못된 정보가 넘쳐흘렀으며 업무는 완전히 정지되었다. 대중들은 극도로 흥분했다. "대중의 열기와 민족의 맥박은 그것을 정상적인 상태로 되돌리려는 모든 노력을 저지했다."[4] 파리에서는 '나폴레옹'의 외투가 그의 등에서 급히 벗겨져 수백 조각으로 찢겼다. 다음날 아침 나폴레옹은 히스테리컬한 군중의 갈채를 받기 위해 튈르리 궁전의 창가에 나타났다.

38세의 윌리엄 헨리는 영감을 주는 황제를 만났으며, 스탈 부인은 나폴레옹에 대해 "사람들이 그분과 함께 있을 때 그들의 귓가에 거센 바람이 불어오는 인상을 받았다"고 말했다. 그는 100일 동안 — 나폴레옹이 파리에 들어와서 워털루 전투 이후 물러날 때까지의 기간 — 나폴레옹을 인터뷰했다. 그럴 것 같지 않은 두 사람은 공통점이 있었다. 나폴레옹이 더 나이가 많았지만 그들은 나이가 거의 비슷했다. 둘 다 거의 비슷한 시기에, 즉 나폴레옹은 10살(1779)이었고 윌리엄 헨리가 12살(1789)이었을 때 기숙학교에 보내졌으며, 그곳에서 그 둘은 이방인이었고 외국어를 배우도록 강요받았다(나폴레옹은 코르시카 섬 사투리로 말했다). 황제는 탐욕스럽게 읽었고 '오시안' 시집을 존경했으며, 윌리엄 헨리의 명성을 알고 있었고 유명한 위조범을 하나의 유용한 선전도구로 — 증오받는 영국인 배신자로 — 생각했을지도 모른다. 한 가지는 확실했다. 나폴레옹이 무엇을 했든지 그것은 프랑스의 이익을 위한 것이었다. 황제는 윌리엄 헨리에게 국립도서관의 일자리를 주었으며 또한 1802년에 제정된, 추정컨대 오랜 기간 훌륭한 시민이거나 군 복무자에게 수여되는 명예 훈장을 수여하기 위해 그를 지목했다. 윌리엄 헨리가 "명예롭게 (프랑스) 왕국의 번영에 봉사하는 데 전념하겠다"고 맹세하면서 적인 나폴레옹이 수여하는 명예훈장을 수락했을 때, 영국에서는 환영받지 못했을 것이었으나 그는 이런 인정을 자랑스러워했다. 윌리엄 헨리는 1828년판 『나폴레옹의 일생Life of Napoleon』 제3권 첫 장에 작고 흰 에나멜을 바른 명예 훈장의 십자가를 삽화로 그려 넣었다. 나폴레옹은 반 야드 크기의 주홍색 실크 리본과 작은 상징을 수여하는 것의 가치를 알았다. 그는 적어도 다양한 종류의 명예훈장을 3만 개 수여했다.

기이하게도, 『사랑과 광기』의 작가이자 새뮤얼의 친구인 허버트 크로프트 역시 프랑스에 있었다. 그는 영국에서의 파산을 모면하고 작가들과 예술가들에게 관대했던 나폴레옹의 정책으로 이익을 얻기 위해 1802년 프랑스로 갔다.

종결로 치닫는 워털루 전투에서 웰링턴 장군에 의한 나폴레옹의 패전, 마지막 퇴임, 고통을 받았던 — 그러나 합법적이었던 — 루이 18세의 두 번째 왕권 복귀, 그 후로 모든 것이 1815년에 끝났다. 윌리엄 헨리는 이 거대한 사건들을 목격했다. 나폴레옹은 영국군에 의해 수천 마일이나 떨어진 남대서양에 있는 불모의 세인트헬레나 섬으로 유배되었다. 1821년 그는 그곳에서 비소에 독살당했다.

앵글시의 첫 번째 백작이자 용감한 기병인 필트 마샬 헨리 윌리엄 패지트(1768~1844)는 사라 아일랜드의 (첫 번째 남편 쪽의) 조카였다. 워털루 전투에서 앵글시는 영국, 독일, 벨기에의 기병 연합군 사령관으로서 뛰어난 역할을 했다. 전쟁이 끝난 무렵, '밤색의 코펜하겐'이라는 말을 탄 웰링턴 장군 곁에서 갈색 말을 타고 있던 앵글시는 대포에 맞아 다리를 잃게 되었다. 그가 "제기랄! 다리를 잃어버렸군!" 하고 말하자, 웰링턴이

"제기랄, 다리를 잃었다고?"라고 대꾸했다. 이 일화는 나중에 그림으로 그려졌고, 역경에 직면한 영국군이 임무를 수행하는 실례로써 유명한 신문의 삽화로 사용되었다.

윌리엄 헨리가 어떤 책도 쓰지 않았던 것으로 추정되는 1816년에서 1822년까지 우리는 그의 행적을 찾아볼 수가 없다. 감옥에 갇힌 것조차 그의 집필을 막지 못했었기에 그때 그의 행적이 없는 이유를 상상하기란 — 아마도 아팠을지도 모르지만 — 어렵다. 훨씬 그럴듯한 추측에 따르면, 그는 절대 밝히지 않았던 다양한 가명으로 글을 쓰고 있었다. 1822년 이후에 그는 자기가 쓴 책 표지에 스스로를 '파리 과학예술협회 회원'이라고 적었다. 그는 처음에 '회원'으로 선출되었다가 나중에는 '고전작가'로 뽑혔다.

1823년까지 프랑스 정치 무대는 격렬하게 변해갔고 정치적으로 불안정했다. 윌리엄 헨리와 나폴레옹과의 관계 때문에 윌리엄 헨리의 가족들이 프랑스에 머무는 것은 현명한 일이 아니었다. 윌리엄 헨리가 두 권의 『산적떼les Brigands de l'Estramadure』를 번역했던 때가 바로 그해였다. 또한 그는 네 권으로 된 나폴레옹의 일생을 쓰기 시작했으며, 그것은 5년이라는 기간에 걸쳐 출판되었다. 나폴레옹의 일생의 서문에서 그는 "어느 기간 동안 대륙에서 거주한 것과 그때 일반 관리, 공무원, 학자와 그

밖의 다른 사람들과 함께 가진 일상의 친분들"5)에 대해 언급
했다.

    윌리엄 헨리와 제임스 보든은 셰익스피어 논쟁 이후 25년
만에 영국 런던의 본드 거리에 있는 한 출판사에서 만났다. 그
들은 함께 걸으면서 위조 행위들에 대해 의논했고 버킹엄 거리
모퉁이에서 멈춰 섰다. 이제 보든은 저명한 문학가이면서 시돈
부인과 조던 부인, 켐블의 자서전 작가였지만 1795년 ≪오라
클≫지 편집자이면서 위조문서들에 대해 가장 단호하고 요란
한 신뢰자였던 그는 여전히 오래전의 사건들로 분개하고 있었
다. 윌리엄 헨리를 마주한 그는 "여보게, 자네는 셰익스피어의
신성함에 위배되는 자네가 저지른 커다란 범죄에 대해 알아야
하네"라고 말하면서, "여보게 왜 그 행위가 신성모독에 불과했
는지 아는가. 그것은 거기에 있는 제단과 p******† 에서 성스
러운 성찬을 손에 넣은 것과 정확히 똑같은 일이었네"라고 덧
붙였다. 이제 중년의 나이가 된 윌리엄 헨리는 경멸조로 그 일
에 대해 기록했다. "나이 들고 걸어 다니는 도덕 덩어리가 무척
현학적이고 어리석은 말을 섞어서 내뱉으니, 나는 스스로 만든

---

† 원문을 그대로 가져온 것임.

셰익스피어에 대한 해명의 헛소리를 회상하거나 연민의 감정 없이는 도저히 그 순간을 지나 제2의 어린 시절로 되돌아갈 수 없다는 마음이 든다."6)

월리엄 헨리의 관심은 친애하는 오랜 친구인 고故 조던 부인에게 다시 맞춰졌다. 여배우이자 클래런스 공작의 정부였던 그녀가 그와 친구가 되었던 1796년의 <보티건> 공연 이래로, 그들은 친구로 남았다. 그녀는 그가 위조범으로 밝혀진 후에도 때때로 그를 도왔다. 그는 익명으로 그녀의 일생에 대한 기증본을 출판하고 싶어 했다. 1832년 '떠나버린 한 사람의 신뢰할 만한 밝힐 수 없는 친구'라는 이름으로 출판된 이 책에는 유감스럽게도 『위대한 사생아들 또는 유명한 여배우 브랜드 양, 다른 식으로 포드 부인 또는 이제 윌리엄 4세인 클래런스 공작의 죽은 정부, 조던 부인의 공적인 그리고 사적인 삶The Great Illegitimates, or the Public and Private Life of that Celebrated Actress, Miss Bland, otherwise Mrs Ford, or, Mrs Jordan, late mistress of H. R. H. the D. of Clarence, now King William IV』이라는 부제가 붙어 있었다. 이번에 윌리엄 헨리는 윌리엄 4세에게서 출판하지 말아달라는 뜻의 돈을 받았다. 이 책은 인쇄되었으나 몇 권 팔린 뒤 회수되었다.

윌리엄 4세는 1830년에 왕위에 올랐고, 1818년 이후 아들 레이드 왕비와 결혼했기 때문에 조던 부인에게 이목이 집중되는 것을 원하지 않았다. 조던 부인은 윌리엄 4세가 클래런스 공작이었던 22년 동안 사랑받은 정부였고, 그들은 1790년부터 1811년까지 햄프턴 코트 궁전의 부시 파크에 있는 커다란 저택에서 행복하게 살았다. 그들의 자식 10명 모두가 살아 있었고 피츠클래런스라는 성을 받았다. 경제적인 어려움을 비롯해 결혼을 하고 자손을 낳아야 한다는 이유로 '선원 왕'은 인생의 항로를 바꾸었다. 아들레이드 왕비와의 사이에서 낳은 두 딸은 어려서 죽었으므로 왕위는 조카 빅토리아를 위해 열려 있었다.

윌리엄 헨리의 저서에서 그가 자주 선택했던 수많은 익명은 자기 자신과 작가들 그리고 출판업을 —『채찍질하는 채찍』과『부활절 월요일 식사와 기쁨으로 쓴 시』와 같은 제목들이 그러했던 것처럼— 조롱하는 것이었다. 가장 바보스러운 제목은 아마도, 윌리엄 헨리가 동시대 작가들에 대해 평가했고 자신의 위조 행위들을 여전히 자랑스러워하며 자신을 포함시킨 책, '답을 끌어당김 씨 Anser-Pen-Drag-on, Esq'에 의한『휘갈겨 씀Scribbleomanus』일 것이다. 그 누구도 우리 영웅(윌리엄 헨리)처럼 휘갈겨 쓸 수는 없을 것이다. 명성을 얻던 청년기 초반부터 그는 빠르고 유쾌한 문체로 글 쓰는 능력을 발전시켰고 압박감에서, 다시 말해 집착적인 글쓰기에서 속도를 더 낼 수도 있었다. 그는 냉소적일 수는 있었으나 — 신문에 쓰이는 정치적인 풍자문에 유용한 — 아주 독창적인 생각이나 깊이는 결코 없었다. 60권이 넘는 그의 출판물 중 한 권은 한 편의 시임에 틀림없고, 다른 하나는 각 권 500쪽 또는 700쪽에 달하는 4권으로 구성된 소설일 것이다.

그의 시, 소설, 희곡, 역사적인 저서들의 주제는 다양했고 대체로 그의 관심사를 반영했다. 그 주제들은 작가들, 천재들, 역사, 희곡, 그의 다정한 친구 조던 부인의 생애 등이었다. 그리고 나폴레옹 시대에 대한 — 왕족을 공격하거나 그가 생각하기에 잘못 평가되고 세인트헬레나 섬에서 잔인한 대우를 받았던 나폴레옹을 옹호하는 — 책도 몇 권 있었다. 인생의 말기에 접어들어 윌리엄 헨리는 아버지를 생각나게 하는 4권으로 된 켄트의 역사에 대한 책과 동판화를 곁들인 『데본셔의 그림같이 아름다운 풍경들』과 같은 책 몇 권을 출판했다.

그는 이제 정리할 시기라는 것을 감지했다. 그는 1832년에 「보티건」을 다시 출판했으며, 셰익스피어 문서들과 관련된 사건에 대한 마지막 해명과 자신에 대한 방어의 수단으로 그것을 사용했다.

채터턴의 인생을 청사진으로 선택했던 젊은 윌리엄 헨리 아일랜드와 토머스 채터턴의 수많은 유사점은 이미 언급되었다. 그들 각자에게는 아버지의 '부재'가 중요했다. 채터턴은 학교 선생님인 아버지가 돌아가신 지 두 달 뒤에 태어났으며, 윌리엄 헨리는 아버지 새뮤얼을 진짜 아버지가 아니라고 생각했고 감정적으로 굶주려 있었다. 두 젊은이는 위조 행위를 통해 자신을 주장하고 한 개인으로서 존경을 얻고자 시도했고, 재미있게도 그 위조 행위 안에서 각자가 아버지 같은 인물을 ― 채터턴은 윌리엄 캐닌지스를, 윌리엄 헨리는 가공의 'H 씨'를 ― 만들어 냈다.

1805년판 『고백서』에서 윌리엄 헨리는 다음과 같이 썼다. "채터턴의 운명에서 강한 흥미를 느꼈기에, 나는 자주 그의 운명을 질투하곤 했고 내 인생이 그의 인생처럼 끝나기를 갈망하곤 했다." 우울하고 방치된 청년 윌리엄 헨리에게 자살은 자신의 마음속에 있는 천재성과 연결되었고, 그것은 자신의 업적의 가치를 인정받지 못했을 때 그가 여러 차례 암시하고 고려했던 하나의 선택조항이었다. 만약 자살을 했더라면 윌리엄 헨리는 아주 유명해졌을지도 모르지만 그는 살아남은 자였다.

윌리엄 헨리의 출생에 대한 의문에도 불구하고, 그는 자신이 사생아라고 생각했다. 1803년판 『랩소디』에서 첫 번째 시는 「토머스 채터턴을 추모하는 만가」였으며 같은 책에 「사생아The Bastard」, 「사생아의 불평The Bastard's Complaint」, 「사생아의 불평에 대한 답신Reply to the Bastard's Complaint」이라는 제목의 시가 세 개나 되었다. 그의 위조문서 중 일부는 자신을 비롯한 모든 사생아들의 신분을 개선하기 위한 직접적인 시도였다. 즉, 그는 자신을 불멸의 시인의 후손이라고 주장했고 셰익스피어를 위해 사생아를 만들었으며 아일랜드 집안을 위해 문장을 만들었다. 그는 후기 저서에서 사생아들을 옹호했고, 『무시되는 천재Neglected Genius』에서는 인정받지 못한 천재에 대한 의견을 펼치는데, 여기서 초서(좋아하는 작가)와 밀턴, 그리고 특히 채터턴의 문체를 모방했다.

월리엄 헨리는 아버지 새뮤얼을 결코 비난하지 않았다. 중년과 말년에 그는 아버지를 우호적으로 기억했다. 1832년 월리엄 헨리는 새뮤얼을 "가장 개방적인 마음과 자유로운 감성을 부여받은 신사"[7]로 언급했다.

월리엄 헨리는 여러 측면에서 새뮤얼과 같이 강박적이고 충동적이며 진지하고 어리석었다. 그의 재능 있는 누이 제인이 그의 전성기에 그린 초상화에는 수줍음이 나타난다. 그 그림만 봐서는 그가 위조범이 될 만한 담력을 가졌다고 생각하기란 힘들다. 그러나 그가 50대에 그린 한 초상화에서 그의 눈은 아는 체하고 도전적이며 입가에는 어떤 단호함이 있다. 그는 아버지가 전에 지녔던 것보다 속이 더 단단했다.

월리엄 헨리는 인생의 말년까지도 자신의 위조 행위를 자랑스러워했고 그것을 자랑하곤 했다. 그는 다음과 같이 당시의 문학 비평가들을 비웃었고 이것 때문에 비평가들은 결코 그를 용서하지 않았다. "나는 한 소년이었다. 결과적으로 그들은 한 소년에게 속았다. 그러므로 그들에게는 그들의 지적 능력 위에서 실행된 위조 행위가 더 짜증나는 것이었다."[8] 그는 지나치게 많은 책을 썼고 위조 행위 후 그의 삶은 다양해졌으며 일종의 성공과 더불어 모험이 가득했지만, 셰익스피어 문서 위조에서 보여줬던 초기의 전망을 결코 이루지는 못했다.

휠씬 나이가 어렸던 윌리엄 헨리는 대부분의 적들보다 오래 살았다. 조지 스티븐스는 1800년에 죽었으며 에드먼드 말론은 1812년 죽기 전에 위조 행위들과 관련해 완결된 소책자를 만들었다. 그러나 말론은 1792년 스트랫퍼드 어폰 에이번에 있는 성 삼위일체 교회 주교에게 셰익스피어 흉상에 회반죽칠을 하도록 강요했던 학자로서 결코 용서받지 못할 것이다. 1795년 문서들을 검토했을 당시 성년이었던 위조범을 두렵게 했고, 뒤에 모든 문학적 위조범들은 일반 중죄인처럼 교수형에 처해야 한다고 주장했던 무자비한 조지프 리트슨은 1803년에 죽었다. 만평가인 길레이는 1815년 그가 죽기 몇 년 전에 미쳐버렸다. 파아가 죽은 뒤 1825년, 그의 논문 중에는 셰익스피어 문서들을 결코 믿은 적이 없었다는 '극단적인 선언문'이 있었다.

윌리엄 헨리는 런던에 있는 세인트 마틴 인 더 필드 교구 안의 서포크 플레이스에서 1835년 4월 17일 59세의 나이로 일생을 마쳤다. 그의 인생은 셰익스피어보다 7년이 더 길었다. 1835년 4월 24일 그의 이름은 사우스워크에 있는 세인트 조지더 마티어 교회의 사망자 등록부에 기록되었다. 공교롭게도 이날짜는 셰익스피어가 태어나고, 52세를 일기로 사망한 4월 23일과 거의 일치했다. 그리고 물론 사우스워크에 있는 윌리엄 헨리의 무덤은 엘리자베스 시대에는 강변 극장들이 있어 셰익스피어의 창조적인 삶에 중심이 된 지역이었고, 셰익스피어의 배우이자 동생이 묻혔던 곳이기도 했다. 아내와 두 딸은 윌리엄 헨리보다 — 그들은 셰익스피어보다도 오래 살았다 — 오래 살았고, 딸들 중 한 명은 그의 어머니인 안나 마리아 프리먼 네드 버르의 이름을 따서 안나 마리아 드 버르라고 지었다. 다른 딸의 이름은 알려지지 않았다. 셰익스피어와 달리 윌리엄 헨리는 가난하게 죽었다.

어쩌면 윌리엄 헨리의 삶은 달라졌을지도 모른다. 그가 위조 후 몇 년 뒤에 발각되었더라면(마치 '오시안'의 위조범인 맥퍼슨이 그랬던 것처럼), 그가 사실과 철자에 좀 더 주의를 기울였더라면, 문서들을 조금만 덜 위조했더라면, 새뮤얼이 극장 책임자인 해리스에게 코번트 가든에서 신속하고 화려하게 <보티건>을 공연하도록 허락했다면, 셰익스피어의 문서들을 다시 인쇄했던 새뮤얼의 책이 처음에 의도했던 것처럼 공연 뒤에 배포되었다면, 어쩌면 말론의 공격은 연기되었을지도 모른다. 그러나 비극은 대부분 아버지와 아들에게 내재된 인간의 나약함으로 귀결된다. 만약 새뮤얼이 자신의 아들에게 (자기 표현과 자긍심과 독립심을 키우기 위해) 사랑과 존중이 필요했다는 것을 알았더라면, 그리고 그가 덜 탐욕스러웠다면, 젊은이가 고백했을 때 들어주었더라면, 어린아이와 다름없는 사람에 의해 만들어진 진정 뛰어난 성과물을 그가 받아들이고 다루는 데에 유머 감각을 지녔더라면, 그랬더라면 이 이야기는 연루된 모든 사람들에게 덜 비극적이었을지도 모른다.

윌리엄 헨리는 잊히지 않았다. 1800년대 중반에 그에 대한 관심이 되살아났다. 그의 놀랍고 기이한 삶과 위조 행위에 대한 이야기는 1855년 제인스 페인이 쓴 『그 마을의 그 이야기 The Talk of the Town』라는 소설의 주제가 되었다. 1859년에는 아일랜드의 위조행각에 대한 부록이 달린 잉글비의 『셰익스피어 사기극The Shakspearian Fabrications』과 1885년 보브로트의 『아일랜드의 사기행각들Ireland's Forgeries』 등이 출판되었다. 1886년 윌리엄 헨리의 『조던 부인의 일생Life of Mrs Jordan』이, 같은 해 그의 『고백서』가 다시 출판되었다.

그리고 훨씬 더 최근인 1972년에는 『켄트 판화본들의 보고:

1828년에서 1831년 W. H. 아일랜드 '켄트의 새롭게 완결된 역사서'에 수록된 G. 셰퍼드, H. 가스티노가 그린 최초의 도안들로부터 발췌된 일련의 풍경들A Treasury of Kent Prints. A series of views from original drawings by G. Shepherd, H. Gastineau &c., &c., contained in W. H. Ireland 'A New and Complete History of the Country of Kent'』(1828~1831)이 카셀Cassell에 의해 출판되었다. 그리고 윌리엄 헨리의 1805년판『고백서』의 복사본이 에리브론 출판사 Elibron Classics에서 출판되었다.

그렇다면 오늘날의 우리들은 과연 속임을 당할까? 1983년에 일어난『히틀러의 일기The Hitler Diaries』와 ≪선데이 타임스 the Sunday Times≫의 문학적 스캔들에서, 저명한 고전 학자이자 역사가이며 글란턴의 다크레 경인 휴 트레버 로퍼가 처음에 풍자 일기들을 진짜라고 확증했을 때 그의 훌륭한 명성은 손상되었다. 그것은 독일인 콘나드 쿠조가 위조한 것이었으며 천만 마르크(약 500만 달러)에 ≪스턴Stern≫이라는 잡지에 팔렸다. 서두르길 거부했던 학자 말론과는 대조적으로 트레버 로퍼는 학자이면서 기자였기 때문에, 그가 거짓 정보를 토대로 한 신문 연재물과 소량의 견본에 대한 결정을 서둘렀을 때 이 두 가지 역할이 서로 충돌했다. 그는 곧바로 재고했지만 너무 늦어버렸다. 그리고 책임을 져야 할 사람들은 용서할 수 없을 만치

뒤로 물러나 있었으며 그가 비난받도록 내버려두었다.[9]

여러 측면에서 현학적이고 약삭빨랐던 새뮤얼은 다른 측면에서는 순진한 사람이었다. 그러나 그는 정말 셰익스피어 위조에 연루되어 있는 것이었을까? 어쩌면 과거 그에게는 사람을 속이는 경향이 있었을지도 모르는 일이다. 왜 그는 말론과 같은 훌륭한 전문가들이 그 문서들을 보지 못하게 했는가? 여기서 의문이 남는다. 이기적인 아버지가 모자란 아들을 이용했거나, 아니면 바보가 아닌 아들이 셰익스피어 문서들을 만들기 위해 수집품에 대한 아버지의 탐욕, 유명 인사들에 대한 아버지의 경애심, 속기 쉬운 아버지의 성격을 교묘히 조작했던 것일까?

결론은 윌리엄 헨리가 유일한 위조범이었다는 것일 수밖에 없다. 그는 발각된 뒤에 자료, 수법, 견본을 드러냈고 자신이 만든 잔인한 조롱에서 아버지를 보호하기 위해 가슴 아픈 노력들을 계속했으며 뒤에 그가 썼던 책들의 종수와 다양성은 그에게 능력이 있음을 증명했다. 1877년 영국 박물관이 위조 행위에 대한 새뮤얼의 편지들을 구매한 후 훨씬 뒤에야 마침내 많은 사람들의 의문이 가라앉았다.

무슨 일이 벌어졌든지, 새뮤얼도 윌리엄 헨리도 여생동안 그들에게 부여되는 비난을 받을 정도는 아니었다. 아버지는 어리석었고 극단적으로 완고했으며 심지어 제정신이 아니었으나 순진했고, 아들은 어떤 끔찍한 일도 하지 않았다. 여러 사람 중에서도 학자인 파아 박사, 와턴 박사, 문장원장인 아이작 허드 경에서부터 편집자인 제임스 보든, 문필인 제임스 보즈웰, 학자인 조지 찰머스, 계관시인 파이에 이르기까지 소위 전문가들이 비난을 받을 만한데, 왜냐하면 윌리엄 헨리는 그의 첫 위조문서에서 발각되어야 했기 때문이다. 새뮤얼은 ― 그리고 쉽사리 믿은 대다수의 다른 사람도 ― 그 내용보다는 오래된 자료들을 완전히 신뢰했다. 위조범이 스스로 확실히 증명했던 것처럼, 예술품과 사람 모두 외형은 속일 수 있다. 어린 윌리엄 헨리의 외향적인 모습, 태도, 성격은 분명히 지적 열정이나 생기가 아주 결여되어 있었기 때문에 그를 아는 사람들에게 그가 위조를 했다는 것을 완전히 믿을 수 없게 했다. 그러나 겉보기에 '얼간이'가 겉보기에 '전문가'보다 더 영리할지도 모르는 일이다.

윌리엄 헨리는 다음의 간략한 말을 우리에게 남겼다. "저는 관대한 여러분께 솔직하게 말씀드립니다. 내 나이와 문서를 위조한 이유는 고려하실 필요가 없습니다. 또 소년 시절의 어리석음을 제외하고는 모두 용서받지 못할 것입니다."[10] 젊은이 안에는 어리석음과 나약함은 있었으나 결코 그 어떤 적의는 없었다. 그는 위조 행위로 많은 돈을 벌지는 못했는데, 돈은 그의 목표가 아니었다. 비극적이게도 윌리엄 헨리는 자신의 유일한 목표를 결코 이루지 못했다. 그것은 아버지의 사랑과 존중을 얻는 것이었다.

셰익스피어 작품에 대한 가장 멋진 위조 행위는, 200년 전인 1794년부터 1796년까지 영문학이나 역사적인 사건들에 대해 표피적인 지식만을 지녔고 처음에는 귀에 들리는 대로 철자를 썼으며 결코 구두점을 찍지 않았던, 19살의 의기소침해보이는 젊은이 윌리엄 헨리 아일랜드에 의해 행해졌다. 그는 몇 달 동안 계속해서 영국과 다른 나라들을 열광에 들뜬 흥분 상태로 몰아넣었고 대부분의 전문가들을 용케 속였다. 유망하지 않아 보였던 젊은이는 위대한 약속을 했고 자신의 흔적을 만들었으며 살아남았다. 그가 세상에 던진 말은 남아 있다.

"나는 이곳에 있었다! 나는 중요한 사람이었다."

모든 세상은 하나의 무대다

그리고 모든 사람들은 단지 배우들에 불과하다

그들은 그들만의 퇴장하는 문과 입장하는 문을 갖는다

그리고 그의 시대에서는 한 사람이 여러 역할을 한다

그의 연기에는 일곱 단계가 있는 것이다.

(「뜻대로 하세요」, 1막 7장)

■ 초기 실험

1. 엘리자베스 여왕에게 바치는 편지, 엘리자베스 시대 소형 4절판
   기도집의 느슨한 표지와 마지막 장 사이에 끼어 있었다(1794년
   가을).

2. 크롬웰이 브래드쇼에게 보낸 글, 구매한 테라코트로 만든 두상
   의 뒤편에 있었다(1974년 가을).

■ 셰익스피어 문서

1. 셰익스피어와 존 헤밍이 마이클 프레이저 부부에게 준 양도증서
   (1794년 12월 2일에 밝히고, 12월 16일에 제시)

2. 셰익스피어가 헤밍에게 발행한 약속어음(1794년 12월 말)

3. 위 어음에 대해 헤밍이 셰익스피어에게 발행한 영수증(1794년
   12월 말)

4. 셰익스피어와 배우 존 로윈 사이의 재정 합의서(1795년 1월 초)

5. 셰익스피어와 배우 헨리 콘델 사이의 재정 합의서(1795년 1월 초)

6. 셰익스피어 스케치(1795년 초)

7. 배우 헨리 콘델이 셰익스피어에게 보낸 편지, 스케치에 대해 언
   급함(1795년 1월)

8. 바사니오와 샤일록의 부조 및 수채화 초상화, 양면(1795년 초)

9. 사우샘프턴 후작이 셰익스피어에게 보낸 감사의 편지(1795년 1
   월 초)

10. 셰익스피어의 답장(1795년 1월)

11. 셰익스피어 『신앙고백서』(1795년 1월)

12. 셰익스피어와 레스터, 두 어음

13. 셰익스피어가 앤 해더웨이에게 보낸 편지

14. 셰익스피어가 앤 해더웨이에게 보낸 시와 자신의 머리카락

15. 엘리자베스 여왕이 셰익스피어에게 보낸 편지(1795년 2월 말)

16. 위의 편지를 자신이 보관한다는 것을 기록한 셰익스피어의 글 (1795년 2월 말)

17. 「리어 왕」(새뮤얼이 1795년 초에 4절 판본 입수; 윌리엄 헨리 가 즉시 쓰기 시작; 자신이 조작한 판본을 1795년 2월에 제시)

18. 「햄블레트」, 미완의 햄릿 원고

19. 셰익스피어가 윌리엄 (헨리) 아일랜드에게 준 감사의 증서; 감 사에 대한 헌정시; 윌리엄 (헨리) 아일랜드의 집에 대한 그림과 글씨; 문장(紋章). 하나의 문서(1795년 5~6월)

20. 「보티건」('새로운 희곡'으로 1795년 1월에 언급하고, 1795년 6월에 제목을 붙임. 처음부터 한 장씩 써서 새뮤얼에게 제시했 음. 1795년 2~4월)

21. 「헨리 2세」(1795년 12월 초에 발견; 그 전 10주 동안에 씀)

22. 존 헤밍에게 준 선물 증서(1795년 6월)

* 이 외에도 셰익스피어의 극장 업무와 관련한 어음, 문서, 영수증 등 이 추가되었다.

A Picturesque Tour through Holland, Brabant, and Part of France Made in the Autumn of 1789 Illustrated with Copper Plates in Aqua Tinta From Drawings made on the Spot by Samuel Ireland, (2권), T. and I. Egerton, 1790; 추가내용 포함한 제2판 1795.

Picturesque Views on the River Thames, from its source in Gloucestershire to the Nore; with Observations on the Public Buildings and other Works of Art in its Vicinity, (2권), T. Egerton, 1792, 1799; 제2판 1800~1802.

Picturesque Views on the River Medway, from the Nore to the Vicinity of its Source in Sussex; with Observations on Public Buildings and other Works of Art in its Vicinity, London, T. and I. Egerton, 1793.

Graphic Illustrations of Hogarth, from Pictures, Drawings, and Scarce Prints in the Possession of Samuel Ireland, author of this Work, (2권), R. Faulder and J. Egerton, 1794~1799.

Picturesque Views on the Upper, or Warwickshire, Avon, from its source at Naseby to its Junction with the Severn at Tewkesbury, with Observations on the Public Buildings and other Works of Art in its Vicinity, 대형 판본과 소형 판본 동시 인쇄, R. Faulder, 1795.

Miscellaneous Papers and Legal Instruments under the Hand and Seal of W. Shakespeare, including the Tragedy of King Lear and a Small Fragment of Hamlet, from the Original MSS in the Possession of Samuel Ireland of Norfolk Street [and edited by him], Egerton, White, Leigh and Sotheby, Robson,

Faulder, Sael, 1796.

Vortigern, a malevolent and impotent attack on the Shakespeare MSS, having appeared on the Eve of representation of the play Vortigern, etc., 1796.

Mr. Ireland's Vindication of his conduct respecting the Publication of the supposed Shakespeare MSS, being a preface or introduction to a reply to the critical labors of Mr. Malone, in his Enquiry into the authenticity of certain papers, etc., Faulder and Robson, Egerton, White, 1796.

Picturesque Views on the River Wye From its source at Plinlimmon Hill, to its junction with the Severn below Chepstow, With Observations on the Public Buildings in its Vicinity, R. Faulder, 1797.

An Investigation into Mr. Malone's Claim to be the Character of a scholar or critick; being an examination of his inquiry into the authenticity of the Shakespeare Manuscripts, etc., R. Faulder, 1798[?].

Vortigern, an Historical Tragedy . . . and Henry II, an Historical Drama, supposed to be written by the author of Vortigern, edited by S. Ireland, J. Barker, 1799.

■ 새뮤얼 사후에 출판된 책

*Picturesque Views, an Historical Account of the Inns of Court in London and Westminste*r, R. Faulder and J. Egerton, 1800.

Picturesque Views of the Severn; with historical and topographical illustrations by T. H. [Thomas Harrall], the embellishments from designs of the late S. Ireland, (2권), 1824.

■ 최근에 출판된 책

Picturesque Views, an Historical Account of the Inns of Court in London and Westminster, London, R. Faulder and J. Egerton, 1800. 영인 한정본(300 부), Kudos & Godine, 1982.

Addley, David, and Shally Hunt, *The Medway, sketches along the river based on Samuel Ireland's 'Picturesque Views on the River Medway'(1793)*, De L'lsle 자작이 발문을 붙임, Chichester, Prospero, 1998.

1799년부터 1833년 사이에 발행된 윌리엄 헨리의 원 저작과 영어 및 프랑스어 번역서(적어도 67권) 중에서 골라 뽑은 것이다. 초판 발행일 순으로 배열했다.

An Authentic Account of the Shakespearean Manuscripts, &c., J. Debrett, 1796.

Vortigern, an Historical Tragedy . . . and Henry II, and Historical Drama, supposed to be written by the author of Vortigern, edited by S. Ireland, J. Barker, 1799.

The Abbess, a Romance, 4 Vols, Earle and Hemet, 1799.

Ballads in Imitation of the Antient [주로 역사적 주제에 관한], T. N. Longman and O. Rees, 1801.

Rimualdo. Les Brigands de l'Estramadure, ou l'Orphelin de la Foret (찰스 데 스로시에의 *Rimualdo; or the Castle of Badajos,* 1800년의 번역), 2 Vols, W. H. 아일랜드가 영어에서 번역, 1801[?], 1822, 1823.

Mutus Scaevola; or the Roman Patriot; and historical drama [5막과 시로 되어 있음], The Abbess, Rimualdo, Ballads, Poems 등이 지음, R. Best and J. Badcock, 1801.

A Ballade Wrotten [sic] on the Feastyng and Merriments of Easter Maunday Laste Paste, whereinn is Dysplayed, the Noble Princes Comyne to Sayd Revelerie att Mansyonne Howse; as allso the Dudgeon of Master Mayre and Sheffives, togeder with Other Straunge Drolleries Enactedd Thereuppon, 블랙프라이어스의 형제 중 학식 있는 수도승으로 필명 Paul Persius, R. Bent and J. Ginger, etc., 1802.

Rhapsodies, Shakespearean Mss의 저자가 지음, Longman and Rees, etc., 1803.

The Woman of Feeling, 필명 Paul Persius, 4 Vols. William Miller & Diderot and Tibbert, 1804.

The Angler, a Didactic Poem, 필명 Charles Clifford, 1804.

Bruno; or the Sepulchural Summer, 1804.

Gondez the Monk, a Romance of the Thirteenth Century, 4 Vols, W. Earle and J. W. Hacklebridge, 1805.

Effusions of Love from Chatelar to Mary, Queen of Scotland, translated from a Gallic Manuscript in the Scotch College at Paris. Interspersed with Songs, Sonnets and notes explanatory, by the translator: To which is added Historical Fragments, Poetry and Remains of the Amours, of that unfortunate Princess, 필명 Pierre de Boscosel de Chstelard [모두 W. H. 아일랜드에 의한], C. Chapple, 1805; London, B. Crosby & Co., 1808.

The Confessions of William-Henry Ireland. Containing the Particulars of his Fabrication of the Shakespeare Manuscripts; Together with Anecdotes and Opinions (hitherto unpublished) of Many Distinguished Persons in the Literary, Political and Theatrical World, London, Thomas Goddard, 1805, 1872;

New York, James Bouton, 1874, Richard Grant가 새로운 영인본 제작.

Youth's Polar Star or, The Beacon of Science. Introductory address. The Editor to his Juvenile Patrons [12페이지 출판] No. 1, A. Park, 1805.

Flagellum Flagellated, 1807.

All the Blocks! or An Antidote to all the Talents, a satirical poem in three dialogues, 필명 Flagellum, Mathews and Leigh, 1807, 1808.

Stultifera Navis, or The Modern Ship of Fools, 필명 에스콰이어 H. C. William Miller, 1807.

The Catholic, or the Arts and deeds of the Popish Church, a Tale of English history, etc., J. Williams, 1807, 1826.

The Fisher-Boy. A Poem, Comprising his Several Avocations during the Four Seasons of the Year [Bloomfield의 방식을 따른 이야기 시] 필명 에스콰이어 H. C. Vernor, Hood & Sharpe, etc., 1808.

Chalcographimania, or The Portrait-Collector and Printseller's Chronicle, with Infatuations of Every Description. A Humorous Poem in Four Books with Copious Notes Explanatory, 필명 Sartiricus Sculptor (James Caulfield가 제출하고) W. H. 아일랜드가 지은 것으로 여기고, Thomas Coram이 도와줌. B. Crosby & Co., 1808; R. S. Kirby, 1814.

The Sailor-Boy. A Poem. In four cantos. Illustrative of the navy of Great Britain (Bloomfield의 방식을 따른 이야기 시), 필명 에스콰이어 H. C. "The Fisher-Boy"의 저자, Vernor, Hood & Sharpe, 1809; Sherwood,

Neeley & Jones, 1822.

The Cottage-Girl. A Poem Comprising her Several Avocations during the Four Seasons of the Year, 필명 에스콰이어 H. C. "The Fisher-Boy"와 "Sailor Boy"의 저자, Longman, Hunt, Rees and Orme, 1809, 1810.

The Cyprian of St. Stephens, or, Princely protection illustrated; in a poetical flight to the Pierian Spring [메리 앤 클라크 양과 요크 공작에 관한 풍자, 클라크양의 초상화가 수록됨], 필명 Sam Satiricus(즉, W. Hobday), Bath, John Browne, 1809.

Elegiac Lines, 1810.

The Pleasures of Temperance, York, 1810.

The State Doctors, or A tale of the Times. A Poem, in four cantos, 필명 Cervantes, Sherwood, Neeley & Jones, 1811.

Monday on the death of the Duke from the Appendix of *Sketch of the Character of the late Duke of Devonshire [William Cavendish]* Right Hon. Sir Robert Adair, Bulmer & Co., 1811.

A Poetic Epistolary Description of the City of York; Comprising an Account of the Procession and Entry of The Judges, at the present March Assizes [시], 필명 Lucas Lund, York, Lucas Lund 인쇄, 1811.

The Poet's Soliloquy to His Chamber in York Castle, York, 1811.

One Day in York Castle [시] York, 1811.

Neglected Genius; a Poem; Illustrating the Untimely and Unfortunate Fate of

Many British Poets; from the Period of Henry the Eighth to the Aera of the Unfortunate Chatterton. Containing Immitations of their Different Styles &c., &c., (로울리의 초고와 버틀러의 *Hudibras*의 모방 또한 많음), 4 Vols. George Cowie & Co., and Sherwood, Neeley and Jones, etc., 1812.

Jack Junk, or a cruise on shore. A Humorous Poem, 필명 에스콰이어 H. C. "Sailor Boy"의 저자, 1814.

Scribbleomanus, or The Printer's Devil's Polychronicon. A Sublime Poem, 필명 'edited by Anser Pen-Drag-On, 에스콰이어' Sherwood, Neeley and Jones, etc., 1815.

France for the Last Seven Years; or the Bourbons [공격], G. and W. B. Whittaker, 1822.

The Maid of Orleans (볼테르의 *La Pucelle d'Orleans*의 번역) W. H. 아일랜드가 영시로 번역하고 주석을 담, 2 Vols, John Miller, 1822. 'W. H. 아일랜드의 초기 영어번역과 Lady Charlevill가 번역한 것에서 수정하고 늘린' Dowson의 새 번역판, Lutetian Society, 1899.

Henry Fielding's Proverbs, 필명 Henry Fielding, 1822(?).

The Napoleon Anecdotes, 1822.

The Life of Napoleon Bonaparte, Late Emperor of the French, King of Italy, Protector of the Confederation of the Rhine, Mediator of the Confederation of Switzerland, &c., &c., 그의 전투에 관한 일화로 아름답게 꾸미고, 천연색 장정을 하고 Cruickshank가 동판화를 곁들인 판본, 4 Vols. John

Fairburn, 1823~1828.

An Attack on the Prince of Saxe-Cobourg, 1823.

Memoir of the Duke of Rovigo (M. Savary), relative to the fatal catastrophe of the Duke of Enghien [나폴레옹이 처형한 부르봉 왕가의 Enghien 공작] 번역가 윌리엄 헨리 아일랜드가 주석을 달았음. Paris, 1823; London, J. Fairburn, 1823.

Memoir of a Young Greek Lady 'Madame Pauline Adelaide Alexandre Panam', against His Serene Highness the reigning Prince of Saxe-Coboury, Victor E.p. Chasles 지음, W. H. 아일랜드 번역, J. Fairburn, 1823.

Memoirs of Henry the Great and of the Court of France during his reign, 2 Vols. Harding, Triphook and Lepard 1824.

The Universal Chronologist and Historical Register from the creation to the close of the year 1825, comprising the elements of General History from the French of M. St. Martin, with an elaborate continuation . . . 필명 Henry Boyle, 2 Vols. Sherwood, Gilbert and Piper, 1826.

Shakespeariana: Catalogue of all the Books, Pamphlets, etc., relating to Shakespeare, (익명), J. Fairburn, 1827.

England's Topographer. Or a New and Complete History of the county of Kent from the earliest records to the present time. Including every modern improvement. Embellished with the series of views from original drawings by Geo. Shepherd, H. Gastineau, etc., with Historical, Topographcal, Critical and Biographical

Delineations by W. H. Ireland [지도와 신청자 명단 포함], 4 Vols, Geo. Virtue, 1828~1834.

A reply to Sir Walter Scott's 'History of Napoleon' Louis (Bonaparte) King of Holland, afterwards Count de Saint Leu, 프랑스어에서 W. H. 아일랜드가 번역함, London, Thomas Burton, J. Ridgway, E. Wilson and H. Phillips, 1829; 다른 판본: *Answer to Sir Walter Scott's 'History of Napoleon' by Louis Bonaparte, Count of St Leu, formerly King of Holland, Brother of the late Emperor, translated by W. H. Ireland*, 제2판, Thomas Burton, J. Ridgway, E. Wilson and H. Phillips, 1829.

The Political Devil, 1830.

Political squibs, or short, witty writings: 'The Poetical Devil', 'Reform', 'Britannia's Cat-o' Nine Tails', 'Constitutional Parodie', 1830.

Vortigern; an historical play; with an original Preface by W. H. Ireland [초고의 일부 영인본 포함], Joseph Thomas (처음으로 1799년에 출판됨), 1832.

Shakespeare Ireland's Seven Ages, 2 Vols. Miller, 1830.

Authentic Documents Relative to the Duke of Reichstadt and King of Rome [Napoleon Francis Charles Joseph, King of Rome, 훗날 Duke of Reichstadt], W. H. 아일랜드가 수집함, 1832.

The Great Illegitimates, or Public and Private Life of that Celebrated Actress,

Miss Bland, otherwise Mrs Ford, or, Mrs Jordan, the late mistress of H.R.H the D. of Clarence, now King William IV, Founder of the Fitzclarence family, by a confidential friend of the departed, 1832 [몇 부가 팔리고 나서 회수됨]; *The Life of Mrs Jordan* [삭제하고, 삽화가 없이 익명으로 출판한 재판], J. Duncombe, 1886.

The Picturesque Beauties of Devonshire . . . A series of engravings by G. B. Campion, T. Bartlett, with topographical and historical notices, G. Virtue, 1833.

■ W. H. 아일랜드의 '중세 작품' 위조

Bartholomeus de proprietatibus, etc., 필명 'Anglicus Bartholomeus', 'Thomae Beriheleti', 'Londini, 1535', (출판년도와 장소는 알려져 있지 않음).

Th'Overthrow of Stage-Playes, by the way of controversie betwixt D. Gager and D. Rainoldes, wherein all the reasons that can be had for them are notably refuted [by the latter] . . ., 필명 'John Rainoldes', 여기에서 연극들을 만든 모든 이유를 D. 레이놀스가 잘 반박하고 있다. Middleburgh, 1599, 1600(출판년도와 장소는 알려져 있지 않음).

■ W. H. 아일랜드 사후의 출판물들

Rizzo, or Scenes in Europe during the Sixteenth Century, 3 Vols, G. P. R.

James가 W. H. 아일랜드의 원고에서 편집, 1849, 1859.

■ 출판되지 않은 저작

그는 3편의 희곡, 여러 권의 소설과 많은 시, 풍자시를 포함해 최소한 23권의 출판하지 않은 저서가 있다.

'The Divill and Rychard, a mystery play', '1405', 1795년에 저술
(BL Addit. Mss 30348)

'Byronno, Don Juan, the second canto'

'Robin Hood', an opera

'Flitch of Bacon'

■ 최근의 출판물들

A Treasury of Kent Prints. A series of views from original drawings by G. Shepherd, H. Gastineau &c., &c., contained in W. H. Ireland 'A New and Complete History of the county of Kent', 1828~1831, Sheerness, Arthur J. Cassell, 1972.

The Confessions of William-Henry Ireland. Containing the Particulars of his Fabrication of the Shakespeare Manuscripts, 영인본, Elibron Classics elica Edition, Adament Media Cororation: www.elibron.com

* 저자는 독자들로부터 더 많은 정보를 환영함.

『변명 Vindication』, 11~12쪽에서 발췌, 출판되지 않은 문서임.

1795년 11월 10일

톨벗이 찾아왔을 때 나는 사무실에 있었다. 그는 내게 셰익스피어가 서명한 저당문서를 보여주었다. 나는 매우 놀랐으며 아버지가 이 문서를 보시면 얼마나 기뻐하실지에 대해 말했다. 그러자 톨벗은 문서를 내게 보여주겠다고 말했다. 그러나 그는 이틀 동안 보여주지 않았다. 이틀이 지나고 나서 그는 내게 저당문서를 주었다. 나는 그것을 어디서 찾았는지 다그쳤다. 2~3일이 지났다. 톨벗이 나를 어떤 사람에게 소개했다. 그는 나와 함께 같은 방에 있었는데 문서를 찾느라 소란을 피우지는 않았다. 나는 두 번째, 세 번째 저당문서와 묶여 있지 않은 다른 문서 몇 개를 찾았다. 우리는 또 하나의 저당문서를 찾았는데 그것은 그 사람이 그 토지의 소유자에 대한 지식이 없다는 사실을 확증해주었다. 그는 우리가 이 저당문서를 찾은 대가로 셰익스피어와 관련된 모든 저당문서와 관련 문서를 가져도 좋다고 말했다. 시내[H 씨의 사무실]에서 발견된 것은 위에서 말한 것을 빼고는 거의 없었다. 몇 년 전에 문서를 런던에서 시골 저택으로 옮겼기 때문에 나머지는 모두 시골 저택에서 나온 것이다.

S. W. H. Ireland

『**변명** Vindication』, 12~16쪽에서 발췌.

카마던, 1795년 11월 25일

선생님 안녕하세요.

발견된 서류들을 소장하고 있던 신사분은 저의 친구입니다. 선생님의 아들 새뮤얼(윌리엄 헨리) 아일랜드도 제가 그분께 소개했습니다. 저는 어느 날 아침 단순한 호기심으로, 보증문서와 책 등으로 된 [개인적이고 쓸모없는 물건인] 오래된 잡동사니에서 셰익스피어가 서명한 저당문서를 찾았습니다. 호기심으로 일부를 읽었는데 읽다 보니 '스트랫퍼드 온 에이번'이라는 단어가 나와서 이것이 유명한 영국의 대문호라고 확신을 하게 되었죠. 선생님과 선생님의 아들이 셰익스피어의 저작뿐만 아니라 그의 하찮은 글에도 얼마나 많은 열정을 갖고 있는지 알았기에, 친구(앞으로는 H 씨라고 부를 것입니다)의 허락을 받고 이 문서를 새뮤얼(윌리엄 헨리)에게 가져다주었습니다. 친구 새뮤얼(윌리엄 헨리)이 그 문서를 보고 어느 정도 기뻐할 것이라곤 예상을 했지만 그렇게까지 좋아할 줄은 예상하지 못했습니다. 그는 유언장과 몇몇 저당문서를 빼고는 셰익스피어의 친필에 대해서 알려진 바가 없다면서 자기를 H 씨의 집으로 데려다 달라고 졸랐습니다. 잡동사니 가운데 놀라운 유품이 있는지 직접 보겠다는 것이었어요. 즉각 승낙했지요. 이렇게 해서 새뮤얼(윌리엄 헨리)을 H 씨에게 처음 소개했습니다. 우리는 며칠 동안 계속해서 문서와 증서들을 조사하는

데 시간을 보냈지요. 대부분은 쓸모없고 흥미가 없는 것이었어요. 하지만 우리의 노력에 답이라도 하듯이 셰익스피어와 관련 있는 문서 몇 개를 발견했습니다. H 씨의 허락을 받고 이것들을 가지고 나왔지요. 우리는 정말 운이 좋게도 재산문제에 관심이 있었던 H 씨의 담보문서를 찾았지요. 그 담보문서로 오랫동안 법정공방을 벌였던 어떤 토지의 소유권이 확인되었고, 그 토지에 대한 H 씨의 권리가 입증되었습니다. 그래서 그는 이에 대한 보상으로 나와 아일랜드가 잡동사니에서 찾아내는 것은 그것이 무엇이든 상관없이 가지라고 했습니다 (우리가 셰익스피어의 것을 가질 수 있다는 의미죠). 제가 런던에서 떠나기 직전 H 씨는 문서들의 소유자가 자신이라는 것을 절대 말하지 말라고 했지요. 저는 샘(윌리엄 헨리)이 조사를 마칠 때까지 이 문제에 대해 이야기하지 않으려 했습니다. 그런데 조사를 마쳤는데도 왜 H 씨가 자신의 이름을 감추려하는지 몰랐어요. 저는 이것이 이상하다고 생각했지만 그 이유가 무엇인지 들을 수 없었어요. 별 주의를 기울이지 않고 하는 이야기에서 저는 그의 조상 중 한 사람이 극장 관련 업무를 하던 셰익스피어의 동료였다고 믿게 되었습니다. H 씨는 세상에 어느 정도 알려진 인물이고 상류층이었기 때문에 그러한 상황이 공개되는 것을 원치 않았어요. 현재 나타나는 H 씨에 대한 의심은 나름대로 근거 있는 것이죠. 더블린에 있는 동안 너무나 놀랍고 기쁘게도 샘(윌리엄 헨리)이 「보티건」, 「로웬나」 극본, 「리어 왕」 초고 등을 발견했다는 소식을 들었습니다. 저는 이 모든 것을 상세히 듣고 싶어서 최근에 런던을 방문한 것입니다. H 씨는 제가 항상 생각했던 대로 아주 명예를 중시하는 분이었고 기꺼이 약속을 지키는 분이었습니다. 우리가 찾은 담보문서 덕분에 많은 것을 양도받은 데 대한 약속을 지켰죠. 이제 H 씨가 비밀로 남길 원하는 이유를 설명 드리겠습니다. 세상에 설명을 해야 한다는 선생님의 바람과 그런 설명이 필요하다는 선생님의 말씀 때문에 그분께 이름과 주소지와 문서 발견의 모든 상황을 말할 수 있게 해달라고 간청했지만 허사였습니다. 런던을 떠나기 직전인 지난 1월, 이전에 본 적도 없는 벽장에서 그가 자신이 찾은 담보문서 하나를 선물로 주었을 때, 저는 이런 것을 감추는 것은 매우 어리석은 일임을 최대한 증명했지요. 이 문서에 의하면 셰익스피어가 우리 친구 H의 조상인 존에게 양도를 했습니다. 모든 양도 물건은 윗방에 있었지요. 그 목록에는 가구, 컵, 세밀 초상화와 그 밖의 많은 것들이 있었습니다. 그런데 초상화(최근에 발견된 것으로 셰익스피어와 매우 비슷해 보임)와 문서를 제외하고는 셰익스피어와 직접적으로 관련된 것은 거의 없었습니다. 나머지는 불행하게도 추적을 할 수가 없었습니다. 또 귀중한 문서들이 많이 분실되고 파기된 것으로 보였습니다. 왜냐하면 잡동사니 전체를 가치 있는 것으로 기억하거나 또는 집안의 아랫사람들이 손대지 못하도록 주의를 주지 않았기 때문이죠. 제가 선생님을 떠난 지 몇 주 후에, H 씨는 위에서 말한 담보문서를 선생님께 보내 우선 양수인의 이름을 지우고 잘라내야 한다고 했습니다. 선생님, 저는 이 상황과 관련해 숨기는 것이 전혀 없습니다. 선생님께서는 저의 이러한 설명을 통해 단순한 호기심으로 더 많은 것을 알아내려고 하는 교양 있는 많은 사람들을 만족시킬 수는 없을 것입니다. 하지만 이 설명으로 선생님께서는 숨겨야 하는 것과 그렇지 않은 것의 이유는 아시게 되었을 것입니다. 「보티건」과 「로웬나」 사본이 작성되는 대로 무대공연을 위해 삭제한 부분은 가장자리에 표시를 해서 저에게 보내주시길 진심으로 부탁드립니다.

M. 톨벗
S. 아일랜드, 에스콰이어

『변명 Vindication』, 35~37쪽에서 발췌.

이 문서들이 오면 이것을 발견하고 소유한 신사분의 이름을 여러 분께 알려드릴 것입니다. 이것들이 어디에서 어떻게 발견되었는지도 말씀드리겠습니다. 아직 공개하지 않고 남아 있는 물건은 저의 아버님 소유이며, 아버님께서 이것들도 보여주실 것이며 아마 제가 설명을 하게 될 것입니다.

S. W. H. 아일랜드

새뮤얼은 위의 말이 톨벗의 진술과 일치하지 않는다고 적고 있다.

1796년 1월 10일의 계획

그가 실제로 본 모든 물건에는 * 표시를 했으며 곧 아버지에게 줄 것이라고 말했다.

* 셰익스피어가 쓴 초고 상태의 「리처드 2세」 대본
* 「헨리 2세」 대본
* 「헨리 5세」 대본
* 「존 왕」 62장
* 「오셀로」 49장
* 「리처드 3세」 37장

* 「아테네의 타이몬」 37장
* 「헨리 4세」 14장
* 셰익스피어 자신이 쓴 셰익스피어의 책 목록
* 벤저민 키일, 존 헤밍과 함께 커튼 극장의 동업자가 된 증서
* 양피지에 그린 글로브 극장 그림 2장
* 엘리자베스 여왕에게 바치는 시
* 프랜시스 드레이크 경에게 바치는 시
* 월터 랄리 경에게 바치는 시
* 은으로 된 셰익스피어 세밀 초상화 세트
  셰익스피어가 손수 주석을 단 초서의 책
  엘리자베스 여왕과 관련된 주석이 달린 책
  주석을 달린 미사여구의 책
  주석이 달린 성경
  셰익스피어가 직접 주석을 단 바카스의 책
  주석이 달린 바클리의 『바보선』
  주석이 달린 『홀린셰드 연대기』
  셰익스피어가 직접 쓴 자신의 인생에 대한 간략한 설명
  셰익스피어 것으로 추정되는 유화로 된 전신 크기의 초상화

소인이 찍힌 종이에 작성한 것으로 법정에 제출할 의도였다. 그러나 직접 맹세를 하거나 공개된 적은 없다. 대신에 알바니 윌리스[부록 9]가 작성한 신문광고로 이용되었다.

『변명 Vindication』, 28~29쪽에서 발췌.

미들섹스 주 세인트 클레멘트 데인스 교구의 노포크가에 사는 새뮤얼 윌리엄 헨리는 다음과 같이 자발적으로 맹세한다. 1794년 12월 16일부터 증인은 여러 차례 앞에서 말한 노포크가의 아버지 새뮤얼 아일랜드의 집에 셰익스피어와 다른 사람들이 서명을 했거나 한 것으로 추정되는 여러 개의 증서와 초고들을 맡겨놓았다. 그리고 이 증인의 아버지는 조사를 받기 위해, 자신의 집에서 공개되는 증서와 초고들이 앞에서 말한 증인이 맡겨놓은 것과 동일한 것임을 선서하고 굳게 맹세했다. 앞에서 언급한 증서와 초고들의 진품 여부에 대한 몇 가지 논쟁이 벌어졌고, 미들섹스 주의 세인트 메리 르 본 동부 교구의 퀸 앤 거리의 에드먼드 말론이 위에서 언급한 증서와 초고들이 위조임을 밝힌다는 사실을 공개적으로 광고했다. 이러한 주장은 증인의 아버지에게 위해를 가하는 의도가 있는 것으로 보인다. 이제 증인은 더 맹세한다. 증인 본인을 제외하고는 증인의 아버지 새뮤얼 아일랜드와 그의 가족 중 누구도 증인이 소유하게 된 양도증서, 원고 초고

등과 관련된 어떤 부분, 이와 연관된 상황에 대해 아무 것도 알지 못한다.

S. W. H. 아일랜드

내 앞에서 이것을 맹세하다. 1796년 3월 ___일

『변명 Vindication』, 32~34쪽에서 발췌.

1796년 4월 15일, 더블린

아일랜드 씨가 연루된 불행한 곤경이 너무 애처로워 저는 힘이 다하는 데까지 그를 구해내는 데 최선을 다해야겠습니다. 이것은 제 자신의 명예와 맹세[윌리엄 헨리에 대한 약속]에 직결되는 것입니다. 따라서 저의 제안이 다른 어떤 추가적인 제안도 없이 받아들여져야 할 것입니다. 비록 비밀로 묻어두었던 제 인생이 들통나더라도 저는 다른 제안들을 확실히 거절할 것이기 때문입니다. 저는 샘(윌리엄 헨리)과 공동으로 선언을 할 것입니다. '아일랜드 씨는 본인의 탓으로 돌리는 어떤 위조에서도 결백하며, 이 세상과 마찬가지로 문서들의 발견과 관련이 없습니다. 아일랜드 씨는 오직 그 문서들을 출판했을 뿐이며 비밀은 샘과 나 자신 또 아일랜드 씨가 모르는 제3의 인물만이 알고 있을 뿐입니다.'

샘과 저의 공동선언과 이를 출판하는 것이 아일랜드 씨에게 도움이 된다면 샘(윌리엄 헨리)과 나 자신 모두 기꺼이 그렇게 할 것입니다.

저는 「보티건」이 셰익스피어가 극작에 관해 쓴 최초의 에세이이며 그 문서들이 진본일 가능성이 높다고 감히 주장합니다.

제가 런던에 있었던 기간은 「보티건」이 셰리든의 손에 넘어간 지 한참 지난 후였는데 저는 「헨리 2세」 대본도 본 적이 없고 「보티건」

의 원고도 본 적이 없으며, 이와 관련된 것은 아무것도 본 적이 없습니다. 따라서 제가 처음 런던을 떠나기 전에 보았던 몇 개의 원고와 같은 출처에서 나왔기 때문에 다른 것들도 진본이라고 받아들여야 할 것입니다.

아일랜드 씨는 저의 의견을 갈망하고 있습니다. 모든 상황을 알고 있는 신뢰할 만한 두 신사에게 세상에 이 원고가 진본임을 단언하게 하려는 계획을 제안하고 계십니다.

하지만 이것은 우리의 약속이나 맹세와는 일치되지 않는 것입니다.

M. 톨벗

『변명 Vindication』, 38~39 쪽에서 발췌.

코크, 1796년 9월 16일

선생님

저에게 보낸 마지막 편지는 좀 더 일찍 보내셨어야 합니다. 그리고 약속한 대로 보내드린 공동선언 이후 제가 쓰고 있는 것에 대한 답변을 아드님에게서 얻을 수 있었으면 좋았을 것입니다.

아드님의 동의 없이, 즉 이런 과정에 그가 참여하지 않는다면 저 스스로는 어떤 조치도 취할 권한이 없습니다.

현재 겪고 계시는 모든 어려움에서 벗어나게 하기 위해 최선을 다하겠습니다. 그리고 아드님에게서는 어떤 소식도 듣지 못하고 있습니다. 아드님과의 친분이나 원고의 미스터리에 대해 제가 알고 있는 것을 감안할 때 저 홀로 공동선언을 할 수도 있습니다. 선생님은 대중을 속이거나 잘못으로 인도할 의도가 전혀 없이 결백하십니다.

정직하지만 고통받고 계신 선생님께 조금이나마 도움이 된다면 저는 너무나 기쁘게 그 일을 할 것임을 확신하는 바입니다.

M. 톨벗

『변명 Vindication』, 30~31쪽에서 발췌

셰익스피어 원고

셰익스피어의 원고라는 이름으로 아버지가 출판한 문서와 관련해, 아버지에게 쏟아지는 비난을 없애고 아버지의 정당함을 위해 셰익스피어 본인의 손으로 작성한 그 모든 서류를 내가 주었으며, 아버지는 이전에도 그랬고 지금도 그 문서들이 나온 출처나 그것과 관련된 사항에 대해 내가 말씀드린 것과 출판 서문에서 밝힌 것 이외에는 알지 못하다는 것을 명백히 밝힙니다. 내 자신과 내 확신에 대한 신뢰에 기초하여 그 문서들이 진본임을 굳게 믿고 확신을 갖고 세상에 펴낸 것입니다. 훗날 이 문서들을 입수한 경로를 적절하게 밝히면 더욱더 확신을 갖게 될 것입니다.

S. W. H. 아일랜드

증인
알바니 월리스
토머스 트로우데일
노포크가
1796년 5월 24일

미주

1장 '너무 우둔해서 학교의 망신거리다'

1) Boydell, John, *The Shakespeare Gallery*, opp. Frontpiece.
2) *The Town and Country Magazine*, 1769. 9, I, p.477.
3) Grebanier, B., *The Great Shakespeare Forgery* (뉴턴 부인의 편지, Croft가 다시 인쇄함), p.67.

2장 '너무 우둔해서 학교의 망신거리다'

1) Ireland, W. H., *An Authentic Account of the Shakespearian Manuscripts, &c.*, London, j. Debrett, 1796, Malone note, p.1.
2) Grebanier, *Great Forgery*, p.51.
3) Ibid., p.42.
4) Ireland, W. H., *The Confessions of William-Henry Ireland. Containing the Particulars of his Fabrication of the Shakespeare Manuscripts; Together with Anecdotes and Opinions (hitherto unpublished) of Many Distinguished Persons in the Literary, Political and Theatrical World*, London, Thomas Goddard, 1805, 1972, p.3.
5) Ibid., p.2.
6) Ireland, S., *A Picturesque Tour through Holland, Brabant, and Part of France Made in the Autumn of 1789 Illustrated with Copper Plates in Aqua Tinta From Drawings made on the Spot by Samuel Ireland*, 2 Vols, London, T. and I. Egerton, 1790, p.130.

7) Ireland, W. H., *Confessions*, p.5.

8) Ibid., p.6.

9) Ireland, S., *Graphic Illustrations of Hogarth, from Pictures, Drawings, and Scare Prints in the Possession of Samuel Ireland, author of this Work*, 2 Vols, London, R. Faulder and J. Egerton, 1794~1799, 서문, p.ix.

3장 '재빨리 꿀처럼 달콤한 독약을 삼키며'

1) Ireland, W. H., *Confessions*, p.45.

2) Ireland, W. H., *Vortigern; an historical play; with and original Preface by W. H. Ireland* [with a facsimile of a portion of the MSS], London, Joseph Thomas(초판 1799), 1832, 서문, p.ii.

3) Ireland, W. H. *Confessions*, pp.7~8.

4) Ibid., p.19.

5) Ireland, S., *Picturesque Views . . . Avon*, p.186.

6) Ireland, W. H., *Confessions*, p.20.

7) Ibid., p.21.

8) Ireland, S., *Picturesque Views . . . Avon*, p.211.

9) Wheeler의 *Guide to Stratford-upon-Avon*, 1814.

10) Ireland, S., *Picturesque Views . . . Avon*, p.11.

11) Ireland, W. H., *Confessions*, p.31.

12) Ireland, S., *Picturesque Views . . . Avon*, p.20.

13) 'History in the Media', *History Today*, 2003. 2, p.10.

14) Ireland, W. H. *Confessions*, p.19.

15) Ibid., pp.37~38.

16) Ibid., pp.39~40.

4장 '화려한 올가미'

1) Ireland, W. H., *Confessions*, pp.50~51.
2) Ibid., pp.52~53.
3) Ibid., pp.70~71.
4) Ibid., p.40.
5) Ibid., pp.181~182.
6) Ibid., p.48.
7) Ibid., pp.33~34.
8) Ibid., pp.56~61.
9) Ibid., p.67.
10) Ibid., p.68.
11) Ibid., pp.61~62.
12) Ibid., p.69.
13) Mair, John, *The Fourth Forger*, p.66.
14) Ireland, W. H., *Confessions*, p.62.

5장 '재치 있는 수수께끼'

1) Ireland, W. H., *Confessions*, p.202.
2) Ibid., p.202.
3) Ibid., pp.121~122.
4) Ibid., pp.99~100.
5) Ibid., p.98.
6) Ibid., p.197.
7) Malone, Edmond, *An Inquiry into the authenticity of certain Miscellaneous Papers and Legal Instruments published Dec. 24, MDCCXCV, And attributed to Shakespeare, Queen Elizabeth, and*

Henry, Earl of Southampton: Illustrated by Facsimiles of the Genuine Hand-writing of that Nobleman, and of Her Majesty . . ., T. Cadekk and W. T. Davies, 1796, p.19.

8) Ireland, W. H., *Confessions*, pp.122~123.

9) British Library, Additional Mss. 30350.

10) Ireland, W. H., *Confessions*, p.73.

11) Ibid., p.109.

12) Ibid., pp.110~111.

6장 '이제 내 앞에 있는 소중한 유물들'

1) Ireland, W. H., *Confessions*, p.280.

2) 헨리 8세, 엘리자베스 1세 시대 대가문의 봉인은 양피지 대신 리본으로 장식되어 있었다.

3) Ireland, W. H., *Confessions*, p.84.

4) British Library, Additional MSS 30346.

5) Ibid.

6) Grenbanier, B., *Great Forgery*, p.124.

7) Ireland, W. H., *Confessions*, p.115.

8) Mair, J., *The Fourth Forger*, p.46, Lear, II, iii.

9) Ireland, W. H., *Confessions*, pp.117~118.

10) Mair, J., *The Fourth Forger*, p.48.

11) Ireland, W. H., *Confessions*, p.118.

12) Ibid., p.119.

13) British Library, Additional MSS 30346.

14) Ibid.

15) Ibid.

16) Ireland, W. H., *Confessions*, p.184.

17) Ibid, p.185.

18) British Library, Additional MSS 30346.

19) Ireland, S., *Picturesque Views . . . Avon*, 서문.

7장 '셰익스피어가 썼거나 악마가 쓴'

1) Ireland, W. H., *Confessions*, p.77.

2) Ibid., p.96.

3) British Library, Additional MSS 30349.

4) BL, Addit. MSS 30346.

5) Mair, J., *The Fourth Forger*, p.66, 각주.

6) Ireland, W. H., *Confessions*, p.277.

7) Ibid., p.235.

8) Mair, J., *The Fourth Forger*, p.94.

9) British Library, Additional MSS 30346.

10) Ibid.

8장 믿느냐 마느냐?

1) Ireland, W. H., *Confessions*, p.126.

2) Ibid., pp.138~139.

3) Ibid., p.129.

4) Ireland, S., *Miscellaneous Papers and Legal Instruments under the Hand and Seal of W. Shakespeare, including the Tragedy of King Lear and a Small Fragment of Hamlet, from the Original MSS in the Possession of Samuel Ireland of Norfolk Street* (자신이 편집함), Egerton, White, Leigh and Sotheby, Robinson, Faulder, Sael, 1796, 서문, pp.1~2.

5) Ibid., 서문, p.4.

6) Boaden, James, *A Letter to George Steevens, Esq. containing an Examination of the Shakespeare MSS; published by Mr. Samuel Ireland to which are added Extracts from Vortigern* (조지 스티븐스가 주를 담) 제2판, Martin and Bain, 1796, pp.4~5.

7) Ireland, S., *Vindication*, p.40.

8) Mair, J., *The Fourth Forger*, pp.137~138.

9) British Library, Additional MSS 30349.

10) Grebanier, B., *Great Forgery*, pp.194~195.

11) Boaden, J., *Letter to Steevens*, p.2.

12) Wyatt, Mathew, *A Comparative Review of the Opinions of Mr. James Boaden; (Editor of the Oracle), in February, March and April 1795; and of James Boaden, Esq., author of Fontainville Forest, and of a Letter to George Steevens Esq., in February 1796, relative to the Shakespeare MSS, pseudonym 'a Friend to Consistency'*, G. Sael, 1796, and Mair, p.14.

13) Webb, *Shakespeare's Manuscript in the Possession of Mr Ireland Examined*, p.13.

14) Ibid., p.21.

15) Ibid., p.25.

9장 단 한 번의 공연

1) Mair, J., *The Fourth Forger*, p.63.

2) Grebanier, B., *Great Forgery*, p.136.

3) Mair, J., *The Fourth Forger*, p.72.

4) Ireland, W. H., *Confessions*, p.227.

5) British Library, Additional MSS 30348.

6) Ibid.

7) British Library, Additional MSS 30349.

8) Ireland, S., *Vindication*, p.41.

9) Ibid., p.42.

10) Malone, E., *Inquiry*, p.7.

11) Ibid., p.29.

12) Ibid., p.71.

13) Ibid., pp.33~34.

14) Ibid., p.126.

15) Ibid., p.162.

16) Ibid., p.164.

17) Ibid., p.301.

18) Ibid., p.29.

19) Ibid., p.289.

20) Ibid., pp.352~353.

21) Ireland, W. H., *Confessions*, p.158.

10장 '당신의 아들은 어쨌든 매우 비범한 사람입니다'

1) British Library, Additional MSS 30346.

2) Ibid.

3) Ibid.

4) Ibid.

5) Ibid.

6) British Library, Additional MSS 30348.

7) British Library, Additional MSS 30346.

8) Mair, J., *The Fourth Forger*, p.212.

9) Ireland, W. H., *Confessions*, p.8.

10) British Library, Additional MSS 30348.

11) Ibid.

12) British Library, Additional MSS 30348.

13) Ireland, W. H., *Confessions*, pp.15~16.

11장 '미치광이들 중 가장 미친'

1) British Library, Additional MSS 30346.

2) Ibid.

3) Ireland, W. H., *Authentic Account*, p.43.

4) Ireland, S., *Vindication*, p.40.

5) Schoenbaum, Samuel, *Shakespeare's Lives*, 제2판, 옥스퍼드 대학교 출판부, 1993, p.165.

6) BL, Addit. MSS 30346.

7) Mair, J., *The Fourth Forger*, p.227.

8) British Library, Additional MSS 30346.

9) Ireland, W. H., *The Abbess*, 서문, pp.i-xiii.

10) Ireland, S., *Picturesque Views, and Historical Account of the Inns of Court in London and Westminster*, London, R. Faulder and J. Egerton, 1800, 서문, p.x.

11) Latham, Dr John, *Facts and Opinions concerning Diabetes*, London, John Murray, 1811; Edinburgh, Blackwood, Brown and Crombie, 1811, pp.175~176.

12장 '나의 성격은 불명예로부터 자유로울지 모른다'

1) Ireland, W. H., *Confessions*, 서문.

2) Dictionary of National Biography, Samuel Ireland, 리치가 리처드 가넷에게 쓴 편지 원고, 1811. 11.

3) Ireland, W. H., *Life of Napoleon*, Vol. 2, 표지.

4) Ibid., Vol. 3, p.259, 각주.

5) Ibid., Vol. 4, 서문, p.viii.

6) Ireland, W. H., *Vortigern*, 1832년판, 서문, p.xiii.

7) Ibid., 서문, p.i.

8) Ireland, W. H., *Confessions*, p.316.

9) Ibid., p.3169, *History Today*, Vol. 53(4), 2003. 4, p.4; Prospect, 2003. 3, 'Portrait, Hugh Trevor-Roper' by Duncan Fallowell.

10) Ireland, W. H., *Confessions*, p.315.

참고문헌

※ 달리 표시하지 않은 경우 출판 장소는 모두 런던임. 부록도 참조
하시오.

■ 영국국립도서관 소장 문서

Addit. Mss 30346: Samuel's hand-written record of events. Correspondence between Samuel Ireland and William-Henry Ireland, Samuel and Mr H., Samuel and Montague Talbot, Mrs Freeman and Talbot, Samuel and Albany Wallis, Prologues to Vortigern, and so on. Correspondence purchased by the British Museum in 1877.

Addit. Mss 30347: Remnants of seals, a piece of thread from the tapestry used to tie forged documents together, facsimiles of signatures, Samuel Ireland's list of books and their value and money given to his son; copy of record of William-Henry's marriage; some correspondence; ticket to view Exhibition of Shakespeare Papers at Norfolk Street; Gillray's caricature; poem 'The Fourth Forger'; John Jordan letter, Samuel and his lawyer Mr Tidd correspondence, William-Henry's *Authentic Account, Samuel's Vindication; Prospectus for Miscellaneous Papers*; and other original and printed material.

Addit. Mss 30348: Correspondence regarding Vortigern between Samuel Ireland and R. B. Sheridan, John Kemble, John Byng, Sir Isaac Heard, J. Linley, Mr Stokes — the Drury Lane secretary, Herbert Croft, and others regarding the events leading up to the stage production of *Vortigern*, *Vortigern* handbill, the reaction to the performance, numbers attending, monies earned. Samuel Ireland's pre-performance 'Vortigern' handbill. Prologues to Vortigern, Notes from those who wished to, could or could not attend the Exhibition of the Shakespeare Papers at Norfolk Street, William-Henry's unpublished mystery play, 'The Divill and Rychard', and other papers.

Addit. Mss 30349: Press cuttings relating to the Shakespeare Papers, especially the build-up to *Vortigern*.

Addit. Mss 30350: Large-format volume *Miscellanous Papers*.

Addit. Mss 37831: William-Henry's letter to Kemble, two pages from Lear, drawing by Samuel, Samuel's correspondence with Mr Tidd, illustration of 'waterjug' paper mark, article from *Cobbett's Register* after Samuel's death.

Addit. Mss. 12052: *Henry II* facsimile made by William-Henry Ireland after the exposure, as a means of earning money.

Addit. Mss. 27466: Volume *Mary Doggett's Book of Recipes*, 1602, from William-Henry's library. (She was the wife of the player Doggett,

who founded Doggett's Coat and Badge.)
There are other relevant MSS at the British Library giving samples of the forged signatures, among other things.

■ 책

Anonymous, *Precious Relics; or the tragedy of Vortigern rehears'd. A dramatic piece in two acts [and in prose] written in immitation of the critic* with a facsimile of a portion of the manuscript affixed [a satire on the play of that name attributed to Shakespeare by S. Ireland], 179?

Boaden, James, *A Letter to George Steevens, Esq. containing an Examination of the Shakespeare MSS; published by Mr. Samuel Ireland to which are added Extracts from 'Vortigern'* (Ms. notes by George Steevens), 2 edns, Martin and Bain, 1796.

Bodde, Derk, *Shakspeare and the Ireland Forgeries*, Harvard Honours Theses in English, Number 2, Harvard University Press; Oxford University Press, 1930.

Books and Authors: Curious Facts and Characteristic Sketches from Nimmo's Series of Commonplace Books (and press cuttings related to forgeries), Edinburgh, W. P. Nimmo, 1861, 1868, 1869.

Boydell, John, *The Shakespeare Gallery: A Reproduction Commemorative of the Tercentenary Anniversary*, London and New York, George

Routledge and Sons, 1803, 1867.

Chalmers, George, *An Apology for the Believers in the Shakspeare-papers which were exhibited in Norfolk Street*, Thomas Egerton, 1797.

_____, [pseudonym 'Junius'] *A Supplemental Apology for the Believers in the Shakspeare Papers Being a Reply to Mr. Malone's Answer which was early announced but never published with a Dedication to George Steevens F.R.S.S.A. the Author of the Pursuit of Literature and a postscript to T.T. Mathias, F.R.S.S.A.*, Thomas Egerton, 1799, 1800.

Dudley, Sir Henry Bate and Lady Mary Dudley, *Passages selected by distinguished personages on the great literary trial of Vortigern and Rowena; a comi-tragedy. 'Whether it be -or be not from the immortal pen of Shakespeare?'* [A satire on leading characters of the day, in a series of. passages professing to be quotations from Ireland's play]; dedication signed 'Ralph Register', with a facsimile of a portion of the manuscript prefixed, 2 Vols, 5 edns, J. Ridgway, 1796-1807. (Originally appeared from time to time in the Morning Herald.)

Feaver, William (Introduction and commentary), *Masters of Caricature from Hogarth and Gillray to Scarfe and Levine*, Weidenfeld & Nicolson, 1981.

Grebanier, Bernard David N., *The Great Shakespeare Forgery, a new look at the career of William Henry Ireland*, Heinemann, 1966.

Harazti, Zolán, *The Shakespeare Forgeries of William Henry Ireland, the Story of a Famous Literary Forgery*. Reprinted from Moree Books, the collection of the Boston Pubic Library, 1934.

Hardinge, George, *Chalmeriana: or, a collection of papers, literary and political, entitled, Letters, verses, &c. occasioned by reading a late heavy supplemental apology for the believers in the Shakespeare papers by G. Chalmers*. . . . Reprinted from the Morning Chronicle. Collection the first, pseudonym: 'Arranged and published by Mr. Owen, Junior, assisted by his friend and clerk Mr. J. Hargrave', Owen (Hardinge), 1800.

Hastings, William Thomson, '*Shakespeare*' Ireland's First folio. (Reprinted for the Colophon, New Graphic Series.) Books at Brown, Vol. 2, No. 3. Providence, Rhode Island, Friends of the Library of Brown's University, 1940.

Haywood, Ian, *The Making of History, A Study of the Literary Forgeries of James Macpherson and Thomas Chatterton in Relation to Eighteenth-century Ideas of History and Fiction*, Cranbury, NJ, London, Toronto, Associated University Presses, 1986.

Hinman, Charlton, *The Norton Facsimile, The First Folio of Shakespeare*, 2nd edn, intro. Peter W. M. Blayney, New York, London, Norton, 1996.

Horne, Alistair, *Napoleon, Master of Europe*, 1805-1807, 1979.

Ingleby, Clement Mansfield, *The Shakspearian Fabrications; or, the MS;*

appendix on the Ireland forgeries, John Russell Smith, 1859.

Ireland, Samuel, see Appendix II.

Ireland, William-Henry. see Appendix III.

Kelly, Linda, *The Marvellous Boy, The Life and Myth of Thomas Chatterton*. Weidenfeld & Nicolson. 1971.

Kendall, Alan, *David Garrick*, A Biography, Harrap, 1985.

Latham, Dr John, *Facts and Opinions concerning Diabetes*, London, John Murray, 1811; Edinburgh, Blackwood, Brown and Crombie, 1811.

Leigh, Sotheby and Son, *A Catalogue of the Books, Paintings, Miniatures, Drawings, Prints, and various curiosities, the Property of the Late Samuel Ireland, Esq.*, Sold by Auction on May 7, 1801, London 1801.

Levi, Peter, *The Life and nmes of William Shakespeare*, London, Macmillan, 1988; New York, Wings, 1988.

Mair, John, *The Fourth Forger, William Ireland and the Shakespeare Papers*, Cobden-Sanderson, 1938.

Malone, Edmond, *An Inquiry into the authenticity of certain Miscellaneous Papers and Legal Instruments published Dec. 24, MDCCXCV. And attributed to Shakspeare, Queen Elizabeth, and Henry, Earl of Southampton: Illustrated by Facsimiles of the Genuine Hand-writing of that Nobleman, and of Her Majesty; A new Facsimile of the Hand-writing of Shakspeare, And other Authentic Documents, in a*

Letter addressed to the Right Hon. James, Earl of Charlemont (In
an appendix is a copy of a genuine stage contract), T. Cadell
and W. T. Davies, 1796.

Mumby, Lionel, *How Much is that Worth?* Chichester, Phillimore for British
Association for Local History, 2nd edn, 1989, 1996.

Oulton, W. C., *Vortigern under Consideration, with General Remarks on Mr.
James Boaden's Letter to George Steevens, Esq., relative to the manuscripts,
drawings and seals, etc ascribed to Shakespeare in the Possession of
s. Ireland.*, 1796.

Schoenbaum, Samuel, *Shakespeare's Lives*, 2nd edn, Oxford, OUP, 1993.

Smith, George, Sir Leslie Stephen and Sir Sidney Lee, eds, *The Dictionary
of National Biography*, Oxford University Press.

Thomson, Peter, *Shakespeare's Professional Career*. Cambridge University
Press, 1992.

Tomalin, Claire, *Mrs Jordan's Profession, the story of a great actress and a
future king. Viking*, 1994.

Vorbrodt, *Ireland's Forgeries*, Meissen, 1885.

Waldron, Francis Godolphin, *Free Reflections on miscellaneous papers and
legal instruments, lpurporting to be} under the hand and seal of W.
Shakspeare, in the possession of S. Ireland; [but fabricated by his son
S. W. H. Ireland] . . . to which are added, extracts from an unpublished
MS. play, called The Virgin Queen, written by, or in imitation of,
Shakspeare,* 1796.

Webb, Francis, *Shakespeare's Manuscripts in the Possession of Mr. Ireland examined the internal and external evidences of their authenticity*, pseudonym 'Philalethes', J. Johnson, 1796.

Williams, Neville, *Elizabeth I, Queen of England*, Weidenfeld & Nicolson, 1967; Sphere 1971.

Woodward, George M. [anon. but by], *Familiar Verses, from the Ghost of Willy Shakespeare to Sammy Ireland. To which is added, Prince Robert, an auncient ballad*, R. White, 1796.

Wyatt, Matthew, *A Comparative Review of the Opinions of Mr. James Boaden; (Editor of The Oracle}, in February, March and April 1795; and of James Boaden, Esq., author of Fontainville Forest, and of a Letter to George Stevens Esq., in February 1796, relative to the Shakspeare MSS*, pseudonym 'a Friend to Consistency', G. Sael, 1796.

【 지은이 】

퍼트리샤 피어스 *Patricia Pierce*_____퍼트리샤 피어스는 2001년 출간된 『Old London Bridge』로 폭넓은 인정을 받았다. 캐나다인인 그녀는 현재 영국 서리(Surry)에 살고 있다.

【 옮긴이 】

진영종_____현재 성공회대학교 영어학과 교수로 재직 중이다. 연세대학교 영문학과를 졸업하고 영국 에섹스대학교에서 문학박사 학위를 취득했다.
주요 논문으로는 「햄릿을 통해 본 극작가의 지위 - 배우들과의 관계를 중심으로」, 「전문작가로서 극작가의 등장: 벤 존슨의 경우를 중심으로」, 「관객을 중심으로 살펴본 셰익스피어 시대의 연극과 마당극」 등이 있으며, 역서로는 『지구시민사회: 개념과 현실』(공역, 아르케), 『프랑스와 유럽』(공저, 한국방송통신대학교 출판부), 『대학 인문 교양교육의 현황 진단 및 정책대안』(공저, 인문사회연구회) 등이 있다.

최명희_____현재 한국디지털대학교, 동양공업전문대에 출강하고 있다.
서강대학교 영문학과를 졸업하고 영국 서섹스대학교에서 문학석사 학위를 취득했다. 주요 논문으로는 「A Comparative Study of Richard Right's Native Son and Ralph Ellison's Invisible Man」, 「Rethinking reading skills: Proposals for additional approaches to reading secondary level students in Korea」 등이 있고 역서로 『시대를 지킨 양심』(민주화운동기념사업회)이 있다.

셰익스피어 사기극
The Great Shakespeare Fraud

ⓒ 진영종 · 최명희, 2008

지은이 ｜ 퍼트리샤 피어스
옮긴이 ｜ 진영종 · 최명희
펴낸이 ｜ 김종수
펴낸곳 ｜ 도서출판 한울

편집책임 ｜ 김경아
편   집 ｜ 양은주

초판 1쇄 인쇄 ｜ 2007년 12월 21일
초판 1쇄 발행 ｜ 2008년 1월 11일,

주소 ｜ 413-832 파주시 교하읍 문발리 507-2(본사)
      121-801 서울시 마포구 공덕동 105-90 서울빌딩 3층(서울사무소)
전화 ｜ 영업 02-326-0095, 편집 02-336-6183
팩스 ｜ 02-333-7543
홈페이지 ｜ www.hanulbooks.co.kr
등록 ｜ 1980년 3월 13일, 제406-2003-051호

Printed in Korea.
ISBN 978-89-460-3846-2 03840

* 책값은 겉표지에 표시되어 있습니다.